한 외교관의 독백

무슨 사연이 있어 왔는지
들어나 봅시다

손상하 지음

무슨 사연이 있어 왔는지 들어나 봅시다

초판 1쇄 발행 2020년 6월 25일

지 은 이 손상하
발 행 인 권선복
편   집 오동희
디 자 인 서보미
전 자 책 서보미
발 행 처 도서출판 행복에너지
출판등록 제315-2011-000035호
주   소 (07679) 서울특별시 강서구 화곡로 232
전   화 0505-613-6133
팩   스 0303-0799-1560
홈페이지 www.happybook.or.kr
이 메 일 ksbdata@daum.net

값   25,000원
ISBN   979-11-5602-814-7   (03810)

도서출판 행복에너지는 독자 여러분의 아이디어와 원고 투고를 기다립니다. 책으로 만들기를 원하는 콘텐츠가 있으신 분은 이메일이나 홈페이지를 통해 간단한 기획서와 기획의도, 연락처 등을 보내주십시오. 행복에너지의 문은 언제나 활짝 열려 있습니다.

무슨 사연이 있어
왔는지
들어나 봅시다

한 외교관의 독백
그 시절, 그날의 이야기

손상하 지음

"살다 보면 누구나 잊히지 않는 추억들이 있다."

대한민국 외교관이 겪어 온 솔직담백한 사연 속으로 초대합니다

도서
출판 행복에너지

작가의 말

글솜씨 없는 사람이 뭘 써 보겠다고 하는 것은 일종의 만용이다. 그런 만용으로 평범한 사람의 평범한 이야기를 써 놓고 보니 부끄러운 글이 되었다.

살다 보면 누구나 잊히지 않는 추억들이 있다. 은퇴생활의 단조로움이 나를 충동질하여 아직 달아나지 못한 그 추억들을 우리 안에 가둔다고 부산 떤 것이 이 모양이다. 쓰레기통에 버리지 못한 것은 그동안 꿍꿍거린 말년의 용씀이 아깝기도 하려니와, 그런 속악한 이유보다 실은 오래 속에 묻어 두었던 바람이기도 한데, 손자들이 할아버지가 무얼 하신 분인지 내 글의 좁은 문틈으로 들여다보게 할 요량에서 딴에는 큰 결심을 한 데 있다.

변변한 자료 없이 주로 기억에만 의존했기 때문에 사실과 다소 차이가 나는 부분도 있을 것이다. 이 점 양해를 구한다.

졸작을 기어이 책으로 내 주신 도서출판 행복에너지 권선복 대표이사님과 오동희, 서보미 두 분께 감사말씀 드린다.

2020.6. 知菴 손상하

목 차

아직 끝나지 않은
태평양전쟁

...

내가 주인도네시아대사관에 근무하던 1970년대에는 보로부두르
호텔이 자카르타의 명소 가운데 하나로 자리 잡고 있었다. 열대수목
에 묻혀 전원적 분위기가 물씬한 이 도시의 펑퍼짐한 스카이라인 위
로 우뚝 솟은 몇 안 되는 건물이었기 때문이다. 유명한 인도네시아
불교유적 보로부두르사원(寺院)에서 이름을 딴 이 현대식 호텔에는
일본식당이 있었는데, 우리 대사(大使)가 자주 가는 곳이었다. 아담하고
품위 있게 꾸며놓아 사람 만나기 좋은 제법 격조 있는 식당이었다.

우기(雨期)가 끝나 내려 쏘는 햇살이 벌침처럼 피부에 따끔거리던
4월의 어느 날로 기억된다. 그날 대사가 보로부두르호텔 일본식당에
가게 된 것은 예정에 없었던 우연이었다. 발단은 오전에 대사를 찾아
온 한 남자한테서 시작되었다. 서울에서 왔다는 이 남자가 점심을 모
시겠다고 자청해서 거기로 결정된 것이다. 남자는 대사와 일면식도
없었다. 인도네시아산 원목을 수입하여 사업을 해 볼 요량으로 왔다

가 인사차 들렀다는 것이 그가 밝힌 방문의 목적이었다.

1970년대 중반은 한국 건설경기에 불이 붙어 합판수요가 날개를 달았던 때였다. 합판 용재로 쓰이는 메단티라는 수종(樹種)은 인도네시아 칼리만탄에서 많이 자라는 나무인데, 원목상태로 한국에 수출되고 있었다. 당시 동명목재나 성창합판 같은 대형합판회사들이 이나무에 목을 매고 있었다. 원목만 확보하면 돈방석에 앉을 수 있다는 전망에 고무되어 여기에 눈독을 들인 사람들이 한둘이 아니었다. 그러나 원목은 인도네시아 정부의 허가품목이어서 아무나 산에 들어가 베어 내고 가져갈 수 있는 물건이 아니었으므로, 이들이 꾸는 일확천금의 꿈은 십중팔구 백일몽으로 끝나는 경우가 대부분이었다. 그날 대사를 찾아온 남자도 말하자면 그런 부류에 속한다고 보아야 할 것이다.

대사는 남의 이야기를 듣기보다 상대방이 자기 이야기를 듣기 바라는 경향이어서 면담은 대체로 일방적이었다. 자기 말이 끝나면 으레 면담도 바로 끝나기 때문에 누구를 만나든 아무리 길어도 한 시간을 넘지 않는 것이 상례였다. 그런데 대사와 남자 두 사람의 만남은 보통 때와 달리 두 시간이 넘도록 계속되었다. 사전에 일언반구 연락도 없이 불쑥 나타나 면담을 요구한 비례(非禮)와 서로 초면인 점을 감안하면, 이 경우는 확실히 이례적이었다. 이렇게 된 데에는 두 사람 사이에 무언가 의기투합하는 공통점이 있거나, 방문객이 대사의 귀를 사로잡는 특별한 수완이 있었기 때문일 것이다.

점심 장소가 보로부두르호텔 일본식당인 것은 역시 대사의 결정이었다. 대사관 간부들도 함께 모시겠다는 남자의 선심에 따라 즉석에서 소집령이 내려졌고, 3등 서기관인 내가 졸병으로 간부들 틈에 끼었다. 나에게는 정규업무 외에 대사가 별도로 지시하는 일을 수행하는 임무가 주어져 있어서 특별보좌관 또는 비서실장이란 별명이 붙어 있었다. 내가 포함된 것은 그러한 특권적 지위를 향유한 결과였다. 어쨌거나 비싼 점심에 부름을 받은 사람들은 그날의 운수 좋은 일진에 반색하는 기색이었다.

대사와 남자가 장방형 테이블 중앙에 마주 보고 좌정하자 나머지는 자기 서열에 따라 알아서들 자리를 잡았다. 남자는 앉자마자 물수건으로 얼굴에 달라붙은 남국의 열기를 닦어낸 뒤 냉수 한 잔을 단숨에 들이켰다. 그리고는 대사의 의향을 물어 이미 옆에 대기하고 있는 담당 여종업원에게 음식을 주문했다. 거기까지 진행은 일사천리였다. 영문도 모르고 불려나온 우리들은 공짜점심의 행운에 보답하기 위해 대사와 남자의 들러리를 설 준비를 마치고 두 사람 얼굴만 바라보고 있었다.

남자는 편안한 인상을 주는 사람이었다. 사람을 끄는 친근감이 있을 뿐만 아니라, 상대방의 경계심을 무장해제시키는 비밀스런 힘이 표정에 숨어 있었다. 게다가 사려 깊은 달변가였다. 잠시 동안의 관찰만으로도 대사 앞에서 비굴하게 굴거나 언행이 튀는 모습은 찾아볼 수 없었다. 상대방의 이야기에 적절히 맞장구를 치고 나서 자기 의견을 개진하는, 한마디로 상대방을 자극하지 않고 겸손하게 자기표현을 하는 능력이 있었다. 관료기질이 몸에 붙은 대사의 귀를 두 시간 이상이나 붙잡아 둘 수 있었던 것은 바로 그런 능력이 있었기에 가능했을 것이다. 두 물이 만나 빙글빙글 돌며 소용돌이를 만들어 내 듯, 어쩌면 그들의 대화도 그렇게 화답하면서 빙글빙글 도는 블랙홀로 빠져들지 않았을까 싶다.

"반둥은 그 뒤로 한번 다녀온 적이 있나요?"

대사가 남자에게 말을 건넸다. 우리는 대사의 질문이 무슨 뜻인 지 알아들을 수 없었다. 그러고 보니 두 사람 간에 원목사업에 관한 것 외에 다른 이야기도 오고 갔던 모양이었다. 반둥은 자카르타에서 그리 멀지 않은 도시이다. 우리는 남자와 무슨 관련이 있기에 대사가 반둥을 언급한 것인지 궁금한 내색을 숨기지 않았다. 눈치 빠른 남 자가 이런 분위기를 단번에 알아채고 해명에 나섰다. 자신은 해방되 기 이태 전 학도병으로 끌려와 반둥에서 일본군 지원병력으로 복무 하였다는 것이다. 대사는 당신이 근무했던 곳인데 궁금하지도 않느 냐는 물음을 던졌던 것이었다. 그것은 나에게 의외의 사실이었다. 원 목사업을 해 보겠다고 온 남자에 관해서 새로운 신상 내력을 알게 된 것이다. 제2차 세계대전과 태평양전쟁을 책에서만 보아 왔던 나에게 학도병 당사자의 출현은 흥미로운 사건이었다. 내가 근무하고 있는 인도네시아가 태평양전쟁의 현장이었다는 엄연한 사실을 지금까지 까맣게 망각하고 있었는데, 이제 창고에 들어가 버린 역사의 해당 페 이지를 그가 새삼스럽게 열어 주었던 것이다.

태평양전쟁(太平洋戰爭)은 일본이 기획하고 도발한 침략전쟁이다.

청일전쟁(淸日戰爭)과 노일전쟁(露日戰爭)에서 승리한 여세로 한반도를 식민화하고 만주에 진출했던 일본은 중국마저 집어삼키기 위해 1937년 중일전쟁(中日戰爭)을 도발하였다. 아시아에서 일본의 지배권을 확립하려는 제국주의적 야욕이 동기였다. 그런데 중일전쟁은 일본의 기대와 달리 장기전으로 가는 양상을 보였다. 설상가상으로 국제여론도 호의적이지 않았다. 이런 상황에서 중일전쟁을 신속하게 승리로 이끌기 위해서는 부족한 전쟁물자를 조달할 배후 근거지가 절실했다. 그 대상이 바로 자원의 보고(寶庫) 동남아시아였다. 때마침 제2차 세계대전을 일으킨 동맹국 독일이 프랑스와 네덜란드를 유린하며 승리를 거듭하고 있었다. 일본은 이것을 천재일우의 기회로 삼았다. 패전국이 된 프랑스의 식민지 인도차이나반도(베트남, 캄보디아, 라오스)와 네덜란드의 식민지 인도네시아를 거저먹을 수 있는 절호의 기회로 본 것이다. 그것뿐만 아니라 영국의 식민지(싱가포르, 말레이, 버마)까지 넘볼 수도 있게 되었다고 판단했다. 해군력이 월등한 미국이 개입하기 전에 선수를 치자는 강경론에 압도된 일본은, 독일편에 서서 참전하기로 결정하고 연합국 측에 선전포고를 하게 된다. 1941년 하와이 진주만 기습이 태평양전쟁의 시작이었다.

전선이 동남아시아로 확대되자 일본은 대량의 병력자원이 필요하게 되었다. 필요한 병력은 조선이나 청일전쟁의 결과로 일본에 할양된 대만에서 조달되었다. 수많은 식민지 젊은이들이 침략전쟁의 노예로 남방의 열대밀림지역에 끌려와 풍토병에 걸려 죽거나 총알받이 혹은 강제노역의 희생자로 사라져 갔다. 오늘 점심을 내는 남자역시 자신의 의사와는 아무런 상관없이 일제(日帝)가 붙여준 학도병이란 이름으로 인도네시아 반둥에 끌려가 용케 살아남은 사람이었다.

남자는 물론 태평양전쟁을 역사적 문제의식을 가지고 국제정치적 관점이랄까, 어떤 논리적 입장에서 설명하지는 않았다. 우리가 던진 질문에 대해 답해 가며 자신이 보고 겪었던 당시 상황을 생동감 있게 묘사하는 데 주력했다. 흥미를 돋우기 위해 어느 정도 과장과 유머도 동원하는 듯했다. 헛간과 구분이 안 되는 집에서 가축과 함께 헐벗고 사는 현지인들 모습이라든가 부대 주변의 몸 파는 여자들 이야기를 할 때도 걸쭉한 구변으로 듣는 사람들의 귀를 최대한 간지럽혔다. 주말 같은 때 외출허가를 받아도 딱히 갈 데가 없어 그런 여자들과 어울리게 되더라고 솔직하게 털어놓기까지 했다. 떠나온 뒤로 반둥을 다시는 가 보지 못했다고 대답할 때는 눈가에 순간적으로 아련한 향수가 서려 보였다. 인도네시아에는 자신의 분신(分身)이 남아 항상 자기를 부르는 것 같다면서, 원목사업도 분신의 부름이 아닌가 생각한다고 술회하는 부분에서 그의 어조는 감상적으로 변하였다.

이야기가 대충 이쯤 와 있는 사이에 음식이 들어오기 시작했다. 우리를 담당하는 여종업원의 움직임도 바빠졌다. 20대 중반쯤의 기모노를 입은 그녀는 중국계 화교 아가씨로 보였다. 볼륨감 있는 몸매와 표정에서 외관상으로는 한국여인과 쉽사리 구별이 되지 않았다. 첫눈에도 몸에 밴 직업의식이 돋보였으며, 그 속에 청순함이 묻어났다. 경박하지도 인위적이지도 않는 절제된 행동에서 그런 인상이 자연스럽게 전해졌다.

우선 각자 앞에 놓인 술잔에 냉각시킨 정종이 채워졌고, 남자는 지체 없이 잔을 들어 대사에게 건배를 제의했다.

"대사님에 대한 대통령 각하의 총애가 남다르시다는 소문은 저도 듣고 있습니다. 하루 빨리 입각하시어 서울에서 뵙게 되기를 축원합니다. 그런 뜻을 담아 제가 한 잔 올리겠습니다."

외웠나 싶은, 세련된 아부성 건배사가 남자의 입에서 술술 흘러나왔다. 그 말에는 대통령의 총애를 받고 있는 대사에 대한 일반의 인식이 투영되어 있었다. 남자의 말이 끝남과 동시에 근엄한 대사의 입가에 흡족한 미소가 번졌다. 뒤이어 좌중은 서둘러 서로 잔을 부딪치며 "위하여!"를 외쳤다. 이 광경을 지켜보고 있던 여종업원도 마치 남자의 말뜻을 알아듣기라도 한 양, 환한 미소를 지으며 빈 잔을 다시 채우기에 바빴다.

그 이후는 다소 소란스러울 만큼 흥겨운 분위기가 조성되었다. 담소와 잔 비우기가 이어지고 또 이어졌다.

이때 누군가 뜬금없이 여종업원에게 인도네시아말로 이런 질문을 던졌다. "아가씨, 꼭 한국사람같이 생겼네. 혹시 한국사람 아녀요?" 생뚱맞은 질문이었다. 질문의 대상이 된 그녀가 한국인이라고 생각할 사람은 아무도 없었을 터였다. 자카르타에 사는 백 명 안팎의 교민들은 누구 집에 숟가락이 몇 개 있는지조차 서로 꿰고 있는 마당이기에 그녀가 알려지지 않은 한국인일 리 없는 것은 너무 당연했다. 해외여행은 하늘의 별 따기였던 시절이었으므로 한국에서 취업해 왔을 가능성 역시 영(零) 퍼센트에 가까웠다. 이때까지만 해도 그냥 우스갯소리에 불과한 한가한 농담이었기에 이 말에 신경 쓰는 사람은 없었다.

그렇게 무시되나 했던 질문에 누가 한마디 거들고 나왔다. 그 남자였다.

"한국사람은 무슨 한국사람입니까. 화교이지요. 백 퍼센트 화교입니다."

그의 말은 확신에 차 있었다. 인도네시아 여자에 관해서는 자기보다 더 잘 아는 사람이 없다는 투의 확신이었다. 학도병으로 종군하던 시절 외출 나와서 터득한 경험이 확신의 배경이었을까? 화교에 유난히 반응을 보이는 것을 보면 그의 과거와 화교 사이에 어떤 연관이 있었는지 모를 일이었다. 종전과 해방의 와중에서 사귀던 화교여자와 작별인사도 못 하고 반둥을 떠나 버린 추억이 있었다는 사실을 몰랐던 우리는 남자의 발언을 그냥 하는 소리로만 들었다.

담당 여종업원이 한국인이냐 아니냐에 관한 화제는 오늘 점심과는 하등 관련이 없는, 본질을 벗어나도 한참 벗어난 무의미한 것이었다. 그런데도 누군가의 입에서 우연히 튀어나온 농담조의 한마디가 이상하게 화제의 중심에서 설왕설래하게 되었다. 나중에는 일본군 위안부까지 등장하게 되어 대화의 질이 떨어져 가는 모양새였다. 화제는 칼리만탄 오지의 원시림 속에서 원목생산 현장에 종사하는 한국남자들과 현지 여자들 사이에 사생아들이 늘어나고 있다는 이야기로 번지고 있었다. 인도네시아의 풍부한 자원과 남자가 하고자 하는 원목사업이 응당 화제의 중심이 되어야 하는 흐름과는 분명히 다른 방향이었다. 화교여자에 관해 누가 또 한마디 하려는 것을 이번에는 대사가 제지하고 나섰다. 남자의 원목사업이 아무쪼록 잘되기를 바란다며 건배를 제안함으로써 분위기의 방향을 튼 것이다. 여자 이야기는 여기서 끝내자는 단호한 신호였다. 대사의 잔과 남자의 잔이 부딪치면서 "위하여!" 외침이 다시 방 안에 울려 퍼졌다.

분위기는 일시에 전환되었다. 우리는 대사의 눈치를 보느라고 모두 말을 아끼며 식탁에만 코를 박고 있었다. 젓가락 딸가닥거리는 소리와 음식 씹는 쩝쩝거리는 소리가 "위하여!" 외침 뒤에 찾아온 잠시의 고요를 대신하고 있었다. 이런 정적은 어차피 금방 깨질 것이지만, 그 짧은 시간의 간극은 이상하리만치 팽팽한 긴장감으로 차 있었다. 무언가 다른 화제를 찾는 탐색의 시간이기도 했다. 나는 이 정적을 가장 먼저 깨뜨릴 사람은 역시 달변의 남자일 것이라고 믿어 의심치 않았다. 대사의 의중을 간파한 이상 재빠르게 독심술을 발휘할 것이 뻔했기 때문이었다. 예상대로 정적은 몇 분도 되지 않아 깨어졌다. 그러나 정적을 깨뜨린 사람은 내가 예상한 사람이 아니라 놀랍게도 여종업원이었다.

"빠빠 사야 오랑 꼬레아."

여종업원의 입에서 튀어나온 말이었다. 그녀는 '우리 아빠는 한국사람'이라는 뜻의 인도네시아 말을, 하던 일을 멈추고 마치 우리를 향해 화살을 날리듯 또렷하게 던졌다. 좌중의 시선은 일시에 그녀에게 쏠렸다. 엉겁결에 뒤통수를 얻어맞은 사람처럼 너나없이 황당한 표정이었다. 평화롭던 방 안은 순식간에 웅성거리기 시작했다. 남자도 이 난데없는 사태에 영문을 몰라 눈만 깜박거리고 있었다. 손님들과 실없이 지껄이는 농담도 아닐 테고, 아무튼 그녀의 진지한 태도로 보아 어떤 의도적 발언임이 분명해 보였다.

"뭐, 아버지가 한국사람이라고?"

이구동성으로 터져 나온, 질문이라기보다는 경기(驚氣)에 가까운 탄성이었다. 우리는 정신을 수습하고 나서 당사자에게 뚱딴지 같은 발언의 내용에 관해 해명을 요구했다.

여종업원은 일말의 망설임도 없이 무릎을 꿇어 우리와 눈높이를 맞춘 뒤, 테이블 중앙을 향해 정색을 하고 자세를 갖추었다. 그녀의 시선이 멈추고 있는 곳은 대사와 남자였다. 마음의 준비가 된 듯, 곧 다음 요지의 이야기를 털어놓기 시작했다.

'아버지는 한국인으로 2차 대전 시 인도네시아에서 종군했다는 것, 근무지는 반둥에 있는 일본군 비행장이었다는 것, 그때 어머니와 알게 되어 자기를 임신했다는 것, 종전(終戰)과 함께 아버지는 인도네시아를 떠났고 자신은 그 후에 태어났다는 것, 아버지는 떠난 뒤 다시는 연락이 없었다는 것, 아버지 성(姓)이 김씨라는 것만 안다는, 이런 사실은 어머니한테 들었다는 것, 어머니는 이미 돌아가시고 자기 혼자 살고 있다는 것, 한국사람이 아니냐고 물었을 때 대답하지 않으려 했으나, 이 자리에 대사가 계신다는 것을 알고 진실을 밝히고 싶었다는 것.'

이것이 그녀가 밝힌 전부였다. 감정이 복받칠 법한 이야기를 여종업원은 오히려 담담하게 끝까지 해냈다. 그러나 담담한 태도와 달리 내용은 메가톤급 폭탄이었다. 무방비 상태에서 폭탄을 맞은 우리들은 모두 숨을 죽이고 있었다.

사태가 이렇게 되자 약속이라도 한 듯 이제 모든 시선이 남자에게 쏠렸다. 한국인으로 일본군 종군, 반둥비행장에서 복무, 종전 후 귀국, 이 모든 사실이 남자가 스스로 밝힌 자신의 이력과 하나도 다른 데가 없었다. 성이 김씨라는 것까지 일치했다. 부대주변 여자들과 접촉이 있었다는 점도 인정한 사실이었다. 남자는 졸지에 스모킹건을 쥐고 있는 범인이 되어 버렸다. 그야말로 빼도 박도 못 하는 난감한 상황이었다. 포토라인에서 쏟아지는 기자들의 질문에 묵묵부답으로 서 있는 피의자처럼 남자는 여자한테서 시선을 거두고 허공을 바라보고 있었다. 궁정동 확인사살보다 더 집요한 사람들의 시선을 견디기 어려웠던지 남자는 이내 눈을 감고 목석이 되어 미동도 하지 않았다. 눈을 감은 채 과거로 돌아가 흩어진 퍼즐 조각을 맞추고 있는 중인지 몰랐다. 그런 시간이 잠시 계속되더니 남자는 불현듯 여종업원에게 어머니가 화교인지 고향은 어딘지 몇 가지를 물었다. 퍼즐의 마지막 조각을 확인하고 싶었던 것일까? 그녀의 대답이 그가 찾는 퍼즐의 조각이었는지는 알 수 없었다. 대답을 듣고 남자는 다시 깊은 상념에 빠져들었다.

우리들은 남자와 여종업원을 번갈아 보며 또 하나의 사실에 주목했다. 그것은 두 사람의 얼굴이었다. 선입견으로 물이 든 시선으로 보아서 더욱 그렇게 보였을 수도 있지만 전체적인 윤곽뿐만 아니라 감정을 처리할 때의 표정까지 닮아 보였다. 여종업원의 고백이 없었다 해도, 눈여겨보면 서로 닮은 모습에 혹시 부녀가 아니냐고 누군가 장난스레 말을 던질 수도 있을 정도였다. 씨도둑은 못 한다는 속담이 있었던가? 우리는 서로 눈짓을 교환하며 여종업원이 남자의 딸이 틀림없다는 결론을 이심전심으로 내려 버렸다. 여종업원 당사자만이 한국어로 진행되는 우리들의 대화를 이해하지 못해, 바로 자기 앞에 앉아 있는 남자가 아버지일 것이라는 사실을 아직 모르고 있을 뿐이었다.

우리는 더 이상의 질문은 남자를 고문하는 잔인한 짓이라는 생각에서 입을 다물고 식사에만 전념했다. 이 문제는 두 사람에게 맡겨두는 것이 좋겠다는 나름대로의 입장이 정리되었던 것이다. 늦가을 매미처럼 갑자기 목소리를 잃어버린 달변의 남자에게 사태를 관망하던 대사가 다시 잔을 내밀었다.

"김 사장님, 한잔하시고 잘 생각해 보세요."

얼핏 위로의 말같이 들렸다. 그러나 그 말을 한 꺼풀 벗겨내면 "당신 딸이니 알아서 하라"는 재판관의 판결문과 다르지 않았다.

"워낙 오래된 일이라서…."

남자의 대답은 숫제 독백이었다. 어색한 웃음으로 말끝을 묻어 버린, 긍정도 부정도 아닌 독백. 그가 지금 할 수 있는 말은 그것뿐이었다.

우리는 솔직히 두 사람이 혈육임을 확인하는 극적인 장면이 연출되기를 기대했다. 그러나 그런 일은 일어나지 않았다. 남자에게는 시간이 필요했을 것이다. 유전자 확인 같은 과학적 근거도 필요할 것이고, 혼외자를 인정하는 데 따르는 현실적 고민도 있을 것이었다. 무엇보다 전혀 예상치 못한 돌발 상황을 받아들이는 데 시간이 필요하다는 점을 우리는 이해할 수밖에 없었다.

식사를 마치고 나올 때 우리는 남자를 남겨 두었다. 두 사람만의 만남을 위한 배려였다. 보로부두르호텔 일본식당은 아직도 끝나지 않은 태평양전쟁의 현장이었다. 총성만 들리지 않을 뿐이었다. 찜찜한 기분으로 식당을 나온 우리들은 끝나지 않은 전쟁에 전율했다. 바깥은 전쟁 때와 마찬가지로 뜨거운 태양이 열대수목 위에서 이글거렸다. 일본자본과 일본상품의 쓰나미로 일본의 경제식민지나 다름없이 되어 버린 인도네시아, 구태여 이름을 붙이자면 현대판 '대동아 공영권'인 이곳에서 아버지와 딸은 반세기가 지나 극적인 해후를 하게 될 운명이었던 것이다. 잔인한 운명이었다.

자신의 분신이 인도네시아에 남아 항상 자기를 부르는 것 같다던 남자. 45년 전의 일이니 그의 분신인 종업원 아가씨도 70이 훌쩍 넘었을 것이다. 두 사람이 어떻게 되었는지 그 이후의 일에 관해서는 나는 알지 못한다.

2019. 1. 25.

02/ 용비어천가

...

나는 1974년 10월부터 주인도네시아대사관에 부임하여 만 4년
을 근무했다. 그때 내가 모신 대사는 L씨란 분이었다. 주인도네시아
대사관은 나의 첫 해외근무지였으므로 내 생애 첫 번째 대사가 되는
셈이다. 그분과의 인연은 내가 외교부(당시 명칭은 외무부였음)에 들어간
지 3년이 되는 1974년 3월에 시작되었다. 외무고시 동기생들(15명)이
나만 제외하고 첫 해외발령을 받아 모두 떠나고 난 바로 뒤였다. 나
는 그해 11월 방한하는 포드 미국대통령 영접위원회 의전팀에 뽑혀
발령에서 제외되었다. 그 대신 다음 발령기회에 주미대사관에 보내
주겠다는 상부의 구두 약속이 있었다. 동기생들이 다 떠나고 혼자 남
아 있는 기분은 허전했지만, 나는 그 약속만 믿고 영접준비에 열중하
고 있었다.

점심식사 후 나른한 졸음을 쫓고 있던 어느 날, 기획관리실장이
찾는다는 전갈이 왔다. 나는 의전실 소속이었으므로 업무라인이 다

른 기획관리실장이 찾는 이유가 얼른 떠오르지 않았다. 실장실 문을 열고 들어가 보니, 나를 찾는다는 기획관리실장은 없었다. 그 대신 웬 낯선 남자 한 분이 소파에 앉아 있었다. 전갈이 잘못되었나 싶어 되돌아 나오려고 하자 생면부지의 그 남자가 나를 불러 세웠다. 안경 뒤에 숨은 날카로운 시선이 나를 그 자리에서 감전시켰다. 배를 내밀고 등 젖힌 자세로 앉아 있는 모습이 다소 고압적이었다. 맞은편에 앉으라고 해서 나는 지시를 따랐다. 남자는 다짜고짜 내 인적사항과 가족사항을 비롯하여 나에 관한 이런저런 질문을 했다. 형사가 피의자를 대하는 기분으로 질문을 즐기는 인상이었다. 마지막 질문은 자기가 누구인 줄 아느냐는 것이었다. 모른다는 내 대답에 표정이 일그러졌다. 이것이 L대사와 나와의 첫 만남이었다.

대사는 자리를 뜨기 전에 청천벽력과 같은 말을 남겼다. 내가 며칠 내로 주인도네시아대사관으로 발령이 날 테니, 포드대통령 영접 준비가 대충 끝나는 대로 바로 부임하라는 통보였다. 통보라기보다는 숫제 명령이었다. 하늘이 내려앉는 충격에 온몸에서 기운이 빠졌다. 윗분이 주미대사관에 보내 주겠다고 약속했는데, 인사권자도 아닌 누군지도 잘 모르는 자칭 주인도네시아 대사 입에서 어찌 그런 발언이…! 나는 흥분상태에서 방을 나와 과장에게 자초지종을 고했다. 과장도 황당하여 인사부서에 내용을 알아보느라고 전화통을 붙들었다. 과장은 내가 빠지면 영접준비에 차질이 생길까 우선 그것이 걱정이었다. 일단 무슨 일인가 내막을 알아본다고 부산스러웠다. 과장은 어떻게 해서든 나를 붙잡아 두려고 했는데, 높은 데서 이미 결정되어 돌이킬 수 없다는 것이었다. 주미대사관에 보내 주겠다고 약속한 윗

분도 식언의 책임을 예상치 못한 돌발사정으로 돌렸다. 그 뒤로 모든 것은 대사가 말한 대로 진행되었다. 나는 솔개에 급습당한 먹이처럼 반항 한번 못하고 꼼짝없이 잡혀 짐을 쌌다. 포드대통령 영접준비가 거의 마무리되던 10월, 미국으로 가는 줄로만 알고 좋아하던 아내와 젖먹이를 데리고 나는 엉뚱하게 자카르타행 비행기에 몸을 실었다.

L대사는 30대의 이른 나이에 차관으로 발탁되어 고속승진의 기록을 세운 분이었다. 건설부차관, 재무부차관, 경제기획원차관 순으로 경제부처 차관만 내리 세 번을 거친 거물이었다. 소문에 의하면, 그는 박정희 대통령이 주머니에 가지고 있는 히든카드라 했다. 갓 40이 넘은 사람을 장관으로 발탁하기에는 너무 빨라 적당한 시기를 기다리는 중이라는 설이 소문의 요지였다. 인도네시아에 대사로 보낸 것은 '적당한 시기'가 올 때까지 막간을 이용해서 자원외교 경험을 쌓게하려는 대통령의 의지가 실린 조치 정도로 보고 있었다. 자원 확보는 대통령이 명운을 걸고 추진하고 있는 경제개발 5개년계획의 성공을 위한 필수적인 임무였다. 대통령이 그 임무를 L대사에게 주었다는 점을 사람들은 의미심장하게 받아들이고 있었다. 그래서인지 L대사가 장관으로 영전할 것이란 전망에 대해 의심하는 사람은 아무도 없었다. 대사관은 물론이고 교민사회까지 대사의 방침에 일사불란하게 움직이는 힘의 원천은 바로 그런 기대감에서 나왔다. 그런 분을 '면접시험' 때 누군지 모른다고 대답했으니 나를 얼마나 한심한 녀석으로 생각했을까?

기를 죽이던 첫인상과는 달리, 근무하면서 모실수록 대사는 뜻

26

밖에 솔직하고 활달한 분이었다. 뭐든지 털어놓는 성격이어서 맺힌 데가 없고 거리감을 느끼게 하지 않았다. 최고명문학교만 골라 다닌 수재답게 판단은 빠르고 정확했다. 명석한 판단에 근거하여 자기 생각을 솔직하게 제시하는 그의 스타일을 군 출신 대통령이 좋아했겠다 싶었다. 권위주의적인 인상이 없지는 않았지만 그것은 관료생활을 하면서 자연스럽게 몸에 달라붙은 먼지일 뿐 속살은 그렇지 않았다. 자세히 들여다보면 의외로 다감하고 인정에 무른 면이 있었다. 대사는 나를 부를 때 "손 군"이라고 했다. 보통 미스터 손 아니면 손 서기관으로 부를 텐데, 격의 없이 손 군이라고 부르는 것에서 친근감이 느껴졌다. 그런 분이었지만 눈 밖에 난 사람에게는 냉정했다. 기준을 정해 놓고 그 선을 벗어나면 용서하지 않는 단호함도 동시에 보여 주는 성격이었다. 직원 한 분은 대사가 부르면 또 무슨 벼락이 떨어질까 봐 벌벌 떨었다.

대사관에서 내가 처음 담당한 것은 영사업무였다. 영사는 여권 관련사무와 비자발급 등 민원업무 외에 해외에서 일어나는 우리 국민의 사건사고 처리를 맡아 보는데, 일반적으로 신참자에게 떨어지는 업무였다. 당시는 여행자가 지금처럼 많지 않아 민원업무량이 그렇게 폭주하지는 않았다. 반면에 우리 선원들의 실종이나 불법조업과 같은 사고처리가 골치 아픈 일이었다. 인도네시아 영해에서 불법조업을 하다 나포된 어선과 선원의 석방을 위해 뛰었던 일, 자카르타항구에서 투신자살한 선원의 시신을 찾기 위해 수색작업에 참여했던 일, 본사가 파산되어 발이 묶여 버린 선원들 뒤처리에 애를 먹었던 일, 정박 중인 배에서 무단이탈한 정신이상 선원을 붙잡아 강제귀국을 시키던 일 등이 내가 1년 동안 영사로 재직하면서 가장 기억에 생생하게 남은 경험이었다. 자카르타에는 북한대사관도 있었기 때문에 북한 공작원들이 한국여행자나 선원을 상대로 납치나 포섭 공작을 하지 않을까, 영사로서는 이것이 늘 신경 쓰여 마음이 불안했다. 실제로 공무출장 나온 한국 국영기업 직원을 북한이 납치하려다 실패한 사건이 내가 오기 전에 있었다.

영사과 근무를 마치고 옮긴 곳이 정무과였다. 당시 우리 외교의 핵심과제는 외교전쟁에서 북한을 이기는 것이었다. 자연히 대사관의 역량은 인도네시아에서 북한의 영향력을 무력화시키고 인도네시아의 지지를 우리 편으로 끌어내는 데 집중되었다. 그 업무를 담당하는 곳이 정무과였다. 그 시기에 정무과가 당면한 화급한 과제는 유엔에 상정되는 한국문제 토의에서 인도네시아가 우리 입장을 지지해주도록 교섭하는 것과 한국이 신청한 비동맹회의 가입 표결에서 인도네시아가 찬성표를 던지도록 설득하는 것이었다. 이런 외교교섭은 인도네시아 외교부 고위인사를 만나야 되는 일이었다. 만나는 상대에 따라 대사가 나서거나 공사 또는 참사관이 가서 만났다. 외교관 서열 최하위인 3등 서기관 명함을 가지고 내가 나서서 누구를 만날 일은 거의 없었다. 윗분들의 교섭결과를 문서로 작성하여 본부에 보고하는 것이 내 몫이었다. 대사가 누구를 만나러 갈 때는 내가 수행했다. 예를 들어 대사가 아담 말리크(Adam Malik) 외교부장관을 만날 때는 두 사람의 면담을 노트하고 정리하여 본부에 보고하는 일을 맡았다. 햇병아리 외교관인 나는 이런 과정을 통해서 외교를 이해하고 기교를 배우기 시작했다. '국가 간의 관계는 힘의 관계'라는 교과서적인 외교의 속성, 다시 말해서 국력의 뒷받침이 없는 외교는 속 빈 강정이라는 국제사회의 냉엄한 현실을 현장에서 눈으로 보고 체험하는 기회가 되었다. 그것은 가난한 대한민국이 국제사회에서 어떤 대우를 받는지 똑똑히 보는 기회이기도 했다. 나에게 정무과 시절은 내 커리어에서 젖먹이의 수유기(授乳期)에 해당되었다.

정무과로 옮기고 나서 대사는 나에게 과외로 두 가지 특수임무를 부여했다. 첫째는 비서실 업무를 관장하는 임무였다. 비서실에는 현지인과 한국인 여직원이 한 명씩 있었다. 대사 일정을 챙기고 심부름하는 것이 전부였으나, 이제는 대사가 관련되는 행사와 의전까지 포함하여 총괄하게 됐다. 두 번째 임무는 대사가 대통령에게 보내는 편지의 초안을 작성하는 일이었다. 대상이 대통령이니만큼 신경을 많이 써야 하는 까다로운 임무였다. 두 가지 임무 모두 정무과 고유 업무 외에 짊어진 짐이라 나는 몹시 바빠졌다. 소위 '비서실장'을 맡고 나서 우선 사생활이 불편해졌다. 대사가 수시로 나를 찾았기 때문에 퇴근 후나 주말에도 마음 놓고 문밖으로 나갈 수가 없었다. 우리 집에 전화가 없어서 사정은 더욱 복잡했다. 연락수단이 없다 보니 퇴근 후 대사가 나를 부르려면 다른 방법을 찾을 수밖에 없었다. 대사는 우리 집에서 10분 거리에 있는 삼환기업 C지사장 집으로 전화를 걸어 나를 불러냈다. C지사장이 우리 집까지 걸어와서 대사가 찾는다는 사실을 알려 주면, 나는 C지사장 집으로 가서 다시 대사에게 전화를 거는 방식이었다. 그런 일이 수시로 있었으니 C지사장은 얼마나 불편하며, 나도 지사장에게 얼마나 민망한 일인가. 나처럼 에어컨이 없는 집에 사는 C지사장네 가족은 편한 차림으로 있다가 내가 가면 옷을 갈아입어야 했고, 하다못해 차 한 잔이라도 내놓는 수선을 떨어야 했다. 나 역시 찜통더위에 시달리다 모처럼 주말이면 가족을 데리고 어디로 나가 바람이라도 쐬고 싶었지만, 혹 대사한테서 급한 연락이라도 올까 봐 번번이 포기하기 일쑤였다. 천방지축인 어린 아이들을 둔 나는 가장으로서 낙제생이었다.

그래도 삼환기업 C지사장이 전화를 가지고 있어서 연락을 주고받을 수 있던 것은 다행이라고 할 수 있었다. 1970년대 당시는 우리나라에서도 백색전화니 청색전화니 해서 전화가 부의 상징처럼 귀하던 때였다. 인도네시아 사정도 마찬가지였다. 전화가 있는 집은 전세로 들어가기에 너무 비싸 내 월급으로는 감히 엄두를 낼 수 없었다. 대사관 직원 가운데 전화 있는 집은 절반도 되지 않았으니, 말단인 우리 집에 전화가 없는 것은 하등 이상한 일이 아니었다. 전화뿐 아니라 에어컨도 없이 살았다. 전화와 마찬가지로 인도네시아 전력사정 역시 몹시 좋지 않았다. 에어컨을 사용하려면 전압이 높아야 하는데 우리가 들어간 집은 전압이 낮아 겨우 냉장고 하나 사용할 수 있는 정도였다. 전기다리미를 사용할 때는 냉장고의 전기코드를 뽑아놓아야 할 만큼 전압이 형편없었다. 전화와 에어컨은 부자나 권세가의 전유물이었다. 가난뱅이는 쳐다도 못 보는 그림의 떡이었다. 그래도 명색이 외교관 신분에 전화도 에어컨도 없는 가난뱅이 달동네에 산다는 사실이 가슴 아픈 일이었지만, 그것이 당시 우리의 현실이었다.

대사는 한 달에 한두 번 꼴로 대통령에게 편지를 썼다. 대사가 주제를 주면 내가 초안을 작성하고, 마지막으로 대사가 첨삭하여 친필로 옮겨 쓰는 식이었다. 업무보고를 사신(私信) 형식으로 쓴 것이라고 보면 된다. 주제는 분야를 가리지 않고 대통령의 관심을 끌 만한 것으로 했다. 주제를 받으면 나는 주제에 맞는 자료를 수집하였다. 자료수집이 완료되면 대사가 구상하고 있는 골격에 살을 붙이는 작업이 그 다음이었다. 사신이니만큼 딱딱한 공문서와 달리 대사의 생각을 매끈한 표현으로 포장해야 하므로 머리를 쥐어짜야 하고 시간도 많이 걸렸다. 신하가 임금에 올리는 표(表)처럼, 쓰다 보면 대통령에 대한 예의상 최상급 존경어와 찬미하는 용어를 사용하는 경우가 불가피했다. 이런 때 아부하는 인상을 주지 않으면서도 품위를 유지하도록 적당한 어휘를 찾는 일이 가장 어려웠다. 나는 대사의 편지를 용비어천가(龍飛御天歌)라고 명명했다. 내가 초안한 편지가 대통령의 마음을 움직여 대사가 승천하는 용처럼 승승장구하기를 바라는 기원의 뜻으로 그렇게 이름을 붙였다. 대통령을 직접 뵙고 보고 드리고 싶은 사안을 부득이 서면으로 올리는 대사의 단성(丹誠)이 그 안에 나타나게 하려 한 것이다.

용비어천가는 퇴근 후 집에서 썼다. 사무실에서는 정신집중이 되지 않기 때문이다. 젖먹이 아이가 잠든 조용한 저녁시간이 글쓰기에 가장 좋은 때였다. 에어컨이 없는 집은 저녁에도 열기가 식지 않아 조금만 움직여도 땀이 온몸에 홍건히 배었다. 여기에 백열전등의 열기까지 가세해 불쾌지수는 항상 인내의 한계점을 넘었다. 선풍기는 열기를 식히기는커녕 뜨거운 바람만 뿜어내 불쾌지수를 끌어내리는 데는 별 도움이 되지 않았다. 나는 거의 벌거벗은 차림으로 식탁에 코를 박고 수건으로는 흐르는 땀을 닦아 내며 작업을 했다. 이런 날은 십중팔구 밤을 샜다. 아침에 거울을 보면 얼굴이 푸석푸석하고 눈이 충혈되어 한눈에 봐도 초췌한 몰골이었다. 한 건의 용비어천가 초안을 작성하는 데는 보통 이틀이 걸리는데, 이는 이틀을 철야한다는 이야기가 된다. 어쨌거나 그렇게 작성된 초안은 대사에게 넘겨지고, 대사는 읽고 나서 수정할 부분을 지적하거나 마음에 들지 않으면 다시 쓰라고 지시했다. 대사가 합격점수를 줄 때까지 쓰는 일은 계속되었다. 생각이 막힐 때는 쓰기가 지겨워 짜증이 났다. 그러나 편지를 보내고 나서 작은 반응이라도 나타날 때면 뿌듯한 보람을 느꼈다. 내가 그럴진대 대사의 심중은 어떠했을까! 용비어천가를 쓰는 목적은 솔직히 말해서 대통령의 관심을 끌기 위한 것이다. 편지를 보내 놓고 반응을 살피는 것은 당연하다. 영어속담 "Out of sight, out of mind"(눈에서 멀어지면 마음에서도 멀어진다)의 해법으로서는 괜찮은 방법이란 생각이 들었다. 귀양 간 선비들이 한양 하늘을 바라보며 임금을 사모하는 글을 쓸 수밖에 없는 심정을 이해할 수 있었다.

대사가 올린 서신에 대해서 대통령이 직접 답신하는 일은 없었다. 그러나 건의한 것은 대부분 관계부처에 하명하여 실현되거나 검토되었다. 그 가운데 가장 기억에 남는 것이 우리나라가 인도네시아에 쌀을 대여한 일이었다. 1976년 또는 1977년으로 기억된다. 그해 인도네시아에 가뭄이 심하게 들어 식량사정이 매우 좋지 않았다. 3모작을 하는데도 쌀이 부족하여 수입하는 형편이었으며, 외국의 원조를 받아 어렵게 기근과 싸우고 있었다. 식량문제를 해결하지 못하면 수하르토 대통령의 정치적 입지가 흔들릴 전망이었다. 나는 대사의 지시에 따라 이 문제를 용비어천가 주제로 삼았다. 수하르토 대통령이 어려운 처지에 있을 때 우리가 어떤 형태로든 도움의 손길을 내민다면 양국 간 우호강화에 결정적인 탄력을 주게 될 것은 물론, 두 지도자 간의 개인적 친분관계를 성숙시키는 좋은 계기가 될 것이라는 논리를 전개했다. 마지막 부분에서 형편이 허락하는 한 쌀을 현물로 지원하고 나중에 돌려받는 방식으로 성의를 표시하자고 건의했다. 매년 보릿고개를 넘어야 하는 우리나라도 식량사정이 녹록하지 않아 쌀을 지원할 형편이 아니었음에도 대통령은 대사의 건의를 받아들이는 영단을 내렸다. 지원한 쌀의 규모는 내 기억에 없지만, 이것은 아마 역사상 유일무이하게 우리 쌀이 해외로 반출된 사례가 아니었나 생각된다. 자카르타 탄중뿌리옥항(港) 부두에서 한국쌀을 하역하던 장면이 지금도 내 머릿속에 선명하게 각인되어 있다. 이 밖에도 대사관 신축, 의무관(醫務官) 신설, 순시선(巡視船) 수출 등 대사의 아이디어로 이루어진 사례들이 적지 않았다. 모두 용비어천가의 효과였다.

외교부에는 3년마다 자리를 바꾸는 로테이션 제도가 있다. 본부에서 3년 근무한 사람은 해외공관으로 발령받아 나가고, 반대로 해외공관에서 3년 근무한 사람은 본부로 들어오는 인사방침이다. 이 방침에 따르면 나도 인도네시아에서 근무한 지 3년이 되었으므로 본부로 들어가게 되어 있었다. 이 점에 대해서 추호의 의심도 하지 않았던 나는 귀국 준비를 하고 있었다. 아내는 짐 쌀 채비로 시장 나들이가 잦아졌고, 나는 본부의 어느 과(課)로 발령이 날지 촉각을 세우고 있었다. 어, 그런데 이게 어찌 된 일인가? 기다리던 인사발령 명단에 당연히 있어야 할 내 이름이 아무리 보아도 없었다. 뭔가 잘못

되었다는 불길한 예감이 스쳤다. 올 때나 갈 때나 인사 때면 꼬이는 것이 무슨 마가 낀 것 같아 울화통이 터졌다. 기가 차서 앙앙불락하고 있을 때 마침 대사가 지나가다 생각난 듯, "손 군 말이야, 내가 본부에 말해서 자네 여기 더 있기로 했어. 딴 생각 말고 그렇게 알고 있으라구!" 그러는 것이 아닌가! 또 한 번의 청천벽력이었다. 쥐도 새도 모르게 덮쳐 낚아채는 수법은 3년 전이나 마찬가지였다. 내가 강하게 반발할까 봐 그랬는지 사전에 한마디 귀띔조차 안 하고 붙잡아 둔 게 서운했다. 3년 전 동기생들이 다 나갈 때 나만 발령에서 빠진 것은 포드대통령 영접준비라는 명분이라도 있었는데, 이번에는 그런 것도 없었다. 내가 없으면 무엇이 안 된단 말인가! 전화도 에어컨도 없는 가난뱅이 외교관 생활을 생각하면 정말 진절머리가 나 더 있고 싶은 생각이 없었다. 그러나 이미 엎질러진 물이었다. 화를 억누르고 곰곰이 생각하니 대사에게는 내가 필요한 존재라는 이야기였다. 며칠 끙끙 앓은 끝에 나는 현실을 받아들이기로 했다. 이것도 대사의 나에 대한 깊은 신임이려니 싶어 더 이상 죽을상을 짓지 않기로 했다. 그리고는 아무 일도 없었던 듯 천연스럽게 일상으로 돌아갔다.

내가 인도네시아에 온 지 4년째 되는 해는 대사가 인도네시아에 부임한 지 5년째에 해당되는 해였다. 대사도 3년 주기로 바뀌는 것이 관례인 점에 비추어 5년째 그대로 있다는 것은 분명히 비정상적이고 매우 이례적이었다. 그런 상황에 놓아두는 것은 대통령의 뜻이라고밖에 볼 수 없었다. 불러들일 때가 아직 되지 않았다는 암시로 볼 수 있는 대목이었다. 그러나 기다리는 사람의 입장에서는 하루가 여삼추인 것이다. 대사의 표정에도 피로의 기색이 쌓이기 시작했다. 자신이 망각의 블랙홀 속으로 빠져 들어가는 것이 아니냐는 불안감을 느끼기에 충분한 상황이었다. 장관은 따 놓은 당상이라고 믿는 주위 사람들에게도 면목이 없는 일이었다. 그럴수록 용비어천가의 중요성은 더해 갔다. 대사와 대통령을 이어 주는 실낱 같은 줄이 용비어천가 말고는 현재로서 달리 없었기 때문이다. 용비어천가를 쓰는 나의 손길은 그래서 느슨할 수 없었다. 사군이충(事君以忠)의 정서가 글 속에 녹아 있도록 잔꾀도 부렸고, 대사도 별다른 이의를 달지 않았다. 'Out of sight, out of mind'의 덫에 걸린 대사의 마음을 헤아리며, 나는 광야의 외침 같은 글을 쓰고 또 썼다.

　　이런 가운데 또 한 해가 지나고 있었다. 나는 외교부에서 뿌리를 내려야 하는 사람이기 때문에 외교부의 흐름을 타야 했고, 대사가 뭐라 하든 이번에는 발령열차를 놓칠 수 없었다. 각오는 그렇지만 대사가 놓아 줄지는 미지수였다. 대사관에는 대사가 데려온 사람이 나 말고 또 한 사람 있었다. 경제기획원차관 시절 보좌관으로 있던 직원인데 행정직이었던 그를 외교직으로 전직까지 시켜서 데려온 사람이다. 장승우란 분으로 후일 노무현 대통령 시절 해양수산부장관에 발탁되었다. 이처럼 대사는 자기가 신임하는 사람을 붙들어 두는 성격이었다. 나도 그 범주에 포함되어 벗어나기 어려울 거라는 우려가 현실로 다가왔다. 이런 사정을 잘 알고 있는 O공사(공사는 대사 바로 아래 직급임)가 내게 일침을 놓았다. 인도네시아에 오래 있어 보아야 득 될 게 하나도 없는데 무엇 때문에 안 가고 꾸물거리냐며 빨리 떠나라는 꾸중이었다. O공사는 외교부 토박이로 내가 비외교부 출신 과객(過客)에게 붙잡힌 게 안되어 보였던 것이다. 그러면서 자기가 본부에 이야기하여 발령이 나게 해 주겠다고 팔을 걷어붙였다.

나는 1978년 가을에 본부귀임 발령을 받았다. 인도네시아에 온지 만 4년이 되는 때였다. 이미 발령이 난 뒤에 이 사실을 안 대사는 언짢은 심기를 숨기지 않았다. 자기 몰래 손쓴 것이 아니냐는 투로 불만스럽게 따져 물었다. 깜빡 잊고 한 발 늦은 자신의 실수를 후회하기도 했다. 내가 자진해서 남겠다고 하지 않은 것에 대한 분노인 것 같았다. 나는 외교부 소속이기 때문에 외교부의 흐름에 따라야 한다고 완곡하게 변명했다. 대사는 판단이 빠른 분이다. 내가 가야 할 이유를 모를 리가 없었다. 다만 나를 자기 사람으로 생각했는데 내가 그걸 몰라준다는 서운함이 있었을 것이다. 무엇보다 내가 가면 용비어천가를 누구에게 맡길지 마음에 걸렸을 것이다. 대사는 다음 날 내 발령을 축하해 주었다. 현실을 받아들이는 데는 하루의 시간이 필요했던 것이다. 거기에서 그치지 않고 일주일의 특별휴가를 주었다. 그리고 귀국하기 전에 발리를 구경하고 오라면서 금일봉을 내 손에 쥐어 주었다. 그 순간 울컥하는 감동이 목구멍까지 올라왔다. 그동안 대사와 나 사이에 형성된 인간적 유대의 끈이 이것이구나 하는 생각이 들었다. 그때까지도 나는 인도네시아의 대표적인 관광지 발리를 가 본 적이 없었다. 전화도 에어컨도 없는 집에 사는 처지에 4인 가족이 비행기 타고 발리에 여행 갈 경제적 여유가 있을 턱이 없었다. 그림의 떡이었던 행운을 손에 쥔 우리 가족에게 이 순간은 인도네시아에서의 삶에서 행복한 클라이맥스였다.

내가 인도네시아에서 돌아오고 채 1년이 되지 않아 대사는 체신부(정보통신부의 전신)장관이 되어 귀국했다. 기다리던 금의환향이었다. 나를 찾는다는 체신부장관 비서실 연락을 받고 나는 반가운 마음에

뛰다시피 달려갔다. 당시 외교부는 중앙청(현 경복궁 자리)에 있었고 체신부는 광화문 네거리 동아일보사옥 뒤편에 있었다. 빨리 가면 15분이 채 안 걸리는 거리였다. 비서실은 장관 만날 차례를 기다리는 사람들로 만원이었다. 새로 부임한 장관에게 업무보고를 하려는 간부들로 보였다. 비서는 다른 사람들을 제치고 나를 먼저 안으로 들여보냈다. 단정한 정장에 장관배지를 옷깃에 단 전직 주인도네시아대사가 풍채 좋게 책상 뒤 의자에 앉아 있었다. 그에게 나는 여전히 '비서실장'이었다. 한 시간이 넘은 긴 이야기 끝 부분에 장관은 내게 체신부로 오라고 넌지시 의향을 물었다. 이번에는 인도네시아로 데려갈 때처럼 명령이 아니라 타진이었다. 나는 이 부분에서 단호해야겠다는 생각을 했다. 그러나 직설적으로 "노(NO)" 하기는 예의가 아닌 것 같아, 외교관이 되는 게 내 꿈이라는 말로 대답에 대신했다. 내 뜻을 읽은 장관은 더 이상 이 문제를 거론하지 않았다. 체신부에서 농수산부장관으로 자리를 옮긴 후에도 장관은 수시로 나를 불러냈다. 가서 보면 업무와 아무 관계없는 이야기가 대부분이었다. 장관은 스트레스가 쌓이는 자리이다. 흉금을 터놓고 말할 사람도 마땅치 않았을 것이다. 머리가 복잡할 때 아무 부담 없는 말 상대로서 내가 필요했던 것 같아 나는 그분을 편하게 해 드렸다.

1979년에 일어났던 박정희 대통령 시해사건과 12.12사태는 L장관에게 좋지 않은 소식이었다. 그 이후 벌어진 혼란한 국내 상황과 전두환 신군부세력의 등장은 장관에게 달리던 기관차가 돌연 멈춰서 버린 형국이나 다름없었을 것이다. 차기 경제기획원장관을 넘어 총리까지 바라볼 수 있었던 대표적 경제통이 그 시점에 하차하게 된 것은 개인적인 꿈이 무산된 것은 차치하고 국가적으로도 큰 손실이었다. 박 대통령은 주요 경제부처를 두루 섭렵하고 자원외교 경험까지 쌓은 L장관을 한국경제 사령탑에 앉히려고 시기를 재며 스톱워치를 보고 있었다는 것이 내가 보는 시각이다.

L장관은 관직을 떠난 이후 지병으로 병상생활을 했다. 병원에 입원해서도 나를 찾는다기에 문병 갔던 것이 최후의 상면이 되고 말았다. 내 이름을 부르기에도 숨이 차던 모습, 그리고 내 손을 잡고 편안한 표정을 짓던 마지막 모습이 눈에 선하다. L장관은 내가 주독일대사관에 근무하던 1983년 50세의 젊은 나이로 너무 일찍 타계하였다. 공적인 상하관계를 떠나 아들처럼 형제처럼 친구처럼 대해 주던 그분은 내 생애에서 가장 큰 공간을 차지한 잊을 수 없는 스승이었다. 총영사로 그리고 대사로 재임하면서 그분이 했던 볼륨 있는 행보를 시도해 보았지만, 나는 황새걸음을 따를 수 없는 뱁새에 불과했다. 용비어천가를 쓰던 때가 그립다.

2019. 3. 24.

03/

수무상형

水無常形

1970년대는 세계가 극심한 냉전구도에 갇혀 있던 때였다. 한국 외교도 그 틀에서 자유로울 수 없었다. 냉전 속의 냉전인 남북대결은 당시 우리 외교가 씨름하고 있는 괴물이었다. 내가 있던 주인도네시아대사관 정무과는 그런 일로 조용할 날이 없었다. 그 당시 당면한 최대현안은 우리나라의 비동맹회의(非同盟會議) 가입이었다. 비동맹회의는 1955년 29개 아시아·아프리카국가 대표들이 인도네시아 반둥에 모여 반식민주의 반제국주의를 강령으로 채택한 비동맹운동(Non-Aligned Movement)의 국제조직이다. 비동맹회의는 냉전의 두 축인 친미 친소세력 밖에서 제3세력으로 상당한 영향력을 행사하고 있었다. 그런데 공교롭게 북한이 비동맹회의 회원국이었다. 북한은 사회주의에 경사된 이 조직을 등에 업고 사사건건 우리를 괴롭혔다. 따라서 비동맹회의는 대체로 우리나라에 대해 비우호적인 태도를 보여, 우리 입장에서 솔직히 골치 아픈 존재였다. 정부는 앉아서 당하고만 있느니 차라리 우리도 비동맹회의에 들어가 북한의 기도를 무력화시키자는 적극전략으로 선회했다. 그리고 1975년 비동맹회의 가입신청서를 정식으로 제출했다.

그러나 우리의 시도는 처음부터 불리한 조건을 안고 있었다. 비동맹회의는 이름 그대로 어떤 나라 어떤 세력과도 동맹관계를 맺지 않는다는 전제를 깔고 있는 조직이다. 그런 점에서 미국과 동맹을 맺은 한국이 가입승인을 받는 것은 어려운 일이었다. 일단 신청서를 제출한 만큼 가입여부는 회원국의 표결 결과를 기다려 볼 수밖에 없었다. 어려운 싸움을 걸어 놓은 우리는 지지표 확보를 위해 사활을 걸고 팔을 걷어붙였다. 인도네시아는 비동맹회의의 산실이자 창설멤버라는 점에서 상징적 의미가 가장 큰 나라였다. 인도네시아의 태도가 다른 회원국에게 영향을 줄 수 있다는 것이 본부의 평가였다. 따라서 인도네시아는 우리가 특별히 공을 들이는 나라였다. 인도네시아의 지지를 기필코 확보하라는 본부 지시가 벼락 치듯 내려왔다. 대사의 '직을 걸고' 해내라는 최후통첩식 지시에 정부의 결연한 의지가 드러나 있었다. 그러나 현실은 만만치 않았다. 인도네시아에서도 미국과 동맹관계인 한국이 과연 비동맹회의에 들어올 자격이 있는지에 대해 회의적으로 보는 시각이 우세했다. 북한은 그런 분위기에 기름을 붓고 돌아다녔다. 사회주의자인 수카르노 대통령이 물러나고 후임 수하르토 대통령이 친서방정책으로 방향을 틀었다고는 하지만 비동맹회의정책에서는 기존의 잣대를 버리지 않고 있었다. 인도네시아의 지지는커녕 기권도 얻어 내기가 사실상 불투명한 상황이었다. 반대만 하지 않아도 성공일 만큼 분위기는 우리에게 불리했다.

우리나라의 비동맹회의 가입에 대한 찬반여부는 이 나라 외교부장관이 결정할 사안이었다. 이런 민감한 외교문제는 실무선에서 검토의견을 올리고 장관이 최종 결정하는 것이 관례이다. 인도네시아 외교부장관은 아담 말리크(Adam Malik)라는 분이었다. 유엔총회의장을 지낸 거물인데다, 비동맹회의 원로회원국의 외교수장으로서 위세가 대단했다. 평소에 미국이나 소련 등 강대국 대사 외에 다른 나라 대사들은 만나보기조차 힘들었다. 약소국 대사들은 임기 중 장관 얼굴 한 번 보지 못하고 떠나는 경우가 적지 않았다. 실제로 말리크 장관은 바쁜 사람이었다. 해외출장이 잦아 거의 일 년의 반은 밖에 나가 있었다. 동시에 정치인이었다. 정치인으로서 국내정치 일정까지

소화하느라고 시간을 쪼개 쓰는 사람이었다.

말리크 장관이 아무리 바쁘다 해도, 대사 입장에서는 우리의 목을 쥐고 있는 그를 어떤 일이 있어도 만나야만 했다. 대사관은 장관 면담신청을 공식적으로 인도네시아 외교부에 전달하고 결과를 기다렸다. 그런데 인도네시아 외교부는 대사의 면담신청에 대해 확답을 주지 않고 미적거렸다. 표면적 이유는 바쁘다는 것이었다. 장관이 정말로 바빠서 시간을 내지 못할 수도 있었다. 그러나 우리의 판단은 달랐다. 같은 비동맹회의 회원국인 북한이 죽기 살기로 반대하는 한 국가입문제에 말려들고 싶지도 않고, 만나도 대사를 만족시킬 말도 없었던 것이 진짜 이유일 것으로 보았다. 다분히 의도적이라는 게 우리의 생각이었다. 일은 시작부터 삐걱거리고 있었다.

말리크 장관을 만나야 호소든 부탁이든 무언가를 할 텐데, 이런 엄중한 상황에 묘안이 없는 대사는 하루하루가 바늘방석에 앉아 있는 형국이었다. 교섭결과를 보고하라는 본부 독촉을 받을 때마다 속은 시커멓게 타들어 갔다. 대통령의 특별한 신임을 받아 특임대사로 온 그의 입장에서는 주재국 외교부장관도 만나지 못하는 딱한 처지가 되어 버렸으니, 본국에 대고 할 말이 없었다. 어떠한 해명도 구차한 변명에 지나지 않을 것은 불문가지였다. 지금까지 실패를 모르고 살아온 대사에게 이것은 참을 수 없는 자존심의 문제였다. 지금 대사에게 필요한 것은 불가능을 가능하게 하는 능력을 보여 주는 기적뿐이었다. 설사 "노(NO)"란 대답을 듣는 한이 있어도 장관은 천하 없이 만나야 할 사람이었다. 그런 대사의 입장을 옆에서 지켜보는 나 역시 속이 탔다. 인도네시아 외교부 실무선과 연락을 통해 면담을 성사시키는 일은 내 임무인데, 마치 내가 무능해서 그런 것 같아 몸 둘 바를 몰랐다. '장관이 바쁘다'는 똑같은 대답 듣기가 겁나 이제는 외교부에 전화 걸기도 망설여졌다.

그렇게 마른하늘에서 비 오기만 기다리던 어느 날, 대사는 나에게 난데없이 별난 일을 시켰다. 말리크장관이 사저(私邸)에 언제 돌아오는지 매일 체크하라는 지시였다. 이유는 말하지 않았다. 대사의 인내 수위(水位)는 이미 바닥을 드러낸 상태였다. 이래서는 안 되겠다는 절박감에서 무언가 비상조치를 생각하고 있는 것 같았다. 그런데 장관실에 언제 들어오는지 알아보라면 모를까 사저라니, 이 부분에서 나는 어리둥절했다. 사저 앞에 숨어 염탐하라는 것인지, 황당한 지시가 이해되지 않아 나는 망설였다. 외교관생활 첫걸음을 염탐이란 음습한 스파이 노릇부터 할 판이었다. 별일을 다 시킨다고 속으로 못마땅했지만, 드러내 놓고 싫은 내색을 할 수 없었다. 무엇 때문에 그러느냐고 물어보기도 난처했다. 잘못하면 항명하는 인상을 줄 수가 있었다. 무슨 카드를 꺼내 들려고 그러는지 확실하게 떠오르지 않아 대사의 의도를 이리저리 더듬었으나 잡히는 것이 없었다. 그렇지만 대사의 의도가 무엇이든, 설령 지시가 내키지 않더라도, 대사를 모시는 입장에서 국익을 위한 것이라면 무얼 시켜도 무조건 따르는 것이 도리라는 게 내 원칙이었다. 일단 하란 대로 해 놓고, 그 다음 일은 대사가 알아서 할 일이었다.

궁리 끝에 사저 비서와 우선 안면을 터놓고, 장관이 언제 귀가하는지는 기회를 보아 알아보는 방법을 쓰기로 했다. 사저 앞에 숨어 염탐하기보다는 그 방법이 신사적이고 나아 보였다. 전화로 비서와 만날 약속을 할까 하다가 혹시 거절당하면 어쩌나 싶어 정면돌파 방법을 택했다. 나는 인삼차 한 박스를 들고 그날로 예고 없이 다짜고짜 사저로 돌진했다. 사저는 대사관에서 그리 멀지 않았다. 실패가 허용되지 않는 임무이므로 조폭 같은 전략도 필요하다는 생각이었다. 나는 일단 정문에서 저지당했다. 수위는 '별놈 다 보겠다'는 눈으로 나를 훑어보았다. 들어가겠다는 나와 약속도 없이 쳐들어온 불청객을 못 들여보내겠다는 수위 사이에 말 실랑이가 벌어졌다. 내가 계속 버티자 수위가 할 수 없이 안에다 전화로 무어라고 상황을 알렸다. 곧이어 내 나이 또래의 젊은 여자가 나왔다. 도대체 소란을 피우고 있는 무뢰한이 누구냐는 호기심에 찬, 그러면서도 경계심을 숨기지 않은 시선이 나와 마주쳤다. 나는 명함을 꺼내 건네며 한국대사관의 누구라고 밝히고, 드릴 말씀이 있어서 왔다고 자신을 소개했다. 대사관에서 왔다는 말이 먹혀들었던지 여자는 떨은 표정을 거두고 나를 응접실로 안내했다. 에어컨이 잘된 집안은 시원하고 조용했다. 나는 가져온 인삼차를 내밀면서 온 목적을 솔직히 이야기했다. 대사가 급한 일로 말리크 장관을 만나려고 수차 면담요청을 했으나 아직 못 만나고 있다고 실토하고 도움을 요청하였다. 그 여자가 바로 장관사저의 비서였는데 친절했다. 임무수행을 위해 무례도 불사하는 내가 기특하다고 생각했던지, 아니면 가여웠던지, 동정을 내비치는 기색이었다. 그 부분은 사저의 소관이 아니라고 일단 선은 그었지만, 도울 방법이 있는지 알아보겠다며 잘라 거절하지는 않았다. 첫 만남은 앞으로 서로 연락하자는 언약으로 일단 마무리가 되었다. 생각보다 괜찮은 출발이었다.

그다음 날 나는 비서에게 전화를 걸었다. 며칠 지나서 걸까 했는데 대사의 성화를 견딜 수 없었다. 전화를 통해 전해지는 상대방 목소리가 사무적이었다. 장관 이야기를 서두부터 꺼내기가 내키지 않아 평범한 안부 인사를 늘어놓자, 비서는 장관이 방금 귀가하여 샤워 중이라며 지금은 바쁘니 나중에 연락하자고 양해를 구했다. 장관이 귀가했다? 나는 귀가 번쩍 뜨였다. 알고 싶어 하는 정보를 묻지도 않았는데 알려 주니 나로서는 대어를 낚은 횡재였다. 나는 전화를 끊고 즉시 대사에게 장관이 귀가한 사실을 보고했다. 이 말에 대사는 전기 충격을 받은 사람처럼 긴장했다.

"그래? 그럼 당장 사저로 가자. 차에 기(旗)도 달고!"

무언가 비상수단을 쓰려고 한다는 감은 대충 잡고 있었지만, 사저로 가자는 것은 뜻밖이었다. 대사는 이런 기회를 기다리고 있었던 것 같았다. 정상적인 방법으로는 도저히 만날 수 없는 상황이라고 확신하고 비정상적인 방법을 택한 것이 분명했다. 일국의 대사가 일국의 장관을 약속도 없이 집으로 찾아간다는 것은 통상적으로 생각할 수 없는 일이다. 형식과 절차를 중요시하는 외교관례상 있을 수 없는 일이고 무례한 행동이다. 그렇게 찾아간다고 해서 상대방이 좋은 얼굴로 만나줄 리도 없다. 잘못하다간 가택 불법침입죄로 몰려 인도네시아 외교부의 블랙리스트에 올라가 왕따가 될지 모를 일이었다. 문전박대라도 당하고, 이런 사실이 알려지면 나라 체면은 또 어찌 되는가! 교각살우(矯角殺牛)의 우를 범하는 꼴이 될 수 있었다. 이래도 되는

지, 내 상식과 내 작은 간덩이로는 흔쾌히 찬성할 수 없는 일이었다.

그러나 다른 각도에서 보면 꼭 그렇게 볼 것은 아니었다. 우리는 비동맹회의 가입이라는 목표를 놓고 치열한 전투를 벌이고 있는 중이었다. 전쟁은 이겨야 한다. 지기 위해 하는 전쟁은 없다. 전쟁에 이기기 위해서는 모든 수단이 동원되고, 그 수단은 정당화된다. 전쟁의 수단은 전략 전술에 달려 있다. 게릴라전도 있고 기습공격도 있고 위장술도 있다. 심지어 2보 전진을 위해 의도적으로 1보 후퇴하는 경우도 있다. 앞에서는 싸우면서 뒤에서는 적과 거래도 하고 매수도 한다. 초나라 노래로 항우 병사들의 전의를 꺾은 사면초가(四面楚歌) 전술은 유방의 심리전이다. 전술은 다양하다. 어떤 전술을 쓰느냐는 그때그때 상황에 따라 다르다. 손자는 용병(用兵)은 물과 같이 하라고 했다. 물은 고정된 형상이 없다(水無常形). 오로지 땅의 모양에 따라 물의 형태는 변화한다. 용병은 물처럼 일정한 틀에 얽매이지 말고 적의 상황에 따라 적절하게 대응하라는 것이 손자의 가르침이다. 손자병법 허실(虛實) 편에 나와 있는 말이다. 손자는 이런 전략으로 전쟁을 승리로 이끈 사람을 신(神)이라고 했다. 여기에 해당되는 역사적 인물을 꼽는다면 유방을 도와 한나라를 세운 장량과 삼국지의 영웅 제갈공명이 있다. 서양에는 비스마르크가 있고, 우리나라에는 이순신 장군이 있다. 외교도 전쟁인데 이와 다를 것이 없다. 국가목표의 달성은 지고의 선(善)이다. 그것을 위해 안 될 것은 아무 것도 없다.

대사가 공식행사에 갈 때, 대사 차에 국기를 다는 것이 원칙이다. 기는 국가의 상징이고 주권의 표시이다. 대사가 기를 달라고 한 것은 비록 약속은 없지만 공적 임무수행을 위해 간다는 의미였다. 대사의 비장한 각오가 거기에 담겨 있었다. 나는 차 앞좌석에 앉아 앞으로 벌어질 일에 조마조마했다. 차가 달리는 동안 사각의 조그만 태극기가 바람에 거세게 퍼덕이며 차 몸체에 부딪쳐 내는 규칙적인 충돌음이 꼭 심장 고동소리와 같았다. 대사는 뒷좌석에서 아무 말이 없었다. 장관과의 일전에 대비한 숨고르기를 하는 듯 보였다. 내가 대사라면 이런 때 나도 같은 행동을 했을까 자문해 보았다. 대사가 지금 택한 방법은 외교관례와 의전에 익숙한 정통외교관에게는 불가능에 가까운 선택이다. 내가 동의하는 방법은 아니었지만, 대사의 선택은 이해하고도 남음이 있었다. 햇병아리인 내 눈에 대사의 배짱은 나 같은 소인배와 크게 달라 보였다.

사저까지는 차로 10분도 채 걸리지 않았다. 우리가 도착하자 수위는 철책문을 열어 주었다. 일국의 대사가 약속 없이 왔으리라고 꿈에도 생각하지 못한 수위의 실수였다. 한국대사가 왔다는 전갈에 어제 만났던 비서가 허겁지겁 나오더니 눈앞의 어이없는 광경에 할 말을 잊고 어리둥절한 모습이었다. 그리고는 나를 보더니 영문을 알 수 없는 한국대사의 출현에 대해 해명을 요구했다. 나는 대사가 급한 사정으로 장관을 잠깐 만나려고 하는데, 정식절차를 밟을 시간적 여유가 없어서 결례를 무릅쓰고 왔으니 도와 달라고 간청했다. 나한테 이미 들은 이야기가 있어서 비서는 바로 이해하는 눈치였으나, 어쨌든 난감한 표정이었다. 일이 이렇게 된 이상 제 발로 찾아온 손님을 내쫓을 수는 없는 일이었다. 비서는 어처구니없다는 웃음을 흘리며 나를 빤히 쳐다보았다. "네가 어제 찾아왔던 게 다 속셈이 있었던 연극이었구나!" 눈으로는 그런 말을 하고 있었다. 잠시 머뭇거리던 비서는 할 수 없다는 듯 우리를 안으로 안내했다. 그런 뒤 자신 없는 소리로 기다려 보라는 말을 남기고 사라졌다. 텅 빈 응접실에는 대사와 나뿐이었다. 주위는 절간처럼 조용했다. 멋쩍은 적막을 깨뜨리려고 대사와 나는 몇 마디 대화를 나누었지만 긴장 탓인지 토막토막 끊겼다. 적막은 천 근의 무게로 내리누르고 시간은 정지한 듯 더디게만 갔다. 한참 있다 다시 나온 비서는 차와 커피를 쟁반에 들고 와 우리 앞에 놓았다. 그리고는 장관이 휴식을 취하고 있으니 더 기다릴 수 있느냐고 상냥하게 물었다. 처음 우리를 보고 난감해하던 표정과는 사뭇 달랐다. 걱정하지 말라는 언외의 암시로 받아들여졌다. 나는 가슴을 쓸어내렸다. 비서는 다시 사라졌다.

거의 반 시간이 지나서야 말리크 장관이 헐렁한 실내복 차림으로 나왔다. 비서한테 보고를 받아서인지 표정은 담담했다. 악수와 간단한 인사교환이 있고 나서, 장관은 다소 거만한 자세로 주인석에 앉아 검열하는 시선으로 불청객을 훑어보았다. 그것은 무단침입한 딱한 한국 외교사절에 대한 일종의 불만표시였으며, 도대체 무슨 사연이 있길래 이리 무례한 방법으로 왔는지 어디 한번 말해 보라는 신호였다. 장관은 왜소한 체구였지만 형형한 눈빛이 우리를 압도했다. 근엄한 표정에서 유엔총회의장을 역임한 외교수장의 관록과 권위가 절로 느껴졌다.

장관이 무슨 말을 하기도 전에 대사가 먼저 입을 열었다. 우리나라가 비동맹회의 가입신청을 낸 사실과 인도네시아가 표결에서 우리를 지지해 달라는 요지의 말을 일사천리로 해 내려갔다. 영어가 유창한 대사는 마치 대사(臺詞)를 외운 듯 막힘이 없었다. 대사의 청산유수는 10분 정도 계속되었다. 정확히 말하면 5분 정도 우리의 입장을 설명하고, 장관이 뭔가 질문하자 다시 5분 정도 보충설명을 한 것이다. 장관은 대사의 말을 시종일관 코멘트 없이 듣고만 있었다. 간간이 대사의 말 중간에 "I see."만 되풀이 했다. 'I see'는 대사가 하는 말을 알아들었다는 확인의 간투사이지 우리를 지지한다는 뜻은 물론 아니었다. 대사의 지지 호소 발언이 끝나고 이제 장관이 그에 대해 대답할 차례였다. 우리는 장관의 입에서 무슨 말이 떨어질지 온 신경을 집중했다. 내 목구멍에서는 침이 꼴깍 넘어가고 있었다. 그런데 장관은 우리의 간절한 기대와는 달리 대사의 설명에 감사하다는 간단한 말 한마디로 면담을 끝내 버렸다. 지지여부에 대해서는 일언반구 언급도 없었다. 싱거운 면담이었다. 말을 마친 장관이 일어서려고 하자, 대사가 급히 상의 안주머니에서 봉투를 꺼내 장관에게 내밀었다. 우리의 입장을 설명한 메모랜덤이니 시간이 나면 읽어 보라며 정중하게 말했다. 장관은 멈칫하다 봉투를 받아 들었다. 그것이 면담의 전부였다. (메모랜덤 : 외교기관 간에 어떤 문제에 대한 설명, 질문, 통고 등에 사용하는 외교문서의 일종)

사저를 떠나는 나는 즐겁지 않았다. 스스로 초라해 보이고 발걸음은 무거웠다. 따라 나와 배웅하는 비서에게 그런 내 속마음을 들키지 않으려고 천연스러운 척 밝은 웃음으로 작별인사를 했다. 나는 상대방을 무시하는 듯한 장관의 태도에 모멸감을 느꼈다. 적어도 한마디쯤은 우회적으로라도 본심을 드러내 보일 만한데 실망스러웠다.

'굴욕을 참는 것도 외교인가'라는 의문과 함께 마음의 심층에서 충격
파가 일기 시작했다. 그런데 대사의 반응은 나와 같지 않아 보였다.
무거운 짐을 벗은 사람처럼 오히려 후련한 모습이었다. 장관을 만났
다는 사실만으로도 만족하는 사람 같았다. 돌아오는 차 속에서 대사
는 면담결과를 정리하여 본부에 보고하라는 지시를 내렸다. 말리크
장관이 우리의 가입을 지지한다고 말하지 않았지만 반대한다는 말
도 하지 않았다는 사실을 포함시키라는 가이드라인도 주었다. 나는
그제서야 대사의 뜻을 헤아렸다. 내가 한 말에 상대방이 아무 대꾸
도 하지 않는다면 대꾸할 가치도 없다는 무시이거나, 말 못 할 사정
이 있다는 암시로 해석할 수 있다. 말리크장관의 무응답을 대사는 후
자로 보았던 것이다. 비동맹회의 회원국인 북한이 한사코 반대하는
한국의 비동맹가입을 비동맹회의 좌장격인 인도네시아가 나서서 지
지하기도 그렇고, 친서방 개발도상국가로서 이념과 가치를 공유하는
한국의 가입을 반대하기도 그런 어정쩡한 입장 때문에 입을 열지 않
은 것으로 해석한 것이다. 이것은 앞으로 인도네시아의 입장에 변화
의 여지가 있을 수 있다는 암시이기도 했다. 대사가 나처럼 기가 죽
지 않은 이유가 거기에 있었던 것이다.

인도네시아가 표결에서 우리의 가입에 어떤 표를 던졌는지는 오
래되어 기억이 또렷하지 않다. 비동맹회의 원칙과 정신에 충실한 인
도네시아의 외교정책으로 보아 한국의 가입을 찬성하는 입장은 분
명히 아니었을 것이다. 원래는 반대표를 던질 가능성이 컸으나, 여러
가지 사정을 감안하여 기권 선에서 우리에게 성의를 표시하지 않았
을까 하는 것이 내 생각이다.

어쨌거나 대사와 말리크 장관의 만남을 통해 내가 보고 얻은 것은 내 생애에서 가장 중요한 가르침이자 깨달음이었다. 본부 지시사항을 수행하기 위하여 외교부장관 사저를 예고 없이 찾아간 대사의 발상과 담력은 내가 경탄을 금할 수 없는 부분이다. 국가목적의 달성을 위해서는 무엇이든지 단호하게 행동해야 한다는 사실을 극명하게 보여 준 사례이다. 형식에 너무 얽매이지 말고 수무상형(水無常形)의 교훈에 따르라는 가르침을 나는 대사한테서 보았다. 다음으로 나는 상대방의 의중을 읽는 대사의 능력에 감탄했다. 나는 말리크 장관의 무응답을 무시라고 생각하고 분노를 느꼈지만, 대사는 우리에 대한 숨은 호의로 보고 담담했던 것이다. 노련한 외교관은 직설(直說)을 하지 않는다고 한다. 두루뭉술한 말이나 행동 속에 답이 있고, 그 답은 상대방이 해석하기 나름이다. 외교관의 "Yes"를 곧이곧대로 받아들이면 바보이다. 외교관의 Yes는 Yes일 수도 있고 No일 수도 있고 Maybe일 수도 있다. 주어진 상황을 종합적으로 읽고 대답을 판단해야 한다. 말리크 장관의 무응답은 그런 노련함, 어쩌면 거물다운 노회함의 진면목이었다. 대사는 그것을 바로 간파한 것이다. 또 한 가지 내가 놀란 것은 대사의 용인술이었다. 그렇게 사저로 찾아간 이후부터 대사는 만나기 어렵기로 소문난 말리크 장관을 어쩐 일인지 쉽게 만나기 시작했다. 대사가 장관을 만나고 싶다고 사저 비서에게 면담신청을 하면 언제 몇 시에 사저로 오라는 연락이 왔다. 도저히 믿을 수 없는 미스터리였다. 사람을 끄는 신비한 힘이 대사에게 있는지, 아니면 두 사람 사이에 내가 알지 못하는 숨은 비밀이 있는지 나는 지금까지도 그 이유를 잘 알지 못한다. 혹시 메모랜덤이라고 내민 봉투에 마법의 지팡이라도 숨어 있었던 것일까? 내가 모셔 본 바로는 대사에게는 사람을 다루는 남다른 용인술이 있는 것이 사실이다. 나를 낚아채 인도네시아로 데려온 것도 용인술의 한 단면이라 할 수 있다. 말리크 장관이 마술에 걸린 듯 변한 것은 물론 차원이 다른 이야기이다.

　나는 그 이후 외교부 생활을 하면서 수무상형을 좌우명으로 삼고 공직을 수행하려고 노력했다. 아마 그 덕분이었을 것으로 생각되는 성공 사례들이 몇 건 있었지만, 스케일 면에서는 대사의 발꿈치에도 미치지 못했다. 상대방의 마음을 읽는 능력이나 용인술은 더 말할 필요도 없었다.

2018.4.4.

04/

한반도인 무슬림
자마단

...

아니, 고려인이 무슬림(이슬람교도)이라고? 나는 뜻밖의 발견에 눈이 휘둥그레지며 하마터면 "어!" 소리를 지를 뻔했다. 2003년 여름, 휴가를 얻어 중국 광주(廣州)에 갔을 때 일이다. 중국은 땅덩어리가 워낙 커 상해(上海)에 근무하던 시절에는 주로 양자강 이북지역 여행을 좀 했고 남쪽은 가 볼 기회가 없었다. 광주여행은 내가 필리핀에 근무할 때의 일이다. 필리핀에서는 중국 남쪽이 가까워 잘되었다 싶어서 평소 가 보고 싶었던 광주와 천주(泉州)를 목적지로 택했다. 광주와 천주는 예로부터 국제무역항으로 유명해 내 호기심을 끊임없이 자극하던 곳이다. 나는 낯선 곳에 가면 박물관에 먼저 가는 버릇이 있다. 박물관이 그곳의 역사와 내력을 이해하는 첩경이기 때문이다. 광주는 흥성했던 국제무역으로 중국 역사상 오랫동안 풍요의 상징이었던 반면, 아편전쟁과 함께 중국의 몰락을 예고한 아픈 현대사의 현장이기도 하다. 그런 이유로 박물관에 대한 나의 기대는 다른 어느 곳보다 컸다. 택시가 나를 내려놓은 곳은 월수(越秀)공원에 있는 진해루(鎭海樓)였다. 박물관은 현대식 서양건물일 것이란 나의 고정관념을 깨고 진해루는 중국 전통양식의 지붕을 한 5층 건물이었다. 건물 이마에 걸린 鎭海樓라는 편액이 내 눈을 끌었다. 편액의 어느 글자에서도 박물관의 이미지는 느껴지지 않았다. 흔하디 흔한 무슨 누각의 이미지만 떠올랐다. 바다를 지키는 누각? 그런 정도로 나름 진해(鎭海)의 뜻을 풀어보면서, 혹시 아편전쟁과 관련된 유적이거나 사당이 아닌가 하는 착각이 들었다. 내 알량한 중국어를 택시기사가 잘못 알아듣고 박물관이 아닌 엉뚱한 곳에 내려놓고 갔나 해서 투덜댔으나, 매표소에 가서 보니 박물관이 맞았다.

나는 중국에서 박물관에 갈 때마다 번번이 기가 죽곤 했다. 진열된 유물들의 까마득한 연대도 그렇거니와, 어떻게 그 시대에 저런 수준 높은 문명이 존재했는지, 마에스트로의 대작에 압도된 관객처럼 넋 놓고 있기 일쑤였다. 여기서도 삼황오제(三皇五帝)의 신화(神話)시대 유물부터 진열해 놓고 내 기를 죽이겠지, 그런 지레짐작을 하며 나는 진열실 안으로 들어서 일층부터 천천히 진행방향에 따라 돌기 시작했다. 광주만 해도 중원에서 한발 벗어난 변방이어서일까, 내 예감은 빗나갔다. 중·근세 유물이 주류였고, 간혹 고대에 속한 것들이 있었으나, 돌도끼, 돌화살촉 종류의 흔한 것들이었다. 사실 나는 하(夏) 은(殷) 주(周)시대와 같은 아득한 고대를 상상하는 재미로 박물관을 찾는 사람인데, 찻집에서 맹물 마시는 듯 다소 김이 샌 기분이었다. 위층으로 갈수록 시대는 가까워져 송(宋) 원(元) 명(明) 청(淸) 순으로 진열품이 바뀌고 있었다. 대충대충 지나가던 나는 비석들을 즐비하게 진열해 놓은 곳에서 걸음을 멈추었다. 비석 모양이 중국식이 아니고 비문(碑文)이 아랍어로 되어 있어 예사롭지 않아 보였기 때문이다. 나는 호기심이 발동하여 낯선 아랍풍의 유물에 곧 시선을 빼앗겼다. 무슬림들의 묘비(墓碑)였다. 묘비 옆에 아랍어 비문을 중국어로 번역해 놓아 무슨 내용인지 알 수 있었다. 묘비의 주인공은 모두가 아랍인들이었다. 아랍인들이 중국에 많이 살았다는 역사적 사실을 증명하는 증거들이었다. 음각된 비문의 번역문을 읽어 가던 나는 한 묘비 앞에서 그만 얼어붙고 말았다. 아랍인 일색 가운데 고려인(高麗人)이란 글자가 눈에 들어온 순간이었다.

비문의 중국어 번역은 다음과 같았다.

主人刺馬丹,高麗人,元至正9年(1349),專程從廣西來
廣州朝觀淸眞先賢墓,病逝後,安葬在先賢墓旁

번역하면 : "(묘비의) 주인은 자마단(刺馬丹)으로 고려인이다. 원나라 지정 9년(1349)에 광서에서 광주로 와 이슬람 선현 묘를 특별히 참배했다. 병으로 사망한 후 선현 묘 곁에 안장되었다." 정도가 될 것이다.

나는 진해루에 다녀온 후 자마단 신드롬에 빠졌다. 이름부터 한반도사람 냄새가 나지 않는 자마단은 도대체 누구일까? 어떻게 고려에서 중국에 건너왔으며, 이국땅에서 무슬림이 된 연유는 무엇일까? 이슬람 선현의 묘 곁에 안장되었다니, 독실한 무슬림 선현이 누구란 말인가? 가족관계는 어떻게 되는 걸까? 그를 둘러싼 의문부호투성이의 질문들이 일시에 나를 사로잡았다. 내 머릿속은 670년 전 이슬람에 귀의한 정체불명의 한 동포에 의해 점령되어 버렸다. 나는 자마단의 느닷없는 출현에 호기심이 발동하여, 그에 관한 퍼즐을 짜 맞추는 일과 싸우기 시작했다. 그러나 두터운 베일에 싸인 자마단의 정체를 벗기는 일은 내 실력으로는 바위에 계란 던지는 어림도 없는 만용이었다. 역사학도도 아닌 백면서생에게 허락된 것은 오직 추측과 가정에 의한 추리뿐이지만, 영원한 수수께끼의 사나이에 매료되어 손에 닿는 몇 가지 자료들을 뒤적거려 보았다.

자마단(刺馬丹). 특이한 이름이다. 한국인의 286개 성씨 가운데 자(刺)씨는 찾아보아도 없었다. 그렇지만 중국에는 刺(츠)씨 성이 있다. 무슬림이 되고 나서 아랍식으로 개명한 이름을 다시 중국식으로 음역(音譯)과 의역(意譯)을 거쳐 나온 것이 아닌가 추측된다. 중국 표준어(보통화) 발음으로는 '츠마단'이다. 아랍 이름이라고 하기는 어쩐지 어감이 어색하다. 중국인들은 특정한 글자로 특정한 대상을 지칭하는 경우가 많다. 그 점을 감안하면, 이름 가운데 마(馬)자에 유의할 필요가 있다. 중국에서 이슬람교의 시조 모하메드를 뜻하는 글자로 흔히 馬자를 사용한다. 모하메드의 첫 글자를 '馬'로 음역한 것이다. 그래서 무슬림 이름에 馬자가 많이 보인다. 자마단의 이름에 馬가 들어가 있다는 것은 자마단이 모하메드를 믿는 무슬림이란 의미를 담고 있다고 해석해 볼 수 있다. 이름의 마지막 글자 단(丹)은 붉은 색이 원의(原意)이나, 사물의 정수 또는 순수를 상징하기도 한다. 일편단심의 '단'이다. '마단'은 뼛속까지 붉은 진짜 무슬림이란 뜻일 것이다. 거기에 아랍식 이름의 발음과 비슷한 중국 성씨 가운데 '츠(刺)'를 갖다 붙인 것으로 짐작이 된다. 자마단은 고려인 이름도 아니고 순수한 아랍어 이름도 아닌 중국식 이름으로 둔갑하였지만, 그가 독실한 무슬림이라는 강력한 메시지를 담고 있다.

지정 9년(1349)이 자마단이 광서에서 광주로 이동한 때이므로, 고려를 떠나 중국으로 건너간 시기는 이보다 일렀을 것이다. 불교사회에서 자란 고려인이 독실한 무슬림이 되었다는 것은 오랫동안 중국에 거주하면서 아랍인들과 교류하였음을 말해 준다. 따라서 자마단이 고려를 떠난 시기는 지정 9년보다 훨씬 이전으로 보아도 무리가 없을 것이다. 10년 전, 아니 그보다도 이전일지 모른다. 이 무렵의 고려에서는 태풍, 가뭄, 지진 등 자연재해가 유난히 기승을 부렸다. 농민의 소출은 줄었음에도 귀족 권세가들의 수탈은 고삐 풀린 말처럼 멈출 줄 몰랐고 조세는 가혹했다. 설상가상으로 상국 원나라 요청에 어쩔 수 없이 공녀(貢女) 바치랴 전쟁물자 대랴, 백성들의 원성은 하늘을 찔렀다. 어디 그뿐인가. 공녀 출신 원나라 기황후(奇皇后)를 등에 업은 기씨 일파들이 고려조정을 들었다 놓았다 전횡을 일삼아 나라의 기강 또한 말이 아니었다. 멀쩡한 백성들이 가렴주구(苛斂誅求)를 견디지 못하고 노비로 전락하거나 해외 탈출이라는 모험을 감행하는 사람이 속출했다. 자마단이 몸담았던 고려의 현실은 대강 그런 상황이었다.

자마단은 중국을 왕래하는 무역상인이었거나 뱃사람이었을 것으로 추측된다. 중국의 최남단 광서까지 가서 살았다는 것은 이동수단이 있는 직업의 사람이 아니고서는 생각하기 어렵기 때문이다. 그렇다면 고려에서 그의 사회적 지위는 천민이거나 그보다 좀 나은 양민 계층에 속했을 것이다. 천민인 뱃놈은 말할 나위 없고, 장사하는 양민이었다 하더라도 힘겨운 조세와 부역을 감당하고 나면 입에 풀칠하기도 버거운 처지였을 것이다. 수탈이 극심한 혼돈의 시기에 그 앞에 펼쳐진 현실은 절망적이었다. 뼈빠지게 일해도 희망이 없다는 인식이 커 가면서 현실에 대한 불만이 그를 옥죄었다. 자마단에게 강요된 선택은 현실로부터의 탈출이었다. 중국을 왕래하면서 만경창파 건너편에 피안(彼岸)의 세계가 있다는 것을 견문을 통해 알게 된 그였다. 자마단은 가슴속에 조국 고려가 아닌 다른 세상을 품기 시작했다. 동시에 그곳에서 다시 태어나 새로운 출발을 하고 싶다는 생각이 싹트고 있었다. 암울한 현실의 질곡에서 벗어나 새로운 세상에서 다시 태어나기 위해서는 될수록 고려에서 멀리 떨어져 있어야 한다는 사실을 자각했다. 자마단은 마침내 미지의 세계에 자신을 내던지는 결단을 내렸다. 중국의 남단인 광서까지 내려간 것은 그의 꿈을 실현시키기 위해 몸을 던진 행보였다.

광서는 지금의 광서장족자치구이며 중국의 최남단이다. 광서자치구는 남쪽이 일부 바다와 연해 있고 대부분이 내륙이다. 나는 자마단이 상인이라고 추정했다. 고려에서 인삼, 짐승가죽, 화문석, 나전(螺鈿), 생포(生布), 농산물, 수예품 등을 가져와 팔고, 중국의 비단, 금은기(金銀器), 차(茶), 향료, 장신구, 약재, 칠기 등을 사서 고려 귀족들에게 되파는 무역 종사자로 보는 것이다. 초기에는 산동반도를 무대로 활동하였으나, 차츰 활동지역이 넓어지면서 절강성 명주까지 진출했으리라는 게 내 생각이다. 명주는 양자강 유역의 물산집산지로 광주, 천주와 함께 당시 중국의 최대 무역항이었다. 여기에서 자마단은 아랍상인들과 접촉하게 된다. 고려 벽란도에 대식국 사람들이 찾아왔다는 기록으로 보아, 자마단이 중국으로 가기 전에도 아랍에 관해서 이미 알고는 있었을 것이다. 그러나 아랍상인들과 처음으로 얼굴을 마주친 것은 명주에서일 것이다. 색목인들이 무엇을 가져와 팔기에 이리 먼 중국까지 오는지, 자마단의 호기심은 거기에 가 있었다. 자마단은 아랍산 몰약과 보석 등이 돈이 된다는 사실을 관찰 끝에 알게 되었다. 내로라하는 거상(巨商)이 되어 하층신분의 벽에 도전해 보겠다던 평소의 결심은 그 무렵부터 더 강고해졌다. 새로운 발견으로 한껏 가슴이 부푼 자마단은 의도적으로 아랍상인들과 거리를 좁혔다. 그들의 물건을 사서 시범적으로 고려인들에게 팔아 보았다. 이문이 괜찮고 돈이 손에 잡혔다. 전보다 장사의 실속이 훨씬 좋아진 것이다. 자마단은 본격적으로 아랍상인과의 거래에 나섰다.

아랍상인들과 거래를 트고부터 자마단은 그들의 세계에 발을 들여놓기 시작했다. 장사 규모가 커지면서 거주지도 아랍인들이 많이 사는 남쪽으로 이동되어 갔다. 광주와 천주는 대표적인 아랍상인들의 활동거점이었다. 수십만 명의 아랍인들이 모여 사는 집단거주지까지 생겼다. 아랍인들이 얼마나 많이 중국에 와 있었는지는 공식적으로 알려진 통계가 없다. 다만 당나라 말 황소(黃巢)의 난 때(서기 878년), 광주가 함락되고 나서 12만 명에 달하는 회교, 유태교, 야소교 상인들이 피살되었다는 기록이 있다. 이들 대부분은 아랍인들이라고 보아야 할 것이다. 술레이만이란 사람이 쓴 동유기(東遊記)에 그렇게 나와 있다는데, 내용의 신뢰성 여부를 떠나 아랍인의 수가 믿어지지 않을 만큼 많았다는 점만은 분명해 보인다. 대외개방적이었던 원나라 때는 더 많은 아랍인이 살았다고 여겨진다. 아랍상인들이 넘쳐나자 중국 역대왕조에서는 대외무역업무를 담당할 기관을 광주, 천주, 명주 등 주요 무역항에 설치하여 운영했다. 시박사(市舶司)라는 기관으로, 오늘날의 세관에 해당된다. 시박사는 당나라 때 시작되어 명나라가 해금(海禁)정책을 실시하면서 무역을 폐지할 때까지 존속되었다. 한때는 시박사 업무를 아예 아랍인에게 맡기기까지 할 정도로 주요 무역항은 아랍인 천지였다. 자마단이 활동하던 시기의 상황이 그러했으므로, 그가 아랍인 사회에 합류하여 살았다 해도 터무니없는 주장이라고 일축하기 어렵다. 장사에 성공하기 위해서는 오히려 그렇게 하는 것이 첩경이었을 것이다. 상상의 나래를 더 펴자면, 자마단은 아랍여인과 결혼하여 광주나 천주 같은 대도시에서 아랍인으로 살았을 가능성이 있다. 자마단이 독실한 무슬림이 된 배경에는 자신만이 아니라 가족까지 완전한 무슬림이었음을 암시해 주고 있기 때문이다.

자마단이 이슬람 사원 청진사(淸眞寺)에 가게 된 것은 그가 무슬림이 되었다는 선언이자 새로운 탄생의 의식이었다. 불교를 숭상하는 고려사회에서 성장한 사람에게 이슬람은 동질감을 느끼기 어려운 종교이다. 자마단도 그 점에서 예외가 아니었을 것이다. 무슬림에게는 종교, 즉 이슬람이 삶 그 자체이다. 종교와 생활은 불가분의 하나이기 때문에 아랍인사회에 뛰어든다는 것은 이슬람을 받아들인다는 전제가 되어있어야 한다. 그러함에도 자마단의 고민은 길지 않았다. 새로운 탄생을 각오한 이상 과거는 단절의 대상이었다. 이슬람을 이해함으로써 이질감을 극복하면 되는 문제였다. 고려에서 불교라는 것은 솔직히 자마단의 정신세계에 어떤 위안을 주는 것도 아니고 물질적으로 도움을 주는 것도 아니었다. 귀족 권세가들, 소위 지배계급의 보호를 받으며 그들의 세속적인 욕망에 영합하여 기복(祈福)이나 벽사(辟邪) 같은 것에 앞장서, 결과적으로 백성들에 대한 그들의 수탈이 노골화되도록 방조한 것밖에 무엇이 있는가? 그런 데 비하여 무슬림들은 서로 형제라고 불렀다. 나이 신분에 관계없이 모두 형제였다. 인위적으로 만들어 놓은 계급이 존재하지 않는 평등사회였다. 그들의 신 알라 밑에서 모두가 평등했다. 자마단의 목을 그렇게 짓누르는 신분의 벽은 이슬람사회에 존재하지 않았다. 무슬림은 형제일 뿐만 아니라, 어려운 사람을 서로 돕는 것이 의무였다. 그렇게 하기 위해서 무슬림들은 의무적으로 헌금했다. 고려에서 볼 수 없는 살아 있는 정의였다. 청진사에서 무슬림 형제들과 알라를 경배하는 시간은 자마단에게 이제 일상의 일부가 되었다.

묘비에 광서에서 광주로 왔다는 말이 무엇을 뜻하는 것일까? 나는 솔직히 이 부분에서 멈칫거리지 않을 수 없었다. 광주나 천주같이 아랍인사회가 크게 형성된 곳에서 살았어야 앞뒤가 맞는데, 자마단이 아랍인사회가 없거나 소규모인 광서 내륙에 살았었다는 이야기가 되기 때문이다. 그런데 지도를 들여다보면, 광서자치구 남쪽이 마치 엉덩이를 살짝 물에 댄 것처럼 남중국해에 노출되어 있다. 통킹만에 위치한 하이퐁을 지나 해안을 조금만 더 따라가면 중국과 베트남의 국경이다. 국경 너머가 바로 광서자치구이다. 아랍상인들이 중국에 들어와 처음 만나는 곳이 광서가 되는 것이다. 광서의 해안은 짧지만 항구도시가 몇 개 있다. 그중 그래도 큰 것이 흠주(欽州)와 북해(北海)

이다. 이 두 도시는 인접한 광주의 위세에 눌려 무역항으로서 기능을 제대로 했다고 볼 수 없지만, 중국에 첫발을 밟은 아랍상인들이 지루한 항해에 지친 나머지, "에라 모르겠다" 하고 그곳에서 좌판을 벌이지 않았을까? 거기에 자마단이 가 있었다고 가정해 보는 것이다. 또 다른 가정은 내륙방면이다. 광주에서 어느 정도 성공한 자마단이 광서 내륙지방으로 판로 개척에 나섰다가 아예 거기에 주저앉은 경우이다. 그 시점에는 내륙에도 아랍상인들이 상당히 침투하여 무역거래가 이루어졌을 것으로 짐작된다. 명나라 때 대선단을 이끌고 대서양을 순양한 정화(鄭和)는 운남성 출신으로 색목인 후예였다. 운남성은 광서자치구보다 더 내륙인데도 색목인이 정착해 살았다는 사실이 자마단의 내륙진출 가능성에 힘을 실어 주고 있다. 어느 경우이든 자마단은 광주나 천주에서 살다가 어떤 연유로 광서로 옮긴 후 다시 광주로 돌아와 병사한 것으로 추정된다.

자마단은 이슬람 성지 메카에 순례도 다녀왔을 것이다. 무슬림에게 성지순례는 의무사항이다. 일생에 한 번은 다녀와야 한다. 독실했던 그의 신앙생활로 보아 무슬림으로서의 의무를 수행한 것은 거의 의심할 여지가 없다. 이것은 670년 전에 한반도인이 아랍 땅을 밟았다는 이야기이다. 내가 사우디아라비아에 근무하던 때(1993년), 자기 조상이 코리아에서 왔다고 주장하는 사우디사람이 있어서 어리둥절한 적이 있다. 몇백 년 전에 한반도에서 태평양과 인도양을 거쳐 아라비아반도까지 온다는 것은 내 상식으로는 불가능한 일이었다. 일고의 가치도 없는 주장이라고 속으로는 생각했지만, 그래도 혹시나 해서 직원을 보내 조사케 한 적이 있다. 역시 구전으로 전해 내려왔다는 것 외에는 주장을 뒷받침할 만한 근거를 찾지 못했다. 황량한 사막에 사는 유목민에게 족보 같은 기록이 있을 리 없었던 것이다. 그러나 자마단을 만나고 나서 나의 생각은 바뀌었다. 자마단의 경우처럼 성지순례로 왔다가, 어떤 사정으로 돌아가지 못하고 현지에 정착할 수 있다는 사실을 당시에 나는 알지 못했다. 조상이 코리아에서 왔다는 사람의 경우가 바로 그에 해당된다. 자마단은 성지순례 후 돌아갔고, 사우디사람의 조상은 남아 정착한 차이뿐이다.

나는 지금까지 자마단이 상인이었다고 가정했다. 그러나 만약 상인도 선원도 아니라면 어떤 신분이었을까? 가능성은 극히 희박하나 원나라 관리였을 경우를 생각해 본다. 무슨 소리냐고 할지 모르지만, 자마단이 활동하던 시대적 특수성을 고려하면 고려인이 원나라 관리가 되어 지방에 파견되는 사례가 없었다고 단언하기 어렵다. 원 혜종은 1340년 고려가 진상한 공녀 기(奇)씨를 제2황후로 책봉했다. 기황후로 알려진 고려여인이다. 기황후는 안팎으로 시끄러운 여자였다. 친정 고려에서 기황후를 등에 업고 날뛰던 기씨 일파를 공민왕이 제거하자 남편을 사주하여 고려를 침공함으로써 보복전쟁을 일으켰는가 하면, 황실 내에서 미약한 자신의 지위를 공고히 하려고 정적들을 무자비하게 제거한 간 큰 여인이었다. 기황후가 자신의 세력을 요소에 심기 위해 고려인들을 관리로 등용했다는 설이 있다. 자마단이 혹시 이와 관련이 있지 않을까 하는 가정이다. 원은 한족 땅을 정복하고 전국에 다루가치(達魯花赤)라는 관리를 두었는데, 일종의 점령군사령관 격이다. 원 지배시대에는 원칙적으로 몽골인이 가야 하는 자리에 인적자원이 부족하여 한족 외의 타민족 출신을 대신 보낸 예가 있다. 기황후에게는 놓칠 수 없는 기회였을 것이다. 자마단이 기황후와 손이 닿아 다루가치로 갔거나 다루가치의 일행으로 광서에 부임했을 가능성을 제기해 보는 것이다. 그러나 이 가설은 너무 인위적이고 억지여서 설득력이 떨어진다. 설사 기황후가 보냈다 하더라도, 고려인이 무슬림이 되어 현지에서 살다가 병사할 이유를 설명하기 어렵다. 기황후라는 요소를 도입하다 보니 견강부회의 느낌이 있다.

자마단의 실체는 내가 상상력을 동원하여 만들어 낸 자마단과 전혀 다를 수 있다. 그러나 분명한 것은 자마단은 고려인이고, 670년 전에 한반도인으로서는 아마도 최초로 이슬람교도가 된 기록 보유자이다. 한반도에 이슬람교가 전파된 것은 한국전에 참전한 터키군에 의해서라고 알려져 있다. 겨우 70년 정도의 역사이다. 이태원에 이슬람사원이 세워지기 600년 전에 자마단은 중국에서 청진사를 찾아가 알라신에게 무릎을 꿇었다. 자마단의 묘비는 우연히 발견되었지만, 이로 인해 알게 된 중요한 사실은 한반도인의 해상활동이 우리의 편협한 고정관념을 훌쩍 뛰어넘고 있다는 점이다. 우리는 한반도인의 해상활동을 황해에서 활동한 장보고의 기록에 국한시키는 경향이 있다. 일본 승려 엔닌(圓仁)이 쓴 입당구법순례행기(入唐求法巡禮行記)에 자주 등장하는 신라인과 신라선박은 무엇을 말하는가? 신라인들이 당나라의 해운업을 장악했거나 최소한 해운업의 강자로 등장했음을 말해 주는 증거이다. 신라인들의 활동범위가 황해를 벗어나 남중국해까지 미쳤다는 암시인 것이다. 해상활동이 고려시대에 와서 더욱 활발해졌다는 점을 고려하면 더욱 그렇다. 자마단이 웅변적으로 이를 증언하고 있다. 조상이 코리아에서 왔다고 주장하는 사우디사람의 믿음에도 한반도인들이 대서양을 건넜다는 확신이 숨어 있다. 신라와 고려가 해양국가였음은 부인할 수 없는 사실이다. 참고로 천주박물관에는 진해루보다 더 많은 아랍인 묘비가 진열되어 있었다. 묘비 박물관이 아닌가 착각할 정도로 많았는데, 한반도인의 것은 찾지 못했다. 비록 찾지는 못했지만 진열된 묘비의 주인들 가운데 한반도인으로 대양을 누빈 사람이 있었을 것이란 상상을 해 보며 관람을 즐겼다.

나는 자마단의 후손들이 중국 어딘가에 살고 있을 것이라고 생각한다. 이들한테서 자마단에 대한 증언을 들을 수 있다면 우리 민족의 해상활동과 해외진출을 이해하는 데 많은 도움이 될 것이다. 누군가 나처럼 진해루에 갔다가 자마단의 묘비를 발견하고 그의 뿌리를 파헤치는 사람이 있다면 얼마나 좋을까. 거기에서 밝혀진 진실은 한중교류 연구에 의미 있는 사료적 가치를 제공하여 줄 것이다. 진해루에 진열되었던 자마단의 묘비 탁본이라도 구해서 국립박물관에 갖다 놓으면 좋겠다는 생각이 든다.

2019. 4. 28.

05/

신라왕자
김지장

...

엷은 에메랄드빛 아침 하늘에는 한 가닥 구름조차 없었다. 어제까지만 해도 내려앉을 듯 물기를 잔뜩 머금은 칙칙한 잿빛 하늘이었다. 간밤 사이 천둥을 동반한 번개에 몇 번 갈라지던 하늘은 무게를 이기지 못하고 기어이 무너지더니, 쏟아붓듯 비를 내리다 곧 앙탈을 멈췄다. 내일을 걱정하며 잠자리에 들었었는데, 일어나 보니 뜻밖에 청량한 아침이 깜짝 선물로 다가와 있었다. 나는 뷔페식 조찬을 마치자마자 호텔을 나와 출발했다. 남경(南京)에서 하루 묵고 구화산(九華山)으로 향하는 길이었다. 구화산은 신라왕자 김지장(金地藏)을 모신 육신보전(肉身寶殿)이 있는 곳이다.

김지장은 신라 제33대 성덕왕(聖德王)의 장남으로 알려진 인물이다. 24세 때 중국 당나라로 건너가 구화산에 산문(山門)을 열고, 중국 4대 불교성지 중 하나인 지장(地藏) 도장(道場)의 터를 닦은 개조(開祖)이다. 속명(俗名)은 김교각(金喬覺)이라 하고, 법명(法名)이 지장(地藏)이다. 왕자 신분인 그가 무슨 연유로 출가하여 이국땅에서 성불(成佛)한 고승

68

(高僧)이 되었는지 기록으로 자세히 전해진 것은 없다. 아버지 성덕왕이 즉위하고 왕비를 새로 맞아들이면서 본처(김지장의 생모)를 사가(私家)로 내보낸 것과 관련이 있을 것이란 설이 유력해 보인다. 사가로 보냈다는 것은 새장가를 가고 나서 전처를 버렸다는 완곡한 표현이다. 어머니가 폐비(廢妃)되었으니 김교각에게도 당연히 영향이 미쳤을 것이다. 당시 당나라에 유학 중이던 김교각은 소식을 듣고 허겁지겁 귀국할 수밖에 없었다. 어머니 지위에 변동이 없었다면 아버지를 이어 다음 왕위에 오를지 모를 신분이었다. 그러나 상황이 하루 아침에 바뀌어 버렸다. 앞으로 왕비 소생과의 왕위계승 경쟁에서 불리해졌을 뿐만 아니라, 권력 암투에 휘말려 자칫 생명마저 위태로울 수 있었다. 이런 명약관화한 현실에 직면하여 김교각이 내릴 수밖에 없었던 결정은 속세를 등지는 것이었으리라. 유학 중 김교각은 당나라 불교의 찬란한 개화에 크게 감명받았을 것이다. 백마사(白馬寺), 소림사(少林寺) 같은 곳에도 가 보고 불사에 참여하는 기회도 있었으리라고 생각된다. 출가라는 선택은 이미 그때부터 무의식의 바탕에 뿌려진 씨였다. 번뇌에서 해탈하고자 하는 마음은 그렇게 김교각의 가슴에 뿌려진 씨가 싹을 터, 어머니 사건을 계기로 분출한 갈망이었을 것이다.

김교각, 후에 지장으로 세상에 알려진 위대한 인물에 관해 나는 어이없게도 금시초문이었다. 주상하이총영사관 관할지역에 중국 불교성지 구화산이 있고, 구화산 불교성지를 연 분이 신라왕자 김교각이라는 사실을 임지에 부임하고서야 처음 알았다. 중생교화 임무를 맡고 있다는 지장보살, 그 지장보살의 지장이 법명이 되어버린 김교각을 사람들은 아예 지장보살로 불렀다. 김교각은 등신불(等身佛)로도 유명했다. 열반 후 3년이 지나 시신을 안치한 항아리를 열어 보았더니 돌아가실 때 모습 그대로 부패하지 않고 있었다는 것이다. 도무지 상식으로는 믿어지지 않는 이야기이지만 그런 일이 가능한 모양이었다. 그리고 사람들은 그것을 사실로 믿고 있었다. 내가 가고 있는 육신보전은 지장의 등신불을 모신 곳이라 해서 흥미를 더욱 돋구었다. 등신불은 부처의 경지에 도달한 성인에게만 일어나는 기적이라고 하는데, 신라왕자가 등신불이 되어 중국인들의 추앙을 받는다는 사실이 경이로웠다.

따지자면 지장과 나는 동포라는 운명적인 끈으로 묶인 혈연관계의 사이이다. 이제라도 지장을 알았다는 것이 자랑스럽고 위안이 되었다. 그러나 천삼백 년이라는 세월의 끈 한쪽 끝에서 까마득한 반대쪽 끝에 있는 지장을 생각하면, 동포라는 생각보다 감히 고개를 들 수 없는 성인 앞에서 느끼는 경외심이 가슴에 와닿아 휘청거렸다. 지장의 존재에 관해 알게 되면서부터 나에게는 조급증이 생겼다. 구화산에 한 번은 꼭 가야겠다는 심리적 압박감에서 오는 조급증이었다. 그것은 마치 고향을 잊고 살아오던 사람이 오랜만에 돌아와 회개하는 마음으로 선영을 찾는 것이나 마찬가지인 심정이었다. 기회를 찾다가 강소성(江蘇省) 서기와 성장을 만나려 남경에 가는 때를 이용하기로 하였다. 나는 남경에서 빡빡한 일정을 마치고, 다음 날 구화산행 여정에 오른 것이다.

구화산은 안휘성 청양현에 있다. 지금은 고속도로가 생겨 접근이 편리해졌으나, 20년 전 내가 처음 갈 때는 구불구불한 양자강변 국도가 가장 빠른 길이었다. 남경에서 구화산까지는 약 270km로 한나절이 넘게 걸리는 노정이었다. 남경시내에서 빠져나와 곧바로 양자강변 국도를 타자 풍경이 일시에 바뀌었다. 넓은 양자강과 그 양편에 펼쳐진 농촌 풍경이 시야에 가득 들어왔다. 강상에는 모양과 크기가 다른 선박들이 오르내리는데, 그 행렬이 끝이 없었다. 바다에서나볼 수 있을 커다란 화물선이 위용을 자랑하는가 하면, 힘겹게 물살을 헤치는 통통배에 이르기까지 그 종류가 각양각색이었다. 그중에서도 내 눈길을 끈 것은 열 척가량 되는 짐배가 앞뒤로 연결되어 마치 기차처럼 느릿느릿 움직이는 모습이었다. 모래인지 석탄인지 짐배마다 뱃전에 강물이 찰랑거릴 정도로 짐을 가득 실어 침몰할 듯 아슬아슬했다. 남경이 손권의 오나라 수도였으니 적벽대전을 치르던 시절에도 군선(軍船)이 저렇게 많이 다니지 않았을까? 나는 삼국지를 회상하며, 고깃배 정도나 떠 있는 한가한 강의 이미지와는 천양지차인 사실에 새삼 놀랐다. 간밤의 비로 강변 들녘이 한결 싱그러워 보였다. 들일 나온 농부들이 신록으로 가득 찬 한 폭의 그림에 서정적인 활력을 불어넣어 주어 화룡점정이었다. 지장이 구화산에 입산할 때도 양자강에는 짐과 사람을 나르는 배들이 쉴 없이 다녔을 것이고, 도로를 달리는 자동차와 양옥 같은 현대문명의 흔적을 빼면 강변 풍경도 지금과 비슷하였을 것이다. 나는 그런 생각을 하며, 천삼백 년 전 지장이 지나갔던 코스를 자동차로 답습하고 있었다.

지장이 왜 하필이면 불교의 불모지였던 구화산으로 갔을까? 내내 나에게 붙어 다닌 의문이었다. 유학시절 당나라에서 유명하다는 사찰들을 많이 보았을 것이고 들은 것도 많았을 그가 아닌가. 수도 장안(長安)만 해도 당 고종이 어머니를 위해 지었다는 자은사(慈恩寺)를 비롯하여 크고 작은 사찰들이 곳곳에 있었다. 화려한 대도시가 아니어도 명산대천에는 이름난 사찰이 있기 마련이었다. 당시 구화산은 도교사원이 몇 있었을 뿐 인적이 드문 곳이었다고 한다. 앞으로는 강남의 명산 황산(黃山)을 거느리고 뒤로는 유장한 양자강의 흐름을 허리에 두른, 무위자연을 벗 삼는 신선이나 학이 둥지를 틀었던 천하제일 명승이었다. 이런 명승지에 사찰다운 사찰 하나 없었다는 것은 세상의 중심 장안에서 너무 멀리 떨어진 탓이었는지 모른다. 도망치다시피 고국을 떠난 신라 왕자에게 인적이 드문 구화산의 손짓은 그의 마음을 끄는 자석이었을지 모른다. 어머니 사건으로 발단된 억누를 수 없는 충격은 인간 세상과 절연된 곳에서 이를 치유하고 싶은 욕망을 부채질했을 것이다. 김교각이 적막한 구화산을 찾아간 때는 성당(盛唐)의 광휘가 정점을 찍고 서서히 빛이 스러지기 시작하던 시기였다. 대당(大唐) 천지는 안록산의 난이라는 하늘을 뒤덮는 폭풍을 잉태하고 있었지만 아직은 조용했다. 이런 시기에 왕자의 자리를 박차고 스님이 되어 나타난 김교각을 구화산은 조용히 받아들였다. 신변에 개 한 마리와 바랑뿐인 초라한 왕자의 입산이 구화산을 불국토(佛國土)로 만드는 시점이 될 줄 누가 알았겠는가.

남경에서 두어 시간 거리에 강변도시 마안산(馬鞍山)이 있고, 또 그만큼 가서 무호(蕪湖)라는 곳에 도착했다. 자동차 안에만 앉아 있으려니 지루하고 답답해서 잠깐 휴식을 취하려고 차를 세워 길가 찻집에 들렸다. 무호는 지장이 구화산으로 가는 길에 한동안 머물렀던 곳이다. 그것을 기념하기 위해 제자들이 무호에 광제사(廣濟寺)란 절을 세웠다고 한다. 널리 중생을 구제한다는 뜻의 절 이름에 지장이 지향하는 목표가 함축되어 있다. 광제사에는 신라대각(新羅大覺)이라고 쓴 편액이 걸려 있다는데, 신라왕자가 거기에서 큰 깨달음을 얻었다는 의미일 것이다. 그런데 나는 정작 무호에 광제사가 있다는 사실을 모르고 차만 마시고 지나갔다.

지장이 처음부터 구화산을 목적지로 정하고 온 것은 아닌 듯하다. 구화산 입산 전에 보타산, 금화, 무호에서 스님생활을 하면서 여러 사람들로부터 구화산 이야기를 듣지 않았나 짐작된다. 무엇보다 신라인들의 영향이 가장 컸을 것이다. 당나라에는 많은 신라인들이 와 있었다. 신라인 자치지역인 신라방(新羅坊), 신라소(新羅所)가 여러 곳에 있었다는 사실이 이를 증명하고 있다. 가는 곳마다 신라인과 신라인들이 운영하는 배가 있었다는 일본 승려 엔닌(圓仁)의 일기에서 알 수 있듯, 신라인들은 명주 일대와 양자강변의 양주(揚州) 등지에도 포진해 있었음이 분명하다. 이렇게 신라인들이 도처에 있었으므로 지장이 이들의 도움을 받았다는 가설은 설득력이 있다. 신라인들은 자신들의 고국에서 온 왕자가 구중궁궐에서 벌어진 음모와 골육상쟁의 피해자이며, 이제 속세를 떠나 깊은 산속으로 들어가고 싶다는 의중을 읽었을 것이다. 여기에서 지리에 밝은 신라인들이 구화산을 추천했을 것이란 추측이 가능하다. 그를 구화산으로 데려다준 사람도 양자강에서 해운업을 하는 신라인들이었을 것이다. 지장의 구법(求法) 대장정 뒤에는 이렇듯 신라인들이 있었다.

줄곧 평행선을 그으며 따라가기만 하던 양자강을 버리고 왼쪽 구화산으로 방향을 트는 지점에 지주(池州)라는 작은 도시가 있었다. 나는 그곳에서 뜻하지 않게 지주시장의 환영을 받았다. 내가 구화산 육신보전에 참배차 간다는 것을 어떻게 알았는지 길목을 지키고 있었던 것이다. 마침 정오가 지나 배가 고프던 참에 시장은 성대한 오찬을 준비해 놓고 나를 접대했다. 웬 횡재이냐 싶었는데, 알고 보니 공짜점심이 아니었다. 지주에 한국기업이 투자하도록 총영사가 힘을 써 달라는 부탁을 하기 위한 자리였다. 개혁개방의 열풍이 중국대륙을 휩쓸어 지방에서도 외국 투자유치에 너도나도 뛰어들던 시절이었다. 한국인 투자는 상해에서 양자강을 따라 남경까지 진출해 있었으나, 지주는 상해-남경 벨트에서 한참 떨어진 오지여서 투자대상으로서의 매력은 없었다. 구화산에 도착도 하기 전에 받은 시장의 대접이 꼭 지장이 베푼 환영연 같아 나는 그 행운에 감사했다. 여담이지만, 당시 중국에서는 투자유치 실적이 출세의 보증수표처럼 되어 있어서, 각 행정단위 장들은 지주시장처럼 투자유치에 목을 매고 있었다. 투자유치 성과가 클수록 해당 행정단위 장은 더 높은 곳으로 더 빨리 승진하여 자리를 옮겼다. 오늘의 중국 경제발전은 그런 노력의 대가란 생각이 든다.

지주에서 보는 구화산은 손에 잡힐 듯한 거리에서 양자강을 굽어보며 우뚝 솟아 있었다. 평지를 달리던 차는 그리 오래 가지 않아 오르막길로 접어들었다. 속도가 줄고 엔진은 가쁜 숨을 몰아쉬었다. 커브를 돌 때마다 몸이 이리저리 쏠렸다. 나는 차의 흔들림에 몸을 맡긴 채 차창 밖의 풍경에 정신을 놓고 있었다. 좌우로 숲이 우거져 나무들이 시야를 가렸다. 그 사이로 깊은 계곡이 언뜻언뜻 눈에 들어

왔다. 맑은 계곡물이 바위에 부딪쳐 새하얗게 부서지며 햇빛을 반사하고 있었다. 절벽의 바위를 비집고 수줍게 핀 이름 모를 꽃이 풍치를 더해 주고 있었다. 차 소리에 놀란 산비둘기들이 푸드덕 날아가는 모습도 보였다. 신록의 신선함이 온통 산을 뒤덮고 있었다. 지장이 입산했을 때도 이런 모습이었을까? 나는 초라하게 보이는 스님 한 분이 지팡이에 의지하여 터벅터벅 산을 오르는 광경을 머릿속에 그리고 있었다. 그를 따르는 삽사리가 없었더라면 그림자처럼 조용한 스님의 움직임은 심산의 정밀(靜謐)에 녹아 버렸을 것이다.

차가 멈춘 곳은 구화가(九華街). 산속에 홀연히 나타난 인간세상이었다. 불국토(佛國土)란 다른 이름으로도 불리는 구화가에는 고색창연한 사찰들이 몇 채인지 셀 수가 없었다. 황금색 지붕은 색이 바래 천년의 세월을 느끼게 했다. 이곳의 또 다른 주인은 즐비하게 늘어선 기념품 가게와 숙박업소, 좁은 공간에 이마를 맞댄 민가들이었다. 사람들이 끊임없이 찾아오는 관광지인데도 구화가는 차분하고 경건한 분위기로 가득 차 있었다. 일반관광지의 소란한 모습과는 한 발짝 거리를 둔 인상이었다. 어디를 가나 가장 많이 보이는 글자가 불(佛)과 지장(地藏)이었다. 사찰 담벼락에도 심지어 가게 간판에도 이 두 글자는 도처에 쓰여 눈에 띄었다. 이곳이 지장사상의 도장임을 한눈에 보여 주는 증거들이었다. 신라왕자 김교각이 일구어 놓은 도장에 내가 와 있다는 사실을 되새길 수 있어 가슴이 뭉클했다. 연락을 받고 나온 구화가 관리소 직원의 안내를 받아 육신보전으로 직행했다. 등신불이 된 지장의 육신이 보존되어 있는 곳이다. 육신보전은 구화가를 병풍처럼 두르고 있는 산허리쯤에 있었다.

철문을 들어서자 만나는 십왕전(十往殿)은 행랑채 격이고, 육신보전은 그 뒤편 높은 곳에 위치하고 있었다. 고개를 들어 올려다보니 육신보전의 처마가 창공을 배경으로 날아갈 듯 선명하게 윤곽을 드러냈다. 십왕전과 육신보전은 81개의 계단으로 연결되어 있었다. 마치 하늘로 올라가는 사다리처럼 높고 가팔랐다. 나는 중간에서 걸음을 멈추고 숨을 고른 뒤 다시 계단을 올라갔다. 육신보전 앞뜰은 사람들로 북적거렸다. 북적거릴 뿐만 아니라 자욱한 연기에 싸여 있었다. 향을 피워 나는 연기였다. 뜰에 놓인 향로 주변에는 향을 피우려는 사람들로 만원이었다. 두 손으로 향을 공손히 쥐고 보전을 향해 연신 허리를 굽혀 조아리는 사람, 무릎 꿇고 기도하는 사람, 그 뒤로 차례를 기다리는 사람들이 줄을 잇고 있었다. 무슨 소원을 비는지 표정은 하나같이 진지했다. 분향하는 사람들만이 아니었다. 어떤 사람들은 보전을 배경으로 사진 찍기에 바쁜가 하면, 눈 아래 구화가를 조망하며 수려한 풍경에 감탄하는 사람도 있었다. 금방 계단을 올라온 축들은 숨을 헐떡이며 땀을 닦느라 여유 없는 모습이었다. 그러나 이 모든 행동은 정숙한 분위기 가운데서 질서 있게 이루어지고 있었다. 나도 그런 분위기에 감염되어 주변을 한 바퀴 돌아보고 나서 육신보전 안으로 발을 들여놓았다.

안으로 들어서자 순간적으로 눈앞이 어두워졌다. 바깥과 실내의 밝기 차이 때문에 생긴 현상인데, 곧 실내조명에 적응되어 내부 모습이 드러났다. 우선 눈에 들어오는 것이 전면 단 위에 좌정한 보살상이었다. 자세히 보니 내 정면의 보살상이 안치된 곳은 8면으로 된 7층 탑의 아랫단이었고, 각 층마다 크기가 다른 보살상들이 빙 둘러 놓여 있었다. 내가 선 자리에서 눈높이의 아랫단 정면에 좌정한 보살상이 지장 김교각이었다. 연화법모(蓮花法帽)를 쓰고 법의(法衣) 위에 빨간 천을 두르고 있었는데, 특이하게도 익살스런 표정을 한 개 위에 앉아 있었다. 신라에서부터 동반한 삽사리 개이다. 7층탑 안에 3층탑이 또 있고, 등신불이 된 지장의 유체(遺體)는 3층탑 안에 모셔져 있다고 한다. 단 위 지장의 자리는 등신불 대신 좌상이 대신하고 있었다. 살아 있는 듯한 지장의 좌상을 향해 나는 합장으로 인사를 건넸다. 그의 인자한 얼굴에는 은은한 미소가 감돌았고, 살짝 내리깐 시선은 나를 향하고 있었다. 양손으로 수인(手印)한 자세가 마치 악수하려고 내미는 손 같았다. 당장이라도 단에서 일어나 반갑게 내 손을 붙잡을 것만 같았다. 표현하기 어려운 신비한 감정이 가슴에서 일었다.

천삼백 년의 시간을 뛰어넘은 우리의 해후는 지장의 목소리로 시작되었다.

"네가 내 조국 한국에서 온 외교관이더냐?"

지장의 소리는 하늘에서 울렸다.

"예, 지장보살님, 주상하이총영사로 온 까마득한 후손입니다."

내 대답은 떨려 목구멍을 넘지 못했다. 그러나 텔레파시를 통한 우리의 대화는 계속되었다. 나는 까마득한 선조를 뵙게 된 감회를 술회했고, 지장은 인자한 할아버지가 되어 내 모든 말에 화답했다. 대화형식의 독백은 한동안 계속되었다. 나는 새로 부임한 이 후손이 임무를 완수할 수 있도록 보우(保佑)해 달라는 간청을 빠뜨리지 않았다. 지장은 은은한 미소로 받았다. 그렇게 얼마가 지났을까, 밀려드는 참배객들에 떠밀려 나는 환상과 환청의 세계에서 현실로 돌아왔다. 지장은 미소를 거두지 않은 채 여전히 그 자리에 정좌하고 있었다. 감동의 순간은 짧았지만 잊을 수 없는 순간이었다. 나는 짧은 상면의 시간을 더 끌지 못하고, 합장으로 지장에게 작별을 고했다.

뒤돌아 밖으로 나오려고 하는데 맞은편 구석에서 사람들이 몰려 무언가 구경하는 모습이 눈에 들어왔다. 웅성거림도 감지되었다. 호기심에 나는 방향을 그곳으로 돌렸다. 유리상자 안에 든 인형 같은 좌상을 사람들이 구경하고 있었다. 상자 안의 좌상은 온통 새까만데 몸에 옷이 입혀 있었다. 처음에는 조각품을 전시해 놓았나 싶어, 자세히 들여다보니 그게 아니었다. 옆에 세워 둔 설명문을 읽고 나는 그 자리에 얼어붙고 말았다. 등신불이었다. 주인공은 자명(慈明)스님으로 소개되어 있었다. 입적하고 4년 후인 1995년에 유체를 모신 항아리를 열어 보니 입적 당시 모습 그대로였다는 내용이었다. 수분이 빠진 탓인지 체구는 왜소하고 온몸에 옻칠을 해 놓아 자연상태의 모습은 아니었으나 윤곽은 뚜렷했다. 앞으로 약간 숙인 가부좌한 자세였는데, 얼굴 표정은 지극히 평온했다. 금방이라도 법어(法語)를 쏟아낼 듯 입이 살아 생동하는 느낌이었다. 수행이 어느 경지에 이르면 저리 평온하게 앉아서 임종할까? 저런 자세로 임종하는 사람이 세상에 몇이나 될까? 내 눈을 더 의심케 하는 것은 시신이 4년이 지나도록 부패하지 않았다는 사실이었다. 상식으로는 도저히 풀 수 없는 불가사의였다. 사하라사막처럼 아주 건조한 곳이라면 또 모를까, 구화산은 비가 잦고 습도가 높은 전형적인 강남 기후대에 속해 있다. 현대과학으로 설명이 불가능한 현상을 직접 보며 나는 유리상자에서 눈을 떼지 못했다. 초자연적인 기적의 힘이 만든 작품 같았다. 유리상자를 빙 둘러싼 사람들 입에서 연방 탄성이 터져 나왔다. 등신불을 향해 두 손 모아 기도하는 사람도 있었다. 3층탑 안에 모셔 둔 지장도 저런 모습이겠지, 나는 그런 생각을 하며 지장의 등신불을 보지 못한 아쉬움을 남기고 육신보전 문을 나섰다.

구화산에 도착한 스님 김교각은 산 중턱의 동굴에 들어가 밤낮으로 수행에만 정진하였다고 한다. 끼니는 흙으로 때웠다는 이야기가 있다. 백토에 약간의 쌀을 섞어 밥을 지었다는 백토소미(白土少米)는 지장의 고행을 말해 주는 일화가 되어 있다. 그런가 하면, 신라에서 가져온 볍씨로 농사를 지어 인근에 농법을 전수하였다는 설도 있다. 현실참여를 통해 대중과 교감하며 그들의 삶의 질을 높이는 데 힘을 쏟았다는 지장정신이 엿보인다. 지장이 중생교화에 얼마나 의욕적이었는지는, '지옥이 빌 때까지 성불하지 않겠다(地獄未空 誓不成佛)'는 그의 서원(誓願)에 잘 나타나 있다. 지장이 실제로 중생교화를 위해 어떤 행동을 했는지 구체적으로 기록되어있는 것은 없다. 그러나 그의 서원처럼 생령들을 고난에서 구해 내는 데 생애를 바친 것은 의심의 여지가 없을 것이다. 그렇지 않고서는 중국인들이 남의 나라에서 온 이방인을 지장보살의 화신이라 하여 성인으로 추앙할 까닭이 없기 때문이다.

지장에게는 다른 모습도 있었다. 풍류를 아는 사람이었던 모양이다. 당대 최고의 시성(詩聖) 이태백과 교우했다는 설이 그 근거이다. 구화산을 좋아하는 이태백이 지장과 만나 풍류를 논하고 지장을 찬양하는 시까지 남겼다 하여 나온 말이다. 이태백이 지장의 고명(高名)을 모를 리 없었을 것이고, 지장 또한 시성을 모를 리 없었을 것이다. 두 사람의 만남은 소나무 아래 자리를 깔고 시원한 계곡 바람을 쐬며 유유자적하는 신선의 멋을 느끼게 한다. 지장은 자작 시 한 편을 남긴 것으로 전해지고 있는데, 그 수준이 상당했다고 한다.

나는 육신보전을 빠져나와 화성사(化城寺)를 찾아갔다. 화성사는 지장이 주지로 있었던 데라 그의 체온이 남아 있을까 기대하고 간 곳이다. 인근 불자들의 도움을 받아 지은 구화가 초기의 사찰이다. 지장이 열반할 때까지 화성사를 지켰다고 하니 화성사 그 자체가 지장인 셈이었다. 여러 차례 보수하고 손을 보았다는데, 천 년이 넘는 세월의 흔적은 여기저기 여전히 묻어 있었다. 초창기 건물이어서인지 후에 세워진 대찰들에 비하면 작고 소박한 느낌이었다. 사찰이라기보다는 민가 분위기가 풍기는 구조였다. 방생지(放生池)를 지나 계단을 오르니 대웅전이 나왔다. 나는 지장이 여기서 부처님 앞에 예불 드리는 광경을 머릿속에 그려 보았다. 화성사는 지장이 보고 싶어 바다 건너 찾아온 그의 어머니와 아들의 감격적인 상봉이 이루어진 장소이기도 하다. 방생지는 그때 흘린 모자의 눈물이 고여 만들어진 연못이란 이야기도 있다. 찬찬히 눈여겨보니 지붕의 기와며 처마며 서까래며 문짝에 이르기까지 시간을 이겨낸 고색창연한 모습이 그대로 남아 지장의 숨결이 스며 있는 듯 반가웠다. 화성사는 지금은 사찰로서의 기능을 마치고, 구화가 불교문화재를 전시하는 역사문물관으로 재탄생했다. 10년 후 다시 가보니 변한 것은 별로 없는데, 지장의 유품이 몇 점 더 진열되어 있었다.

전성시대를 구가하던 때의 구화가에는 150개가 넘는 사찰이 들어섰고 수많은 승려들이 붐볐다고 한다. 그런 불교성지도 역사의 풍운 앞에서 신음하는 아픔을 겪었다. 당 무종(武宗) 때의 법난(法難)이 그 시작이었다. 도교에 심취한 무종이 불교를 이단시하여 강력한 폐불정책을 실시한 결과였다. 무종은 사찰 재산을 몰수하고 승려들을 환속시켰다. 무종이 죽고 폐불정책은 철회되었지만 그로 인한 영향은 오래 지속되었다. 원말(元末) 홍건적의 난 때는 내부 반대파 세력 간의 주도권 다툼에 휘말려 이 지역이 극심한 유혈투쟁의 현장이 되었다. 구화산은 쑥밭이 되어 수십 년 동안 스님의 그림자도 없었다고 한다. 청조(淸朝)의 태평천국의 난 때도 반란군과 정부군이 이곳에서 충돌하여 싸움터로 변하는 바람에 적잖은 피해를 입었다. 비교적 근자에는 항일전쟁 때 일본군이 주둔하여 분탕질했고, 모택동 시절에는 홍위병의 발아래 짓밟혔다. 오늘날 구화산에는 78개의 사찰과 300여 명의 승려가 있다고 한다. 전성시기에 비하면 크게 줄어든 규모이지만, 지장사상의 도장으로 여전히 빛을 발하고 있는 것은 김지장의 공덕이 그만큼 크다는 뜻일 것이다.

나는 구화산을 떠나기 앞서 중국불교협회 회장 인덕(仁德)스님을 예방했다. 스님은 구화가에서 가장 큰 사찰 기원사(祇園寺)에서 나를 기다리고 있었다. 세속의 티끌이라곤 어디 한 군데에서도 찾아볼 수 없는 해맑은 얼굴의 노승이었다. 지장보살동상건립추진위원회 회장직을 맡고 있다고 하기에, 나도 조그만 성의를 모금함에 넣었다. 동상 높이가 99m가 될 것이라고 해서 놀란 표정을 지었더니, 지장이 99세에 입적했기 때문에 그 숫자로 정한 것이라고 설명했다. 99m 높이라니, 중국인들의 스케일에 나는 그만 말을 잇지 못했다. 나는 동상이 설 장소를 직접 가 보았다. 구화가를 약간 벗어난 산허리였는데, 지장이 자신의 조국 한국을 바라볼 수 있는 방향으로 터를 잡았다고 했다. 용의주도하고 사려 깊은 배려였다. 과연 한국이 보일 듯이 앞이 탁 트인 위치였다. 나는 동상이 설 자리에서 기념사진 한 장을 찰칵했다. 그 사진은 지금도 내 방에 두고 있는데, 성인의 자리에 내가 서 있는 모습을 보면서 일상의 먼지를 마음에서 떨어내고 있다. 내가 퇴직하고 나서 들은 바에 의하면, 동상건립이 예정보다 늦어지고 장소도 변경되었다고 한다. 인덕스님이 돌아가셨다는 기별과 함께 온 소식이었다. 다른 분이 추진위원회를 맡아 계획이 수정된 것이 아닌가 생각되었다.

우리 집에는 구화산에서 기념으로 가져온 지장의 미니어처 입상(立像)이 있다. 박카스병 크기의 작은 입상이다. 아파트 문을 들어서면 정면에 보이는 벽감(壁龕)에 모셔 놓고 있다. 구화산에 다녀온 이후 입상은 한 번도 나한테서 떠나 본 적이 없다. 입상이지만 지장이 내 곁에 있다는 생각에 마음이 편안해진다. 퇴직하고 얼마 되지 않아 나는 구화산을 한 번 더 다녀왔다. 지장은 그때나 마찬가지로 여전히 은은한 미소로 나를 환영했다. 신라왕자 김교각, 법명 지장인 그가 우리에게 보내는 무언의 서원은 평화 속에 공존하는 한중 양국관계의 복원일 것이다. 그의 크나큰 불력이 이 땅에 평화의 수레가 굴러가도록 힘이 되어 줄 것으로 믿는다.

2019. 5. 17.

06/

한 사람이
백 불만 써도

...

"기름값이나 나오는지 모르겠어요. 오늘도 텅텅 비었더라구요."

홍챠오(虹橋)공항에서 파우치를 찾아온 직원이 걱정되어 했던 말이다. 매일 1회 서울-상해를 왕복하는 아시아나항공 손님 이야기인데, 당시 탄 사람이 평균 20명을 넘을까 말까, 믿어지지 않을 정도로 확 줄었었다. 1997년, 그해 발생한 외환위기 돌풍에 휘말린 국적기의 운항 현실이었다.

한중수교 이후 상해(上海)를 기점으로 양자강을 따라 소주(蘇州) 곤산(昆山) 무석(武錫) 상주(常州) 남경(南京)으로 한국기업의 진출범위가 확대되고 있던 시기에 덮친 외환위기는 한국인사회를 쑥밭으로 만든 폭탄이었다. 1992년 수교 이후 5년 동안 이 지역에 조성된 한국의 위망(威望)은 자랑스럽고 떳떳했다. 그런데 하루아침에 비행기는 텅텅 비어 다니고 식당은 파리를 날리고 사람들은 기가 죽어 있었다. 한국인을 상대로 장사하는 가게는 문을 닫는 집이 늘어났다. 주재 상사는

84

인원을 줄이거나 아예 철수하기도 했다. 남아 있는 사람들도 언제 감원의 칼이 목에 떨어질지 몰라 전전긍긍했다. 국제학교에 다니던 아이들이 더 이상 학비를 감당할 수 없어 학교를 그만두었다는 소문이 학부모들 사이에 번졌다. 본국에서 날아오는 소식은 온통 도산, 실업, 환율폭락, 자살, 야반도주, 이런 단어들로 도배된 것들뿐이었다. 나라가 거덜 난 듯한 위기감이 상해 한국인사회를 덮쳤다. 사람들은 갑작스럽게 닥친 엄동설한의 한기에 움츠리며 방향감각을 잃고 휘청거리는 모습이었다.

중국인들은 양자강을 곧잘 용에 비유한다. 상해는 용의 머리에 해당된다. 자고 있는 용의 머리에 자극을 주면 용이 깨어나 하늘로 비상한다는 것이다. 중국대륙이 바다와 만나는 둥그런 해안선을 활이라 하고 양자강을 활시위에 메워진 화살로 비유하기도 한다. 상해는 화살촉에 해당된다. 당긴 시위를 놓는 순간 화살은 태평양을 항해 총알처럼 날아간다는 것이다. 중국이 일어서면 무서운 기세로 굴기(崛起)한다는 자신감을 중국사람들은 이런 식으로 자랑하기 좋아했다. 어쨌거나 두 가지 비유에 등장하는 핵심지역은 상해이다. 상해는 중국인들에게 국가발전의 동력이자 희망의 상징이었다. 그 희망은 기가 막히게도 빠른 속도로 현실화되고 있었다.

나는 상해의 굴기는 한국에도 긍정적인 영향을 줄 것이라고 낙관하고, 내 부임에 대해서도 그런 낙관적 입장에서 의미를 부여하고 있었다. 그런데 내 부임 시기가 공교롭게 외환위기 도래와 시기적으로 거의 일치했다. 상해에서 한국 가치의 극대화를 위해 나름대로 최선을 다해 보겠다던 포부는 시작부터 브레이크가 걸리고 있었다. 외환위기라는 골리앗 앞에서 내 존재는 너무 하잘것이 없었다. 나는 부임 초부터 아무것도 할 수 없는 무력증에 짜증이 났다. 본국에서 진행되고 있는 금 모으기 운동을 상해에서도 벌여 볼까, 그런 생각도 해 보았다. 그러나 뜨내기가 대부분인 한국인 사회에서 과연 어느 정도 성과가 있을지, 그것이 문제해결에 어떤 도움이 될지 회의적이었다. 위기극복 노력에 동참한다는 의미 외에 실질적 효과는 없어 보여 그만두었다. 내가 만나는 중국인들 태도에도 미묘한 변화가 감지되었다. 한국이 중병에 걸렸는데 앞으로 중국과 경제협력이 잘 되겠느냐는 회의적 시각이 많아진 것이다. 용이 승천하고 화살이 태평양을 향해 날아갈 채비에 들떠 있는 상해 사람들에게 한국의 현실은 불난 이웃집의 남의 일이었다.

비행기가 텅텅 비었다고 직원이 말하던 날, 나는 책상머리에 놓아 둔 김지장 미니어처 입상(立像)을 마주하고 앉아 골똘히 생각에 잠겼다. 이런 자세는 내가 구화산에 다녀온 후 무언가 해답을 찾으려 할 때 하는 버릇이었다. 나는 지금 외환위기 극복을 위해서 중국이 해 줄 수 있는 것, 또는 중국에서 우리가 할 수 있는 것은 없을까 머리를 짜는 중이었다. 깍지 낀 두 손에 턱을 괴고는 마치 대화하듯 입상에 시선을 고정했다. "안 되면 되게 하라!" 생각이 막혀 길이 보이지 않아 답답해 있을 때, 어디선가 들어 본 적이 있는 구호가 불현듯이 뇌리를 스쳤다. 그것은 지장이 나에게 내리는 명령과도 같았다. 통상적 사고방식으로 접근하지 말고 시야를 넓혀 한 차원 높은 수준에서 문제를 바라보라는 충고로 받아들였다. 나는 '되게 하라!'는 강한 명령어에 압도되어, 정말 무언가를 생각해 내지 못하면 나 자신이 무너질 것 같은 절박한 심정이 되었다. 되게 하라는 것은, 방법이 있음에도 찾지 못하고 있다는 질타임과 동시에 그 방법을 찾아보라는 호된 명령으로 생각되었다. 나는 머리를 짜기 시작했다.

그때 전깃불처럼 내 머리에 번쩍하는 것이 있었다. '그렇다! 중국 사람들을 한국으로 관광을 가게 해서 돈을 쓰게 하자.' 만리장성이나 자금성 앞에 장사진을 치고 있는 사람들, 볼거리가 있는 곳이라면 어디에든 구름처럼 몰려드는 중국인들이 퍼뜩 떠올랐던 것이다. 그 많은 사람들의 일부라도 한국에 가면 얼마가 되든 돈은 쓰고 올 것이 아닌가! 사람들은 누구나 여행을 하고 싶은 욕망이 있다. 해외여행은 더 말할 것도 없다. 평생에 한 번이라도 해외에 나가 보는 것이 죽기 전의 소원인 사람들이 많다. 중국인들이라고 다를 리 없다. 한국 가는 길을 열어서, 그런 사람들을 모집하면 따라나서는 사람들이 적지 않을 것이다. 그 생각에 나는 들뜨기 시작했다. 한국 가는 길을 열어보자는 아이디어는 분명히 기발했다. 그런데 어떻게 보낸단 말인가? 나는 이 대목에서 금방 막히고 말았다. 해외여행을 엄격히 통제하고 있는 중국에는 해외관광이란 용어 자체가 없었다. 가족상봉과 같은 인도적 사유가 있는 경우에 한해 극히 예외적으로 당국의 허가를 받아 해외여행을 할 수 있으나, 그것도 홍콩이나 마카오 정도가 고작이었다. 관광은 사치와 낭비의 대명사로 사회주의 건설에 하등의 도움이 되지 않는다는 인식이 굳어있어 아무도 입 밖으로 꺼내지 못하는 금기의 단어이었다. 13억 인구의 해외관광 욕구를 틀어쥐고 있는 나라가 중국이었다.

당시로서는 실현성 제로인 중국인의 한국관광 아이디어에 내가 솔깃했던 이유는 산술적 계산의 마력 때문이었다. 중국인구 13억 가운데 1%만 유치해도 1,300만 명이다. 이들이 100불씩만 떨어뜨리고 간다고 가정해도 13억 불이 된다. 1%가 너무 과욕이라면 그 절반만 잡아도 6~7억 불이 한국의 외환 사막에 단비가 되어 쏟아지는 셈이다. 100불은 호텔비, 식비 등 경직성 비용으로 예시한 최소한의 수치이기 때문에, 체재기간과 쇼핑 비용을 고려하면 실제로 그 사람들이 쓰는 돈은 그보다 훨씬 많을 것이다. 북경, 상해, 천진, 광주와 같은 대도시가 포진한 연해지역은 소득 1만 불이 넘는 부자가 1억 명 이상 될 것이라는 소문이 자자하던 때였으므로, 적어도 연해지역에서만은 1% 유치가 어려운 목표는 아닐 것이란 자신감까지 들었다. 당장 1불이 아쉬운 곤궁한 처지에 이것은 호박이 덩굴째 굴러 들어오는 행운이 아니고 무엇이겠는가. 남가일몽(南柯一夢)으로 날려 버리기에는 아까운 삼팔광땡 패였다. 나는 이 단순한 산술적 계산에 마취되어 패를 만지작거리며 며칠을 보냈다. 이 아이디어에 생명을 불어넣기 위해 다시 머리를 짜야 했다. 상해의 명동 난징루(南京路)의 풍요와 그 길을 메운 중국 쇼핑객들을 볼 때마다 이 사람들을 반드시 한국으로 보내겠다는 생각이 떠나지 않았다. 안 되면 되게 하라! 나는 이 구호의 포로가 되어 거기에 매달렸다.

'중국인구 13억 가운데 1%만 유치해도'의 1%는 목마른 내가 샘을 파는 심정에서 아무렇게나 든 예시이기 때문에 객관성이 있는 것은 아니었다. 한국관광의 문이 정말 열린다면 과연 중국인들이 얼마나 방문할 것인가가 내가 알고 싶은 진짜 관심사항이었다. 그걸 알아

보기 위해서 나는 상해에서 영업 중인 중국여행사를 직접 찾아갔다. 규모가 큰 순서대로 네 개 여행사를 선정하여 회사대표를 만났다. 이들은 나의 방문을 선뜻 달가워하는 기색은 아니었다. 처음엔 거절하다가 거듭된 요구에 할 수 없이 응하는 모양새였다. 통제사회의 특성상 외국인과의 접촉은 상부의 눈치를 보는 분야이다. 갑작스런 면담요청에 의아하기도 했겠지만, 상대가 외교관이란 점이 이들을 긴장시킨 것이다. 외교관이 단순한 일로 오지는 않을 것이고, 그것이 자신에게 약이 될지 독이 될지 경계하는 망설임이 분명했다.

이들은 내가 하는 말이 무슨 소리인지 잘 이해를 못 하는 표정이었다. 해외여행이라는 것이 존재하지 않기 때문에 내 이야기는 생소하고 그야말로 뜬금없어 실감이 나지 않았던 것이다. 내가 하고자 하는 말을 점차 이해하면서 이들의 뜨악한 눈에 광채가 빛나기 시작했다. 중국인의 해외관광 욕구가 폭발 직전이라는 사실을 최일선에서 누구보다 절감하고 있는 사람이 이 사람들이었다.

"한국관광의 문이 열리면 대박 납니다."

그런 아이디어가 있는 줄 꿈에도 생각하지 못했다면서 무릎을 쳤다. 이들은 해외여행이 허용되면 자국민들이 가장 많이 갈 나라가 한국과 일본이라고 장담했다. 상해지역은 인구의 1%가 아니라 10%까지도 가능하다고 장단을 맞추는 사람도 있었다. 어떤 회사대표는 무슨 낌새를 챈 사람처럼 은근히 내 환심을 사려고 했다. 한국관광이 허용되면 자기가 모집을 책임질 테니 도와 달라는 것이었다. 한국여행 총대리점을 하겠다는 이야기였다. 한국 총영사가 찾아온 것을 보면 한국 관광여행 허가조치가 임박했다고 생각한 것이 분명했다. 나는 너무 나간 이들의 추측에 찬물을 뿌리려고 일부러 땀까지 흘리지는 않았다. 그러나 내가 거둔 소득은 기대 이상이었다. 눈앞에 희미한 희망의 빛이 보이는 것 같았다.

여행사의 전망대로 한국 갈 사람이 줄을 설 것이라 해도, 그것은 중국정부가 한국여행을 허용해야 가능한 문제였다. 그 문제를 해결할 자신 없이 본부에 아이디어를 보고했다가 핀잔이라도 받는 날이면 낭패였다. 중국정부가 한국관광을 허용하는 것이 전제인데, 우리가 중국정부에 관광 허용을 요청해서 받아들여질지 나는 솔직히 자신이 없었다. 거절이라도 당하면 왕서방에게 구걸한 거지꼴이 되어 나라 망신시켰다는 지탄을 면치 못할 것이다. 중국의 대답이 뻔히 내다보이는데, 바위에 계란 던지는 식의 행동은 외교적 굴욕을 자초하는 웃음거리를 제공하는 셈이 될 수 있었다.

중국은 장구한 역사를 통하여 중국인의 해외여행을 명문으로 허용한 경우가 없다. 그 원인은 중화사상(中華思想)에 기초를 둔다. 중국인은 전통적으로 중국이 세계의 중심이고 중국 밖의 땅은 미개인, 야만인, 오랑캐들이 사는 변방(邊方)이라 생각하고 있었다. 중국인의 이런 우월의식 속에는 변방, 즉 해외로 나간다는 생각이 존재하지 않았다. 중화문명을 흠모하는 변방의 미개인, 야만인, 오랑캐들이 천자의 나라에 와서 문명사회를 보고 배우는 것이지, 천자의 백성들이 야만인들의 나라에 간다는 것은 상상할 수 없었다. 그것은 중국을 중심으로 한 우주질서에 어긋나는 것이었다. 조공(朝貢)도 그런 이치와 궤를 같이하는 발상이다. 당연한 결과로 중국인들은 바다로 나가는 것을 전통적으로 천시해 왔다. 명나라 때는 바다로 나가는 것을 금지하는 해금(海禁) 정책까지 실시했다. 정화(鄭和) 원정대의 인도양 진출이 예외라 할 수 있는데, 이것은 특수한 경우로 그나마 십여 년 지속되다 중단되었다. 오늘날 해외에 진출해 있는 화교들의 대부분은 가난 때문에 중국을 떠난 유민(流民)들이거나 제국주의 식민세력에 의해서 노동력으로 끌려간 사람들이다. 국가의 이민정책이나 한가한 해외여행 덕분에 나온 사람들이 아니다. 그런 전통은 면면히 이어져 중화인민공화국에 들어와서도 변한 것이 없었다. 이전과 차이가 있다면, 해외여행의 문을 열었다가 서방세계의 자본주의 병균이 묻어 들어와 사회주의를 오염시키지 않을까 하는 두려움까지 전면에 나섰다는 점이다. 이런 사실은 중국이 한국 관광을 허락지 않을 것으로 보는 부정적 요인이었다.

소련의 붕괴와 함께 찾아온 냉전체제의 소멸, 그리고 등소평이 내세운 개혁개방의 깃발. 이 두 요소는 북한의 맹방으로서 미동도 하지 않을 것 같던 중화인민공화국이 외교적으로 한국이 내민 손을 잡게 만든 전환점이었다. 중국은 손을 잡았을 뿐만 아니라 한국의 경제개발 모델을 벤치마킹하겠다며 제자를 자처하고 나섰다. 이것은 얼마 전까지만 해도 생각할 수 없었던 엄청난 변화였다. 중국이 더 이상 한국을 이데올로기 프리즘을 통해 바라보지 않는다는 생생한 증거였다. 개도국이란 이름의 후진국 지위에서 탈피하고자 경제개발에서 선배격인 한국과 일정 부분 목표를 공유하는 협력자가 된 것이다. 한국에게 배워야 할 과제는 짧은 기간 안에 성공한 경제개발 전략과 현재 처해 있는 외환위기를 극복하는 방법이었다. 외환위기는 중국도 언젠가 당할지 모르는 복병이기 때문이었다. 그런 점에서 한국이 겪고 있는 위기상황을 중국이 수수방관만 하지 않을 것이란 생각이 들었다. 순망치한(脣亡齒寒)은 중국인들이 만들어 낸 성어(成語)이다. 중국이 순망치한의 관계에서 한국을 바라보는 한 저들을 움직일 수 있는 길이 있어 보였다. 수교한 지 5년밖에 되지 않는 한국과 중국이 아직 허니문 무드에 있다는 사실도 긍정적인 측면이었다. 그동안 양국관계를 해칠 만한 이슈가 발생하지 않아 협력 분위기는 최상의 상태였다. 나는 이런 분위기를 확실히 한국관광 허용에 도움이 될 수 있는 긍정적 요인으로 보았다.

여기에 우리에게는 김대중(金大中) 대통령이라는 자산이 있었다. 파란만장한 정치적 역경을 딛고 일어선 김 대통령에 대해 세계가 박수를 치던 때였다. 그런 그가 외환위기 극복을 위해 금 모으기 운동을 전개하는 모습에서 세계인들이 깊은 감명을 받고 있었다. 중국도 예외가 아니었다. 당시 중국호의 키를 잡고 있는 선장과 부선장은 강택민(江澤民) 주석과 주용기(朱鎔基) 총리였다. 두 사람 모두 실사구시를 대표하는 인물로서, 한국과의 협력강화에 적극적이었으며 김대중 대통령 지지자들이었다. 김 대통령을 돕고 싶은 개인적인 희망과 의지도 있었을 것이다. 중국 내부적으로도 한국이 요청해 오면 오히려 고마워할 요인도 있었다. 현대국가에서 자국민의 해외여행을 금지하는 것이 시대착오적이며 개선이 필요하다는 것을 중국도 인정하고 있었을 것이다. 그렇기 때문에 무한정 해외여행금지 정책을 끌고 갈 수는 없었다. 그런 점에서 한국의 요청은 여행금지 해제에 명분을 제공하는 좋은 기회가 될 수 있었다. 명분과 실리를 서로 주고받는 이

제안을 중국이 거부하기 어려울 것이란 게 내 생각이었다.

나는 좌고우면 끝에 '중국인의 한국관광' 아이디어를 밀어붙이기로 결심했다. 예측이 빗나갈 수도 있지만, 승산 쪽에 무게를 둔 결심이었다. 방향이 정해지자, 수집한 자료와 관찰을 정리하여 본부에 건의할 준비에 들어갔다. 지장 입상 앞에서 꼬박 하루가 걸려 건의문 작성을 마쳤다. 개혁개방의 성공으로 높아진 중국인의 평균소득 수준, 이에 따른 해외여행에 대한 욕구 증가, 해외관광여행이 가능한 예상 중국인 수, 한국으로 올 수 있는 예상 인원수, 이로 인해 우리가 기대할 수 있는 경제적 이익, 해외관광 허용에 대한 중국정부의 예상반응 등 관련사항을 조목조목 서술했다. 결론부분은 중국정부가 한국여행을 허용하도록 조속히 교섭을 개시하자는 건의로 맺었다. 수정에 수정을 거듭한 건의문은 누가 읽어도 관심을 끌 만한 내용이었다.

때가 때인지라 외환위기 극복에 관한 보고는 청와대의 일차적 관심대상일 수밖에 없었다. 내 건의는 즉시 대통령에게 보고되었던 것 같았다. 그 증거는 바로 행동으로 나타났다. 1998년 4월 런던에서 개최된 제2차 ASEM정상회담이 그 현장이었다. 회담기간 중 중국의 주용기 총리를 만난 자리에서 김대중 대통령이 한국의 외환위기 극복노력을 설명하고 중국인의 한국관광여행을 허용해 주도록 정식으로 요청했다. 런던정상회담에서는 아시아를 강타한 외환위기의 극복을 위해 아시아·유럽차원의 협력방안이 논의되고 있었다. 대통령이 중국 측에 협조를 요청하기에 적절한 계제였다. 대통령이 직접 나설 만큼 우리의 위기상황은 심각했고 외부의 도움이 절박했던 것이다.

어떻든 절묘한 타이밍이었다.

　　정상 간 대화의 효과는 빠르고 직접적이다. 대통령의 간곡한 한마디에 마침내 중국이 움직였다. 런던정상회담이 있고 나서 중국정부가 자국민의 해외여행을 허용한다는 발표가 나왔다. 나는 눈을 의심했다. 대상지역은 한국과 일본이었다. 여행이 허용되는 중국인은 북경, 상해, 천진, 광주 등 대도시와 요녕성, 강소성, 절강성, 복건성, 광동성 등 연해지역 거주자로 한정했다. 비록 제한적인 허용이었지만 역사적인 조치였다. 중국은 한국의 외환위기 극복을 돕기 위한 선린우호 차원에서 내린 조치라고 그 이유를 밝혔다. 우리에게는 말할 것도 없이 목이 타는 논밭에 단비가 내린 격이고, 중국은 자비로운 소방수 역할을 자임함으로써 선린의 이미지를 국제사회에 확실하게 심어 주었다. 중국 역사상 문서로 자국민의 해외여행을 허가한 것은 이것이 아마 처음이었을 것이다. 근세에 들어와 중국이 그렇게 고마운 인방(隣邦)으로 행동했던 적은 우리 기억에 없었던 호의였다. 중국정부의 발표가 나던 날 나는 안 되면 되게 하라는 구호를 다시 되뇌어 보았다. 그리고 저녁상을 받아 놓고 포도주 한 잔으로 조용히 자축했다.

　　대상국에 일본이 포함된 것은 대외적인 모양새를 고려한 결과로 보였다. 잠정적인 조치라 하였지만, 한국만 달랑 지정하는 데는 부담을 느꼈을 것이다. 한국과 일본을 한 묶음으로 한 것은 지리적으로 근접하기 때문이라는 이유 외에도, 한국과 마찬가지로 유교문화권인 일본 역시 중국인들이 가 보고 싶어 할 외국이라는 점과 한국보다 먼저 수교한 일본에 대한 외교적 배려가 고려되었으리라 본다. 여행 허용을 연해지역의 대도시와 성(省) 거주자로 한정한 것은 등소평의 지론에 따른 것으로 보였다. 혹시 묻어 들어올지 모르는 자본주의 병균을 연해지역 단계에서 방역한다는 신중론이 등소평의 지론이었다. 같은 맥락에서 해외여행도 우선 제한적으로 연해지역부터 실시해 보고, 별문제가 없다는 것이 확인되면 범위를 확대한다는 의미를 담고 있었다. 실제로 중국은 몇 년이 지나 해외여행 허용을 전국으로 확대했다.

나는 본부에서 다른 보직을 받는 바람에 상해 근무를 예상보다 짧게 2년 정도 하다 귀국했다. 중국관광객들이 막 한국을 찾기 시작하던 때였다. 꾀죄죄한 옷차림에 시골티 나는 사람들이지만, 관광 안내원을 따라 줄 서 다니는 중국인들을 길거리에서 만나면 반가웠다. 내가 저 사람들을 오게 하는 데 역할의 일부를 담당했다는 생각에 뿌듯했다. 다가가 인사라도 하고 싶은 심정이었다. 그 사람들이 내가 어림했던 대로 한 사람당 100불 정도 한국에 떨어뜨리고 가는지는 몰라도, 그 이후 외환위기는 눈에 띄게 완화되었다. 거기에는 중국인들의 관광 영향이 전혀 없었다고 말하기 어려울 것이다.

해가 지나면서 중국관광객이 몰려들 때는 여기가 한국인가 중국인가 헷갈릴 정도였으나, 지금은 사드문제로 크게 줄어들었다. 중국은 자신의 국익에 반한다고 생각하면 무엇이든 무기로 사용하는 나라이다. 한국에 대해서는 관광을 무기로 사용한 것이다. 중국과 갈등이 빚어지면 앞으로도 그런 일이 언제나 다시 일어날 수 있다. 그러나 중국이 아무리 막무가내라 해도 과거 왕조시대로 돌아가 해외여행의 발목을 완전히 묶을 수는 없을 것이다. 13억 중국인은 잠재적인 고객이기 때문에 길게 보고 관광의 질을 높여 다시 찾아오게 하는 노력이 필요하다고 본다.

2019. 6. 1.

07/   '윤봉길 의거현장'과

비석

···

　중국 상해(上海)는 대한민국임시정부가 소재했던 곳이다. 임시정부청사는 지금도 보존되어 일반인들에게 개방되고 있다. 상해는 윤봉길(尹奉吉) 의사가 1932년 일본 천장절(天長節) 기념식장에 폭탄을 투척한 의거의 현장이기도 하다. 대한민국의 정통성이 상해에서 비롯되었고, 그 정통성은 투쟁과 희생의 대가였음을 웅변으로 증명하는 한국현대사의 첫 페이지가 상해이다. 그런 점에서 총영사로 부임하는 나에게 상해는 특별했다. 상해시 노만구 마당로에 있는 임시정부청사는 내가 부임했을 때 비교적 양호한 상태였다. 독립건물이 아니라 연립주택의 일부분인 가정집이었는데, 재건축 바람이 분 주변과 달리 낡고 오래되어 도시 안의 섬처럼 퇴락한 모습으로 변해 가고 있었다. 다행히 한중수교 이후 누군가가 지원하여 내부 수리를 한 덕택에 원형 보존은 그런대로 잘 되어 있었다.

　그러나 윤봉길 의사의 의거현장인 홍구공원(지금은 노신공원으로 개칭)

내의 상황은 이와 전혀 달랐다. 의거현장에는 매정(梅亭)이라고 쓴 편액이 걸린 2층짜리 정자가 하나 있을 뿐, 의거와 관련된 기타 시설은 전혀 없었다. 그나마 정자는 사람들이 많이 다니는 공원 산책길에서 벗어나 호숫가 샛길로 들어가야 보였다. 우거진 나무들 사이에 숨어 있어 일부러 찾지 않으면 있는지조차 모를 외진 곳이었다. 매정은 윤봉길 의사의 호 매헌(梅軒)의 梅자와 정자(亭子)의 亭자를 따와 붙인 것으로 짐작되었다. 창문으로 둘러싸인 정자 내부는 문이 잠겨 있어 들어가 볼 수가 없었다. 실망스러운 마음으로 주변을 한 바퀴 돌아보다가 한쪽 구석에 꽂혀있는 20cm 정도의 작은 막대 하나를 발견했다. 한자로 '윤봉길 의거현장'이라고 적혀 있었다. 그곳이 윤봉길 의사의 의거현장임을 알리는 유일한, 그리고 너무 간단한 표지였다. 무심히 지나가는 사람에게는 눈에 띄지조차 않을 정도로 작고 초라했다.

의거현장이 왜 거기인지, 매정은 누가 세웠는지, 사실 나는 이런 것에 대해 사전지식이 없어 궁금했다. 곰곰이 생각해 보니 의거현장이 수목으로 싸인 곳이라는 게 이해가 되지 않았다. 일본왕 생일인 천장절에 맞추어 거행된 소위 상해사변 전승축하 행사장에 윤 의사가 폭탄을 던졌으므로 장소는 일본군대와 많은 하객이 모인 광장이어야 상식적으로 들어맞는다. 그런 장소는 매정에서 약 100m 떨어진 노신(魯迅)광장밖에 없었다. 중국현대문학을 대표하는 소설가이자 혁명가인 노신을 기념하기 위해 공원 내 유일한 광장을 그에게 넘겨주고 윤 의사를 눈에 잘 띄지 않는 외진 곳으로 내보냈다고 이해할 수밖에 없었다. 미안하게 생각한 상해시가 정자 하나를 세워 주고는 일반인은 전혀 무슨 뜻인지 짐작할 수 없는 매정이란 편액을 걸어 놓았던 것은 아닐까? '윤봉길 의거현장'이란 막대를 꽂아 놓긴 했지만, 이것을 본 중국사람들이 윤봉길이 누구인지 무슨 의거를 했다는 건지 이해하는 사람은 아마 아무도 없을 것 같았다. 표지 막대가 그렇게 작고 구석에 세워 놓은 것도 차라리 사람들이 보지 말라고 시늉만 낸 것 같았다.

임시정부청사와 함께 윤봉길 의거현장은 상해시 문물보호대상으로 지정되어 상해시가 관리하고 있었다. 윤봉길 의거현장이 관리대상이 된 것은 의거의 역사성 때문일 것이다. 비록 윤 의사가 외국인이지만, 다른 날도 아닌 적국의 왕 생일에, 그것도 일본군의 상해 점령을 자축하기 위해 거행하는 행사장에 용감하게 폭탄을 던져 적을 혼비백산시킨 윤 의사는 중국인에게도 의인이자 영웅이었다. 더구나 상해가 일본군의 수중에 떨어지는 치욕을 당한 당사자인 상해시로서는 의미가 더욱 각별했을 것이다. 그럼에도 팔은 안으로 굽는 법인지, 윤 의사는 노신에게 밀려나 있었다. 한국과 중국의 미수교 상태에서 우리가 아무것도 모르고 있는 사이에 현장 보존문제는 전적으로 중국 측 손에 달렸던 것이다. 수교하고 5년이 지난 시점에서도 이런 현실에 적극적으로 나서 문제를 제기하는 사람이 없었던 모양이었다. 나는 매정을 둘러보고 심정이 매우 불편했다. 무언가 해야겠다는 의무감이 느껴졌다. 그대로 방치하면 역사의 죄인이 된다는 생각이 들었다.

원래 의거현장이었을 광장은 노신 묘와 기념관 그리고 노신 동상이 들어서 있었다. 자신의 묘를 등지고 광장을 향해 근엄하게 앉아 있는 동상은 중국사람들을 향해 다시는 이곳을 남에게 빼앗기지 말라는 말을 하고 있는 듯했다. 빼앗은 자는 당연히 일본이다. 그런데 윤 의사 동상이 있어야 할 자리에 노신 동상이 있다고 생각하니 묘한 여운이 남았다. 노신이 윤봉길 자리를 빼앗은 것이었다. 나는 중국이 숭앙하는 혁명가 노신 동상을 보면서 광장을 탈환하기는 어렵겠다는 생각을 했다. 상해시 정부가 윤봉길 의사에게 광장을 호락호락 넘겨줄 가능성은 제로 퍼센트일 것이기 때문이었다. 계란으로 바위를 치느니 차라리 현 위치에서 무언가 해 보는 것이 실리적이겠다고 가닥을 잡았다. 무엇보다 윤 의사가 누구이며 무슨 의거를 했는지를 매정에 오는 사람들에게 알릴 표지판이 필요했다. 그리고 노신 동상처럼 당당한 모습의 윤 의사 동상을 매정 앞에 세우고 싶었다. 그 다음으로는 사람들의 시야 밖에 숨어 있는 매정을 시야범위 안으로 끌어내도록 주변을 정리해야겠다는 생각을 했다. 그렇게만 되면 휑한 광장보다는 주변이 수목과 호수에 둘러싸인 현 위치가 더 운치 있어 보일 것 같았다.

그러나 윤 의사 의거현장이 상해시 문물보호 대상이어서 우리가 마음대로 할 수 있는 것은 아무것도 없었다. 의견을 내고 선처를 부탁하는 것이 할 수 있는 전부였다. 중국은 사회주의 이념이 우선이고 사회주의 혁명가를 떠받드는 나라이다. 공원 같은 공공장소에 기념물을 세우는 것은 그런 사람들에 한정되어 있다. 그런 기준에 합당한 인물은 외국인으로는 아마 레닌 정도가 아닐지 모른다. 윤 의사에게 어떤 잣대가 적용될지는 상해시 판단에 달려 있지만, 윤 의사는 한국 독립을 위해 싸운 외국인이란 점에서 그리 자신할 일이 아니었다. 중국이 가장 중요시하는 중화인민공화국 건설을 위한 투쟁이라는 항목에서도 윤 의사는 점수를 딸 수 없었다. 쉽지 않은 관문이겠지만 어떻게든 상해시를 설득하여 관문의 빗장을 풀게 할 생각이었다. 나는 초점을 항일투쟁의 공통성에 맞추기로 했다. 윤 의사의 의거는 공동의 적 일본을 향해 던진 양국 국민의 분노의 폭탄이었다는 것. 윤 의사가 상해사변승리 자축행사장을 의거장소로 선택한 것은 상해시 입장에서 영웅적 레지스탕스로 기록될 쾌거라는 것. 이제 한중수교를 계기로 윤봉길 의거현장을 양국국민의 애국심과 안보의식을 고취시키는 교육의 장으로 새롭게 단장하자는 것. 대충 이런 요지로 생각을 정리했다.

중국의 각 행정기관에는 외사판공실(外事辦公室)이라는 것이 있다. 약칭 '와이빤(外辦)'이라 하는 이 부서는 외국과 관련된 업무를 관장하는 곳인데, 상해시 외사판공실은 상해에 주재하고 있는 각국 총영사관의 접촉창구 역할을 하고 있었다. 중앙정부로 치면 외교부에 해당된다. 외사판공실 최고책임자는 주임(主任)이라고 부르는 사람이다. 상해시 외사판공실 주임은 주(周)씨 성의 엘리트였다. 매우 겸손하고 신중한 성격으로, 나와는 서너 차례 만나 서먹한 사이는 아니었다. 의거현장문제를 협의할 상대는 바로 이 사람이었다.

나는 주 주임을 찾아갔다. 정중하게 손님을 맞이한 주 주임은 윤봉길 의거현장 정비에 관한 내 이야기를 경청했다. 나는 미리 정리된 생각을 설명하고 나서, 매정 앞에 표지비석과 동상을 세우자고 제의했다. 매정이 외진 곳에 있으니 접근성을 높이는 방법도 강구해 달라고 요구했다. 주 주임은 침착하게 듣고 있었으나, 내 이야기가 전혀 예상하지 못한 것이어서인지 심각한 표정이었다. 가끔 도중에 묻기도 하고 자기 생각을 짧게 밝히기도 했지만, 긍정적인 답변으로 해석할 만한 언급은 한마디도 하지 않았다. 행정적으로 처리할 단순한 사항이 아니라 정치적, 외교적 파장까지 고려할 사항이라고 판단한 모양이었다. 노련한 외교관의 자세였다. 이 사람들은 답변이 곤란한 사항은 생각해 보고 나중에 알려주겠다고 일단 꼬리를 빼는 데 익숙해 있었다. 최고 윗선까지 보고해서 톱다운식으로 내려오는 사회주의 시스템의 특징이다. 주 주임은 당장 대답을 줄 수 있는 문제가 아니므로 시간을 달라는 말로 내가 던진 공을 일단 받아넘겼다. 예감이 별로 좋지 않았다.

보름쯤 지나 외사판공실에서 전화가 왔다. 부주임이 건 전화였다. 간밤에 뒤숭숭한 꿈을 꾸어 마음이 산란하던 때인데, 아닌 게 아니라 상해시는 내 제의를 검토한 결과 수용할 수 없다는 통보를 해왔다. 거절의 이유는 밝히지 않았다. 제의가 거절당한 것도 실망스럽거니와 부주임을 시켜 전화로 통보한 것도 무시당하는 것 같아 기분이 언짢았다. 다른 절충안이라도 제시하는 성의조차 보이지 않고 딱잘라 거절하는 상해시 처사에 나는 내심 심기가 불편했다. 아마 거절의 이유는 이랬을 것이다. 첫째, 윤 의사가 외국인이라는 점. 둘째, 윤의사의 의거 목적이 한국의 독립을 위한 것이지 중국을 위한 것이 아니라는 점. 셋째, 상해의 대표적인 공원에 한국인의 동상을 세워 영웅시하는 것은 중국정부 방침에도 정서에도 맞지 않다는 점. 넷째, 윤 의사가 공산주의 혁명가라고 볼 수 없다는 점 등이다. 여기에 일본이란 요소가 가미되었을 수 있었다. 일본 자본과 기술이 중국의 개혁개방정책에 절대적으로 필요한 시기에 일본을 자극할 필요가 없다고 판단한 것이다. 국익에 도움이 되지 않는 일에 긁어 부스럼 내는 우를 범하지 않겠다는 고려가 숨어 있었을 것이다.

상해시 입장이 어떻든 간에 애국지사의 허술한 유적지를 그대로 방치해 둘 수 없는 것이 내 입장이었다. 상해시가 움직이지 않는다고 물러나 뒷짐만 지고 있으면 직무유기라는 생각이 강하게 나를 압박했다. 나는 다시 지장 입상 앞에서 머리를 짰다. 또 패착을 두는 바둑이 되어서는 안 된다는 생각이 내 머리를 무겁게 눌렀다. 이번에 떠오른 대안은 홍구구(虹口區)였다. 윤 의사 의거현장인 홍구공원이 소재하고 있고 의거현장을 관리하는 곳이 바로 홍구구였다. 홍구구는 상해에서 구도심에 해당되는 지역으로 다른 구에 비해 낙후된 편이었다. 나는 그 점에 착안했다. 상해의 강남인 포동(浦東)지역은 초현대식 건물들이 들어서 맨해튼을 방불케 하는 데 비해 홍구구는 낡고 우중충하여 재개발이 시급한 상황이었다. 홍구구 재개발사업에 한국의 참여를 유인책으로 쓰자는 생각이었다. 외자유치 열풍이 휩쓸던 때였으므로 이 방법이 약효가 있어 보였다. 국내 외환위기가 진정 국면에 접어들면 투자의욕도 살아날 것이고, 그 기회에 투자자들에게 홍구구에 대한 관심을 충분히 불러일으킬 수 있다는 나름대로의 판단이 그런 생각을 부추겼다.

생각이 여기에 미치자 나는 지체 없이 홍구구청장을 찾아갔다. 설(薛)아무개라고 자신을 소개한 구청장은 나와 연배가 비슷한 소탈

한 인상이었다. 상해시 외사판공실 주주임과는 달리 설 구청장은 시원시원하고 활달한 성격이어서 호감이 갔다. 유머감각도 뛰어나 처음 만난 사람도 곧 친근감을 느끼게 했다. 주주임이 꼼꼼한 행정가 타입이라면 설 구청장은 보폭이 넓은 정치가 타입이었다. 나는 구청장을 처음 만나는 자리에서 윤 의사 문제부터 꺼내지 않기로 했다. 우선 원만한 친분관계를 쌓아 놓고 그 토대 위에서 '꽌시'에 호소하겠다는 전략이었다. 쉽게 생각하고 덤벼들었다가 나가떨어진 상해시 경험의 전철을 밟지 않겠다는 각오였다.

설 구청장과의 첫만남은 앞서의 교훈을 거울삼아 순전히 의례적인 부임 인사성 예방으로 국한했다. 인사와 덕담을 나누다가 서로 생년월일을 따져 누가 나이가 많은지 알아보는 수준까지 분위기가 화기애애해졌다. 내가 한 살이 많아 형님이 되고 설 구청장이 아우가 되었다. 설 구청장은 나를 형님이라고 부르며 유비(劉備)로 치켜세웠다. 도원결의(桃園結義)의 술자리는 보름 정도 지나 내가 설 구청장을 관저로 초대하는 형식으로 이루어졌다. 그날 우리는 코가 비틀어지도록 마셨다. 중국에서는 격의 없이 마음을 터놓는 사이가 되려면 이런 과정을 거쳐야 한다. 명함 한 번 교환하고 시작하는 거래는 진정성이 없어 형식에 흘러 실패하기 쉽다. 중국에서 술은 인간관계를 맺어 주는 촉매제이다. 우리는 내가 준비한 한국의 인삼주와 복분자주를 바닥이 날 때까지 마시며, 윤 의사 이야기는 윤자도 꺼내지 않고 꽌시를 쌓는 일에만 전념했다. (꽌시는 사람과 사람과의 관계, 즉 인간관계를 뜻하는 중국어)

세 번째 만남의 장소는 설 구청장 사무실이었다. 원래 관저 만찬에 대한 답례로 설 구청장이 저녁을 초대한 것인데, 내가 할 말이 있다고 하자 사무실에서 일단 만나고 나서 자리를 옮기기로 한 것이다. 이제는 윤 의사 문제를 제기해도 되겠다는 판단이 섰던 것이다. 나는 윤봉길 의거현장 상황을 설명한 후, 매정 앞에 표지비석과 윤 의사 동상을 세우고 싶다고 그동안 보류해 둔 본론을 정식으로 꺼냈다. 상해시에 이야기했다가 거절당했다는 사실도 숨기지 않았다. 비석과 동상을 세우면 찾아오는 한국사람이 많아 홍구공원이 한국에서 유명해지는 홍보효과가 클 것이라고 구미가 당기는 말로 포문을 열었다. 그렇게 되면 홍구구에 투자하려는 한국사람도 있을 것이며, 나도 발 벗고 나서서 그런 사람을 찾겠다고 강조했다. 설 구청장은 진지한 표정으로 경청했다. 그리고 곧 호기심을 보였다. 투자유치라는 당근이 마음을 움직인 게 분명했다. 그러나 상부기관인 상해시가 거절한 사실이 마음에 걸렸을 것이다. 홍구구가 얻게 될 실익과 상해시의 거절 사이에서 설 구청장은 망설이는 눈치였다. 면담의 자리는 배석한 간부들과 설왕설래 의견을 나누는 즉석 회의장으로 변했다. 간부들도 내 제의에 구미가 당겨 해 보자는 쪽으로 의견이 모아졌다. 그 문제는 결국 시장이 결정할 사안이므로 구청장 자신이 직접 시장을 만나 좋은 결과를 얻어내도록 최선을 다하겠다고 결론을 내렸다. 노심초사하던 나에게 구청의 적극적인 반응이 고무적이었다. 우리는 이야기가 끝나는 대로 인근 식당으로 자리를 옮겨 호형호제하는 가운데 통음했다.

홍구구청에서 연락이 온 것은 일주일도 지나지 않아서였다. 설 구청장은 함박웃음으로 나를 반겼다. 반기는 모습으로 보아 해결이 잘되었을 것 같은 직감이 들어, 나는 악수하는 손에 힘을 주어 화답했다. 자리에 앉자마자 설 구청장은 단도직입적으로 '반은 성공 반은 실패'라고 시장을 만난 결과를 알려 주었다. 비석 세우는 것은 승인을 받았지만 동상은 승인을 받지 못했다는 것이었다. 상해시가 왜 승인을 해 주지 않았는지에 대해 구청장도 말을 하지 않아 캐묻지 않았다. 뻔한 이유일 텐데 고생하고 온 그를 곤혹스럽게 해 주고 싶지 않아서였다. 만족스런 결과라 할 수 없지만, 비석만으로도 충분히 의미가 있었다. 매정을 찾아온 사람들에게 윤 의사가 누구이고 무슨 의거를 했는지 알려주는 것이 가장 중요했기 때문이다. 이제 그 목표가 달성되었기에 일단은 무거운 짐을 내려놓는 후련한 기분이었다. 상해시를 설득하는 데 힘들었다고 실토하는 설 구청장에게 나는 칭찬과 감사의 말을 아끼지 않았다. 설 구청장은 내친 김에 매정 앞에 비석을 세우고 주변을 정리해서 윤봉길 의거현장을 성역화하겠다고 앞으로의 계획을 밝혔다. 그뿐만 아니라 모든 작업은 홍구구에서 직접 나서서 할 것이며, 여기에 소요되는 일체의 경비도 홍구구가 책임지겠다고 선언했다. 그의 호의와 열정에 내 가슴에서 잔잔한 감동의 파문이 일어났다. 설 구청장이 아니었다면 나는 상해시에 한 방 얻어맞고 다시는 일어나지 못하는 무능한 인물로 찍히고 말았을 것이다. 그에게서 꽌시가 무엇인지 몸으로 배우며 '도원결의'의 결실을 실감하였다.

매정이 나무에 가려 잘 보이지 않는 점을 감안하여, 가리는 나무 몇 그루를 베어 내고 비석은 매정과 좀 거리가 있더라도 사람들 눈에 잘 띄는 길에서 가까운 곳에 세우기로 했다. 그리고 매정과 비석이 한 테두리 안에 들어오도록 주변을 울타리로 두르되, 가급적 무궁화나무와 상록수를 많이 심어 윤의사의 애국충절을 기리도록 한다는 데 합의했다. 바닥은 비가 와도 질퍽거리지 않게 대리석으로 깔아 청결한 환경을 조성하기로 의견을 모았다. 표지문은 총영사관에서 작성하여 한글과 중국어로 비석에 새겨 넣기로 했다.

모든 것이 결정되자 공사 진행은 빨랐다. 비석으로 사용할 석재는 구청직원이 절강성에 있는 석산에서 가져왔다. 석산까지는 상해에서 상당히 먼 거리인데 하루 품을 들여 직접 가서 실어왔다고 했다. 자연석 두 개를 가져와 나더러 고르라고 하기에 큰 것으로 골랐다. 가로 세로 각 1m 안팎인데, 가로가 약간 긴 정사각형에 가까운 둥그스름한 모습이 마음에 들었다. 모나지 않고 조화로운 저 모습이 윤의사가 바라는 조국의 형상일 것이란 생각 때문이었다. 인공을 가하지 않고 그대로 두는 것이 자연스럽다는 의견에 따라 원석에 비문만 새기기로 했다. 비문은 내가 직접 작성하였다.

윤봉길(호:매헌) 의사는 한국인으로서 1908년 6월 21일 충청남도에서 태어나 일찍이 항일구국 투쟁에 투신하여 1930년에 중국으로 망명하여 왔다. 그는 1932년 4월 29일 일본 침략군이 이곳에서 상해사변 전승 축하식을 거행할 때 하객으로 가장하고 행사장에 들어와 폭탄을 투척하여 상해주둔 일본파견군사령관 시라가와 대장 등을 폭사시키고 여러 명의 일본 주요관원에게 부상을 입혔으며, 현장에서 체포되어 1932년 12월 19일 일본 가네자와에서 장렬하게 일생을 마쳤다.

이 비문은 총영사관에서 중국어로 번역하였고, 홍구구청이 돌에

새겼다.

공사를 마무리하고 나서 홍구구청 주관으로 현장에서 조촐한 기념식을 가졌다. 나는 설 구청장과 함께 비석을 개막하고, 새로 조성된 경내를 한 바퀴 돌았다. 바닥을 석판으로 깔고 무궁화나무와 상록수를 섞어 울타리를 만들어 놓으니 매정과 비석이 한 공간에 들어와 전과 완연히 다른 모습이었다. 이제는 길에서 매정이 쉽게 눈에 들어와, 지나가는 사람들이 "저게 뭔가?" 하고 호기심을 가질 만큼 유적지 분위기가 살아났다. 나는 윤 의사 영전에 술잔을 올리며 이 정도밖에 할 수 없는 현실에 대해 용서를 빌었다. 그리고 하마터면 이마저도 못 할 뻔했다가 설 구청장 도움으로 오늘이 있게 한 감개를 술잔으로 나누었다. 나는 본부에 설 구청장의 호의적인 노력에 감사를 표시하기 위해 훈장 수여를 건의하여 수교훈장 숭례장(3등급)을 전수했다. 설 구청장 가슴에 훈장을 걸어 주던 날 우리는 얼싸안고 다시 형님과 동생으로 돌아가 혀가 돌도록 술을 마셨다.

3년을 예상하고 갔던 나의 상해 근무는 1년 10개월 만인 1999년 7월에 끝났다. 의전장으로 발령받아 갑자기 귀국하게 되어 그렇게 된 것인데, 홍구구에 투자유치를 해 주겠다고 설 구청장에게 한 약속을 지키지 못하고 말았다. 이용만 하고 만 것 같아 그 부분은 늘 마음에 부담으로 남았다. 그러나 매정을 찾는 한국인들이 늘어 홍보효과를 거두는 데는 일단 성공하지 않았나 싶어, 설 구청장 말대로 이제는 내가 '반은 성공 반은 실패'라는 말로 위안을 찾고 있다.

상해를 떠난 지 십수 년이 지나 나는 정년퇴직했다. 그리고 내가 고문으로 몸담고 있는 회사의 일로 상해에 갈 일이 있어 그 기회에 홍구공원을 다시 찾아갔다. 홍구공원은 노신공원으로 이름이 바뀌어 있었다. 윤봉길 의거현장은 그때와 달리 입장료를 내고 들어가도록 철책으로 외부와 격리되어 있었다. 비석과 매정의 외모는 그대로였다. 다만 매정이란 편액이 매헌(梅軒)이란 이름으로 바뀌어 있었다. 매헌은 윤봉길 의사의 호이다. 그런데 매정 안에 들어가서 나는 눈을 의심하지 않을 수 없었다. 원래 2층으로 된 매정 내부는 빈 공간이었는데, 윤의사 흉상이 모셔져 있고 유품과 관련자료들이 전시되어 있었다. 신선한 충격이었다. 임시정부청사 안에 김구 선생 흉상과 관련 유품을 전시한 선례를 따른 것이다.

내가 황급히 떠나면서 미처 마무리하지 못한 일을 누군가가 해낸 것이다. 당초 내가 생각했던 매정 앞 동상건립은 상해시의 완강한 반대로 실현이 불가능했을 것이므로, 내가 상해에 더 있었다 해도 결국은 실내에 흉상을 모시는 것으로 낙착되었을 것이다. 이제 보니 그 일이 누군가에 의해 이루어져 있었다. 총영사관이나 유족회에서 한 것으로 보이는데 정말 잘된 일이었다. 설 구청장과 함께 구상하고 의거현장을 성역화했던 지난 기억의 필름이 내부를 한 바퀴 도는 동안 머릿속에서 빠르게 돌아가 나는 감회에 젖어 들었다.

"윤 의사님, 제가 왔습니다."
흉상 앞에 선 나는 숙연해져 묵념으로 인사를 대신했다. 윤봉길 의사는 내가 세우고자 했던 동상 대신 흉상의 모습으로 내 앞에 오셨지만, 마치 살아 계시는 것처럼 나를 환영했다. 홍구구의 설 구청장도 곁에 와 내 어깨를 가볍게 두드리며 우리가 미처 생각하지 못했던 경사를 축하해 주는 것 같았다.

2019. 6. 13.

08/   탈북자

...

　　200X년 XX월 XX일, 금요일 오후. 나는 서울에서 날아온 한 통의 긴급전문을 읽고 정신이 번쩍 들었다. 탈북자 00명이 내일 저녁 귀지 공항에 도착하니 당일 인천행 국적기에 환승시켜 무사히 보내도록 필요한 조치를 취하라는 지시였다. 사전에 아무런 예고도 없었던 마른하늘의 날벼락이었다. 필요한 조치란 탈북자들이 공항에서 국적기로 환승하는 데 문제가 발생하지 않도록 주재국의 허가를 받는 행위를 포함하고 있었다. 이들은 일반승객과 달리 탈북자들이다. 탈북자들은 북한 입장에서 보면 나라를 배반하고 망명하는 범법자들이다. 범법자들의 망명을 돕는다면 이는 북한에 대한 비우호적 행위로 간주될 수 있다. 북한과 외교관계를 갖고 있는 주재국으로서는 신경을 쓰지 않을 수 없는 사안이었다. 그렇다면 외교문제로 비화할 소지가 있는 탈북자들의 환승, 다시 말해 주재국의 통과를 과연 이 나라가 허락해 줄 것인가, 나는 그것을 고민하고 있었다.

내 시선은 손목시계에 가 있었다. 오전 10시가 지난 시각이었다. 탈북자들이 도착하기까지는 만 하루가 조금 더 남아 있지만, 다음날 이 토요일이므로 주재국의 통과허가를 받아내는 데 주어진 시간은 길어야 일곱 시간 정도였다. 금요일 오후는 벌써 주말 분위기에 들떠 공무원들이 일찍 퇴근하는 경향을 감안하면, 일을 해결하기 위해 뛰어야 할 시간은 그보다 훨씬 적을지도 몰랐다. 그야말로 시간과의 싸움이었다. 사정이 어떻든 나에게는 반드시 해내야 할 뜨거운 감자였다. 주재국의 허가를 받아내지 못하면 나는 무능한 사람으로 낙인이 찍히고 말 것이었다. 쏟아질 비난과 질책은 물론이고, 지시사항을 이행하지 못한 행정적, 도의적 책임을 면하기 또한 어려울 것이었다. 화살은 이미 시위를 떠난 뒤였다. 화살이 나 자신을 향하고 있다는 생각에 가슴이 서늘했다.

나는 직원들을 불러 담당에 따라 맡을 일을 그 자리에서 지시했다. 정무팀에는 대사가 가장 빠른 시간 안에 주재국 외교부장관을 만날 수 있게 약속을 잡으라고 채근했다. 이와 함께 탈북자들의 통과허용을 요청하는 외교공한(구술서, Note Verbale)도 작성하라고 지시했다. 주재국 공항당국 및 공안부서와의 실무적 협력도 개시할 준비를 시켰다. 영사팀에게는 긴급상황에 대비한 탈북자 지원문제에 대비케 했다. 다른 직원들한테는 사태가 종결될 때까지 24시간 대기상태를 유지하도록 당부했다. 긴급조치를 하달하고 직원들이 나간 뒤, 나는 그제야 앞에 놓인 찻잔에 손이 갔다. 차 한 잔의 여유라기보다는 긴장을 털어 내려는 무의식적 행동이었다. 입맛이 써 미간을 찌푸리며 한 모금을 목으로 넘겼다. 내 입에서 엷은 한숨이 새어나왔다. 실패가 허용되지 않는 작전이기 때문에 무슨 수를 쓰든 장관을 설득시킬 묘수를 찾고 있는 고뇌의 속내였다.

주재국은 전통적으로 한국의 우방이었다. 한국전쟁 때 유엔군으로 참전했고 자유민주주의 가치를 공유하는 나라이다. 한국의 경제개발을 모델로 삼고 있는 점에서도 친한적이다. 좀 지난 일이긴 하지만, 여러 해 전 비중 있는 북한인사가 탈북할 때도 이 나라를 경유하여 한국으로 들어왔다. 탈북을 자유를 향한 용기 있는 탈주로 보는 시각은 자유세계 여러 나라와 다르지 않았다. 현재의 양국관계로만 보면, 그리고 과거 북한인사의 탈북을 도와준 선례를 참작하면 주재국이 탈북자들의 통과를 거부할 가능성은 낮아 보이는 것이 사실이었다. 본부도 그런 사실을 감안하여 대사관과 일언반구 사전 협의 없이 뜨거운 감자를 안겼으리라. '이것도 못 해내면 너는 바보'라는 메시지를 그 감자가 말하고 있었다. 그러나 세상일은 꼭 예상대로만 되는 것이 아니다. 마가 끼면 다 된 밥에도 재가 뿌려지는 경우가 얼마든지 있다. 골프는 장갑을 벗어 보아야 안다고 하는 말처럼, 다 이겨 놓고도 마지막 퍼트를 놓쳐 승부가 뒤바뀌는 경우는 얼마든지 있다. 탈북자들을 안전하게 국적기로 환승시켜 보내는 문제가 그리 간단하게 생각할 일이 아니었다.

내가 당장 가서 만나 탈북자들의 통과를 요청할 사람은 주재국 G외교부장관이었다. G장관은 원래 정치인이다. 대통령과는 소속정당이 다르나 연립정부 형식으로 입각한 케이스였다. G장관은 자기를 임명한 대통령의 말을 호락호락 듣지 않는 것으로 소문이 나 있었다. 정

치적 색깔과 소신이 달라서인지, 아니면 자신의 존재를 부각시키기
위한 고의에서인지 모르나, 일국의 외교정책을 놓고 대통령과 충돌
하는 인상을 주는 것은 상식적으로는 납득이 되지 않았다. 내가 부임
하고 얼마 안 되는 사이에도 충돌하는 양상을 어렵지 않게 볼 수 있
었다. 장관에게는 민족주의자라는 별명이 붙어 있었다. 어휘상으로
는 외세에 의존하지 않는다는 의미로 해석이 되는데, 전통적으로 친
미국가인 주재국에서 아이러니하게도 외교부장관의 별명이 암시하
는 외세는 다름 아닌 미국이라는 것이었다. 대통령과 저렇게 손발이
안 맞는 사람과 어떻게 함께하는지 나는 이해가 잘 되지 않았다. 그
런데 알고 보니 거기에는 사정이 있었다. G장관의 출신지역은 주재
국에서 분리 독립하려는 기운이 강한 곳이다. 역사적, 종교적으로 박
해를 받고 있다는 피해의식이 그 바탕에 깊이 뿌리박혀 있었다. 박해
와 피해의 연원은 과거 식민세력이었던 미국에 있다는 것이 이 지역
의 정서였다. G장관의 민족주의 깃발도 거기에서 나온 반미정서의
산물이었다. 이런 정치적 이유 때문에 대통령은 대통합이라는 큰 지
붕 아래서 G장관을 중요한 자리에 보직하여 보듬고 있는 것이었다.
그런 그가 한국에 호의적인지 나는 확신할 수 없었다. 미국과 동맹
관계인 한국이 G장관의 눈에 어떻게 비칠지는, 그가 아직까지 친한
적 태도를 보였다는 아무런 기록도 전언도 없는 것으로 보아 대강 짐
작할 수 있었다. 그런 인물의 손에 생각지도 못한 탈북자문제가 굴러
들어간 것이다. 과거에 이 나라가 탈북자문제에 호의적이었다고 해
서 이번에도 그러리란 보장은 없었다. 내 한숨이 짙어지고 고뇌가 깊
을 수밖에 없는 이유였다. 나는 공을 어디로 찰지 모르는 공격수 앞
에 선 골키퍼 심정이었다.

오후 3시에 만나주겠다는 연락이 장관비서실에서 왔다. 오후 3시까지는 다섯 시간가량 남아 있었다. 더 빨리 만날 수 없느냐고 독촉하고 싶었지만 나는 급한 마음을 꾹 눌렀다. 그 시간이나마 내 준 것을 다행으로 여겨야지, 자칫 역린을 건드렸다가는 그나마도 놓칠까 두려웠던 것이다. 기도하는 마음으로 진득이 기다리기로 했다. 다행히 일이 잘 풀리면 모르겠으나, 그렇지 않은 경우라면 3시가 지난 금요일 늦은 오후에 다른 방법을 찾아볼 시간적 여유가 없다는 걱정이 나를 짓누르고 있었다. 탈북자들이 도착할 때까지 남은 시간은 모래시계의 모래처럼 아래로 주르르 빠져나가는데, 장관을 기다리는 시간은 달팽이 걸음이었다. 평소 같으면 점심 먹고 느긋하게 시간 맞추어 떠나면 되는 일인데도 느긋할 수 없었다. 입맛 없는 점심을 대충 때우고 사무실에 돌아와서도 마음이 편치 않았다. 줄곧 내 머리를 떠나지 않은 것은 G장관과의 면담 결과에 대한 불확실성이었다.

이 무렵, 북경에 있는 한국대사관 정문을 밀고 돌진해 들어가는 탈북자들을 중국 공안원이 붙잡는 한 장의 사진이 세계인의 이목을 끌고 있었다. 자유를 찾아 목숨 걸고 북한을 탈출한 사람들의 참상과 자유의 문 앞에서 그들을 가로막는 중국의 인권유린이 이 한 장의 사진에 고스란히 담겨 있었다. 주중한국대사관은 그렇게 사선을 넘어온 탈북자들로 만원이었다. 이미 수용 한계에 다다른 상태에서 탈북자들의 진입은 계속되었다. 이대로 가다가는 자칫하면 전염병 발생과 같은 재앙이 예견되는 상황이었다. 이런 상황은 중국정부가 탈북자들의 한국망명을 허용하지 않아 발생하는 인재에 해당되는 문제이다. 만일 재앙이 발생하여 참상이 세상에 알려진다면 망명을 불허

한 중국에 국제적 비난의 화살이 날아갈 것은 불을 보듯 뻔했다. 둑이 무너지지 않기 위해서는 최소한 유입되는 수량만큼 수문을 열어 방출해야 한다. 이것이 자연의 순리이다. 이번에 오는 탈북자들은 그 순리에 따른 타협의 산물일 가능성이 높았다. 이유가 무엇이든 자유를 찾아 사선을 넘은 이들에게 통과의 편의를 제공하는 것은 인도적 차원에서 타당하고 주재국도 그런 점에서 예외가 될 수 없는 보편적 선(善)이었다. 이것은 내가 장관을 만나서 설득할 핵심 논거였고 결과에 일말의 자신을 갖는 근거였다.

G장관이 만면에 미소를 띠고 나를 맞을 때 눈가에 잡힌 겹주름에서 완연한 노인 티가 느껴졌다. 나이가 많다는 것이 평소 그에 대한 나의 느낌이었다. 반가워하는 제스처는 외교관이 아무에게나 하는 허식이자 몸에 밴 습관이다. 비록 그것이 허식이라 하더라도 걱정으로 두근거리는 내 마음을 가라앉히는 데는 도움이 되었다. 춘풍이 부는 표정에는 무슨 급한 일이 있어 이렇게 허겁지겁 찾아왔느냐는 물음표가 나부끼고 있었다. 나는 한가하게 여유를 부릴 시간이 없었다. 의례적인 짧은 인사교환을 마치고 나서 나는 군살을 붙이지 않고 단도직입적으로 본론으로 들어갔다. 춘풍이 불던 장관의 표정은 금세 진지해졌다. 배석한 장관보좌관이 내가 하는 발언을 열심히 노트하고 있었다. 나는 설명 도중 준비해 온 외교공한을 티테이블 위에 올려놓으며 '인도적 차원' 부분에 억양을 넣어 탈북자들의 통과를 허용해 달라고 요청했다.

"You mean transit only?"

통과만 하는 것이냐는 장관의 질문이었다. 이 사태가 자기 나라에 어떤 영향을 미칠지 어림하는 듯 잠시 뜸을 들이다 나온 질문은 그렇게 짧고 간단했다. 공항에서 한국 국적기로 환승만 할 것이란 나의 설명에 못을 박는 질문이기도 했다. '그렇다'는 나의 확인에 장관은 즉석에서 탈북자들의 통과를 허락했다. 검토해 보겠다는 식으로 한 발 빼거나 에두르는 화법이 아니었다. 의외로 시원시원한 대답이었다. 외교관으로서보다는 정치가다운 풍모를 보여주었다.

몇 시간 동안 나를 긴장의 족쇄에 묶어 두었던 스트레스는 장관의 말 한마디에 안개처럼 사라졌다. 사무실로 돌아오는 나는 기분이 날 듯했다. 이렇게 쉽게 해결될 것을 가지고 지레 겁을 먹었다고 소심증을 탓하기도 했다. 사무실에 돌아오자마자 개선장군이 된 나는 G장관과의 면담결과를 본부에 보고했다. 환승준비는 차질 없이 하겠다는 "충성!" 구호까지 보고에 보탰다. 골치 아플 뻔했던 걱정거리에서 벗어나 주말을 마음 편하게 보낼 수 있게 되어 천만다행이었다. 무엇보다 G장관과 좋은 선례를 만든 것이 부수적 행운이었다. 장관과는 이번 같은 중요한 사안이 아니면 형식적이고 의례적인 행사에서 만나는 사교적 성격의 만남이 대부분이고, 일반적으로는 차관을 만나 교섭이든 뭐든 거기에서 끝나는 경우가 보통이다. 내가 부임한 지 반년 만에 업무적으로 장관과 단독으로 만나기는 이번이 처음이었다. 민족주의자로서 성깔이 있다 하지만, 그것은 자기들끼리의 이야기이지 내 눈에는 시원시원한 기질이 마음에 들었다. 탈북자라는 민감한 성격 때문에 우리가 극비로 처리하는 입장과 달리, G장관으로서는 비행기만 갈아타는 간단한 문제를 복잡하게 생각할 이유가 없었을지 모른다. 이유가 무엇이든 쉽게 결론을 내려 준 그가 고마웠다.

관계직원들에게 탈북자들의 환승문제를 차질 없이 처리하도록 독려하고 나서 나는 퇴근할 채비를 하고 있었다. 시간은 오후 6시에 근접해 있었다. 주말 이브인데다 해피엔딩으로 끝나는 하루를 자축하고 싶어 아내와 모처럼 외식이나 할까 생각하고 있는 중인데, 핸드폰이 울렸다. 서울에서 걸려온 국제전화였다. 상대방은 외교부 K차관이었다. 나와는 허물없는 사이였다. 어려운 일을 해냈다고 격려하는 전화인 줄 알고 반갑게 받았다.

"S형, 편지는 잘 받았는데, 일이 좀 복잡하게 되어 버렸어. 손님들을 거기서 주말을 보내게 하고 월요일에 보내는 것으로 조금 전에 방침이 변경되어 버렸다구. 어른들이 결정한 사항이라 난들 방법이 없네. 어렵겠지만 S형이 다시 뛰어 줘야겠어."

보안상 이유로 은어가 동원된 차관의 말은 탈북자들이 여기에서 주말을 보내고 오도록 상부 방침이 변경되었다는 뜻이었다.

유포리아에 젖어 있던 나는 한순간에 비수가 등에 꽂히는 기분이었다. 주말을 보낸다는 것은 단순한 환승이 아니라 공항 밖으로 나온다는 이야기이다. 이것은 입국이다. 통과와는 완전히 다른 차원이다. 통과는 여권에 기록도 남지 않는 반면, 입국은 입국사열을 거쳐 정식으로 그 나라의 허가를 받아 들어오는 것이다. 이것은 명백히 북한에 대한 주재국의 적대행위 또는 비우호적 행위에 해당될 수 있는 부분이었다. 만약 입국이 거절된다면 탈북자들을 기다리는 운명은 출발지로의 추방이며, 중국이 마음먹기에 따라 북한으로의 송환으로 이어질 수도 있었다. 생각만으로도 끔찍한 일이다. 어째 일이 잘 풀린다 했더니 이게 무슨 날벼락이란 말인가! 하늘이 무너져도 당장 G장관을 다시 만나 입국허가를 받아내야 하는 불똥이 발등에 떨어졌다. 다른 생각을 할 시간이 없었다.

G장관 비서실은 전화조차 받는 사람이 없었다. 급한 일이 있으면 어디로 연락하라는 흔한 녹음안내도 없었다. 3시에 나를 만난 것이 아마 사무실에서의 그의 마지막 공식일정이었을지 모른다. 십중팔구 바로 퇴근하고 지금쯤은 자기 선거구에 가는 비행기에 타고 있을 것이란 생각이 들었다. 정치인들은 불나비를 닮아 주말이면 본능적으로 선거구를 찾는 습성이 있기 때문이다. 선거구가 아니라 해도 한국대사의 절규가 닿기에는 너무 먼 곳에 가 있는 것이 틀림없었다.

나는 급한 마음에 B차관을 생각해 냈다. B차관과는 업무상 자주 만났고 식사초대도 여러 번 하여 친숙한 사이였다. 여행사를 운영하는 부인 일로 사적으로 한국비자 편의를 부탁하는 입장이어서 그로서도 한국대사와 가까운 관계가 필요했다. 나는 지금 찬밥 더운밥 가릴 때가 아니었다. B차관이 뛰어 준다면 그가 바로 구세주일 것이었다. 나는 급히 B차관에게 전화를 걸었다. 자초지종을 설명하고 나서, 이 절박한 순간에 장관과 연락이 되지 않으니 차관이 나서 달라고 간청했다. 그러나 기대했던 대답은 나오지 않았다. 사안의 비중으로 보아 이 문제는 자신의 권한 밖이며 장관만이 결정할 수 있는 일이라고 선을 그었다. 장관은 퇴근하여 이 시간에 외부전화를 받지 않을 것이라면서, 사적으로 사용하는 장관 전화번호를 알려 주었다. 그의 친절은 거기까지였다. 실망스러웠으나 일단 장관과 연락할 방법을 얻어

낸 것은 다행이었다.

    G장관은 전화를 받았다. 한국대사란 말에 전파를 타고 전해 오
는 그의 반응은 환영의 온기가 없었다. 개인 전화번호를 어떻게 알고
걸었느냐는 불쾌감이 섞인 목소리였다. 장관은 대뜸 무슨 일이냐고
물었다. 퇴근 후 사생활에 들어간 사람에게 전화를 거는 무례한 행동
을 못마땅하게 여기는 투가 역력했다. 몇 시간 전에 장관실에서 면담
했던 때와는 전혀 다른 반응이었다. 나는 흠칫했으나 물러설 수 없었다.
프라이버시를 방해하여 죄송하다는 사과를 시작으로, 장관을 만난
이후 갑자기 발생한 사정변경을 설명했다. 탈북자들이 오랜 도피생
활로 심신이 지쳐 있어서 주재국에서 건강체크와 휴식을 취한 후 월
요일에 떠나는 것으로 당초 계획이 바뀌었음을 설명한 뒤, 인도적 차
원에서 이들의 입국을 허가해 달라고 요청했다. 내 목소리는 장관의
자비를 호소하는 음색이 깔린 애원에 가까웠다. 실패해서는 절대 안
되는 한판 승부에 모든 것을 건 투구였다.

    "나는 통과라는 조건으로 허가했을 뿐입니다. 이 문제에 관해서
는 더 이상 말하고 싶지 않습니다."
    장관 대답은 한마디로 냉랭한 거절이었다. 나는 황급히 보충설
명을 했으나 장관의 인내심은 곧 바닥을 드러냈다. 바빠서 대사의 말
을 계속 들을 수 없다는 핑계를 대며 장관은 일방적으로 전화를 끊어
버렸다. 닭 쫓던 개 지붕 쳐다보는 처지가 되어 버린 나는 눈앞이 캄
캄했다. 깊이를 알 수 없는 낭떠러지에서 무너져 내리는 기분이었다.
다시 장관 전화번호를 핸드폰에 찍었으나 받지 않았다.

장관이 입국을 불허하였으니 이제 남은 길은 본부 양해를 구해 원래 계획대로 환승시켜 보내는 것뿐이었다. 그러나 그것은 '나는 무능합니다'라고 스스로 고백하는 일과 다를 바 없었다. 죽기보다 싫은 최후수단이었다. 사태가 이 지경에 이르니 이상하게도 자포자기 상태에서 마음이 도리어 가라앉았다. 어디에서 문제가 꼬였나, 나는 지난 몇 시간의 경과를 반추했다. 탈북자문제는 주재국 외교부가 주무부처인 것은 분명했다. 장관을 찾아간 것까지는 문제가 없었다. 그런데 장관 한 사람만 믿었다가 실패했을 때 다른 대안을 생각하지 않은 것이 치명적 실책이었다. 장관을 거치지 않는 다른 방법은 없을까? 전쟁에서 그때그때의 형편에 따라 전략을 바꾸는 것은 장수의 권한이다. 이것은 손자병법에 나와 있는 말이다. 경부고속도로가 꽉 막히면 주변 국도가 서울 가는 데 더 빠를 수 있다. 나는 이 간단한 진리의 블랙홀로 빠져들었다. 부임한 지 얼마 되지 않아 충분한 인적 네트워크가 형성된 상태는 아니지만, 내가 만난 사람 가운데 이 어려운 상황에서 도움을 줄 만한 사람이 있는지 곰곰이 생각해 보았다. 그런 사람을 추리다가 한 사람의 이름이 떠올랐다.

R대통령안보보좌관이 바로 그였다. 우리로 치면 국정원장쯤에 해당된다. 대통령의 측근 중의 측근으로 알려진 인물이었다. 미국 해군사관학교 출신이라는 돋보이는 배경의 군사전략전문가이기도 했다. 내가 부임하여 주재국 주요 인사들을 예방하고 다녔을 때 만났던 사람이다. 한국의 정치 경제 남북관계에 관해 소상한 지식으로 무장하고 있어서 금방 나의 관심을 끌었는데, 저런 사람은 사귀어 두는 것이 좋겠다 싶어 얼마 전 괜찮은 호텔 중식당에 초대하여 점심을 함

께했다. 그때도 R보좌관은 최근의 남북관계에 관해 여러 가지 질문을 하여 한국에 대한 각별한 관심을 표시했다. 그렇지 않아도 그 자리에서 탈북자문제가 화제의 중심이었는데, 지금 바로 그 문제와 관련하여 위기를 맞은 절체절명의 순간에 그의 이름이 떠오른 것은 참으로 우연의 일치였다.

반갑게 전화를 받은 R보좌관은 방콕에 출장 중이라고 했다. 자기가 도와줄 것이 있느냐고 먼저 물었다. 솔직하고 직설적인 성격 그대로 그는 항상 머뭇거리지 않았다. 비서를 통한 간접연락 방식을 취하지 않고 내가 직접 전화를 건 데에는 무슨 곡절이 있을 것이란 추측을 한 모양이었다. 동물적 감각으로 냄새를 맡는 전문가적 기질이 짧은 한마디에 나타나 있었다. 나는 급한 사정을 털어놓았다. 수험준비생이 중요한 부분에 밑줄을 쳐 가며 공부하듯, 보좌관은 골자에 해당되는 대목을 조목조목 짚어 가며 묻고 내용을 파악했다. 사태의 전모를 파악하고 나서, R보좌관은 이 문제를 대통령에게 즉시 전화로 보고하겠다고 약속했다. 입국허가를 받아 내도록 최선을 다할 것이며, 결과가 나오는 대로 알려 주겠다는 말로 나를 안심시키고 통화는 끝났다. 그의 위로는 천군만마의 힘으로 무너진 나를 일으켰다. 한 줄기 빛이 어둠 속에서 시야에 들어오는 느낌이었다.

기다림의 시간은 30분이 채 걸리지 않았다. 정적을 깬 전화벨 소리는 유난히도 컸다. R보좌관으로부터 온 전화였다. 핸드폰을 귀에 댄 나는 기쁨에 겨운 나머지 입이 찢어질 듯 크게 웃었다. 탈북자들이 주말을 보내고 가도록 대통령이 허가했으며, 자기가 관계기관에

다 연락을 해서 아무 일이 없도록 조치해 놓았다고 낭보를 전했다. 걱정하지 말고 나더러 주말을 잘 보내라는 위안의 말까지 덧붙였다. 나는 즉시 본부에 상황을 보고했다. 알프스산을 넘은 한니발 장군의 기개만큼 내 성취감은 컸고 지옥에서 살아 돌아온 자의 쾌감이 이런 것인가 했다. 이제 남은 일은 탈북자들을 받아서 보내는 것이었다. 나는 R보좌관의 결정적인 도움에 큰 빚을 진 기분이었다. 탈북자문제가 끝나면 하루 빨리 만나 그날의 에피소드를 식탁 위에 올려놓고 우의를 다지겠다고 다짐했다. 탈북자들이 서울로 떠나던 날, 나는 공항에 나가 국적기의 날개에 선명한 태극마크가 시야에서 사라질 때까지 환송객이 되어 자리를 지켰다.

갑자기 본부에서 날아온 한 장의 전문 때문에 하루 종일 천당과 지옥을 오가며 임무는 수행했지만, 그 대가는 간단치 않아 보였다. 대한민국 정부를 대표하여 우리 외교부장관이 주재국의 협조에 감사의 뜻을 전하려고 G장관에게 전화를 걸었으나, G장관은 받기를 거부했다. 외교관례상 보기 드문 일이었다. 자기를 무시하고 대통령을 동원하여 슬쩍 해치워 버린 처사에 대한 불만의 표시였다. 등 뒤에서 암수를 쓴 배신행위로 규정한 것이 분명했다. 내가 긴장하지 않을 수 없었다. 자기가 주재하고 있는 나라의 외교수장과 척을 지고서는 좋을 것이 하나도 없었다. 나는 G장관에 의해 페르소나 논 그라타 (persona non grata, 외교상의 기피인물)로 찍힌 것이나 다름없었다. 나로서는 어떤 식으로든 G장관의 오해를 푸는 일이 급선무였다. 허나 지금 상황에서는 장관을 만나 해명하고자 해도 만나 줄지조차 의문이었다. 우리 장관의 전화도 받지 않는데 대사가 안중에 있을 리 없었다.

나는 궁리 끝에 한 가지 방법을 생각해 냈다. 그의 출신지에 무상원조로 농촌직업훈련센터를 지어 주자는 아이디어였다. 그의 출신지는 주재국에서도 가장 낙후된 농촌지역이었다. 농업생산 증대를 위해 절실히 요구되는 직업훈련센터를 선거구인 출신지에 세워, 그 공을 G장관에게 돌리자는 것이었다. 한국의 원조로 번듯한 현대식 훈련센터가 들어서면 그의 위신과 체면이 설 것이고, 다음 재선에도 도움이 될 것이란 계산이었다. 정치인인 그에게 이보다 더 좋은 선물은 없을 듯했다. 농촌직업훈련센터를 지어 주자는 건의는 본부에서 즉각 수락되었다. 한술 더 떠, 건의하지도 않은 IT기술훈련센터를 수도에도 세워 주겠다고 추가하여 주재국에 통보하라고 지시가 내려왔다. 농촌직업훈련센터만으로는 감사의 표시가 충분하지 않다고 판단할 만큼 정부는 고마웠던 것이다.

G장관과의 만남은 의외로 쉽게 결정되었다. 장관 비서실을 통해 방문목적이 무상원조 공여계획의 설명이라고 미리 귀띔해 둔 것이 약효였는지 모른다. 농촌직업훈련센터가 들어설 곳은 바로 장관의 고향이라는 사실을 물론 강조했다. 그래도 장관이 무슨 까탈이라도 부릴까 걱정했던 나의 우려는 기우였음이 증명되었다. 환한 웃음으로 두팔 벌려 나를 환영하는 장관의 행동에서 그런 까탈의 기미는 어디에서도 찾아볼 수 없었다. 내가 무상원조계획을 설명하는 동안 분위기는 화기애애했다. 생각지도 않은 횡재 때문인지 장관은 내내 온화하고 만족스러운 표정이었다. 누구의 입에서도 탈북자 이야기는 나오지 않았다. 그런 일이 있었다는 사실조차 모르는 사람들같이 대화는 철저하게 그 문제를 배제하고 있었다. 탈북자들의 입국을 청원

했을 때 전화 대화에서 보였던 장관의 거친 태도와는 너무 다른 분위기였다. 대한민국의 무상원조에 감사하다는 이야기를 하면서 장관의 얼굴에는 춘풍이 불었다. 한국 외교부장관의 전화도 거절했던 사람의 얼굴이 아니었다. 야누스의 얼굴이었다.

2019. 6. 27.

09

북망산(北邙山)에
가서

···

　"한국은 중국의 성(省)보다 작은데 왜 대한민국이라 하죠?" 북경에서 낙양(洛陽) 가는 기차에 함께 탄 중국인 승객이 내게 던진 질문이었다. 중국의 성(省)은 한국의 도(道)에 해당되는 행정단위이다. 중국의 성보다 작은 나라가 감히 큰 '대(大)'자를 국명에 쓰느냐는 비아냥거림이었다. "대한민국은 무슨 대한민국이야, 소한민국이지!" 그런 말을 하고 싶었던 것이다. 그렇지 않아도 당나라에 의해 나라가 망하고 포로로 잡혀 온 백제 의자왕이 묻혀 있다는 북망산(北邙山)을 찾아가는 나에게 이 사람의 질문은 자극적이었다. 오만 떠는 그의 면상을 한 대 갈겨 주고 싶었던 20년 전의 일화이다.

　중국에서 보고 느낀 것 중 하나가 우리 역사의 현장이 상당 부분 중국에 있다는 사실이었다. 상해임시정부청사처럼 현존한 곳도 있지만, 당나라 대군을 물리친 양만춘의 안시성(安市城)처럼 위치가 어디인지 확실히 밝혀지지 않은 곳도 있다. 현장이 이미 멸실되었거나 남아있는 것도 개발 바람에 밀려 존립이 풍전등화인 곳도 있었다. 송나라 때 세운 영파(당시 명주)의 고려사관(高麗使館)은 자취가 사라지고, 위치로 추정되는 자리에 그곳이 고려사관 터였음을 알리는 간단한 표지판이 남의 집 담벼락에 붙어 있었다. 대각국사 의천(義天)이 주지로 있었던 항주의 고려사(高麗寺)는 헐린 뒤 그 자리에 일본계 호텔이 들어서 있었다. 북망산에 있다는 의자왕 묘 역시 망각 속에 묻혀 버린 우리 역사의 현장이다. 나는 북망산에 한 번은 가 보고 싶었다. 삼분(三分)된 한반도의 한 주역이었고, 내가 속한 동족의 나라였던 백제의 명줄을 단칼에 끊어 버린 대국의 행패가 내 감성의 현(弦)을 건드렸던 것이다.

20년 전의 일인데, 북경에서 있었던 무슨 회의에 참석하고 상해로 돌아가는 길에 나는 마음먹었던 북망산행을 결행했다. 마침 북경역에서 떠나면 다음 날 아침 낙양에 도착하는 기차편이 있었다. 중국은 워낙 땅이 넓어 몇 날 며칠을 기차를 타고 가야 목적지에 도달하는 곳이 수두룩하다. 이런 장거리 여행에 기차든 버스든 침대칸은 필수다. 이런 침대를 워푸(臥鋪)라 하는데, 밤새 타야 하는 사람에게 워푸는 고마운 존재였다. 내가 탄 칸은 4인실로 양쪽에 상하 2층 침대가 자리 잡고 있었다. '대한민국'을 화제로 짓궂은 질문을 던진 중국인 승객과 나는 같은 층 손님이었다.

날이 새면서 어슴푸레 보이기 시작하던 바깥 풍경이 낙양에 가까워질수록 분명해지고, 분명해질수록 내 시선은 차창 밖을 향했다. 기차가 황토고원(黃土高原)의 끝자락쯤 지나는지 보이는 것이 모두 황토였다. 넓은 평야에 논과 물 천지인 양자강 지역과는 사뭇 다른 풍경이었다. 눈에 설은 황토토굴과 황토밭이 한동안 창밖에 나타났다 사라지곤 했다. 황토밭이야 우리나라에서도 흔해 그렇다 해도, 황토 벼랑에 동굴을 파서 사람이 사는 생활방식은 확실히 이국적이었다. 낯선 풍정(風情)과 낙양에 다 왔다는 기대감 때문인지 나그네 마음은 술렁이기 시작했다. 1400년 전에 백제 의자왕도 끌려오면서 이런 곳을 지났을 것이다. 그러나 나라를 잃고 포로 신세가 된 그에게 이런 이국적 풍경이 눈에나 들어왔을지 모르겠다.

낙양은 그리 요란하지 않은 평범하고 소박한 도시였다. 주(周) 이래 여러 왕조의 수도였던 사실에서 '웅장' '화려'와 같은 단어가 떠올랐으나 얼핏 보기에는 그런 선입견과는 거리가 있는 인상이었다. 상해나 북경 같은 대도시에 익숙한 탓에 그런 생각이 더 들었을 것이다. 하긴 내가 낙양을 찾은 이유는 이 도시의 화려한 과거를 보려는 것이 아니라, 의자왕이 비참하게 생을 마감한 현장을 보려는 것이기 때문에 그런 소박한 분위기는 오히려 비극의 배경으로 어울리는 세팅일 수 있었다.

낙양역에서 내려 택시로 도착한 북망산은 내 상상과 크게 배치되었다. 우뚝 솟은 산일 것이라고 생각했는데 평지나 다름없는 평퍼짐한 구릉이었다. 시야에 들어오는 구릉 전체가 공동묘지였다. 정작 우뚝 솟은 산은 저만치 공동묘지 배후에 떨어져 있었다. 우뚝 솟은 산의 자락이라고 하면 자락일 수 있는 구릉을 북망산이라고 부르는 것이었다. 살아서는 소주·항주에서 살고 죽어서는 북망산에 가는 것을 생의 최고 행복으로 여길 정도로 중국사람들은 북망산을 음택

(陰宅)의 명당 중 명당으로 쳤다. 수많은 왕후장상(王侯將相)들이 여기에 다투어 뼈를 묻은 것을 보면 과연 천당으로 가는 고속도로로 여겼던 것 같다. 뒤에 우뚝 솟은 북망산이 있고 앞에 낙수(洛水) 강이 흐르니(背邙面洛) 전형적인 배산임수(背山臨水)의 명당 지형임이 틀림없다. 망국의 군주가 그래도 최고의 명당에 묻힌 것을 걸레조각이 된 명예의 한 가닥이나마 건졌다고 말해야 할까? 패자가 북망산에 묻히도록 승인한 승자의 아량에 마지막 가는 길에 불쌍해서 동전 한 닢 던져준 거짓 자비의 뜻이 숨어 있는 듯하여 씁쓸한 기분이었다.

의자왕에 대한 평가는 엇갈리는 것 같다. 결단력이 있고 신의가 깊어 해동증자(海東曾子)라는 칭송을 받을 만큼 훌륭하다는 평가의 반대편에는 음란과 사치에 빠져 나라를 망쳤다는 혹독한 비판이 자리하고 있다. 망국의 군주에 대해서는 실상 이상으로 준엄한 것이 역사가들의 붓이다. 의자왕이 삼천궁녀를 거느렸다는 낭설에서 그런 냄새가 난다. 후세 사람들이 백제의 멸망을 애석하게 생각하는 심정에서 지어낸 문학적 표현이 아닐까 보는데, 삼천궁녀에만 포커스를 맞추면 국사를 돌보지 않고 치마폭에 빠져 나라를 망하게 한 암군(暗君)으로 보기 십상이다. 의자왕은 이런 평가에 펄쩍 뛸 것이다. 망국의 원인은 삼천궁녀가 아니라 수적으로 당해 낼 수 없는 나당(羅唐)연합군의 군사력 때문이라고 항변할 것이기 때문이다. 아니면 적과 내통한 부하의 배반에 책임을 전가하든가.

나는 의자왕에 대한 평가에 시비를 걸 의사가 없다. 사학도가 아닌 자로서 사실을 규명할 능력이 없기 때문이다. 다만 한 가지, 백제의 외교력 부재를 지적하고 싶다. 백제는 한반도에서 신라, 고구려와 직접 국경을 접하고 있고, 당(唐)과 일본과는 일의대수(一衣帶水)의 지척에 있는 나라이다. 지리적으로 4개국에 포위된 불안한 위치이다. 이들 사이에 반백제 연합전선이 형성된다면 백제의 안보는 위험천만해지는 것이다. 백제는 그런 상황이 조성되지 않도록 외교력을 총동원해야 할 지정학적 운명에 처한 나라였다. 합종(合從)이든 연횡(連衡)이든 역사를 거울삼아 주변국과의 관계에 적극적으로 대처했어야 마땅했다. 세력경쟁에서 밀리는 신라가 어떤 선택을 할지 예상이 가능했음에도, 백제는 신라로부터 40여 개의 성을 빼앗는 초기 성과에 만족하고 장기대책에 소홀했다. 신라는 살아남기 위해 무슨 짓이든 다 해야 할 처지였음을 간과한 것이다. 게다가 신라에는 국제정세를 꿰뚫고 있는 김춘추라는 걸출한 외교가가 있었다. 이런 점에서 의자왕이 국제정세와 외교에 무지했다는 평가를 면하기 어렵다.

막상 북망산에 가서 의자왕의 묘를 찾으려 하니 내가 얼마나 무모한가를 곧 알게 되었다. 의자왕 묘가 1400년의 풍상을 견디고 온전히 남아 있을 리도 없거니와, 알려진 바로는 위치조차 불명하다는 것이었다. 주소도 전화번호도 모르고 무작정 서울에 올라와 김서방 찾는 거나 마찬가지였다. 안내원도 동행인도 없이 혼자인 나는 막막했다. 애초부터 찾으리라는 기대보다는 그가 묻힌 북망산에 왔다는 사실에 의미를 두기로 했으나, 와서 보니 눈앞에 두고도 돌아서야 한다는 안타까움이 컸다. 거대한 사자(死者)들의 도시 네크로폴리스(necropolis)의 성문 앞에서 나는 입장이 거부된 불청객이었다. 동작동 현충원 정도만 되어도 산책 삼아 한 바퀴 휭 돌았으련만, 상해행 다음 기차를 타야 하는 나는 시간에 쫓기고 있었다. 택시에서 내린 곳이 고묘박물관(古墓博物館)이었는데, 일이 꼬이려니 그날이 무슨 기념일이어서 휴관 중이었다. 고묘박물관 관람도 물거품이 되었다. 미리 알아보지 않고 준비성 없이 온 게 후회가 되었다. 구천에 떠돌지 모르는 의자왕의 혼백이 혹시 나를 보고 있다면 그에게 용서를 구할 수밖에 없다는 생각이 들었다. 나는 살아 있는 자와 죽은 자의 경계인 울타리 너머로 시선을 던졌다. 눈앞에 질펀하게 펼쳐진 네크로폴리스 위에도 햇빛은 쏟아지고 있었다. 그리고 간밤에 쌓였던 죽음과 같은 고요가 햇빛을 받아 서서히 부서지고 있었다. 울타리를 사이에 두고라도 의자왕과의 대면이 이루어졌다면 무슨 말부터 했을까? 이제 외교를 좀 알게 되었냐고 물었을 것 같다.

나는 시계를 대략 1400년 전인 서기 660년으로 돌려놓고 의자왕의 관이 북망산에 들어오는 장면을 상상해 보았다. 의자왕은 포로로 끌려와 4개월 만에 병사했다고 한다. 울화병이었을 것이다. 죽기 며칠 전에 당 고종이 의자왕을 사면해 주고 무슨 벼슬인가도 내렸다고 기록은 전하고 있다. 나라를 빼앗긴 죄밖에 없는 의자왕이 당나라에 무슨 죄를 지어 사면을 받았는지 모르지만, 고종 이치는 패자에게 자선을 베푼 셈이다. 이치 자신의 자비라기보다는, 남편을 쥐고 흔드는 부인 측천무후가 생명의 불이 꺼져 가는 의자왕을 이용하여 천하에 그녀의 관용을 알리기 위해 벌인 선전용 사이비 자비였는지 모른다. 그의 장례식에는 포로로 끌려온 백제인 가운데 최소한 가족과 측근은 참석하도록 허락받았을 것이다. 정상상태라면 온 나라가 슬픔에 잠기고 하늘을 뒤덮는 만장(輓章)과 애끓는 만가(輓歌)가 울려 퍼지는 가운데 장례행렬은 끝없이 이어졌을 것이다. 그러나 패망한 백제왕은 이제 타국에서 일개 초개와 같은 처지가 되어 마지막 여행을 떠나고 있었다. 고작 몇 사람이 뒤따르는 그의 관은 내가 서 있는 지점을 통과하여 이승의 경계를 벗어났다. 황천으로 가는 여정에 여비로 쓰라고 지전(紙錢)을 불사르는 사람도 없었다. 관은 미리 파 놓은 구덩이에 쓰레기 매립하듯 묻히고, 인부들이 흙일을 끝내는 대로 장례식도 서둘러 끝났다. 내가 당의 처사를 너무 깎아내렸는지 모르나, 내 상상 속의 의자왕의 최후는 그렇게 초라했다. 그것은 의자왕 개인의 최후라기보다는 백제의 최후, 망한 나라의 최후였다.

일국이 강대해지면 팽창주의의 유혹에 빠지는 것이 역사의 교훈이다. 국제사회를 규제하는 규범이나 조직이 없었던 과거에는 거의 예외가 없었다. 멀게는 로마제국이나 대영제국이 그랬고, 가까이로는 히틀러의 독일과 일본이 그랬다. 남북조시대의 분열에 종지부를 찍은 수(隋)가 중국을 통일하고 나서 가장 먼저 빠진 유혹 역시 팽창 정책이었다. 대상은 고구려였다. 두 차례에 걸쳐 고구려를 침략한 수는 전쟁에서 패하고 스스로 붕괴되고 만다. 국력이 충실해지기도 전에 너무 많은 힘을 써 버린 것이다. 팽창주의 조급증이 부른 재앙이었다. 수의 뒤를 이은 당(唐)도 선례를 그대로 따랐다. 다른 점이 있다면 수는 실패했고 당은 성공했다는 차이이다. 강력해진 고구려가 당의 안보에 위협이 될 것이므로 싹을 제거한다는 것이 태종 이세민의 군사력 동원 구실이었다. 그러나 본질은 넘쳐나는 힘을 주체하지 못한 팽창 본능에 있었다. 이세민의 고구려 정벌은 실패했다. 고구려는 그만큼 호락호락하지 않았다. 그러나 아들 이치(고종)는 아비의 숙원

사업을 성공시킨다. 당은 정관(貞觀)의 치(治)를 거치면서 국력이 충실해져, 20대의 근육질 사내처럼 정력이 넘쳐났다. 그 결과 당은 백제를 멸망시킨 여세로 숙원인 고구려 멸망을 달성하게 된다.

당이 안보의 위협으로 본 것은 고구려였지 백제는 아니었다. 백제는 위협적인 존재로 보지 않았기 때문에 백제가 당의 권위를 인정하는 선에서 우호적 외교관계를 추구했더라면 멸망의 비운은 면했을지 모른다. 그런데 백제는 당과 각을 세우고 있는 고구려 편에 섰다. 고구려와 손잡고 숙적 신라를 코너에 몰아붙이기 위한 전략이었다. 신라가 살아남는 길은 고구려-백제 연합의 고리를 끊는 것뿐이었다. 신라는 백제를 치고 나서 당과 신라가 남북에서 고구려를 협공하면 쉽게 이길 수 있을 것이란 전략상의 건의를 당에 제시했다. 제1차 고구려정벌에 실패한 당은 신라의 감언에 귀가 솔깃했다. 생사가 걸린 담판에 김춘추는 모든 것을 걸었고 당은 신라의 동맹제의를 받아들이게 된다. 그리고 전략은 적중했다. 한반도에서 백제와 고구려가 사라지자 사지에 몰렸던 신라는 기사회생하여 삼국을 통일했다. 신라의 외교가 빛나는 순간이었다. 가정이지만 신라의 자리에 백제를 대입해 보면, 백제가 당과 손잡았을 경우 한반도를 통일한 주인은 백제였을지도 모른다. 국제관계를 바로 보지 못한 우매한 군주였기에 스스로 포식자의 먹잇감이 되었다고밖에 볼 수 없다.

계백의 오천군사로 열 배가 넘는 신라군을 대적하기란 애초부터 무리였다. 여기에 13만 당군이 가세했으니 이겨 낼 방법이 없었다. 황산벌 전투는 계백장군의 용맹을 증명하는 사건은 될지언정 백제를 구할 전쟁은 될 수 없었다. 의자왕이 사비성을 버리고 웅진성으로 옮겨 최후의 항전을 시도했다고 하나 백제의 숨통은 이미 끊어진 거나 다름없었다. 군사적으로 열세이고 외부의 원군도 없는 고립무원 상태에서 버틴다 해도 한계가 있었기 때문이다. 웅진성을 지키던 장수가 배반하여 의자왕을 적군에 넘겼다는 일설이 있는데, 그렇지 않았다 해도 결과는 마찬가지였을 것이다. 저항이 길었다면 오히려 인명 피해만 늘었을 것이다. 의자왕은 당나라 군사령관 소정방(蘇定方) 앞에 끌려가 무릎 꿇고 술잔을 올렸다. 항복의 의식은 그렇게 모욕적이었다. 소정방은 그의 전승기록을 비석에 자랑스럽게 새겨 놓은 뒤, 의자왕과 가솔, 조정대신들을 포함한 만사천 명의 포로를 전리품으로 끌고 자기 나라로 돌아갔다. 백제를 송두리째 지워 버린 것이다. 서기 660년의 일이다.

백제가 멸망한 지 천사백 년이 지난 지금도 한반도에는 남북으로 갈라진 두 개의 정권이 있다. 고구려, 신라, 백제 세 정권 대신 두 개의 정권이 있다는 점이 다를 뿐, 주변정세와 긴밀하게 연결된 한반도 상황은 전체적으로 의자왕 시절과 별로 다르지 않아 보인다. 아니 그때보다 훨씬 복잡해지고 헝클어진 양상이다. 바다 건너편에는 강대국 중국과 일본이 있다. 오늘날 중국의 세력은 의자왕 당시 당나라보다 더 강력하다. 백제 멸망 시 이렇다 할 역할을 하지 못했던 일본의 힘 역시 그때와 비교할 수 없을 만큼 강대해졌다. 여기에 초강대국 미국이 한반도 상황에 직접 개입되어 있고 러시아의 이해가 추가되어 셈법이 그때보다 훨씬 복잡해졌다. 주먹구구로 계산해도 해답이 어렵지 않아 보이던 의자왕 때와는 판이 다르다. 한국의 배후에

미국과 일본이 있고 북한의 배후에 중국과 러시아가 있는 기본구도
는 냉전 이후에도 크게 달라진 것 없이 고착되어 있다. 북한의 핵무
장으로 위험요소가 훨씬 높아진 한반도에서 앞으로 어떤 상황이 전
개될지 모든 정보를 입력해 놓고 엔터를 쳐도 해답이 나올까 말까 하다.
모험심 강한 북한의 젊은 지도자가 어떤 선택을 하느냐에 따라 사태
가 걷잡을 수 없는 방향으로 진행될 가능성이 있다. 의자왕의 최후
같은 역사의 아이러니가 이 땅에 다시 반복되지 않아야 하겠다.

　　의자왕의 장례행렬이 북망산에 도착하는 장면이 다시 내 뇌리의
스크린에 떠올랐다.
　　"가네 가네 내가 가네, 북망산천 찾아가네!"
　　어디선가 청아한 요령소리에 따라 상여꾼들의 구슬픈 만가가 귀
를 때리는 듯하다. 생명이 없는 의자왕은 점점 나에게서 멀어져 가고
있었다. 의자왕 묘는 찾지 못하고 망국의 유령만 머릿속에 가득한 나
는 마음이 답답했다. 아침이 조금 지난 시간인데도 시원한 소나기라
도 뿌렸으면 싶을 만큼 기온은 빠르게 오르고 있었다.

2019. 7. 8.

10

이총(耳塚)

- 코무덤

   ...

   대학시절 나는 한 일본인 유학생을 알게 되었다. 스즈끼라는, 눈썹이 짙고 얼굴이 갸름한 전형적인 일본인의 특징을 가진 청년이었다. 나이가 나보다 서너 살 위여서 친구라기보다 형 대하듯 했다. 스즈끼는 한국이 좋아서 유학 왔다고 공언하며 유난히 한국과 일본이 이웃이란 점을 강조했다. 60년대 당시에는 일본인이 한국으로 유학 오는 경우가 거의 없었기 때문에 나는 스즈끼를 다시 보았다. 일본이 우리에게 저지른 숱한 역사적 과오를 듣고 배워 온 나에게 스즈끼의 나라는 솔직히 그리 호감이 가지 않았다. 소니, 토시바가 한국시장에서 판치고 일제라면 사족을 못 쓰는 풍조를 보면서 아직 속 차리지 못한 국민수준에 냉소적이기까지 했다. 그런 나에게 스즈끼와의 만남은 기연(奇緣)이었다.

   스즈끼는 나의 일본관에 파문을 던졌다. 그는 내가 상상하던 일본사람과 달랐다. 한국사람들과 어울려 한국식으로 살았다. 제기동

허름한 하숙집에서 된장찌개를 즐기고, 김치가 없으면 밥을 먹지 않을 정도였다. 한국을 좋아한다는 그의 공언은 언행에서 그대로 드러났다. 아직 서투르지만 일본 억양이 강한 한국말로 자기 의견을 표현하는데 어찌나 야무진지 들을 때마다 보통사람이 아니라고 감탄했다. 과거 일본의 잘못에 대해서도 그의 비판은 거침이 없었다. 그의 지론은 한일 두 나라가 순망치한(脣亡齒寒)의 관계이므로 서로 이해하고 도와야 한다는 것이었다. 의식적으로 그러는 것 아닌가 할 만큼, 한국 자랑은 하면서도 일본 자랑은 입에 잘 올리지 않았다. 정말 일본사람이 맞나 의아할 지경이었다. 나는 스즈끼와 교분을 갖고 나서, 내가 너무 속 좁은 편견으로 일본을 보지 않았는지 슬그머니 부끄러운 생각이 들었다. 아무튼 스즈끼는 나에게 존경스러운 존재였다.

스즈끼는 내가 세상에 나와서 우정을 느낀 최초의 외국인이었다. 우정의 시발은 상대방에 대한 이해이다. 상대방을 이해하지 못하면 좋은 감정이 싹트기 어렵다. 스즈끼 같은 사람이 많아야 나라와 나라 사이에 이해가 도타워지고 다툼이 생길 일이 많지 않을 것은 자명한 이치이다. 나는 외국인과의 우정이 국제친선의 시작이라는 사실을 그때 어렴풋이 깨달았다. 내가 외교관이 되겠다고 뜻을 품은 것도 스즈끼를 만나고 난 이후였으니 그의 영향을 전혀 안 받았다고 하기는 어렵다. 앞으로 무엇을 해야 할지 장래에 대한 전망이 막연하던 때 나는 곧잘 스즈끼를 떠올리며 외국이란 단어에 집착했다. '그래, 나도 스즈끼를 본받자!' 나는 그 길로 청계천 헌책방에 가서 일본어 첫걸음 책 한 권을 샀다. 외부세계로 눈을 돌리는 첫걸음이었다.

외교부에 들어가서 스즈끼와의 연락은 두절되었지만, 그가 남긴 깊은 인상은 한동안 일본에 대한 우호적인 감정으로 이어졌다. 그러나 그 이후 객관적 환경은 나를 그런 감정과는 반대방향으로만 몰아갔다. 툭하면 한국인의 심사를 건드리는 일본발 뉴스가 현해탄을 건너 쏟아졌다. 일본총리가 신사를 참배했다던가, 일본 고위인사가 한국을 비하하는 망언을 했다던가, 독도가 자기네 땅이라고 주장한다던가, 위안부문제는 일본정부와 아무 관계가 없는 자발적 성노동이라고 주장하거나, 심지어 한국인은 인종적으로 열등하다던가, 하여튼 잊을 만하면 터져 나오는 쓰레기발언이 내 감정을 들쑤셔 놓았다. 이런 현상을 보면서 일본에 스즈끼 같은 사람이 과연 얼마나 될까 회의가 들기 시작했다. 일본의 이런 반이성적 작태는 외국 관련 업무가 직업인 나에게 더 민감하게 작용했다. 자기를 험담하는 사람을 좋아할 수 없는 이치는 나라에 대해서도 마찬가지이다. 스즈끼가 내 가슴에 심어 준 일본에 대한 애착의 싹은 자라기도 전에 시들어 버렸다.

한번은 내가 과장으로 있을 때 일본으로 출장 가는 기회가 생겼다. 일본여행은 처음이었다. 외국여행은 호기심을 불러일으키기 마련이지만, 스즈끼의 나라에 간다는 생각에 다른 때보다 들떠 있었다. 일본 여러 곳에서 일을 보고 교토(京都)에 갔을 때이다. 마침 시간이 비어서 시내에 있다는 이총(耳塚)에 가 보았다. 이총은 역사책에서 읽었던 터라 이왕이면 우리와 관련된 유적을 보고 싶었던 것이다. 꼭대기에 의미를 알 수 없는 석비(石碑)가 없었다면 흙무더기쯤으로, 아니면 평범한 분묘로 여겼을 무덤이 나를 맞았다. 이름하여 이총(耳塚), 즉 귀무덤이다. 그러나 이름과 달리 실은 코무덤이라고 한다. 임진왜란 때 토요토미 히데요시(豊臣秀吉)의 일본 침략군이 조선인들의 코를 잘라 전리품으로 가져와서 묻어 둔 곳이다. 원래 머리를 잘라 가져오려 했으나 부피와 무게가 엄청나 코를 베어 소금에 절여 가져왔다고 한다. 자기들이 생각해도 코를 벤 것이 너무 야만적이었던지 코를 묻어 놓고 귀무덤이라고 부른다 하는데, 귀라고 해서 야만성이 희석되는지 나로서는 이해가 잘 되지 않았다. 코가 되었든 귀가 되었든 이총은 우리민족의 자존심을 살해하여 매장한 치욕의 장소이다. 일본이 우리를 인간으로 대하지 않았다는 사실을 상징적으로 보여 주는 증거물이었다. 책에서 읽었을 때와 달리 현장에서 느끼는 충격은 직접적이고 강렬했다. 이총은 국제관계에 대한 나의 순진한 인식을 뜯어고치는 계기가 되었다. 내가 얻은 것은 국제관계는 힘의 관계라는 평소의 상식을 확인하는 것이었다. 스즈끼와의 우정만으로 무시하고 지나칠 수 없는 사안이었다.

정복전쟁에서 살육의 만행은 여러 가지 형태로 자행된다. 중앙아시아 초원에 거대한 제국을 건설한 티무르(1336-1405)는 피정복자들의 머리를 잘라 탑을 쌓은 것으로 유명하다. 순순히 항복하지 않으면 어떤 운명을 맞게 되는지 똑똑히 보라는 상대방에 대한 일종의 심리전술이었다. 가학성을 가진 인간만이 생각할 수 있는 잔인하고 섬뜩한 만행이다. 티무르는 정복대상지역의 저항의지를 꺾으려는 심리전술로 그랬다지만, 토요토미 히데요시는 무슨 심보로 죄 없는 조선 백성들의 코를 잘라 자기 나라로 가져갔을까? 잡은 사냥감을 주렁주렁 둘러매고 돌아오는 사냥꾼처럼 전과(戰果)를 자랑하기 위해 전리품으로 그리하였다면 조선 백성은 저들의 사냥감인 짐승에 불과한 존재였다. 토요토미 히데요시가 조선인에 대해 저지른 가공할 '인간에 대한 범죄(crime against humanity)'는 티무르보다 훨씬 죄질이 무겁다. 지금이라면 대량학살(genocide)의 죄목으로 국제형사재판소에서 극형을 선고받아야 마땅한 범죄이다. 그런데 범죄자는 일본에서 영웅으로 추앙받고, 치욕의 상징인 이총은 지금도 가해자들의 인질로 남아 있다. 가해자들이 가련한 원혼들을 위로하려고 무덤을 만들어 주었다고 주장한다면 그거야말로 악어의 눈물이다. '너희 선조가 이렇게 많은 조선인을 죽여 전쟁에서 이겼느니라!' 이총은 일본의 후손들에게 그렇게 선전하고 자랑하고 있기 때문이다. 내 마음을 더욱 무겁게 한 것은 토요토미 히데요시의 사당이 그리 멀지 않은 곳에서 하필 이총을 내려다보고 있다는 사실이었다. 자기가 살육한 조선인들을 죽어서도 놓아주지 않겠다는 집념인가? 우리 민족을 능멸하는 일본의 혼네(본심)를 보는 것 같았다.

'힘이 정의(正義)다'라는 말은 국제관계에서 진리로 통한다. 나는 이총을 다녀오고 나서 이 진리를 곱씹어 보았다. 일본 입장에서 보면 조선침략은 조선과 일본의 현격한 국력차이, 즉 힘의 차이에서 비롯된 당연한 결과라는 이야기이다. 센 힘이 약한 힘을 누르는 것은 자연법칙이며 당연하다는 논리이다. 그것이 무엇이 잘못인가? 일본은 그런 생각을 하고 임진왜란과 정유재란을 일으켰을지 모른다. 나라가 사분오열되어 자기들끼리 치고받고 싸우던 소위 전국시대(戰國時代), 일본은 그 전국시대에 종지부를 찍고 강력한 중앙집권 봉건국가를 세워 강대해진 나라였다. 이에 비해 조선은 국제정세에는 까막눈인 채 당파싸움에만 매몰되어 날이 새고 졌다. 내리막길에서 브레

146

이크가 고장 난 자동차 꼴이었다. 눈앞에 천길만길 낭떠러지가 있었지만 그런 사실조차 인식하지 못하고 있었다. 일본을 시찰하고 온 조선통신사마저 일본은 조선을 침략할 의사가 없다고 보고하였다. 독수리가 머리 위에서 맴돌고 있는데도, 땅 위의 들쥐는 아무것도 모르고 지들끼리 싸움만 하고 있던 형국이다.

그때 일본은 조선을 넘어 중국대륙에까지 눈이 가 있었다. 넘쳐나는 힘을 외부에 발산하고 싶어 어깨가 근질거렸다. 조선은 일본이 그리는 큰 그림에서 중국으로 가기 위한 징검다리에 불과했다. 중국을 치기 위해서는 조선을 먼저 손에 넣는 것이 순서였다. 조선만 몰랐지 일본 조야에서 공공연했던 정한론(征韓論)은 그런 전략상의 당연한 논리이자 임진왜란의 명분이었다. 임진왜란 때 일본이 내건 구실은 정명가도(征明假道)였다. 명나라를 정벌하러 가고자 하니 조선은 길을 빌려 달라는 요구였다. 너희와는 싸울 상대도 안 되니 길이나 내놓으라는 안하무인의 통첩인 것이다. 상국인 명나라를 치러 간다는데 조선이 길을 내줄 수야 있겠는가. 역사책에 실린 그대로, 일본이 일으킨 임진왜란과 정유재란은 길을 내주지 않은 조선을 쑥밭으로 만들어 놓았다. 명의 참전으로 토요토미의 꿈은 좌절되었지만, 그렇다고 일본이 정명가도를 포기한 것은 결코 아니다.

조선 지배권을 놓고 일본과 청국 간에 붙은 한판 승부, 청일전쟁 (1894-1895)은 정명가도의 제2라운드이다. 무슨 수로든 조선을 병탄하여 중국으로 가는 길을 확보하려고 혈안이 된 일본은 마침내 승리했다. 선진문물을 받아들여 국력이 중국보다 월등히 강력해진 덕분이었다.

덩치만 컸던 청은 막강한 일본의 화력 앞에 맥없이 무너지고 그 후과(後果)는 너무 가혹했다. 그 이후 벌어진 사태는 예상된 순서대로다. 먼저 조선을 집어삼키고 만주에 괴뢰정권을 수립하여 일본의 중국 침략 전초기지를 마련했다. 그리고는 침략구실을 만들어 터진 봇물처럼 남진했다. 일본군은 중국의 심장인 북경, 상해, 남경을 유린하며 승승장구했다. 동남아를 포함하여 아시아대륙에 '대동아공영권(大東亞共榮圈)'이란 이름의 대일본제국을 건설하려던 일본의 꿈은 실현되는 듯 보였다. 그러나 제2차 세계대전에서 패전국이 됨으로써 물거품이 되고 말았다. 연합군이라는 더 큰 힘에 눌린 것이니, 힘이 정의라는 논리의 사필귀정이다. 큰 힘이 있으면 그것을 누르기 위해 더 큰 힘이 탄생한다는 역사적 사실은 재미있는 교훈이다. 어쨌거나 36년간 일본 식민치하에서 우리 민족이 당한 희생과 치욕은 임진왜란 때보다 더 혹독하고 장기적이었다. 무덤만 없다 할 따름이지 우리 민족의 가슴에 파고 묻은 이총은 얼마인지 모른다.

다시 말하지만 국제관계는 힘의 관계이다. 국제사회가 정글과 다를 바 없다는 이야기가 거기에서 나온다. 국제관계가 이렇듯 힘에 의해서 지배되다 보니, 힘보다 이성을 따르자는 노력이 근세 이후 꾸준히 경주되어 왔다. 국제법의 발달과 유엔 창설이 대표적 케이스이다. 그러나 국가 간의 규범은 기본적으로 구속력이 없기 때문에 힘이 최고라는 논리는 여전히 유효한 진리이다. 실례를 들자면 멀리 갈 것도 없다. 미국은 지구상에서 유일한 초강대국이고 민주주의가 가장 이상적으로 작동하는 나라이다. 그런 미국이 이란을 침공해 후세인정권을 몰아냈다. 명분이 어떻든 한 국가의 신성한 주권을 침해한 것이다. 9.11 이후에는 테러리스트들이 활동하는 곳이라면 나라를 가리지 않고 가서 때린다. 자유무역과 인권의 전도사를 자처하는 미국이지만, America First를 외치는 도널드 트럼프 대통령은 일방적으로 중국과 무역전쟁을 선포하고 있으며 불법이민자들을 추방한다. 미국과 가까운 우방에조차 이래라저래라 하인 다루듯 한다. 그래도 누구 하나 큰 소리로 "No, Sir!"라고 말하지 않는다. 혹시 자기에게 불리한 결과가 돌아오지 않을까 눈치만 보는 형국이다. 중국도 오십보백보이다. 우리 국방에 필요한 고고도미사일방어체계(사드)배치를 트집잡아 중국관광객의 한국방문을 막는 나라이다. 무역전쟁에서 미국 편 들지 말라고 한국기업에 으름장을 놓는 나라도 중국이다. 이 글을 쓰는 순간에도 일본은 한국대법원 판결을 문제 삼아 무역전쟁을 선언했다. 한국전자기기를 만드는 데 필수적인 일본 부품의 한국판매를 제한하더니 한국을 소위 화이트리스트에서 배제한 조치까지 취한 것이다. 힘 센 자에게 당할 수밖에 없는 강자의 약자 때리기이다.

조선이 코끼리처럼 힘이 셌다면 아무리 일본이 사자라 해도 만만한 먹잇감으로 알고 덤벼들었을까? 솔직히 말하면 잡아먹힌 것을 부끄럽게 여겨야 한다. 조선이 약했기 때문에 먹힌 것이다. 일본을 향해 비난의 목청을 높인다고 해서 일본이 반성할 것도 아니고 서로 감정만 상할 뿐이다. 일본이 완곡한 어법으로나마 반성의 뜻을 밝히지 않은 것은 아니나, 그것이 진심이라고 믿는 사람은 일본에도 없다. 우리는 일본의 반성에는 진정성이 없으니 진심으로 반성하라고 일본에 지속적으로 요구하고 있다. 언제까지 그런 요구를 할 것인가? 우리가 일본보다 국력이 더 강해지면 일본은 꼬리를 내리게 되어 있다. 얻을 것이 있으면 머리 숙이고 빈 그릇 들고 와 동냥을 구걸하는 것이 인간사회이다. 왜 잡아먹었느냐고 따지는 것은 정글에서 통하지 않는다. 중국이 일본에 그렇게 당하고도 금전적 배상을 요구하지 않는 것은 새겨 볼 일이다. 월남전쟁에서 입은 피해를 사과하고 배상하라고 베트남이 한국에 청구서를 내민 적이 있는가? 베트남은 과거보다 미래를 택한 것이다. 한국과 우호관계를 유지하는 것이 청구서보다 실리적이란 판단을 일찍이 내린 것이다.

정명가도 시리즈는 아직 끝나지 않았다. 정명가도 제3탄은 지금 개봉박두이다. 아시아 패권을 놓고 일본과 중국이 벌이고 있는 힘겨루기가 제3탄의 신호이다. 그동안 경제적으로 독점적 패권을 누려왔던 일본의 지위에 경고음이 울린 것이다. 중국의 경제력이 일본을 이미 따라잡고 미국을 바짝 뒤쫓고 있는 현실에 이른 지금, 초조해진 쪽이 일본이다. 아시아의 맹주자리를 내주며 중국 앞에 무릎 꿇는 일은 일본에게 참을 수 없는 모욕이다. 경제력에 이어 외교, 군사적으로도 중국에 밀리게 된다면 일본은 칼을 빼 드는 상황에 몰릴지 모른다. 그들에게 중국이 모든 면에서 일본을 압도하는 시나리오는 무슨 수를 써서라도 막아야 하는 마지노선이다. 그런 점에서 일본은 중국의 부상을 달가워하지 않는 미국과 이해가 일치한다. 미국을 등에 업은 일본과 중국의 몸싸움은 갈수록 치열해질 전망이다. 한국은 이 두 나라 사이에 낀 어정쩡한 위치에 있다. 잘못하다간 고래싸움에 새우 등 터지는 참사를 걱정하지 않을 수 없다. 두 나라가 정식으로 무대에 올라가 칼을 겨누는 혈투에 들어간다면 한국은 또 한 번 정명가도의 기로에 서게 될 가능성이 매우 높다. 이번에는 길을 빌려 달라는 요구 대신 자기편에 줄을 서라는 요구일 것이다. 이 불편한 선택의 강요를 한국은 어떻게 현명하게 대처해 나갈 수 있을지 걱정해야 한다. 어떤 선택을 하든 한쪽에는 밉보일 것이고, 그로 인해 우리가 입는 피해는 막대할 것이다. 지금 중국과 일본이 사드와 대법원 판결을 이유로 한국에 가하고 있는 경제적 보복은 예고편에 불과하다.

젊은 시절 출장 중에 이총을 보고 느꼈던 분노와 수치심이 50년의 세월을 지난 지금도 한일관계를 보면 가슴에서 따끔거린다. 일본 열도에 혐한(嫌韓) 분위기는 그때보다 더 확산된 듯하고, 일본의 우경화는 이제 되돌릴 수 없는 흐름이 되어 버렸다. 스즈끼 같은 평화주의자가 설 땅이 점점 좁아 보인다. 우리 경제력은 국내총생산(GDP) 기준으로 일본의 3분의 1에 불과하다고 한다. 임진왜란이나 한일합방 당시의 국력차이에 비하면 크게 개선되었다고 하지만 여전히 일본이 압도적으로 우세하다. 일본이 과거처럼 한국을 언제라도 내려칠 수 있는 강력한 무기, 즉 경제력을 가지고 있기 때문에 우리는 불안을 느낄 수밖에 없다. 한반도를 둘러싼 분위기도 심상치 않다. 북쪽의 중국은 과거 일본에 당했던 수모를 잊지 못하고 중화민족주의의 칼을 갈고 있고, 남쪽의 일본은 대일본제국의 영광을 되찾기 원하는 복고민족주의가 성장하도록 열심히 물을 주고 있다. 동북아 하늘에 민족주의 전운이 몰려오고 있다. 두 거인의 충돌에서 우리는 다시 정명가도(征明假道) -중국 입장에서 보면 정일가도(征日假道)가 되겠지만- 의 딜레마에 빠질지 모른다. 그 결과로 한국인의 자존심이 매장되는 이총이 이번에는 베이징이나 도쿄에 생기는 불행은 없어야 하지 않겠는가.

나는 중국의 등소평이 써먹었던 도광양회(韜光養晦)란 말을 좋아한다. 조용히 실력을 기르며 때를 기다린다는 뜻인데, 국가전략으로 이보다 더 합당한 표현이 있으랴 싶다. 요란한 소리를 내며 부상(浮上) - 자기들 표현대로 굴기(崛起)- 한다면 미국과 같은 강대국들의 견제를 받기 때문에, 소리 소문 없이, 모나지 않게 힘을 기르고 있음이다. 곰이 죽은 시늉해 가며 의뭉 떠는 간교함이 보이지만, 정글에서 포식자의 밥이 되지 않기 위해서는 이런 전략이 필요하다. 바로 우리가 채택해야 할 전략이다. 지금 우리 사회는 보수와 진보, 빈부 차이로 갈등의 골이 깊다. 여기에 상대에 대한 배려보다는 나만 생각하는 이기주의가 팽배해 있다. 포용과 협력이 절실한 때인데, 조용히 힘을 기르지 않고 싸우느라 시끄럽다. 이층을 생각하면 싸울 시간이 어디 있는가! 도광양회 - 나는 우리 아이들한테도 인생의 전략으로 이 말을 해 주고 싶다.

2019. 7. 30.

11/   "우우웁~ Pull up!"

...

구름 위를 나는 비행기에서 창밖으로 내다보는 풍경은 동화의 세계이다. 폭신한 구름이 태양광선을 흡수하여 순백으로 빛나는 것이 마치 설국(雪國)의 대평원을 연상시킨다. 구름이라는 생각을 잠시 잊고 내려가 사뿐히 걸어 보고 싶은 충동을 느낀다. 아무 막힘도 없는 저 평원을 말을 타고 내닫고 싶은 생각이 꿈틀거린다. 몽골에서 보았던 초원이 그랬던가? 흰색 대신 초록색이었을 뿐이다. 칭기즈칸이 대제국을 건설한 터전도 끝없이 펼쳐진 저런 초원이었다. 나는 어느새 칭기즈칸이 되어 구름의 파편을 튀기며 달리는 모습을 상상해 본다. 그 순간에는 구름 아래가 천야만야한 깊이의 허공이란 사실을 잊게 된다.

비행기에서 내려다보이는 운해(雲海)는 사실 멋있다. 석양에 물든 진홍의 구름이나 찬란한 아침 햇살을 받아 구슬처럼 반짝이는 영롱한 구름은 숨을 멎게 하는 아름다움 그 자체이다. 그러나 일단 비행기가 구름 안으로 들어가면 사정은 달라진다. 기체(機體)의 요동에 불안해져 빨리 구름을 벗어나고 싶은 생각뿐이다. 스콜이 잦은 열대지방에서 그런 현상을 자주 경험하게 된다. 순식간에 구름이 몰려와 비를 쏟아붓는 스콜은 하늘이 무너지는 천둥소리와 함께 천지를 두 동강 내버릴 듯한 날카로운 번개를 동반한다. 이런 구름에 비행기가 들어가면 기체가 부서질 듯 삐걱거리고 상하좌우로 흔들려 나도 모르게 몸이 굳어지며 불길한 생각이 솔솔 피어난다. 이러다 정말 일이라도 나는 것 아닌가 싶어 가슴 조이던 경험을 누구나 한두 번쯤은 해보았을 것이다.

또 다른 공포의 대상은 에어포켓이다. 비행기가 순항 중에 갑자기 에어포켓에 빠지면 당황스럽다. 자유낙하 하는 물체처럼 수직 하강하는 순간은 단 몇 초 동안이라 할지라도 지옥을 맛보게 한다. 비행기가 상승기류를 탔다가 양력(揚力)이 떨어지면 갑자기 하강하는 현상인데, 영락없이 추락하는 느낌이다. 머리끝이 하늘로 치솟고 온몸이 오그라드는 스릴에 오싹해진다. 그러다가 상승기류를 만나면 공중으로 붕 떠오르기도 한다. 이런 난기류와 조우하면 비행기는 마치 풍랑에 몸을 맡긴 일엽편주와 같다. 빨리 착륙했으면 하는 생각이 절로 난다. 날아가는 새가 떨어지는 것 보았느냐며 별것을 다 걱정한다고 핀잔할지 모르지만, 새가 아닌 인간은 일단 지상을 이탈하면 조그만 요동에도 본능적으로 불안한가 보다. 비행기는 기계이기 때문에 더욱 그렇다.

비행기 사고를 주제로 한 영화나 다큐멘터리는 흔하다. 그걸 보고 있으면 비행기를 타도 되나 하는 두려움을 느끼게 된다. 그래서인지 나도 언제부턴가 비행기 타는 것에 대해 일종의 공포감을 갖기 시작했다. 기내에 들어가면 우선 답답하다. 좁은 통로로 승객들이 꾸역꾸역 들어와 다닥다닥 붙어 있는 자리를 채우는 모습을 보고 있노라면 그런 생각이 더 든다. 몸 움직이는 것조차 옹색한 비좁은 좌석, 안전벨트까지 매고 나면 갇혔다는 생각에 폐소공포증에 가까운 패닉이 느껴진다. 승무원이 구명대 사용법을 설명하면 나는 애써 눈을 감아 버린다. 외울 정도로 수없이 들었기 때문이라는 핑계를 대지만 속내는 다르다. 구명대 사용설명은 사고를 전제로 한 것이기에, 사고가 나서 그걸 사용하는 실제 장면이 여과 없이 연상되기 때문이다. 비행기가 곤두박질치는 절망적인 순간에 구명대를 착용하느라 아수라장이 된 기내 상황을 떠올리기 싫은 것이다. 구명대의 효용성에 대해서도 솔직히 회의적이다. 과문한 탓인지 모르나, 비행기 사고가 났을 때 구명대 때문에 살았다고 하는 사람의 이야기를 별로 들어 본 적이 없다.

비행기는 이착륙 시에 사고위험이 가장 높고, 일정한 고도까지 상승하여 수평비행 할 때가 가장 안전하다고 한다. 항공사고의 대부분은 적대세력의 미사일 등에 의해 인위적으로 격추되거나 테러와 같은 경우를 제외하면 이착륙 시에 발생한다는 통계가 이를 말해 주고 있다. 얄팍한 내 과학지식과 상식으로도 날아오르는 힘이 충분하지 않거나 하강할 때 기체가 균형을 잃게 되면 사고로 이어질 가능성이 있을 게 당연해 보인다. 비행기가 이륙을 위해 출발선에 섰다가 활주로를 박차고 질주할 때 의자며 선반이며 기체 전체가 경련하듯 떤다. 그 무거운 쇳덩어리와 그 많은 사람과 그 많은 화물의 무게를 공중으로 밀어 올려야 하니 그 힘이 얼마나 되어야 할까? 만일 기체에 결함이 생겨 그 힘을 내지 못한다면, 마치 역도선수가 바벨의 무게를 견디지 못하고 주저앉듯, 비행기는 올라가다 지상으로 추락하고 말 것이다. 이륙할 때 충분한 양력을 얻어 일정고도에서 평행을 유지할 때까지 불안한 시간이다.

내가 비행기 추락사고 현장을 직접 본 것은 주상하이총영사시절이다. 1999년 4월 어느 날, 한국 화물기가 상해 인근에 추락했다는 급보가 내 사무실에 날아들었다. 상해시 경찰에서 알려 온 전화였다. 추락장소 주소만 들고 물어물어 찾아간 현장은 상해 변두리 농촌이었다. 눈바닥에 움푹 파인 커다란 구덩이가 괴이하게 입을 쩍 벌리고 있는 모습이 제일 먼저 눈에 들어왔다. 기수가 충돌하여 생긴 구덩이였다. 구덩이로부터 약 100미터 범위 안에 산산조각 난 기체의 파편과 흩어진 화물이 어지럽게 널려 있었다. 기체에서 떨어져 나간 엔진 부분만 겨우 형체를 알아 볼 수 있을 뿐, 나머지는 이것이 비행기였나 의심할 정도였다. 추락지점에서 약 50미터 떨어진 아파트건물 중 맨 앞 동은 창문이 다 날아가고, 충돌 시 비산된 기름 세례를 받아 시커멓게 유령처럼 서 있었다. 아수라장이 된 사고현장에는 주민들이 망연한 표정으로 서성거렸다. 내가 나타나자 사람들이 떼로 몰려와 에워쌌다. 피해보상을 요구하는 집단행동이었다. 몸싸움에 가까운 실랑이가 벌어졌지만 경찰은 보고만 있었다.

추락한 비행기는 대한항공 화물기였다. 상해 홍챠오(虹橋)국제공항을 이륙한 지 5분가량 지나 추락한 것으로 보고되었다. 현장을 둘러본 나는 등골이 오싹했다. 만약 아파트에 떨어졌다면 어떻게 되었을지, 생각만 해도 끔찍했다. 그야말로 간발의 차이로 아파트를 비켜가 논에 추락한 것이다. 승무원들이 아파트를 피하려고 최후순간까지 필사적으로 조종간을 붙잡고 사투를 벌였을 정경이 떠올랐다. 기장, 부기장, 정비사 3명의 승무원은 전원 사망했다. 중국인 인명피해는 사망자가 두 명이었나 기억되고 부상자가 꽤 되었다. 산산조각이 되어 날아간 파편에 맞아 액운을 당한 사람들이다. 추락한 논은 평소 아이들이 나와 노는 곳인데, 그날은 비가 온 뒤라 한가해서 피해가 적었다는 주민의 설명이 있었다. 비 온 끝이라 논바닥이 질어 아이들이 나오지 않은 게 정말 천만다행이었다. 인명피해 말고도 아파트 파손 등 물적 피해도 상당해 보였다. 나는 한국정부를 대신해서 사망자 가족에게 조의를 표하고 부상자들이 입원한 병원을 찾아가 위로하는 한편, 빠르고 적절한 보상이 이루어지도록 노력하겠다는 약속으로 격앙된 분위기를 달랬다. 보상 등 수습문제는 회사 측에서 즉시 착수했다.

추락현장을 직접 다녀오기 전까지는 솔직히 항공사고의 심각성을 절실하게 느껴 본 적이 없었다. 그저 하늘을 난다는 낭만적인 생각에 젖어, 폐소공포증과 같은 다소 불편한 기분이 따르더라도 기회만 된다면 3등 좌석에 몸을 싣는 것을 전혀 개의치 않는 나였다. 어쩌다 항공사고 뉴스 - 예컨대 대한항공 여객기가 괌에 착륙하다 엉뚱하게 산에 추락했다든가, 소련 영공으로 잘못 들어온 태극마크의 민간여객기를 소련 전투기가 미사일을 발사하여 격추했다든가, 북한 소행으로 판명된 안다만 상공에서의 우리 여객기 공중폭파 사건이라든가, 태평양 상공에서 말레이시아항공 여객기가 유령처럼 실종되어 행방이 묘연하다든가 - 를 들으면 애도하고 분노하면서도, 그런 일이 나에게 일어나랴 싶어 재수 없는 사람들의 불행으로 여기고 지나가기 일쑤였다. 이번 화물기의 추락이 항공사고에 대한 나의 안이한 생각에 경종을 울린 것은 확실하지만, 비행기는 위험하니 그렇다고 기차나 자동차나 배를 타고 세계를 돌아다닐 수는 없는 일이다.

말레이시아항공 여객기의 실종은 정신병 환자인 기장이 무고한 승객들을 강제로 데리고 바닷속으로 여객기를 잠수시킨 엽기적 사건으로 추측된다. 비행기는 지상에 착륙하듯 태평양 수면에 가볍게 내려앉아 바닷속 깊은 곳으로 서서히 침잠했을 것이다. 사고로 바다에 추락했다면 격렬한 충돌로 인한 기체의 파편이나 기체에서 흘러나온 부유물이 발견되었을 테지만 이 사건엔 그런 것도 없다. 비행기는 수심이 수십 킬로미터가 될지 모르는 저 깊은 심연에 잠수부처럼 비운의 승객들을 그대로 싣고 가라앉아 지금도 잠들어 있을 가능성이 농후하다. 실종을 둘러싼 비밀은 기체와 함께 영영 심연에 묻히고 말았다. 이제는 항공사고가 기체의 결함이나 적대세력에 의한 고의적 파괴로 인해 일어나는 경우뿐만 아니라, 조종사의 불안정한 정신상태 때문에 발생할 수도 있다는 걱정을 하고 비행기를 타야 하는 시대인 것 같다.

착륙하듯 수면에 착지하여 서서히 가라앉았을 이 전대미문의 항공기 실종 미스터리에 비하면, 상해 상공에서 벌어진 화물기 추락은 순간적이고 가공할 파괴력을 동반한 자유낙하였다. 인터넷을 검색해 보니 1킬로그램의 물체가 1미터 높이에서 자유낙하를 하는 경우 바닥에 가해지는 무게는 4.43킬로그램이라고 했다. 겨우 1미터 높이에서 낙하해도 땅에 떨어질 때 발생하는 충격이 자기 몸무게의 무려 다섯 배에 가까운 것이다. 그러니 비행기를 생각해 보라. 몇천 혹은 몇만 킬로그램의 거대한 쇳덩어리가 몇백 미터 높이의 상공에서 추락했으니 그 충격이 어느 정도였을지 가히 짐작하고도 남는다. 그래서일 테지만 견고한 물체는 거의 예외 없이 산산조각이 나 있었다. 승무원의 형체도 흔적이 없었다. 겨우 모발 등 유체의 극히 일부만 수습했다는 이야기를 들었다.

나는 이 참사에서 뜻밖의 사실을 알게 되었다. 뜻밖의 사실이라기보다는 상식적인 사실이지만, 과학 분야에 까막눈인 나에게는 새삼스러운 발견으로 보였던 것이다. 그것은 바로 기체는 산산조각이 난 반면, 화물 가운데 종이나 옷 종류는 훼손되지 않고 비교적 온전한 상태로 흩어져 있었다는 사실이다. 경성(硬性)의 물질은 강한 충격에 견디지 못하고 부서지거나 분해되어 버리지만, 연성(軟性) 물질은 별다른 영향을 받지 않았다. 이 두 가지 결과는 너무 뚜렷하고 대조적이었다. 내 눈으로 보고도 믿기지 않았던 사실이었다. 학창시절에 물리책에서 건성으로 읽고 나서는 잊고 있었던 상식적인 원리가 왜 그렇게 뇌리에 와닿았는지 모른다. 세상을 뻣뻣하게 살아가는 사람들에게 융통성이 무엇인지 알려주는 교훈이라고 생각되어서였을까? 나는 황망한 중에도 잿더미에서 진주를 찾은 듯 이 진리를 소중하게 마음에 담았다. 세상의 원리는 물체나 인간이나 기본에 있어서는 다름이 없어 보였다.

추락원인은 당장 밝혀지지 않는 것이 일반적이라고 한다. 원인을 찾는 작업이 어렵기도 하겠지만, 항공사와 제작사 사이에 보이지 않는 신경전이 그 원인이라는 이야기도 있다. 어느 쪽의 잘못이냐에 따라 수많은 인명을 희생시킨 책임이 그쪽에 돌아가기 때문이다. 비난의 화살은 정비를 잘못한 항공사나 기체에 결함이 있는 비행기를 만든 제작사에 가게 되어 있다. 어느 쪽도 그 화살의 표적이 되고 싶지 않을 것이다. 사고원인을 규명하기 위해 달려온 사람들은 국토교통부에서 파견한 항공사고 전문가들이었다. 이들은 블랙박스를 찾고 어지럽게 흩어진 파편들을 살피는 일로 임무를 시작했다. 가방에서 무언가 꺼내 대조하기도 하고 기록하는 등 매우 진지한 모습이었다. 그들의 태도에서 명탐정 셜록 홈즈가 보였다. 깊은 인상을 받아 사고원인이 무엇인 것 같냐고 물었으나 대답은 내 기대를 빗나갔다. 초기단계라 무어라 말할 수 없다는 대답도 아닌 대답이었다. 항공사 측과 제작사 측이 날카롭게 지켜보는 문제에 관해 함부로 입을 열 사정이 아니었던 것이다. 제작사도 자체 조사단을 보내 사고원인을 조사하게 될 것이라 했다. 조사의 객관성을 확보하기 위해서는 ICAO(국제민간항공기구)가 개입하는 경우도 있다. 소련(러시아) 전투기에 의해 격추된 대한항공여객기 사고조사는 ICAO가 했던 것으로 기억된다. 사고원인도 중요하지만 지금 당장 발등에 떨어진 불은 사고수습이었다. 이 문제는 급거 비래(飛來)한 대한항공 사주 및 수습팀이 맡아 피해자들에게 압박받고 있는 내 마음의 부담을 덜어 주었다.

나는 후에 공개된 블랙박스 대화 내용을 읽어 볼 기회가 있었다. 추락 순간의 긴박한 상황과 공포가 거기에 고스란히 담겨 있었다.

기장 : 어? 이것 봐, 이거.

부기장 : 어!

　　　(이때 고도 경고장치가 울린다)

부기장 : 상승각 보세요.

기장 : 얼마까지 올라가라고 그랬어?

부기장 : 1500 피트요.

기장 : 어?! 야, 이거. 스로틀, 스로틀, 스로틀.

부기장 : 이거 왜 안 먹죠? 잠깐만요. 잠깐만요.

기장 : 야 야 야!

부기장 : 잠깐만요. 피치!

기장 : 야 야 야! 야 야 야! Unusual!

　　　우우웁~ 우우웁~ Pull up!

부기장 : Unable control!

대화의 내용과 길이로 보아 승무원이 문제가 발생한 사실을 인지하고 비행기가 추락하기까지는 불과 몇 분초 사이인 것으로 보인다. 이들이 사용한 언어는 항공전문용어이기 때문에 완전히 이해하지 못한다 해도 긴박감을 느끼기에는 충분하다. 기장과 부기장이 나누는 말 한마디 한마디에 놀라고 당황하여 어찌할 줄 모르는 모습이 선명하게 잡혔다. 고도 경보장치가 울리자 상승각도를 올리려고 황급히 기기를 조작했지만 기기는 이미 작동하지 않는다. 기장이 놀라서 외치는 "Unusual!"은 이제 사태가 돌이킬 수 없음을 인정하는 순간이고, 이 순간에 비행기는 맹렬한 속도로 자유낙하 하고 있었다. "우우웁~" 하는 비명은 낙하하는 순간 터져 나온 본능의 절규였다. 그리고 부기장의 최후의 말처럼 사태는 통제불능(unable control)의 상태에 빠져 모든 것은 순간적으로 끝나 버렸다. 더 이상의 대화도 끊어졌다. 나는 여기서 기장의 마지막 말 'Pull up'을 비행기가 아파트에 추락하지 않도록 조종간을 끌어 올리라는 뜻이 아닌가 해석해 본다. 물론 다른 뜻의 항공전문용어일 수 있지만, 그 분야에 문외한인 내가 내리고 싶은 해석은 적어도 그렇다. 눈앞에 추락이 예상되는 지점에 아파트가 보이는데 마음이 얼마나 괴로웠겠는가! 마지막 순간에도 대형참사를 피하려는 승무원의 직업정신과 숭고한 인간애가 가슴을 파고든다. 사고가 난 지 꼭 20년, 나는 이 글을 쓰면서 참혹했던 당시를 회상하며 불의에 산화한 세 승무원의 명복을 빌 뿐이다.

2019. 8. 5.

12/ 화교투자와
사기꾼

...

화교(華僑)는 해외에 정착하여 살고 있는 중국인과 그 후손을 말한다. 현재 전 세계에 퍼져 있는 화교 수는 4천만 명에서 5천만 명 사이로 추정된다. 우리나라 인구와 맞먹는 숫자이다. 그 가운데 80%가량이 동남아지역에 분포되어 있다. 인도네시아에 750만 명, 태국과 말레이시아에 각각 700만 명으로 가장 많고, 그 다음 그룹으로는 싱가포르에 350만 명, 미얀마에 170만 명, 베트남에 130만 명, 필리핀에 120만 명 순이다. 한국에 사는 화교는 2만 명 정도로 알려져 있는데, 일본의 60만 명에 비하면 아시아에서 화교가 가장 적은 나라가 아닌가 생각한다.

화교들이 중국을 떠나게 된 동기는 경제적 이유가 압도적이었다. 자연재해나 관의 수탈, 내란 등으로 생활터전을 잃은 사람들이 호구지책을 위해 스스로 선택했거나 노동력으로 팔려 간 것이다. 중국판 디아스포라(diaspora)이다. 정치적 이유로 떠난 사람들도 있다.

왕조가 교체되는 시기 또는 내란 등으로 국내정세가 극도로 혼란한 때에 망명처를 찾아 떠난 탈출자들이다. 특히 명(明)이 망하고 만주족이 세운 청(淸)이 중국을 지배하게 되자 반청(反淸) 대열에 섰던 한족이 조정의 추격을 피해 해외로 도피한 경우가 많다. 중국인 디아스포라의 시원은 멀리 후한(後漢) 말기까지도 거슬러 올라간다. 황건적의 난으로 나라가 쑥밭이 되자 재난을 피해 바다를 건너간 사람들이 화교의 원조이다. 그러나 오늘날 화교로 불리는 사람들은 명청 교체기 이후 이런저런 이유로 최근까지 중국을 떠난 사람들과 그 후손들이다.

화교가 유대인처럼 결속력이 강하고 근면하여 많은 부(富)를 축적하고 있다는 것은 잘 알려진 사실이다. 내가 화교에 관해 관심을 두기 시작한 것은 1970년대 중반으로 첫 해외근무지인 인도네시아에 있을 때였다. 화교 명절인 춘절(春節)이 되자 인도네시아 전체가 문을 닫은 듯 조용한 것을 보고 놀랐다. 춘절은 우리의 설에 해당된다. 화교들이 자기들 명절이라고 문을 닫고 쉬니 나라의 경제활동이 한순간에 멈춘 듯했다. 인도네시아 인구의 5%에도 미치지 못하면서 유통경제의 80%를 장악하고 있다는 화교의 힘은 그렇게 대단했다. 2억이 넘는 토착 인도네시아인들이 그걸 보고 어떤 생각을 했을까? 인도네시아정부, 특히 수하르토정부가 화교에 대해 억압정책을 쓴 배경에는 경제적으로 소수가 다수를 지배하는 비대칭적 구조에 대한 공포심이 숨어 있었던 것이다.

인도네시아 이후 나는 우연히도 화교가 많은 필리핀과 말레이시아에서 근무할 기회가 있었다. 이 두 나라 모두 인도네시아와 마찬가지로 큰돈과 큰 사업체는 화교들 손에 있었다. 화교사회의 성격도 비슷했다. 다른 것이 있다면 현지 사회의 화교에 대한 정서였다. 필리핀에는 반화교정서가 거의 없는 것이 특징이다. 지리적으로 가까운 덕택에 화교들이 쉽게 건너가 현지에 적응한 역사가 길었기 때문일 것이다. 필리핀은 이미 오래전부터 화교들이 큰돈을 벌어 넓은 토지를 소유해서 중세 유럽의 장원(莊園)처럼 현지인들을 고용하고 함께 생활하였기에 서로 공동체 의식이 생긴 데다, 피가 많이 섞여 피아(彼我)를 구분하는 의식이 희박했던 것 같다. 이에 비해 인도네시아와 말레이시아 화교들은 식민세력인 네덜란드와 영국이 노동력(꾸리) 수단으로 데려온 사람들이 대부분이다. 이들은 돈만 벌었지 현지인들과 융화될 기회를 만들지 못했다. 문화적으로도 상이하고, 특히 동질성이 떨어진 종교(토착민의 이슬람교와 화교의 불교 또는 도교)가 이들의 융화를 막는 장애물로 작용하고 있다.

말레이시아는 화교의 인구비율이 25%를 넘는다. 이들은 생활공간만 공유할 따름이지, 50%가 넘는 말레이계, 10% 정도의 인도계와 공통점 없이 따로 산다 해도 과언이 아니다. 말레이시아라는 이름의 얇은 막으로 불안하게 포장되어 있다고 표현하면 어떨지 모르겠다. 표피 아래는 언제 터질지 모르는 민족갈등의 용암이 꿈틀거리고 있는 양상이다.

흥미로운 것은 필리핀이나 말레이시아나 10대 재벌은 화교가 거의 휩쓸고 있다는 점이다. 비화교계는 하나나 둘 정도이다. 이들이 빈손으로 남의 나라에 와 만들어 낸 기적이 경이롭다. 이런 화교재벌 가운데는 본인 자신이 중국에서 태어나 건너온 이민자로서 당대에 거부가 된 인물이 있다. 필리핀에어라인(필리핀항공)을 소유하고 있는 루시오 탄(Lucio Tan)이 그런 인물이다. 복건성 출신으로, 배가 고파 무작정 필리핀으로 건너왔던 가난한 소년이 대사업가로 변신한 것이다. 마르코스 대통령과 검은 거래가 있었다는 소문이 꼬리로 따라다니지만, 어쨌든 그는 당대에 재벌이 된 신화적인 인물이다. 말레이시아 겐팅그룹 림고통(Lim Goh Tong)도 그런 예에 속한다. 림고통은 말레이시아에 살고 있는 친척 집에서 도제(徒弟) 생활을 하기 위해 고향을 등진 빈한한 중국 소년이었다. 기술을 익힌 그가 토목사업에 손을 대면서 생각해 낸 아이디어가 카지노 리조트사업이었다. 쿠알라룸푸르에서 가까운 높은 산꼭대기에 그런 시설을 만들면 시원하고 경치가 좋아 사업이 잘될 거라고 판단한 것이다. 카지노는 이슬람이 금지하는 도박이라 격리된 곳에 화교전용으로만 만들 필요가 있었다. 겐팅은 그런 목적에도 잘 어울렸다. 그것이 말레이시아 최대의 리조트인 겐팅(雲頂)하이랜드이다. 이처럼 인도네시아에도 손꼽히는 재벌은 역시 화교들이다. Salim그룹, Astra그룹, Lippo그룹이 대표적인 경우이다.

2001년 주필리핀대사로 부임한 나는 좀 엉뚱한 생각을 하기 시작했다. 화교자본을 한국에 유치해 보자는 생각이었다. 화교들이 중국에 투자하는 것을 보고 그런 생각이 싹튼 것이다. 투자유치라 하면 미국, 일본, 유럽자본이나 중동 오일머니를 떠올리던 때, 우리보다 경제수준이 낮은 필리핀에서 한국에 투자할 사람을 찾다니 엉뚱한 생각임에는 틀림없었다. 그런데 당시 화교사회는 중국의 개혁개방 바람에 편승하여 중국행 투자버스에 타는 것이 유행이었다. 필리핀은 평균 국민소득은 낮아도, 돈 있는 화교들은 많다는 사실을 나는 알고 있었다. 이들 가운데 한두 명이라도 한국행 버스에 태우자는 것이 내 생각이었다. 결과가 어떻게 나올지 자신할 수 없으나 시도 자체는 의미가 있을 것 같았다.

일단 결심이 서자 나는 화교사회에 뛰어들었다. 우선 필리핀 화교상공회의소를 찾아갔다. 상공회의소는 내 아이디어에 흥미를 보이긴 했으나, 그보다는 필리핀에 투자할 한국기업을 소개하는 것이 더 나은 방법일 것 같다면서 쉽지 않을 것임을 시사했다. 그럼에도 나는 상공회의소가 소개한 화교기업 대표들을 만나 보았다. 상공회의소가 예상한 대로 화교들의 반응은 소극적이었다. 이유는 대체로 두 가지였다. 한국이 투자대상국으로서 인기가 없다는 것이 첫째 이유였다. 다른 말로 하면 중국에 매료되어 한국 투자에는 관심이 없었다. 중국은 화교들에게 조국이자 고향이다. 그래서 중국행 버스가 만원이다. 중국은 무언가 해 주고 싶은 혈연으로 이어진 나라이지만 한국에 대해서는 그런 애착이 없었다. 화교들이 중국에 투자하는 것을 보면 대개 자기 출신지역을 선호하는 특징이 있다. 타관에 나가 성공하여 그 모습을 자랑스럽게 보여 주려는 금의환향적 성격이 강하다. 다음으로는 한국에는 자신들이 투자할 만한 마땅한 사업대상이 없다는 생각이 있었다. 화교들은 주로 부동산, 유통, 서비스분야에 관심이 있는 데 비해, 한국이 관심을 갖고 있는 분야는 IT 같은 선진형 지식산업분야라는 점이었다. 결국 필리핀에서의 투자유치 시도는 성과 없이 끝나고 말았다. 그러나 상공회의소는 내 성의에 우정으로 화답했다. 나를 화교사회를 이해하는 친구로 여겨, 골프대회와 같은 자기들 사교행사에 초대했다. 내가 필리핀을 떠날 때는 송별만찬을 열어 주었다. 중국대사를 제외하고는 어느 나라 대사한테도 해준 적이 없다는 특별한 대우였다.

두 번째 시도는 내가 말레이시아에 부임한 2005년도였다. 필리핀에서의 경험을 거울삼아 아무 투자나 좋다는 식으로 덤벼들지 않기로 했다. 이번에는 관광분야에 초점을 맞추었다. 중국계 말레이시아 관광객이 한국에 많이 찾아오는 추세를 투자유치와 연결해 보겠다는 복안이었다. 우리나라 드라마 '겨울연가(Winter Sonata)'와 '대장금'의 인기에 힘입어 말레이시아에서도 한국에 대한 관심이 높아 가던 때였다. 나를 만나는 사람들은 한국 드라마 이야기로 인사말 서두를 꺼내는 경우가 많았고, 겨울연가의 배경이 된 설경을 보고 싶어 겨울에 실제로 한국을 찾는 젊은 세대들이 눈에 띄게 늘어날 정도였다. 이런 열기가 나의 투자유치에 도움이 될지 모른다는 아전인수식 기대가 가세해 내 용기를 부추겼다. 나는 필리핀에서처럼 화교기업들 모임인 중화상공회의소를 찾는 일로 첫 단추를 꿰었다. 거기에서 얻은 화교기업 리스트에서 가능성이 보이는 기업에 점을 찍어 두었다가 의향을 타진하는 것이 다음 순서였다. 개별접촉이 끝나고 나면 내가 만난 기업들을 초청하여 투자설명회를 개최하고, 거기에서 투자희망자를 최종 발굴하려 했다. 개별접촉에서 나타난 일차적 반응은 그렇게 비관적이지 않았다. 투자설명회에 가서 내용을 자세히 들어보고 마음을 정하겠다는 대답이 많았다. 한 가지 고무적인 것은, 말레이시아 화교들은 필리핀 화교들처럼 중국만 바라보는 망부석(望夫石) 스타일이 아니라, 훨씬 개방적인 사해주의(四海主義) 스타일이라는 점이었다. 말레이시아 화교들이 선호하는 나라는 의외로 중국보다는 영국이나 호주, 캐나다, 남아공 같은 영연방국가였다. 영국 식민통치를 경험한 영향일 것이다. 나는 그런 사해주의 경향이 한국에 대한 투자에도 유리하게 작용할 것이라고 믿었다.

투자설명회는 대사관이 주최하고 실무적인 진행은 투자유치업무를 관장하는 코트라를 앞세웠다. 참석자가 적지 않을까 걱정했는데 빌린 호텔 컨퍼런스룸 좌석이 완전히 메워졌다. 인도계 기업인들도 참석해 외형상으로는 성황을 이루었다. 투자설명회에 참여한 우리 측은 인천광역시, 경상남도, 전라남도, 제주특별자치도 이렇게 4개 지방자치단체였다. 많은 지방자치단체에서 올 것으로 기대했는데 생각보다 저조한 참여율에 나는 다소 실망스러웠다. 말레이시아에 대한 기대감이 크지 않다는 반증이기도 했다. 참가한 지방단체들은 준비해 온 자료를 통해 투자유치 희망분야, 투자환경, 투자인센티브 등을 설명했다. 그 가운데 제주특별자치도는 관광분야에만 전체시간을 할애했다. 발표가 끝나고 투자에 관심 있는 참석자가 해당 지방자치단체 데스크에 가서 상담하도록 준비가 되어 있는데, 막상 상담하려는 참석자가 보이지 않았다. 나갈 때 나누어 주는 한국홍보물 봉지만 하나씩 받아들고 약속이나 한 듯 설명회장을 빠져나가지 않는가! 나는 또 허탕을 쳤다 싶어 허탈한 기분이었다. 그래도 마지막까지 희망을 버리지 않고 자리를 지켰다.

그런데 다행히 결실이 있었다. 한 중견 화교기업이 제주에 투자하겠다고 손을 들었다. 말레이시아 재계순위 10위 안에 드는 기업으로 레저사업이 전문인 베르자야(Verjaya)그룹이었다. 황무지에서 유일하게 거둔 값진 수확이었다. 며칠이 지나 나는 베르자야그룹 빈센트 탄(Vincent Tan) 회장과 그의 사무실에서 별도로 만나 제주에 투자를 결심한 사연을 들었다. 탄 회장은 제주의 아름다운 풍광과 지리적 위치에 매료되어 있었다. 중국인들이 무비자로 제주에 올 수 있는 장점을 살려, 더 많은 중국인 관광객을 유치할 수 있도록 중국인이 좋아하는 관광호텔을 짓겠다는 것이 투자의 목적이었다. 호텔에는 중국인을 상대로 하는 카지노 시설을 갖춘다는 계획이 포함되어 있었다. 상해, 북경, 천진을 비롯한 중국 중북부지역을 겨냥하여 카지노사업을 벌이기에는 제주의 위치가 대단히 유리하다는 것이었다. 한국정부가 외국인 전용 카지노를 허가하고 있으므로 자신에게도 허가를 내주는 데 문제가 없을 것으로 안다며 내 협조를 부탁했다. 그가 제시한 투자규모는 5억 불 상당이었다. 상황에 따라서는 더 투자할 수도 있다고 말했다. 화공(火攻) 준비를 해놓고 동풍(東風) 불기만 기다리던 베르자야그룹에게 투자설명회는 기다리던 동풍인 셈이었다. 제주도에서도 외국인의 직접투자 실적이 없어 목이 마르던 때에 베르자야는 갈증을 해소해 주는 시원한 사이다였다.

나는 이쯤에서 당사자인 제주특별자치도와 베르자야그룹이 마무리를 할 수 있도록 물러났다. 어차피 대사관은 만남만 주선해 주고 구체적 진행은 당사자들에게 맡기는 역할에 그칠 수밖에 없었다. 제주도에서는 제주개발공사(JDC)가 창구가 되어 상담은 빠르게 진행되었다. 설립된 지 얼마 되지 않은 JDC로서는 성과를 내는 것이 급하던 때였다. 새 정부가 들어서며 성과가 미미한 국영회사는 과감하게 정리하겠다는 일갈에, 운명을 결정할 칼날이 머리 위에서 시퍼렇던 시절이었다. 다행히 투자자와 JDC가 한마음이었으므로 투자허가는 별문제 없이 해결될 것처럼 보였다. 카지노 허가문제가 있으나 외국인 전용이기 때문에 허가를 받아내는 데는 장애가 될 것 같지 않았다. 나도 어렵게 건진 화교투자를 사산(死産)시키고 싶은 생각이 없었다. 해당 부처에서 대사관으로 카지노 허가에 관한 의견을 물어왔기에, 중국관광객 유치를 위해 외국인 전용 카지노를 허가하면 도움이 될 것이라고 JDC편에 힘을 실어 주었다. 그런 일이 있고 얼마 안 가서 베르자야그룹이 신청한 투자건이 허가되었다는 소식이 날아왔다. 노력이 헛되지 않았다는 생각에 가슴이 뿌듯했다.

그해 나는 말레이시아 근무를 마치고 귀국하여 연말에 정년퇴직했다. 이듬해 집에서 빈둥거리고 있을 때인데, 제주에서 우편물이 배달되었다. 호텔 기공식에 참석해 달라는 JDC의 초청장이었다. 베르자야그룹의 투자가 실행으로 옮겨진다는 증거였다. 나에게는 특별한 의미가 있는 초청이었다. 서귀포시 예래동 현장에서 거행된 기공식에는 많은 사람들이 참석했다. 제주도지사를 비롯하여 제주의 요인들은 다 모인 것 같았다. 투자자 측에서는 빈센트 탄 회장이 참석했고, 서울에서도 관계부처 차관이 내려왔다. 자리가 부족하여 서서 행사를 지켜볼 정도로 북적거렸다. 식순에 따라 JDC의 경과보고가 있었고, 제주도지사를 시작으로 축사와 격려사가 그 뒤로 줄을 이었다. 빈센트 탄 회장도 제주에 투자하게 된 소회의 일단을 피력했다. 단상에 올라와 마이크 앞에 선 사람들은 생각보다 많았다. 저 사람이 마지막이겠거니 생각하면 또 다른 사람이 올라왔다. 지루한 말잔치가 계속되는 동안 나는 왜소해지고 괜히 왔다는 생각이 들었다. 그 많은 말 홍수 가운데 투자유치를 위해 대사관이 한 역할에 대해서는 어느 한 대목에도 없었기 때문이다. 모두 JDC가 했고 칭찬은 모두 JDC에 돌아갔다. 내 노력을 인정받으려 간 것은 물론 아니었지만, 투자유치의 중요한 한 축이 깡그리 무시되었다는 점에서 솔직히 서운했다.

다음 날 아침 나는 빈센트 탄 회장과 함께 숙소호텔에서 조찬을 같이했다. 그는 전날 기공식 때는 정신이 없어서 나와 시간을 갖지 못했다며 흥분을 털어 낸 평상시의 모습으로 나타났다. 전쟁을 승리로 이끌고 돌아온 장군처럼 그의 표정은 밝고 어조에는 힘이 실려 있었다. 자신은 섬에서 성공을 일군 사람이라 섬은 고향이고 홈그라운드라고, 제주에 투자한 자신감을 여과 없이 드러낼 때도 그런 어조였다. 탄 회장의 사업장은 말레이시아에서 예외 없이 섬에 있었다. 해상레저 분야에서는 독보적인 기업으로 성공하여 재계 사다리 톱텐까지 올라간 사람이다. 그가 추구하는 모토는 '바다와 휴양 그리고 인간'이라 했다. 이제 그는 제주에서 이 테마에 '화교유치' 하나를 추가하려는 것이다. 그의 말마따나 제주투자는 지금까지 살아온 자신의 모든 것을 통틀어 던지는 건곤일척의 그랜드 디자인이자 최후의 도박이었다. 그의 흉금에는 제주에 대한 사랑과 기대로 가득 차 있었다.

식사가 끝나자 탄 회장은 나에게 특별한 부탁을 했다. 잠시 후 귀국길에 오르는데, 공항 가는 길에 절에 들려 불공을 드리고 싶다며 내가 동행해 줄 수 있느냐고 물었다. 큰일을 할 때면 중국인들이 으레 가서 비는 곳이 사찰의 부처님 앞이다. 그의 심정을 나는 누구보다 잘 알고 있기 때문에 쾌히 응했다. 우리는 서귀포 인근에 있는 한 절을 찾았다. 탄 회장은 법당에 들어가 불상 앞에서 경건한 자세로 큰절을 했다. 그리고 합장한 채 잠시 불상을 우러러보았다. 제주 투자가 성공하도록 비는 기원의 시간이었다. 탄 회장은 법당을 나오며 전송하는 주지스님에게 주머니에서 금일봉을 꺼내 건넸다. 미리 준비한 듯, 그런 용도로 쓰이는 특별히 제작된 봉투였다. 그리고는 큰 짐을 벗은 사람처럼 잔잔한 미소를 띤 후련한 얼굴로 주지와 작별인사를 나누었다. 사찰 방문으로 그의 제주 일정은 모두 끝났고, 나와의 만남도 거기에서 종지부를 찍었다.

기공식에 다녀오고 나서 베르자야 투자건은 내 기억에서 사라졌다. 내가 더 이상 신경 쓸 일도 아니고, 기공식도 끝났으므로 잘 굴러갈 것으로 믿었기 때문이다. 호텔이 완공되었다는 소식이 있으면 한번 찾아가 감개 어린 추억이나 더듬으며, 호텔사업이 번창하도록 속으로 축복하면 되는 일이었다. 기공식이 있고 두 해인가 흘렀을 때이다. 호텔이 완공되었는지 궁금하기도 하고, 그 호텔에 한번 가보고 싶은 생각이 들었다. 언제 제주에 갈 건지 대충 예정을 잡을 생각으로 인터넷에 들어가 베르자야 투자건을 찾아보던 나는 기절초풍하고 말았다. 투자허가가 무효가 되어 공사가 중단되었다는 내용이 떠 있었다.

'아니, 기공식까지 해 놓고 이럴 수가…?!'
나는 눈을 비볐다. 호텔 건축이 불법이라는 지주들의 소송에 대법원이 원고 측 손을 들어 주었다는 내용이었다. 공공목적으로만 개발할 수 있는 토지에 영리목적의 호텔 허가를 해준 것은 무효라는 판결에 따른 결과라 했다. 그렇다면 당국은 법적 근거도 제대로 따지지 않고 엉터리로 허가를 했다는 말이 된다. 지주들과 문제가 있다는 소문은 기공식 전에 얼핏 들었지만, 일이 이렇게 틀어질 줄은 꿈에도 몰랐다. 찬사와 자축 일색이던 기공식 장면이 떠올랐다. 그 장면은 이제는 공사가 중단되어 황토를 드러낸 채 폐허가 되었을 현장과 오버랩되었다. 빈센트 탄 회장의 얼굴이 제일 먼저 떠올랐다. 잔뜩 화가 난 얼굴을 하고 나를 향해 노기 찬 일갈을 쏘았다.

"손 대사, 나는 당신 말 듣고 투자한 것인데, 이게 어떻게 된 일이요?"
나는 낯이 뜨거워 할 말이 없었다. 무어라고 변명할 여지조차 찾을 수 없었다. 제주도나 JDC를 걸고넘어질 수도 없었다. 그런들 제 얼굴에 침 뱉기밖에 더 되지 않았다. 나는 인터넷 기사에 얼어붙어, 어안이 벙벙한 채 얼굴만 벌게졌다.

투자를 권유한 나와 대사관은 졸지에 사기꾼이 되어 버렸다. 자신의 전부를 걸었던 탄 회장은 대한민국 정부의 엉터리 행정에 놀아나 웃음거리가 된 자신에게 얼마나 분통을 터트렸을까! 웃음거리에만 그치지 않고 그동안 들어간 돈까지 날렸을지 모른다. 제주와 대한민국을 사랑했던 한 선량한 화교 투자자와 이 사실을 알게 된 많은 말레이시아 사람들에게 우리 모두도 역시 그들을 속인 사기꾼이 되어 버렸다. 그들은 투자를 망쳐 버린 주체가 한국이라는 나라로 생각되지 제주도나 JDC 같은 개별적 대상을 떠올리지는 않을 것이기 때문이다. JDC측이 성과에 급급하여 너무 서두르지 않았으면 없었을 참사였다. 빈센트 탄 회장의 가슴에 내가 박은 못을 생각하면 나는 영영 죄인의 멍에를 벗지 못할 것만 같다. 제주도에서 명예도민이라고 나에게 수시로 홍보물을 보내오는데, 그걸 받을 때마다 사기꾼이 되어 버린 나를 상기시켜 마음이 아프다.

2019. 8. 11.

13/

귀국

···

　나라를 일본에 빼앗기고 항거하던 시절, 대구라던가 어딘가에 장(張)씨 성을 가진 분이 있었다. 장 씨는 그 지방에서 제일 큰 은행의 간부였다고 한다. 아마 지점장쯤 되지 않았나 싶다. 장 씨는 독립운동을 하던 사람들에게 뒤에서 자금을 대 주었다. 쥐도 새도 모르게 한 일이 운 나쁘게 일본 비밀경찰 안테나에 걸렸다. 잡히면 모든 것이 끝나는 절체절명의 순간이 찾아왔다. 쫓기는 장 씨는 다른 선택을 생각할 여유가 없었다. 도피만이 그가 할 수 있는 유일한 방법이었다. 일경(일본경찰)이 들이닥치기 전에 장 씨는 부랴부랴 짐을 싸 기약 없는 망명길에 올랐다. 1930년경의 일이다.

　장 씨가 피신한 곳은 만주였다. 왜 어떻게 만주로 가게 되었는지는 알려진 바가 없다. 만주는 독립운동가들이 주로 활동하던 근거지였다는 사실에서 대답을 추측해 볼 뿐이다. 장 씨가 지원했던 사람들과 손이 닿아 그들의 도움을 받았을 가능성을 배제할 수 없는 대목이다.

그렇다면 망명 이후의 생활은 직간접적으로 이들과 관련이 되어 있을 것이란 짐작이 자연스럽다. 그러나 이에 대해서도 역시 알려진 바는 없다. 장 씨는 거기에서 그럭저럭 추격자의 눈을 피해 지낼 수 있었다. 그러나 어렵게 국경을 넘어온 만주도 안전한 곳이 아니란 사실이 곧 밝혀졌다. 일본이 만주에 꼭두각시 정권을 세워 사실상 집어삼켰기 때문이다. 일경의 그림자는 다시 장 씨 뒤를 바짝 따라붙었다.

장 씨는 다시 한번 탈출을 시도했다. 이번에 간 곳은 북경이었다. 피신의 방법으로는 사람들이 많은 곳에 숨어 묻혀 버리는 것이 가장 안전할 수 있다. 북적거리는 대도시는 그런 목적에서 보면 매우 이상적이다. 설마 북경까지 와서 나를 쫓으랴, 장 씨는 그런 생각으로 왔을지 모른다. 그러나 재수에 옴 붙으면 아무리 애를 써도 되는 일이 없는 법이다. 일이 다시 틀어지기 시작했다. 북경에서도 장 씨의 안전은 그리 오래 가지 않았다. 조선을 찍고 만주를 삼킨 일본의 칼날이 이제는 북경을 겨누고 있었기 때문이다. 일본은 억지 구실을 만들어 중일전쟁을 일으켰다. 1937년 노구교(蘆溝橋)사건이 그 발단이었다. 장 씨는 급했다. 종횡무진 중국대륙을 유린하며 남하하는 일본의 파죽지세 앞에서 장 씨가 숨을 곳은 없었다. 또 짐을 싸지 않을 수 없었다.

이번에 장 씨가 몸을 던진 곳은 뜻밖에도 인도네시아였다. 왜 그런 선택을 했는지 아는 사람은 아무도 없다. 인도네시아는 중국에서 가까운 거리에 있는 나라가 아니다. 만주나 북경처럼 육로로 슬쩍 잠입할 수 있는 지리적 조건을 갖춘 곳도 아니다. 하늘이나 바다를 거쳐야 한다. 당시 교통사정으로는 북경에서 자카르타까지 가는 길이 그리 호락호락하지 않았을 것이다. 일단 홍콩이나 싱가포르까지 가서, 용케 항공편이나 선박을 이용하여 빠져나갔을 것으로 짐작된다. 더 가까운 나라들을 두고 하필 인도네시아인가에 대해서는 의외라는 생각이 든다. 장 씨 혼자 기획한 망명이라기보다는 누군가의 소개를 받아, 혹은 누군가와 동행하여 이루어진 일이라고 보는 편이 설득력이 있어 보인다. 인도네시아를 잘 아는 화교이거나 네덜란드 사람의 도움을 받았을 가능성이 아무래도 유력하다. 인도네시아에는 7백만 명이 넘는 세계에서 가장 큰 화교사회가 형성되어 있다. 중국을 왕래하는 화교가 많을 것은 당연하다. 인도네시아는 당시 네덜란드의 식민지였다. 네덜란드가 동방무역을 장악하기 위해 개척한 식민지가 지금의 인도네시아이다. 장사의 귀재로 알려진 네덜란드인들이 중국과의 무역에 종사했으리라는 점은 다시 말할 필요조차 없다. 그런 사람 중에서 장 씨가 누군가와 손잡지 않았을까? 억지 춘향 같지만 장씨의 딱한 사정을 알고 도와준 사람이 있었을 것이라고 추측을 해 본다. 아무튼 대구에서 시작된 장 씨의 탈출 대장정은 인도네시아 자카르타에서 닻을 내렸다. 설마 하던 인도네시아도 후일 일본의 지배하에 들어가 장 씨를 불안하게 했지만, 일경이 거기까지 쫓지는 않았던 모양이다.

　망명생활이 장기화되자 장 씨는 인도네시아에 정착하기로 결심한다. 땅 설고 물 설은 이역만리 외국 땅에서 외톨이로 살기가 매우 어려웠을 것이다. 언어도 음식도 문화도 관습도 모두 장 씨에게는 낯설었으니, 혈혈단신인 그가 생면부지의 땅에서 어떤 고통을 당했을지는 말하지 않아도 짐작이 간다. 더구나 일본 제국주의 압박이 동아시아를 옥죄고 있었으므로 가까운 장래에 고국에 돌아갈 가능성조차 보이지 않았다. 도피생활에 지친 장 씨는 어딘가에 마음 붙이고 안정을 찾을 필요가 절실했다. 고국으로 돌아갈 수 없다면 현재의 위치에서 터를 잡는 방법밖에 없었다. 장 씨는 현지 화교여성과 결혼하여 가정을 꾸몄다. 그리고 슬하에 자녀들을 두었다. 이것이 그가 바타비아(자카르타의 옛 이름)에 뿌리를 내린 동기이다. 장 씨는 끝내 고국 땅을 밟지 못하고 그곳에서 영면했다. 자신이 이루지 못한 귀국의 꿈은 자식들에게 유업으로 넘어갔다.

다마이(Damai). 인도네시아어로 평화(平和)라는 뜻이다. 장 씨는 태어난 첫아이 딸에게 다마이(가명)란 이름을 붙여 주었다. 얼마나 망명생활이 한이 맺혔으면, 얼마나 고국의 처지가 안타까웠으면 첫 아이에게 그런 이름을 지어 평화를 갈망했을까? 일본 제국주의에 짓밟힌 조국이 해방되나 했더니 이제는 남북으로 갈라져 골육상쟁하고 있는 모습을 멀리서 바라보는 장 씨의 눈에 평화는 아득한 거리에 있는 먼 산처럼 보였을 것이다. 그런 현실을 한탄하며, 장 씨는 고국에 진정한 평화가 찾아오기 기원하는 마음을 자신이 가장 사랑하는 딸 이름으로 표현했다. 아버지의 남다른 사연을 다마이는 어려서부터 듣고 자랐다. 아버지의 한과 염원이 무엇인지 자신의 이름이 말해 주고 있다는 것도 알았다. 자신의 이름은 그녀가 앞으로 어떻게 살아가야 하는지 제시해 주는 아버지의 유언이자 자신의 목표라고 믿었다. 그것은 거역할 수 없는 숙명과도 같았다. 다마이는 아버지의 뜻을 헤아려 겸허히 따르기로 결심했다. 그렇게 하기 위해서는 자신의 정체성을 찾아 나서는 일이 출발점이라고 생각했다.

당시 인도네시아는 이슬람문화의 바탕 위에 네덜란드에 의한 서양문화가 덧칠된 복합적이면서도 비교적 개방된 사회였다. 이런 토양에서 다마이는 화교 어머니의 영향을 받아 동양적인 요소를 몸에 익히며 자랐다. 여기에 한국인의 피를 받은 생물학적 요소가 가미되어 다마이의 몸에는 국제적 다양성의 농도가 누구보다 짙었다. 이것은 다마이의 진로 결정에 선택의 폭이 넓다는 의미이기도 했다. 일반적인 경우라면 또래 젊은이들처럼 네덜란드나 해외 어디로든 유학을 가 장차 국제무대에서 활동할 준비를 했을 것이다. 아니면 외가 쪽의 화교사회에 뛰어 들어가 중국인으로서 부귀를 좇는 길을 택할 수도 있었다. 그러나 그것은 아버지의 뜻이 아니라고 생각했으며 정체성의 끈이 끌어당기는 바도 아니었다. 아버지의 조국과 자신을 일치시키는 일이 우선이라고 생각했다. 한국의 위상이 보잘것없던 시절에 그런 선택은 초라해 보였지만, 다마이는 개의치 않고 기회를 기다렸다.

정체성에 눈을 뜨고부터 다마이가 맞닥뜨린 딜레마는 두 개의 코리아였다. 이념의 양극에서 진흙탕 싸움을 벌이고 있는 남과 북, 그 가운데 그녀가 함께할 코리아는 어떤 코리아인 것인가? 인도네시아에도 두 개의 코리아가 있었다. 당시 수카르노 대통령이 주도하는 사회주의 바람은 거셌다. 그 바람을 등에 업은 북한이 인도네시아에서 코리아를 대표하듯 활보하고 있었다. 이와는 대조적으로 대한민국은 외교관계의 분류 면에서 보자면 셋방살이 격인 총영사관만 겨우 열어 놓고 대문에 나라 간판조차 제대로 걸지 못한 처지였다. 누가 보아도 외교적 역량면에서 북한이 남한을 누르고 우위를 차지하고 있었다. 이런 상황에서 다마이는 선택의 갈림길에서 고민했을 것이다. 남북분단은 아버지가 예상한 바가 아니었으므로 선택은 그녀의 결단의 문제였다. 다마이는 진정한 평화는 자유민주주의체제에서만 가능하다고 생각했다. 그리고 그것을 선택의 기준으로 삼았다.

대학을 졸업한 다마이는 주자카르타 대한민국총영사관 직원(고용원)으로 채용되었다. 거저 굴러들어온 행운이 아니라, 정체성을 탐구하는 끈질긴 노력의 대가였다. 단순히 괜찮은 직장 하나 구했다는 데 만족하고 말 사안이 아니었다. 자유민주주의 기치를 내건 대한민국의 실체 속으로 성큼 내딛는 첫걸음이었다는 점에서 다마이의 생애에 획을 긋는 사건이었다. 그것은 두 개의 코리아 중에서 어떤 코리아와 함께할 것인가에 대한 대답이기도 했다. 곧 증명되었듯이, 수카르노의 몰락과 함께 인도네시아에서 사회주의가 종언을 고한 사실은 그녀의 선택이 옳았음을 말해 주었다. 수카르노정권의 지지기반인 인도네시아공산당(PKI)의 배후에 화교들이 많았음을 감안하면, 화교인 외가의 배경에도 불구하고 정세의 흐름을 예리하게 관찰하고 전망할 줄 아는 다마이의 총명이 엿보이는 부분이다.

한국과 인도네시아는 1973년 9월 정식으로 외교관계를 수립했다. 수카르노가 축출되고 나서야 가능했던 일이다. 동시에 주자카르타 총영사관은 대사관으로 승격되었다. 대사관에서 다마이는 눈과 귀와 입과 같은 존재였다. 인도네시아어에 능통한 직원이 없던 때여서 그녀에게 맡겨진 일은 주로 현지인과의 소통이었다. 영어가 의사소통의 수단으로 국제사회에서 널리 사용되지만, 바닥 정서를 훑고 행간을 읽어 내는 데는 현지어만 한 것이 없다. 대사관이 하는 일 가운데 정보수집이 기본적으로 중요한 임무인데, 출처와 자료의 '아' 다르고 '어' 다른 미묘한 뉘앙스를 구별하여 정확한 정보를 얻어내는 일은 현지어에 달려 있다. 다마이의 역할은 상당부분 그런 필요에 충당되었다고 보아도 된다. 대외적으로는 대사비서실 소속이었지만, 다마이는 통역에서부터 직원 부임 시 정착을 돕는 시장 안내까지 거의 소용되지 않는 데가 없었다. 그래서 늘 바쁜 사람이었다. 약방의 감초? 팔방미인? 그런 표현이 조금도 어색하지 않은 절대적으로 필요한 사람의 지위를 어느 사이에 굳혀 가고 있었다.

다마이 이야기는 곧 교민사회의 화제가 되었다. 독립운동가에게 자금을 대 주다 발각되어 일경의 추격을 받게 된 아버지, 만주와 북경으로 피신해 다니다 인도네시아까지 오게 된 사연, 화교여인과 결혼하여 낳은 딸, 그 딸이 대한민국대사관에 근무한다는 줄거리는 한 편의 영화 같은 스토리였다. 이 스토리는 교민사회를 한 바퀴 돌아 한국으로 퍼져 나갔다. 호재를 놓칠 리 없는 어느 일간지가 그 이야기를 칼럼으로 실었다. 애국자의 딸이 아버지의 고국을 위해 대사관에서 일하고 있다는 사실은 독자의 흥미를 유발하는 기사였다. 지금부터 대략 60년 전의 일이다. 해외여행이 그림의 떡이었던 시절에 바다 건너 먼 자카르타에서 벌어진 다마이 이야기는 감동 스토리였다. 특히 젊은이들 사이에서 묘령의 아가씨 다마이는 상상을 자극하는 신데렐라로 떠올랐고, 스스로 왕자가 되기를 자처하는 청년들이 생겨났다.

이때 Y라는 분이 등장한다. Y씨는 한국외국어대학 인도네시아어과를 졸업한 청년이었다. 기사를 읽은 Y씨는 저도 모르게 무릎을 쳤다. 인도네시아에 관해 평소 남다른 열정을 갖고 있던 이 청년은 다마이 스토리에 금방 매료되었다. 그리고는 망설이지 않고 다마이에게 편지를 썼다. 뛰어난 어학실력을 동원하여 정성 들여 쓴 편지는 마법의 지팡이처럼 다마이의 마음을 움직였다. 펜팔로 출발한 두 사람의 인연은 이렇게 시작되었다. 두 청춘남녀의 로맨스는 태평양을 사이에 두고 빠르게 무르익어 갔다. 한국의 딸이 되기를 희망하는 여자와 인도네시아를 품에 안으려는 야망의 남자는 마침내 자신들의 인연을 결혼으로 승화시켰다. Y씨와의 결혼으로 다마이의 국적은 인도네시아에서 한국으로 변경되었다. 자신이 그렇게 바라던, 그리고 아버지의 염원이었을 한국인으로서의 탄생이 실현된 것이다. 다마이는 이제 법률적으로도 당당한 한국인이 되었다.

Y씨는 인도네시아에 사업장을 둔 한국인 회사에 취직되어 자카르타로 생활터전을 옮겼다. 합판 원자재인 원목을 생산하는 회사인데, 인도네시아어가 유창한 Y씨는 이 회사가 찾고 있던 사람이었다. 쾌활하고 적극적인 성격의 소유자인 Y씨는 사람들과 좋은 인간관계를 맺어 교민사회에서도 주목받는 인물로 부상하였다. 그 무렵 인도네시아에서는 사회주의노선을 걷고 있던 수카르노가 타도되고 친미성향의 수하르토정권이 들어선 지 얼마 안 되는 때였다. 한국과 인도네시아 관계는 이때를 기점으로 전례 없는 발전의 시기에 돌입했다. 이것은 외교 수요의 가파른 증대로 이어졌다. 대사관에서는 현지어인 인도네시아어에 능통한 직원의 필요성이 크게 대두되었다. 물론

다마이가 그런 수요의 상당 부분을 담당하고 있지만 비서로서 할 수 있는 한계가 있었다. 다마이의 신분은 고용원이었기 때문에 정식 외교관으로서 인도네시아 정부 관리와 대등한 입장에서 교섭하고 맞짱 뜰 수 있는 임무를 수행할 수는 없었다. 바로 그런 이유로 Y씨가 대사관 직원으로 특별 채용되었다. Y씨는 소정의 시험과 교육을 거쳐 1975년 정식으로 주인도네시아대사관에 3등서기관으로 발령을 받았다. 이로써 다마이와 Y씨, 즉 부부가 대사관에 동시에 근무하는 드문 기록이 세워졌다.

남편이 대사관 정식직원이 되었다는 사실은 다마이가 한국사회로 편입되는 과정에서도 결정적으로 중요한 역할을 했다. 한국 국적을 취득하였다고는 하나, 한국사회의 변두리에서 위성처럼 맴돌 수밖에 없었던 처지에서, 일거에 본류(本流)로 진입할 기회가 생긴 것이다. 이제는 대사관직원의 부인들과도 같은 동료 부인이 되어 그 동아리 안에 들어가 어깨를 맞대게 되었다. 교민행사 같은 데도 빠지지 않고 참석하고 행사준비에 주동적으로 참여하는 입장으로 바뀌었다. 과거 같으면 참석해도 그만 안 해도 그만이었다면, 대사관 직원 부인으로서 그런 소극적이고 방관자적인 자세는 환영받을 수 없었다. 이런 변화는 말할 것도 없이 다마이의 한국화를 재촉하는 채찍이기도 했다. 더듬거리는 한국말 수준을 향상시켜야 하고, 한국음식을 더 잘 만들도록 노력해야 하고, 생각과 행동을 한국식으로 해야 한다는 무언의 부담이 그녀의 어깨를 늘 무겁게 했다. 인도네시아 토박이에게 결코 쉬운 일이 아니었음에도 다마이는 이것을 숙명으로 받아들이고 순응했다. 그것은 자신의 선택과 아버지의 무언의 유지(遺志)에 대한 실천 의지를 중명하는 수단이었다.

　다마이는 Y씨가 대사관에 근무하게 되자 사직했다. 가정과 직장의 양립이 어렵다는 사실을 깨닫고 부담을 느낀 것이다. 주부로서 그리고 어린 두 딸의 어머니로서 가정을 지키는 일에 충실하고 싶었던 것이다. 다마이는 그 시점부터 평범한 가정주부로 돌아갔다. 여느 아낙처럼 남편 출근시키고, 개구쟁이 아이들 돌보고, 동료 및 교민 부인들과 왕래하면서 훨씬 한국사람다워졌다. 가족의 식단은 한식메뉴가 된 지 오래되었으며, 수시로 데려오는 남편 친구들을 위한 술상 차리기도 이제 이력이 붙었다. 아직은 서툴지만 제법 나아진 그녀의 한국말을 들을 때마다 사람들은 속으로 높은 점수를 매기며 격려와 찬사로서 응답했다.

　"미스터 손, 어서 와 밥 먹어." 그 집에 놀러 갔다가 식사 때가 되면 다마이가 하는 말이다. 존댓말이 아직 몸에 익지 않아 처음 듣는 사람이라면 오해의 소지가 있는 어투인데도, 오히려 애교 있고 정겹게 들렸다.

　인도네시아인으로 태어나서 한국인으로 환생하는 다마이의 꿈이 이루어지는 과정은 순조로워 보였다. 남편은 당당한 한국의 외교관이고 두 딸은 한국에서 학교 다니며 완벽한 한국인으로 자랐다. 자신의 사회적 지위도 오리지널 한국사람에 비해 뒤질 것이 없었다. 다른 사람들이 갖고 있지 못한 배후, 즉 인도네시아라는 정신적 받침대와 화교사회라는 뒷배까지 있었다. 거기에 애국자의 딸이란 광휘가 달무리처럼 그녀를 감싸고 있었다. 개천에서 용 났다고 주위의 부러운 시선을 한 몸에 받는 선망의 대상임이 틀림없었다. 어느 모로 보나 사회적 성공의 사다리를 쉽게 올라간 셈이었다. 아버지에게는 한과 소원을 풀어 준 효녀이자 자랑스러운 딸이었다. 이제 남은 일이 있다면 아버지가 끝내 이루지 못한 귀국의 꿈을 금의환향으로 대신 완성시키는 것이었다. 이 과제는 언젠가는 남편과 딸들을 따라 한국에 가 살게 될 것이므로 시간이 지나면 해결되는 문제였다. 다마이로서는 손에 쥔 지금의 행복을 누리는 동안은 서두를 필요가 없었다.

Y씨는 현지어 때문에 채용된 관계로 여러 곳을 돌며 순환근무하는 일반적 관례와는 달리 인도네시아에서만 줄곧 근무했다. 그런 그가 마지막으로 받은 근무발령지가 P국 주재 대사자리였다. 대사는 외교관의 꽃이자 커리어의 정점이다. 정점은 다른 말로 하면 남은 여정이 눈앞에 보이는 내리막의 시작이다. Y씨의 발령은 정년을 앞둔 마지막 근무기회였다. 다마이는 Y씨를 따라 인도네시아를 떠나 P국으로 이사를 갔다. 인도네시아 밖으로는 처음 나가는 이사였다. 그때만 해도 다마이는 인도네시아를 영영 떠난다는 사실을 아마 실감하지 못했을 것이다. 영광의 그늘에 묻혀 이별은 그리 가슴 저미는 아픔이 아니었다. 새로운 생활에 대한 기대로 이별에 대해 생각할 여유가 없었을 것이다. 고기가 물을 떠난다는 비유가 이 경우에 적절한지는 모르겠으나, 결과적으로 다마이의 운명은 그렇게 이루어지고 있었다. Y씨가 P국 대사를 마치면 돌아갈 곳은 인도네시아가 아니라 한국이었다. 거기에서 Y씨를 기다리는 것은 정년퇴직이었다. 그것이 무엇을 의미하는지 다마이는 어렴풋이 느끼고는 있었을 테지만 앞으로의 일을 미리 걱정하고 싶지 않았을 것이다. 당면한 것은 남편

을 내조하며 P국의 외교가에서 우아한 한국여인으로 행동하는 일이었다. 그런 점에서 대사부인은 대사에 못지않은 외교관인 것이다.

P국 대사를 마친 Y씨는 한국으로 돌아왔다. 그리고 이어지는 정년퇴직과 은퇴생활이 기다리고 있었다. Y씨 부부에게 인생의 제2막이 열린 것이다. 그러나 다마이에게 새로운 무대는 영 낯설었다. 외교관이란 직업이 원래 한군데 붙어 있지 않고 여기저기 옮겨 다니는 것인지라 누구와 오래 연을 맺기 어려운 점이 있다. 그래서 늘 낯설고 겉핥기 식으로 사람들을 만나게 되기 마련이다. 한국에 돌아와도 그런 느낌은 마찬가지이다. 한국에서 성장한 사람도 그럴진대 다마이에게는 더 말할 필요도 없었다. 한국은 아버지의 나라, 남편의 나라, 딸들의 나라이지 그녀에게는 외국이었다. 아버지가 끝내 이루지 못하고 세상을 떠난 것에 대한 한을 풀었다는 의미는 있을지언정, 다마이의 귀국은 그녀 자신의 것이라 보기 힘들었다. 그렇게 느끼게 한 것은 언어도 음식도 생활방식도 아니었다. 인도네시아에 없는 추운 겨울 때문에 견디기 어려워서 그런 것은 더더구나 아니었다. 그것은 바로 인간관계였다. 집 밖으로 한 발짝만 벗어나면 모두 낯선 사람뿐이었다. 그 넓은 서울, 그 많은 사람 가운데서 말을 걸 사람은 가족말고는 아무도 없었다. 동창생도 계모임도 동네 아줌마들도 그녀에겐 없었다. 전화를 걸 만한 사람이 없으므로 핸드폰은 무용지물이었다. 인도네시아에서 알고 지낸 사람이 몇 있기는 하나, 수다 떨고 스트레스를 풀 만큼 허물없는 사이도 아니었다. 그나마 다마이가 먼저 연락하지 않으면 소식도 없는 사람들이었다. 서울이라는 거대한 도시는 실은 아무도 살지 않는 얼음장처럼 차가운 황무지였다. 다마이

는 가없이 넓은 황무지에 포위된 고도(孤島)였다. 그녀를 버티게 하는 힘은 활력 잃은 남편과 다 커 버린 딸들뿐이었다.

인도네시아에서 살았던 여자들 모임에 다마이가 나온다는 말은 들었다. 그편에 건강이 좋지 않다는 소식도 함께 들려왔고, 친정인 자카르타에 가끔 다녀온다는 이야기도 들었다. 남편과 자식들을 놓아 두고 친정살이를 할 수 없었던지 다마이는 곧 서울로 돌아오곤 했다. 많이 아프다는 이야기를 같은 하늘 아래서 풍문으로만 듣고 있던 차에 어느 날 기어이 비보가 날아왔다. 그녀가 세상을 떠났다는 것이다. 3년 전의 일이다. 요새 기준으로 하면 아직 갈 때가 되지 않았는데 너무나 빨리 가 버렸다. 요절의 원인은 낯선 땅으로의 귀국이었을 것이다. 옛날처럼 인도네시아로 돌아가 그대로 살았더라면 별 탈이 없었을지 모른다.

조문하고 돌아온 아내가 불쌍하다는 말을 되풀이했다. 그렇게 총명하던 사람이 어떻게 그리 빨리 갈 수가 있느냐는 것이었다. 조문객 몇 안 되는 썰렁한 장례식장에서 영정 속의 다마이가 평화로운 미소로 사람들을 맞는 것이 더 슬퍼 보였다고 했다. 가족에게는 따뜻한 보금자리가 되었을망정, 그녀의 귀국, 엄격히 말하면 아버지의 나라에 아버지를 대신해서 돌아온 귀국은 예상과 달리 불시착이었던 것 같다. 그러나 운명으로 받아들일 수밖에 없는 귀국이었다. 아버지의 유지도 유지지만, 남편과 자식을 떠나 살 수는 없는 현실에 순응한 한국여인의 길을 밟은 그녀가 이제 편안한 곳으로 갔길 바란다. 성장한 두 딸이 어머니의 뜻을 이어받아 자랑스러운 가족사를 다시 써 내려갈 것이다.

"미스터 손, 어서 와 밥 먹어."

다마이의 허스키한 목소리가 들리는 것만 같다. Y씨도 그 뒤 얼마 후 부인을 따라 저세상으로 떠났다.

2019. 8. 24.

14/

피플파워의
영웅

    ...

    1986년은 필리핀 독재자 페르디난드 마르코스(Ferdinand Marcos) 대통령이 집권한 지 21년 차가 되는 해였다. 국민들은 독재자의 장기집권에 넌더리를 냈다. 나라는 만연된 부정부패, 회복의 기미라곤 찾아볼 수 없는 경기침체, 점점 벌어져 가는 빈부격차, 정부군을 우습게 아는 이슬람반군과 공산게릴라 준동 등으로 휘청거렸다. 언론은 재갈이 물렸고 반마르코스활동은 철저히 금지되었다. 독재에 항거하는 사람들은 불순분자 낙인이 찍혀 소리 없이 사라져 버리거나 투옥되었다. 필리핀 민주주의는 신음하고 있었고 이반한 민심은 대폭발을 예고하고 있었다. 그런 상황에서도 마르코스의 뒷배인 미국은 그를 지켰다. 필리핀은 아시아 공산세력의 남하를 막는 최후 보루라는 점에서 미국에게 전략적 가치가 큰 나라였으며, 마르코스는 반공(反共)의 선봉에 서는 대가로 미국의 지지를 받고 있었다.

    수도 메트로 마닐라의 공기는 일촉즉발의 긴장감으로 팽팽했다.

196

이때 마른 섶에 불씨를 던진 사람이 베니그노 아키노(Benigno Aquino)
였다. 아키노는 반독재활동을 벌이다 미국으로 추방된 마르코스의
정적이었다. 다른 사람이었다면 감쪽같이 제거해 버릴 수도 있었겠
지만, 워낙 유명인사라 여론의 뜨거운 화살이 두려웠던지 마르코스
는 추방 선에서 처리했다. 가연성 물질을 일단 화약고에서 격리하고
보자는 조치였다. 아키노의 부친은 국회의장을 지낸 정계 거물이었으며,
아키노 자신도 상원의원으로 활동했던 야심만만한 정치인이었다.
아키노는 일찍이 마르코스와의 한판 승부에 주사위를 던졌다. 마르
코스와 맞서 이길 사람은 자신이라고 믿었던 것이다. 노회한 독재자
와 싸워 이기려면 국민 속에 들어가 국민의 마음을 얻는 일이 무엇보
다 중요했다. 국민 속으로 들어가기 위해서는 필리핀으로 돌아가야
했다. 아키노는 3년간의 미국 망명생활을 접고 1983년 8월 귀국길에
올랐다. 말할 것도 없이 마르코스가 바라지 않는 귀국이었다. 아키노
는 필리핀으로 떠나기 전, 무언가 예감한 듯 귀국하면 죽을지 모른다
는 불길한 말을 남겼다. 8월 21일, 아키노가 마닐라공항에 도착하여
트랩을 내려와 땅을 밟는 순간 총성이 울렸다. 아키노는 그 자리에서
쓰러졌고 바닥은 피로 물들었다. 떠나기 전에 남겼던 예언이 소름 끼
치도록 적중한 것이다.

아키노의 피살 소식이 알려지자 여론은 들끓었다. 사람들은 이
야만적인 저격이 정적을 제거하기 위해 마르코스 일당이 저지른 정
치적 범죄행위라고 규정해 버렸다. 그리고 거리로 쏟아져 나와 마르
코스 타도를 외쳤다. 마르코스는 펄쩍 뛰었다. 자신의 결백을 주장하
며 공정한 조사를 약속하고 나섰다. 그러나 성난 군중에게 그의 말은

진심이 담긴 고백으로 들리지 않았다. 손에 스모킹 건을 쥐고 자신이 범인이 아니라고 강변하는 꼴로만 비추어졌다. 그런 모양새는 오히려 타오르는 불길에 기름을 끼얹는 결과만 초래했다. 반마르코스 시위는 전국으로 확산되었으며, 막아도 막아도 멈출 기미가 보이지 않았다. 진압과정의 충돌에서 발생하는 인명피해는 늘어났고, 감방은 잡혀 온 사람들로 더 이상 빈자리가 없는 지경에 이르렀다. 열에 아홉은 가톨릭인 국민 대다수는 사탄의 발악으로밖에 보이지 않는 마르코스 독재에 순순히 굴복할 의사가 조금도 없었다. 민의(民意)는 종교의 힘으로 뭉쳐 있었다. 민의의 구심점에 추기경과 신부들이 자리하고 있었다. 억지로 틀어막고 있는 솥뚜껑은 끓어오르는 압력에 들썩거렸다. 언제 펑 터질지 모르는 빅뱅의 시간은 분초를 다투며 재깍거리고 있었다. 마르코스는 급했다. 그렇다고 권좌에서 물러날 생각은 전혀 없었다. 마르코스는 마침내 신임(信任)이라는 비장의 카드를 꺼냈다. 자신은 아키노 피살사건과 무관하나 국정안정을 위해 1987년으로 예정된 대통령선거를 앞당겨 실시하여 국민의 신임을 묻겠으며, 그 결과에 복종하겠다고 선언했다. 우선 비등하는 압력의 김을 빼놓고 보자는 속셈이었다. 선거결과는 조작할 수 있었으므로 거기까지 계산한 꼼수였다.

대통령선거는 1986년 2월에 실시되었다. 그런데 마르코스의 대항마로 나설 야당후보는 정치인 가운데 마땅한 사람이 없었다. 야당후보로 나설 만한 사람은 마르코스가 싹을 잘라 남아 있지 않았기 때문이었다. 이번에야말로 마르코스를 한 방에 날려 버리겠다고 벼르던 반마르코스 사람들에게는 이만저만한 실망이 아니었다. '꼭 정치인이어야 하는가?' 적당한 사람이 없자 사람들의 시선은 베니그노 아키노의 부인 코라손 아키노(Corazon Aquino) 여사에게 쏠렸다. 아키노란 이름은 그 이름 자체만으로도 이제 폭발력이 어마어마해졌기 때문에 그냥 놓아둘 무기가 아니었다. 중요한 것은 마르코스를 이기는 것이었다. 아키노 여사가 원하느냐 안 하느냐, 아키노 여사가 대통령 자질이 있느냐 없느냐 여부는 지금 따질 때가 아니었다. 이 상황에서 아키노 여사 역시 남편의 유지를 따르는 것이 필리핀을 구하는 길이라는 것을 알고 있었다. 사람들은 일제히 아키노 여사를 모셔와 무대 위에 올려놓았다. 아키노 여사는 엉겁결에, 정말 엉겁결에 달리는 호랑이 등에 올라타고 말았다. 이제는 내려올 수도 없었다. 가는 데까지 가는 길밖에 없었다. 남편 시중들고 아이들 열심히 기른 전업 가정주부, 정치라면 탄압받는 남편 곁에서 정신적 동반자로서만 지켜보던 중년 아줌마는 "아키노!"를 연호하는 수십만 군중 앞에 서서 주먹을 불끈 쥐고 지지를 호소했다. 군중의 물결은 노란색 일색이었으며 아키노여사의 목에도 노란색 스카프가 묶여 있었다. 노란색은 피플파워의 상징이 되어 시민혁명의 시작을 알렸다. 변화에 대한 국민의 열망은 이제 어떤 수단으로도 막을 수 없는 대세로 보였다.

대통령선거 개표결과는 마르코스의 승리로 발표되었다. 청천벽력 같은 소식에 사람들은 경악했다. 이것은 부정선거의 결과이며 짜인 각본이라고 못 박아 버렸다. 격앙된 시민들은 거리로 뛰쳐나와 마르코스 타도를 외치며 국민의 이름으로 코리(코라손 아키노의 애칭)의 승리를 선언했다. 마닐라 중심가 엣사(EDSA) 거리는 2백만 명이 넘는 노란색 물결로 뒤덮였다. 반마르코스 시위는 전국으로 요원의 불길처럼 번졌다. 정상적인 치안유지 수단으로는 터진 봇물을 막을 길이 없어 보였다. 마르코스는 계엄령을 선포했다. 계엄령에도 불구하고 사태는 마르코스가 바라던 대로 진정되지 않았다. 이 상태에서 무력진압이 실행된다면 사람의 바다가 피의 바다로 변할 것은 불을 보듯 뻔했다. 후안 엔릴레(Juan Enrile) 국방장관과 계엄군을 지휘하던 피델 라모스(Fidel Ramos) 부참모총장은 눈앞에 벌어지고 있는 시위에 압도되고 말았다. 그리고 강제진압에 나섰을 때 일어날 결과를 상상하며 전율했다. 민의의 편에 서느냐 마르코스의 충복으로서 역사의 죄인이 되느냐, 선택의 갈림길에서 군(軍)의 두 지도자는 깊은 고민에 빠졌다. 고뇌 끝에 두 사람은 시민혁명 편에 서기로 결심하고, 발포명령 대신 '우리는 마르코스를 대통령으로 인정할 수 없다'고 선언해 버렸다. 그러자 시위 진압에 투입된 계엄군이 시위대에 합류하여 마르코스 타도를 외치는 믿을 수 없는 황당한 상황이 벌어졌다. 사태는 급전직하, 마르코스의 종말은 벼락치듯 찾아왔다. 일순간에 사면초가에 싸인 마르코스는 더는 어찌해 볼 방법이 없었다. 절대권력을 휘둘렀던 독재자는 초라한 도망자가 되어 미국이 주선한 하와이 망명길에 허겁지겁 오르지 않을 수 없었다. 그리고 다시는 돌아오지 못했다.

피플파워의 힘으로 대통령이 된 아키노 여사를 내가 만난 것은 2002년, 여사가 퇴임한 지 꼭 10년이 되는 해였다. 필리핀 역사의 흐름을 바꾼 인물이란 점에서 호기심도 있었지만, 한국과 특별한 인연을 가진 분이란 이유에서 아키노 여사를 찾아뵙는 것이 도리일 것 같아 방문신청을 했더니 흔쾌히 받아 주었다. 만남은 메트로 마닐라의 강남인 마카티에 자리한 여사의 개인사무실에서 이루어졌다. 그 할머니가 바로 아키노 여사였다. 여사의 고운 자태는 사진에서 본 그 대로였다. 사무실을 열고 들어서니, 초년의 할머니가 나를 반겼다. 여사가 입은 투피스의 상의는 피플파워의 상징 노란색이었다. 노란 색의 힘인지 여사는 우아해 보이고 기품이 있어 보였다. 벽에는 시민 혁명 당시 아키노 여사가 운집한 군중 앞에서 주먹을 불끈 쥐고 열변 을 토하는 장면을 담은 사진이 걸려 있었다. 그 사진에서도 여사는 목에 노란색 스카프를 두르고 있었다. 남편 니노이(베니그노 아키노의 애 칭)의 웃는 모습 사진도 걸려 있었다. 여사는 자식을 바라보는 어머니 의 눈빛으로, 손자에게 사탕을 주는 할머니의 미소로 손님을 대했다. 투사 같은 강골의 티는 어느 한구석에서도 찾아볼 수 없었다. 인자한 귀부인, 바로 그 인상이었다. 저렇게 여린 여인이 험한 정치판에서 6년 을 견뎠다는 게 도무지 믿어지지 않았다. 대통령을 자상하게 내조하 는 퍼스트레이디가 차라리 제격이었겠다 싶은 생각이 들었다. 남편 이 설 자리에 자신이 서게 된 것은 짓궂은 운명의 유희 같았다.

아키노여사의 6년 성적표는 기대와 달리 그다지 신통치 않았다. 민주주의 성장은 괄목할 만했으나 경제적 성과는 오히려 마르코스 시절보다 못했다. 필리핀의 구조적 모순은 5%에 불과한 소수가 부를 독과점하고 있는 반면, 90%에 달하는 국민의 대다수가 빈곤층에 속 해있다는 사실이다. 이런 구조가 개선되지 않는 한 극심한 빈부격차 의 해소는 요원한 숙제였다. 아키노 대통령은 토지개혁을 약속했으 나 지주들의 저항은 완강했다. 어느 누구도 자기 땅을 내놓으려 하지 않았다. 지주들은 하나같이 권문세가(權門勢家)였으며, 아키노 대통령 자신도 지주였다. 개혁입법을 해야 할 국회의원들도 대부분 지주 출신들이었다. 토지개혁은 결국 흐지부지되고 말았다. 그렇다고 경제를 살릴 마땅한 대안이 있는 것도 아니었다. 마르코스 시절부터 악화 일로를 걷던 경제사정은 아키노정부에 대한 실망감이 겹쳐 더욱 어려워졌다. 먹고살기 어려운 곳에 평화는 깃들기 어렵다. 이 틈을 이용하여 마르코스 잔당들과 불만세력들이 아키노 대통령을 흔들어 댔다. 아키노 대통령 집권 6년 동안 무려 7차례의 쿠데타 시도가 있었다. 매년 한 번꼴 이상으로 정권의 명줄을 조르는 위기가 있었던 셈이다. 아키노정권이 그만큼 허약했다는 반증이다. 그래도 용케 위기를 타개하고 임기를 마쳤다. 남편 베니그노 아키노가 대통령이었더라면 어땠을까? 장담할 수 없지만 밀어붙이는 뚝심 면에서 이보다는 나았을 것이라는 아쉬움이 남는다. 그런 약점에도 불구하고 역사가 아키노 여사를 영웅으로 기록하고 있는 것은 민주화의 신화 때문일 것이다.

여사와의 대화에서 남편 니노이의 한국과의 인연은 빠질 수 없는 아이템이다. 남편은 한국전쟁 당시 종군기자로 필리핀 군대를 따라 한국에 왔다. 전쟁의 참상을 현지에서 직접 보고 세계에 알린 사람이다. 귀국 후에는 한국을 소재로 한 영화의 시나리오를 쓸 정도로 한국에 대한 특별한 관심을 갖고 있었다. 기자 본능과 정치적 감각으로 본 한국은 그의 눈에 이념의 애잔한 희생물이었다. 그는 한국을 가슴에 품고 있었다. 두 번째 인연은 김대중 전 대통령과의 만남이다. 김대중 전 대통령이 미국에서 망명생활을 하고 있을 당시 니노이도 미국에서 망명생활을 하고 있었다. 처지가 같은 동병상련의 두 지도자는 자연스럽게 동지적 관계로 발전하였다. 아키노 여사가 김대중 전 대통령을 처음 만난 것은 아마 이때였을 것이다. 그 인연으로 아키노 여사는 김대중 대통령 취임식에 초대된 특별한 손님이었다. 여사는 그때를 회상하며 감회에 젖었다. 마치 설합에 묵혀 두었던 추억의 편린을 꺼내 한 장 한 장 책장을 넘기듯, 때로는 환희에 찬 표정으로 때로는 그림자가 드리운 표정으로 기억의 실낱을 잣고 있었다. 필리핀은 한국의 경제발전 경험을 배워 하루빨리 빈곤상태에서 탈출해야 한다는 지론도 폈다. 대사가 양국 간 협력증진을 위해 많은 역할을 해 달라는 당부 말씀까지 듣는 동안 찻잔의 차는 이미 식어 있었다. 나는 못다 한 이야기를 위해 날을 따로 잡아 관저에 초대할 뜻을 밝혔다. 여사는 그 자리에서 내 초청을 수락했다.

몇 달이 지났다. 어둠의 장막이 막 대지를 감싼 저녁 7시, 포베스파크에 있는 대사관저 현관에서 대기 중인 우리 부부 앞에 고급승용차 한 대가 멈추었다. 먼저 차에서 내린 사람은 아키노 여사였다. 이어서 아들 노이노이와 딸 크리스가 뒤따라 내렸다. 아들과 딸이 미혼이었으므로 가족이 총출동한 행차였다. 여사 혼자만 올 것으로 예상했었는데 뜻밖이었다. 상원의원인 노이노이는 발을 다쳤는지 목발을 하고 있었다. 상원의원이면 나이가 지긋할 줄 알았던 지레짐작과 달리 경충한 젊은이였다. 이분이 제15대 필리핀 대통령(2010-2016)이 된 노이노이 아키노이다. 과거 대통령(어머니)과 미래 대통령(아들)이 함께 관저에 온 셈이었다. 물론 나는 당시에는 노이노이가 장차 대통령이 될 것이란 사실을 꿈에도 생각하지 않았다. 영화배우인 딸 크리스는 이브닝드레스로 한껏 치장한 모습이었다. 보석 장신구의 반짝거림이 불빛에 현란했다. 자유분방한 젊은 여성의 아름다움과 끼가 온몸에서 풍겼다. 아키노 여사는 사무실에서 만났을 때처럼 노란색

상의를 입고 왔다. 여사가 노란색을 생명처럼 여긴다는 사실을 다시 느꼈다. 나도 그 점을 의식해서 식탁과 실내 장식을 노란색 꽃과 빨간색 꽃으로만 했다. 노란색은 피플파워를 상징하고 빨간색은 여사를 환영한다는 뜻이었다.

음식은 불고기와 된장국을 주 요리로 하고 복분자주를 반주로 곁들인 순 한국식으로 준비했다. 이런 경우 한식을 내는 것은 일종의 외교행위이다. 한국문화의 소개 의미도 있지만, 한국적인 것(음식)의 진수를 바친다는 상대에 대한 존경의 의미가 담겨 있다. 외교가에서는 외국대사의 초청을 받으면 으레 그 나라 음식을 먹는 것으로 인식되어 있다. 피초청자의 입맛에 맞고 안 맞고는 별 고려의 대상이 아니다. 이런 자리에서는 맛이 없어도 맛있다고 찬사를 아끼지 않는 것이 예의이다. 이런 겉 다르고 속 다른 말은 외교적 제스처로서 상식이 되어 있다. 그날 우리가 내놓은 한식에 대한 아키노 여사 일가의 반응은 극찬에 가까웠다. 손님이 만족했다니 외교적 제스처의 에누리를 감안해도 뿌듯했다. 사실 그날 만찬은 맛만으로 의의를 따질 성질이 아니었다. 피플파워의 영웅에 대한 나의 존경심의 표현이었으므로 맛은 그 안에 이미 녹아 있었다. 그래서 우리는 과거를 회상하고 현재와 미래를 말하고 상대방을 치켜세우는 일에 집중하면서 맛을 느꼈다. 그날 이후, 아키노가(家)와 한국과의 관계가 마치 나와의 개인적 관계인 것처럼 친근감이 생기고, 누군가에게 진 빚을 갚았을 때의 후련함이 느꼈다. 국난의 시기에 역사의 소명을 감연히 받아들인 위대한 인물을 모셨다는 기쁨 때문이었을 것이다.

아키노 여사에 가리어 조명은 덜 받고 있지만, 피플파워의 진정한 영웅은 라모스 부참보총장이라고 생각한다. 시민혁명의 완성은 결정적인 순간에 계엄군을 지휘하던 라모스 장군이 마르코스에게 등을 돌렸기에 가능했다. 무자비한 진압작전이 실시되었더라면 어떻게 되었을까? 그 결과는 불문가지이다. 정권교체가 이루어지지 않았을 수도 있고 그 결과 민주주의는 더욱 후퇴하였을 것이다. 인명이 희생되는 상상을 초월한 비극을 면할 수 있었던 것만으로도 라모스는 일등공신이다. 라모스가 없었다면 아키노 여사는 순교자에 그쳤을지 모른다. 떠밀려 호랑이 등에 타게 된 아키노 여사와 그 점에서 차이가 있다. 라모스가 독재자에게 충성했다는 비판이 있지만, 충성하지 않았다면 계엄사령관이 되었겠는가? 피플파워를 지지한 공적으로 라모스는 아키노정부에서 국방장관을 지냈고, 아키노여사의 후계자로 대통령에 당선되었다. 라모스 대통령은 아키노 여사가 성취하지 못한 과제까지 해결했다. 경제는 하향곡선 지표에 마침표를 찍고 회복세로 돌았으며, 쿠데타로 얼룩진 사회질서는 회복되었다. 치적으로 보자면 역대 어느 대통령보다 빛났다.

라모스는 한국전쟁 때 중위로 참전한 용사이다. 필리핀 한국전 참전용사회 명단의 맨 상단에 이름이 올라와 있는 친한파 거두이다. 대통령 시절 한국의 경제발전 모델을 벤치마킹하려고 노력했던 이유에는 그의 친한관(親韓觀)이 배경으로 자리 잡고 있다. 라모스 대통령은 유머가 몸에 붙은 친화력이 특징이다. 대인관계가 원만하여 그의 주위에는 항상 사람이 모여든다. 시민혁명 때 시위대에 겨눈 총구를 거두고 민의를 따른 것도, 대통령에 당선되고 나서 얽히고설킨 국정의 난맥상을 무리 없이 해결한 것도 그의 이런 포용성과 낙관적인 성격의 덕이라고 생각한다. 대통령직에서 물러나서도 사람들에 둘러싸여 끊임없이 무언가를 하는 활동가이자 정력가였다. 마당발인 그의 교우범위 안에는 한국대사도 포함되어 있었다. 골프를 좋아하는 이 전직 대통령은 가끔 나를 불러내 라운딩을 했다. 그런데 이분은 마지막 홀에서 꼭 내기를 걸었다. 이기려고 거는 내기가 아니라 지기 위해서 거는 특별한 내기였다. 내가 아무리 죽을 써도 라모스 전 대통령은 일부러 타수를 나보다 더 많이 쳐서 져 주었다. 진 대가는 페소 지폐 한 장이었다. 이 지폐는 자신이 대통령으로서 서명한 사인이 인쇄된 것이다. 새로 나오는 지폐는 후임 대통령이 서명하므로 자신이 서명한 지폐는 시중에서 사라지게 된다. 라모스 전 대통령은 자신이 서명한 희귀한(?) 지폐를 선물로 주기 위해 일부러 지는 익살스런 재치를 즐겼다. 거기에 대통령을 이겼다는 기쁨까지 덤으로 안겨 주었다. 이분의 트레이드마크는 마도로스 파이프였다. 금연 결심 때문인지 단순한 멋 때문인지, 담배는 피우지 않으면서 늘 빈 마도로스 파이프를 물고 다녔다. 한번은 내가 관저로 만찬에 초대했을 때인데, 라모스 전 대통령이 여전히 마도로스 파이프를 입에 문 채 혼자 참석하였다. 저녁에는 부부동반이 상식이기 때문에 좀 기이한 생각이 들어 왜 혼자 왔느냐고 물었더니, 마도로스 파이프를 흔들어 보이면서, '마도로스가 아내 데리고 배 타는 거 보았느냐?'고 너스레를 떨었다. 그의 해학이 넘치는 재담은 내가 들은 것만 해도 한두 가지가 아니다. 연세에 비해 강철처럼 건강한 것도 이런 여유 때문이리라.

한국과 특별한 인연을 맺었던 두 대통령이 피플파워의 영웅이란 사실이 공교롭다. 아키노 여사는 남편을 통해 간접적으로 맺은 인연이라 해도 한국에 대한 애정이 라모스에 못지않았다. 한국의 민주주의와 경제발전은 필리핀이 한국전에서 피 흘린 대가라는 나의 헌사에 두 전직 대통령은 필리핀의 공적을 자랑스러워하는 데 주저하지 않았다. 그런 한편, 경제력 면에서 입장이 뒤바뀌어 버린 현실을 언급하며 이제 한국이 필리핀을 도울 차례라는 점을 강조하는 데도 주저함이 없었다.

이분들에게 한국도 필리핀과 비슷한 과정을 거쳐 민주화를 이룩한 사실을 상기하면서, '한국은 필리핀과 당신을 잊지 않는다'는 메시지를 전달할 수 있었던 것은 내 커리어를 통해 가장 영광스러운 순간이었다. 어머니 아키노 여사와 함께 관저 만찬에 왔던 아들 대통령 노이노이의 애인이 한국여자라는 소문이 돌았을 때 아키노가(家)의 한국과의 인연은 운명인가 보다고 기뻐했던 기억이 새롭다.

2019. 9. 1.

15/

필리핀을 위한
변명

...

필리핀을 생각하면 가장 먼저 떠오르는 것이 무엇일까? 대부분 치안이 불안한 나라, 가면 왠지 신변이 위험할 것 같은 나라라고 대답할 것 같다. 틀린 말은 아니다. 해외에서 한국인이 피살되었다는 뉴스에 단골로 등장하는 나라이기 때문이다. 필리핀에서 살아 본 나에게 사람들이 가장 많이 물어보는 질문이 바로 '필리핀은 안전한가?'이다. 치안이 엉망이다, 또는 가면 죽을지도 모른다는 결론을 미리 내려놓고 내 입에서 그것을 확인하는 대답이 나오기를 기대하는 듯한 질문이다. 그런 결론에 맞서서 나 역시 'No'라고 적극적으로 방어할 생각은 없다. 터무니없는 이야기가 아니기 때문이다.

다음에 든 케이스는 내가 필리핀에 근무하던 당시(2001-2003) 실제로 우리 직원들한테 일어났던 사건이다.

케이스 1 : 직원 A는 통신담당이었다. 매일 아침 밤사이 본부에서 온 전문을 해독하여 내 책상 위에 올려놓는 것으로 하루를 시작하는 사람이다. 그런 그가 어느 날 출근시간이 지나도 나타나지 않았다. 집에 알아보니 아무 연락 없이 간밤에 귀가하지 않았다는 것이다. 괴이하여 사방에 수소문한 끝에, A는 마닐라 교외에서 시체로 발견되었다. 며칠이 걸려 경찰이 붙잡은 범인은 필리핀인이었다. 주로 외국인에게 수면제를 탄 드링크를 마시게 하여 의식불명이 되게 한 후 신상을 터는 전문 털이범이었다. A는 범인이 친절을 가장하여 준 드링크를 마셨고, 그 후 의식을 잃은 가운데 지갑 등 값이 되는 물건을 몽땅 털렸다. 털이를 마친 범인은 A를 교외 한적한 곳에 버리고 달아나 버렸다. A는 마침 천식을 앓는 사람이었는데, 무의식상태에서 호흡장애로 헐떡이다 숨을 거두었다. 범인이 A를 직접 살해한 것은 아니지만 결과적으로 사망에 이르게 한 사건이다.

케이스 2 : 직원 B는 퇴근 후 지인과 함께 맥주집에 들러 하루의 피로를 풀고 있었다. 이때 한 괴한이 나타나 밖에 세워 둔 B의 승용차를 강탈하려 했다. 차 안에서 대기하고 있던 필리핀 운전수가 이를 막으려 하자 괴한은 운전수를 총으로 쏘아 현장에서 즉사케 하고 차를 강탈하여 도주하였다. 충격을 받은 B는 필리핀이 무서워 자원하여 떠나 버렸다. 강탈당한 차는 찾지 못했다.

케이스 3 : 직원 C는 길을 걷다가 맞은편에서 오는 필리핀 남자와 눈이 마주쳤다. C는 남자가 상의를 살짝 들추며 보여 주는 물건에 오싹했다. 그것은 허리에 찬 권총이었다. 그는 주머니를 가리키며 지갑을 내놓으라는 시늉을 했다. 죽고 싶지 않으면 알아서 기라는 협박이었다. 겁에 질린 C는 아무 말 못 하고 지갑을 꺼내 주고 말았다. 말을 듣지 않고 반항했다면 십중팔구 권총이 불을 뿜었을 것이다. 대낮 마닐라 시내 한가운데서 일어난 일이다.

대사관 직원이 당한 사건만 해도 이럴진대, 필리핀 내에서 벌어지고 있는 비슷한 사건이 얼마나 될지는 미루어 짐작이 간다. 수면제를 탄 드링크 사건이 신문에 보도되자 자기 나라 국민도 그런 피해를 입었다고 나에게 다가와 실토하는 대사들이 많았다. 위에 든 실례는 필리핀 사람이 범인이지만, 한국인이 피해를 당한 사건을 들여다보면 놀랍게도 그 배후에 한국인이 있는 경우가 많았다. 필리핀에서 한국인이 살해되었다고 언론에 보도되는 사건 가운데는 한국인이 범인이거나 현지인을 매수하여 저지른 것들이 조사결과 적지 않게 드러났다. 거의가 이해관계가 얽혀 있는 사건들이다. 한국인 조폭 간에 백주 대로에서 서부활극처럼 총격전을 벌이다 서로 목숨을 잃은 사건이 있었고, 한국인 사업가가 현지인을 매수하여 사업상 경쟁자를 제거한 사건도 있었다. 이 두 사건은 내가 재임 시 실제로 있었던 케이스이다. 이 외에도 여러 유형의 한국인이 관여된 사건이 있었지만 일일이 열거할 수가 없다.

필리핀을 여행해 본 사람은 백화점이나 은행, 호텔 등 사람이 많이 드나드는 곳 입구에 예외 없이 지키고 있는 무장경비원을 목격했을 것이다. 강도뿐만 아니라 테러리스트 공격을 막기 위한 차원의 대비이다. 무장경비원이 있어야 할 만큼 치안이 형편없는가 싶어 처음 보는 사람들에게는 기분이 썩 좋은 광경은 아닐 것이다. 실제로 필리핀 치안은 좋지 않다. 몇 가지 실례를 들어 보자. 필리핀 부호들이나 정치인들은 사설 경호원을 대동하고 다니는 게 보통이다. 언제 어디서 공격을 당할지 모르기 때문이다. 등교하는 유명인사의 자녀를 납치하여 몸값을 요구하는 사건도 언론에 여러 번 등장했다. 강도단체가 한국인을 납치하여 대사관이 석방 협상에 나선 일도 있었다. 피랍자는 태평양전쟁 때 일본군이 미처 가져가지 못하고 철수한 보물이 있다는 소문을 믿고 그 보물을 찾겠다고 민다나오 밀림 깊숙이 들어갔다가 무장강도들에게 붙잡힌 엉뚱한 한국인이었다. 이 외에도 수출품을 실은 컨테이너를 선적항구에 도착해서 확인해 보니 수출품은 사라지고 쓰레기만 잔뜩 들어 있었다는 경우도 있다. 운송 중간에 누군가에 의해 바꿔치기 당한 것이다. 반정부군을 소탕하라고 내려 보낸 무기가 어쩐 일인지 다음 날 반정부군 손에 들어가 있었다는 믿을 수 없는 소문도 있었다. 군이 무기를 반정부군에 팔아먹을 정도로 부패가 만연되었다는 비꼼일 것이다. 그런데 나를 가장 어리둥절케 한 것은 신문기사였다. 필리핀은 대통령선거부터 국회의원(상하원) 지방자치단체장을 뽑는 선거를 모두 같은 날 실시한다. 선거전은 나라가 떠들썩할 정도로 치열하다. 치열하다 못해 상대방 후보나 선거운동원 또는 지지자를 갖가지 방법으로 위협하는 일을 서슴지 않는다. 선거가 끝난 뒤 신문에 난 기사가 이랬다: '이번 선거기간 동안 선거와 관련하여 피살된 사람은 00명으로 밝혀졌다. 예년에 비하면 비교적 평온한 선거였다.' 피살자의 정확한 숫자는 지금 기억하고 있지 않지만, 두 자리 숫자였다. 그렇게 많은 사람이 피살되었는데 평온한 선거였다니 내 상식으로는 도무지 이해가 되지 않았다. 그래도 선거가 끝나면 필리핀 사회는 아무 일 없었던 것처럼 일상으로 돌아갔다. 필리핀

문화는 확실히 우리가 이해하기 어려운 특별한 무언가가 있어 보였다.

    필리핀 사람들을 개인적으로 만나 보면 친절하고 매우 개방적이다. 남을 등쳐먹거나 사람을 함부로 해칠 사람들이 아니다. 가난에도 불구하고 교육열이 높아 고학력자들이 많다. 종교적으로도 신심이 두텁다. 그런데 왜 그런 부정적인 이미지가 필리핀에 따라다니는 것일까? 정답은 역시 가난 때문이다. 5%의 상위계층(식민시대부터 내려온 주로 지주계급)과 90%의 일반백성(주로 소작인에 속했던 계층)과의 빈부격차는 상상 이상으로 크다. 과장으로 들릴지 모르겠으나, 자가용 비행기를 소유하고 있는 소수와 돼지우리 같은 빈민굴에 사는 다수가 공존하는 곳이 필리핀이다. 빈민굴에서 몸을 누일 판잣집도 없어 공동묘지의 맨땅에서 사는 사람도 의외로 많다. 이런 경제적 불균형이 존재하는 사회라면 폭동이 일어나거나 혁명의 원인이 될 수 있을 법한데, 필리핀에서 그런 조짐은 그리 크지 않아 보인다. 소위 모택동식 혁명을 주장하는 공산반군단체의 활동이 있긴 하나 대중의 광범위한 지지를 받지 못하고 지하조직으로 명맥만 유지하고 있는 정도이다. 잘 알려진 무장반군단체로는 모로이슬람해방전선(MILF)이 있다. 그러나 MILF는 민다나오 이슬람지역의 독립을 기치로 내걸고 있기 때문에 혁명이라기보다는 종교적 성격을 띤 정치조직이다. 진정한 의미의 혁명은 피플파워에 의한 1986년의 시민혁명을 들 수 있다. 이것은 빈부격차를 줄이기 위해 획기적 조치를 취할 수 있는 좋은 기회였으나, 가장 중요한 초보적 조치인 토지개혁이 유야무야로 끝나버려 동력을 상실해 버렸다. 필리핀에서 발생하는 범죄의 대부분은 호구지책을 위한 생계형이라고 할 수 있으며, 사람들은 이런 범죄에 대해서는 관대한 인상을 보인다.

나는 이런 양상을 보면서 필리핀 사회에서는 현상을 변화시키고 개혁하려는 의지보다 현상을 그대로 받아들이는 선에서 인내하려는 경향이 더 강하게 존재하는 것이 아닌가 하는 인상을 받았다. 그것은 아마 약 380년에 걸친 장구한 식민통치(스페인 식민통치 333년, 미국 식민통치 48년)를 겪으면서 식민세력을 주인으로 섬기고 살아온 인습에 익숙한 탓이 아닐까 의심해 본다. 식민세력은 자신의 대리인으로 현지 유력인사를 내세워 일반 백성 위에 군림하게 했다. 이들 사이에는 마치 유럽의 장원(莊園, manor)처럼 지주와 소작인 관계가 형성되었다. 소작인은 지주 밑에서 불평하지 않고 순종할 의무가 강요되었다. 만일 지주와 소작인 간에 양측이 만족하는 선에서 이런 관계가 원만하게 수백 년 동안 유지되어 왔다면, 변화에 대한 절실한 욕구가 없었을 것이다. 그런 사회질서에 안주해 온 특징은 선거에 잘 나타나 있다. 특정지역의 특정가문은 선거 때마다 이기는데, 유권자들은 그 가문의 출마자에게 몰표를 던지는 경향이 있다. 소작인으로서 지주를 모시는 전통이라 하겠다. 마르코스가 오명을 뒤집어쓰고 쫓겨났지만 그 가족은 지금도 고향에서 선거 때마다 이기는 것이 좋은 예이다. 그런 분위기에 가톨릭의 종교적 관용정신과 보수적 애타주의가 가미되어 만들어낸 합작품이 현 필리핀의 풍토라는 것이 나의 판단이다.

필리핀 사람들은 가족 간 유대관계가 끈끈하기로 유명하다. 내가 벌어서 가족을 부양해야 한다는 의식이 어느 민족보다 강하다. 소작인으로서 가족이 똘똘 뭉쳐 서로 돕고 열심히 일하지 않으면 살아

남기 어려웠던 시절부터 몸에 밴 의무감일 것이다. 가족을 부양하기 위해 다른 방법이 없으면 부자의 것을 조금 '실례'해도 용서된다는 의식이 저변에 깔려 있기도 하다. 그런 '실례'를 범하고는 생계형 범죄라는 구실로 종교의 관용정신에 슬쩍 몸을 피해 버리는 것은 아닌지 모르겠다. 선거 때 후보자가 유권자를 매수하기 위해 금품을 제공하는 행위는 필리핀에서도 관행처럼 되어 있다. 어떤 신부님이 신도들에게 금품은 받되 투표는 바르게 하라고 했다는 일화가 있다. 위법인줄 알면서도 끼니를 걱정하는 사람에게는 먹고사는 문제가 중요하니 우선 받고 보라는 메시지이다. 금품 강탈의 대상은 예외 없이 부자이다. 아무나 털지 않는다. 외국인은 식민세력으로서 지주의 위에 있는 돈 많은 부자였다. 지금도 이들 눈에 외국인은 부자인 것이다. 그들이 자발적으로 내놓지 않으면 빼앗는 것 외에 방법이 없다고 여긴다. 그런 가정에서 보면 왜 우리가 필리핀 치안을 불안하게 보는가에 대한 이해가 쉬울 것이다. 한국인이 범죄의 대상으로 노출되는 것은 외국인이라는 점 외에도 현금을 가지고 다닌다는 소문 때문이다. 거기에 한국인이 필리핀 사람을 매수하여 한국인을 공격하는 어글리 코리안이 있어 필리핀에서 유독 한국인 피해가 많은 것이다.

필리핀은 원래 우리보다 훨씬 잘사는 나라였다. 한때는 아시아의 미국이라고 할 정도로 부러움의 대상이었다. 실제로 미국의 모든 제도를 그대로 베껴 리틀 아메리카로 불렸다. 반공(反共)의 보루로서 미국의 적극적인 지원을 받아 경제발전도 빨랐다. 필리핀이 한국전에 참전하여 우리를 도와준 것은 잘 알려진 사실이다. 그러나 세종로에 있는 주한미국대사관과 구 문화체육관광부 쌍둥이 건물을 필리핀 사람들이 지었다는 사실을 아는 이는 별로 없다. 헐고 새로 짓기 전의 장충체육관도 필리핀 사람들이 지었다. 오산비행장인지 군산비행장인지도 필리핀 사람들이 건설했다. 우리가 외국원조로 연명하고 있을 때, 필리핀은 우리나라에서 당시로서는 미국이나 가능할 현대식 건축공사를 척척 해내고 있었다. 우리와는 게임이 안 되는, 발벗고 뛰어도 따라잡을 수 없는 까마득한 선두주자였다. 오늘날 필리핀이 이렇게 된 것은 마르코스의 장기집권과 독재로 인한 부정부패가 나라를 거덜 낸 결과이다. 마르코스가 떠나고 필리핀이 새로운 출발을 시작한 지 올해로 33년이 되었다. 가라앉아 움직일 줄 모르던 경제가 이제는 바닥을 치고 반등하고 있다. 한 사이클이 지나 원래 자리로 돌아오는 뚜렷한 징표이다. 그런 징표는 지표가 말해주고 있다. 필리핀이 최근 이룩한 6%대 경제성장률은 아시아에서 중국 다음으로 우수한 성적표이다. 그런 추세라면 가난과의 이별도 시간문제이다. 필리핀이 범죄의 온상이란 오명도 앞으로 자연스럽게 벗겨질 것이다.

나는 몇 가지 사실에 근거하여 필리핀의 장래를 낙관한다.

첫째, 나라가 젊다는 점이다. 1억이 넘는 필리핀 인구의 평균연령은 23.3살이다. 40살이 넘는 우리의 평균연령에 비하면 필리핀의 젊음이 어느 정도인지 금방 이해가 된다. 이것은 에르난데스 (Hernandez) 주한필리핀대사가 몇 년 전 필리핀 독립기념일 행사에서 자랑스럽게 밝힌 숫자이다. 사람으로 치면 필리핀은 가장 기운이 넘치는 20대 청년이다. 비록 가난해도 20대 청년에게는 꿈과 미래가 있다. 청년은 그 꿈을 실현하기 위해 정열을 불태우는 본능을 가지고 있다. 필리핀에는 도시든 농촌이든 젊은이와 아이들로 넘쳐난다. 인구구조는 젊은이를 아랫변으로 한 완전 피라미드형이다. 비록 헐벗고 살아도 사회 곳곳에 활력이 차 있다. 전철에 경로석이 부족해서 노인들이 젊은이 자리까지 차지하고, 시골에는 아이들 울음소리가 그친 지 오래인 우리 현실과는 너무 대조적이다. 필리핀 인구증가율은 1.6%이다. 0%대로 떨어진 우리와 달리 필리핀은 점점 젊어지고 있고, 국가는 더욱 활기찬 에너지로 충전될 것이다. 이것이 바로 필리핀의 성장엔진이다.

둘째, 해외에 나가 있는 필리핀 근로자들이 벌어들이는 돈의 규모가 엄청나다. 인천국제공항에서 필리핀행 대한항공이나 아시아나항공을 타 본 사람은 승객의 다수가 필리핀 사람들인 것을 보고 의아하게 생각해 본 적이 있을 것이다. 필리핀 비행기를 잘못 타지 않았나 착각이 들 정도이다. 미국이나 캐나다 등 외국에 사는 필리핀 사람들이 우리 국적기를 타고 와 인천국제공항에서 필리핀행으로 환승한 것이다. 필리핀 사람들은 지구상에 없는 곳이 없다. 일자리가 있는 곳이라면 사막 한가운데에도 가 있다. 우리나라에도 6만 명이 와 있다고 한다. 전세계에 나가 있는 필리핀 사람은 1,000만 명 정도로 알려져 있다. 인구 10명당 한 명이 나가 있는 꼴이다. 이들이 벌어서 필리핀으로 송금하는 돈은 2015년 기준으로 260억 불이란 통계가 나와 있다. 공장 하나 돌리지 않고 물건 하나 팔지 않고 가만히 있어도 그냥 들어오는 돈이 그 정도이다. 외환위기 때 아시아의 다른 나라들은 몸살을 앓았지만, 필리핀은 그 덕에 끄떡없었다. 필리핀 사람들은 돈을 벌면 가족부양을 위해 꼭 본국으로 송금한다. 이것이 티끌 모아 태산을 이룬 기적의 비밀이다. 이들이 벌어들이는 돈은 필리핀 재건의 중요한 재원이다.

　셋째, 필리핀은 다양성이 하나로 융합된 나라이다. 필리핀은 3천 개가 넘는 섬으로 구성되어 있다. 지도를 보면 퍼즐을 흩트려 놓은 듯 섬 투성이다. 마젤란이 필리핀을 찾아오기 전까지 섬들은 각자 다른 자기들만의 세상이었다. 그 이후 스페인이 필리핀을 지배하면서 섬들을 하나로 아우르는 통합이 이루어졌다. 섬마다 다른 인종, 언어, 관습, 자연환경을 극복하고 하나로 묶어 준 것은 스페인이 남긴 가톨릭 종교이다. 필리핀의 다양성은 가톨릭이라는 솥 안에서 녹아 융화되어 있다. 민다나오의 이질적인 이슬람 세력과 불안한 공존을 하고는 있지만, 이 예외를 제외하면 필리핀에는 섬 간의 지역갈등이나 인종갈등은 거의 없다. 심지어 외국인까지 포용하고 있다. 오랜 식민역사를 통하여 백인들과 피가 많이 섞인 탓인지 외국인에 대한 편견이 거의 없는 나라이기도 하다. 다른 아시아국가에서 흔히 볼 수 있는 화교에 대한 반감이나 차별도 찾아보기 힘들다. 그런 점에서 필리핀만큼 국제화되어 있는 나라도 드물다. 이처럼 다양성을 공통성의 끈으로 하나로 묶는 힘은 새로운 에너지 창출의 원동력이 된다. 필리핀이 웅비할 수 있는 가능성이 여기에도 배태(胚胎)되어 있다.

　넷째, 필리핀 사람들은 순종적이다. 필리핀을 마치 무법천지의 나라로 생각하고, 가면 죽는 줄 아는 사람들은 그게 무슨 소리냐고 할지 모르지만, 필리핀 사람들은 착하고 의외로 순종적이다. 또한 우직할 정도로 단순하고 충직하다. 나는 그것이 오랜 식민통치기간 동안 지주와 소작인 관계에서 형성된 특징이 아닌가 생각한다. 현대적

의미로 보면 국가의 권위를 인정하고 그 권위에 충직하게 따르는 순종적 태도라고 말할 수 있다. 필리핀 사람들과 이야기를 나누다 보면 말끝에 보통 'sir'를 붙이는 경우를 많이 듣는다. 상대가 자기보다 높은 지위일수록 더욱 그렇다. 존칭의 어기(語氣)이지만 식민시대의 잔재이다. 그런 어법이 습관이 되어 버린 것처럼, 필리핀 사람들 정신세계에는 순종의 미덕이 습관이 되어 있다. 필리핀에 제대로 된 지도자가 나타나 국가발전의 대도(大道)를 제시한다면, 국민들의 순종적인 지지를 얻어 필리핀은 엄청난 힘을 발휘할 것이다.

필리핀 사람들이 저지르는 범죄는 지적했듯 대체로 생계형이다. 가난이 그렇게 몰아붙인 것이다. 배후에 한국인의 검은 손이 있는데도, 마치 모두 필리핀 사람이 저지른 범죄인 양 오해받는 현실이 필리핀으로서는 억울할 것이다. 또 지금은 필리핀에 가면 죽기라도 하듯 호들갑을 떨고 있지만, 어쩌면 우리는 가까운 미래에 필리핀 사람이 없는 세상을 걱정할 날이 올지도 모른다. 지금 추세로 출산율이 떨어져 인구절벽에 부딪친다면 향후 30년 또는 40년 이후에 닥칠 우리 현실을 한번 상상해 보라. 병실은 노인환자들로 초만원일 것이고, 병원에는 한국인 인력이 없어 환자들을 돌봐야 할 의사와 간호원은 외국인으로 충당할 수밖에 없는 처지가 될지 모른다. 의사와 간호원은 자격증이 있어야 하므로 그런 조건을 갖춘 외국인은 교육수준이 높고 영어를 할 줄 아는, 그리고 비교적 낮은 임금으로 고용할 수 있는 필리핀 출신일 가능성이 가장 크다. 그런 세상이 되어서 만약 필리핀 의사와 간호사가 파업이라도 벌인다면 어떻게 될까? 어디 병원뿐이랴! 요소요소에 외국인 인력이 필요한 자리라면 국가기관이든 사기업이

든 필리핀 사람들이 스폰지에 물 스며들듯 없는 곳이 없을 것이다. 언젠가는 이들에게 우리의 장래를 맡겨야 할지 모른다. 필리핀은 의외로 우리 가까이에 있는 나라이다. 가난하다고 얕볼 것이 아니라, 그들의 젊음과 장래를 부러워해야 할 때이다.

2019. 9. 8.

16/   스파이

...

독일은 통일되기 전까지 동서독으로 분단되어 있었다. 독일의 분단은 제2차 세계대전을 일으킨 범죄자의 자업자득이라 할 수 있지만, 죄 없는 한반도의 분단은 비정한 국제정치의 희생양이었다. 이유가 어디에 있든 세계대전의 결과로 분단되었다는 점에서, 그리고 한국과 서독이 냉전의 한 축인 미국과 동맹관계에 있다는 점에서 두 나라는 공통점을 가지고 있었다. 이런 특수한 인연으로 인해 한국과 서독은 동병상련의 끈으로 연결되어 있었다. 서독은 전쟁의 잿더미 위에서 불사조처럼 일어나 '라인강의 기적'을 만들어 냈다. 그러나 한국은 동족상잔의 전쟁을 겪으며 잿더미가 되었다. 잘사는 서독은 부러움의 대상이었고, 우리는 입만 열면 서독을 본받자고 구호처럼 외쳤다. 우리는 서독에 광부와 간호원을 파견하여 목마른 외화를 벌어들였다. 엄밀히 말하자면 노동력을 판 슬픈 현실이었으나, 잘사는 형이 가난한 동생을 도와준 상부상조의 모범으로 찬양되고 양국 간 협력의 상징이 되었다. 군사쿠데타로 정권을 잡은 젊은 박정희의 가슴을 뛰게 한 것은 서독의 '라인강의 기적'이었다. 박정희는 서독처럼 '한강의 기적'을 꿈꾸었다. 그리고 그 기적의 현장을 직접 눈으로 보기 위해 서독행을 결심했다. 가난한 나라의 대통령은 타고 갈 비행기가 없어 서독이 제공한 여객기에 탑승할 수밖에 없었다. 이 비행기는 전용기가 아니라 일반승객도 함께 탄 상업용 여객기였다. 서독 방문기간 중 박정희는 한국 광부와 간호원들 앞에서 '우리도 한번 잘살아보자'는 취지의 연설을 하며 복받치는 감정을 억제하지 못했다. 대통령이 목이 메어 울먹이자 장내는 순식간에 흐느낌의 바다로 변했다. 동행한 뤼브케 서독 대통령도 손수건으로 눈시울을 닦았다. 그리고 박정희에게 말했다. "울지 마십시오. 잘사는 나라를 만드십시오. 우리가 돕겠습니다. 두 나라가 합심해서 경제부흥을 이룩합시다." 1964년 12월의 일화이다. 그리고 한강의 기적은 이루어졌다. 한국이 오늘날 경제강국으로 성장한 연원을 따지자면 그 시절에 씨가 뿌려진 셈이다.

그런데 내가 주독(駐獨)대사관 참사관으로 부임했던 1981년의 상황은 형제애가 넘치던 60년대의 분위기와는 사뭇 달랐다. 비극적인 광주민주화투쟁이 막을 내린 다음 해였다. 서독국민은 TV를 통해 민주화를 요구하는 자기 나라 국민을 무력으로 무자비하게 유혈진압하는 광주의 참상을 보았다. 탱크를 앞세운 무장군인들이 시위군중을 향해 발포하는 장면이 서독기자의 현지 취재로 언론에 상세히 소개됨으로써 광주의 진상이 세상에 드러난 것이다. 한국에 대한 서독 여론은 급속히 악화되었고 서독 인권단체들이 들고 일어났다. 한국정부를 바라보는 서독정부의 시선은 얼음처럼 차가웠다. 서독이 어떤 나라인가? 나치스의 만행을 통절하게 반성하고 회개하며 다시는 그런 비극이 없도록 하겠다고 다짐하는 나라가 아니던가. 폴란드 국립묘지의 나치스 희생자 위령탑 앞에 무릎 꿇고 용서를 빌었던 빌리 브란트 - 그 총리의 나라가 서독이다. 그런 서독은 인권문제라면 세계에서 가장 앞장서 팔을 걷어붙이는 나라이다. 서독정부는 만천하에 드러난 사실에도 불구하고 인권침해가 없었다고 잡아떼는 한국 신군부세력의 거짓 변명에 더욱 화가 났다. 서독의 태도가 의외로 강경해지자 고위급 특사가 서울에서 급히 날아와 광주사태가 북한의 사주를 받은 난동이어서 진압이 불가피했다고 해명했지만, 그 이야기를 믿는 사람은 없었다. 이때부터 양국관계는 냉랭해져 형제애는커녕 같은 분단국이라는 동지의식조차도 찾아보기 힘들어졌다.

한국과 서독과의 관계에서 껄끄러웠던 고비는 전에도 한 차례 있었다. 소위 동베를린 간첩단사건이 그것이다. 한국 정보기관이 서독 체류 교민 194명을 동베를린에 있는 북한대사관과 접촉하며 간첩행위 등 이적(利敵)행위를 했다는 죄목으로 강제로 납치 귀국시킨 사건이었다. 주로 유학생들이 많았으며, 음악가 윤이상 씨도 그중에 포함되어 있었다. 아무리 자기 나라 사람이라 해도 남의 나라에서 몰래 납치해 가는 행위는 범죄이다. 당연히 서독 국법을 위반했고, 이런 행위는 타국의 주권에 대한 침해로 여겨졌다. 개인이 아니고 국가권력에 의한 범죄라는 사실이 문제를 더 꼬이게 했다. 서독을 우습게 안 한국정부의 도발로 간주되었던 것이다. 서독정부는 즉각 한국정부에 강력한 항의를 제기했다. 간첩단 사건은 외교문제로 비화하여 양국 간에 오랫동안 긴장관계의 원인이 되었다. 서독을 배우겠다던,

그리고 우리도 한번 서독처럼 잘살아 보자고 울먹였던 박정희 대통령의 정부에서 벌인 아이러니한 외교참사였다. 이런 불유쾌한 사건의 기억이 아직도 머리에 남아 있던 때에 광주의 비극이 다시금 양국 관계에 깊은 암영을 던졌다. 서독의 수도 본(Bonn)의 세종로라 할 수 있는 아데나워알레(Adenauerallee)를 사이에 두고 서로 마주 보고 있는 서독 외교부와 한국대사관 간에는 그때부터 미묘한 냉기류가 형성되기 시작했다.

내가 부임했던 당시 서독은 슈미트 총리가 이끄는 사회민주당(SPD) 좌파정권이었다. 서독은 원래 북한과는 외교관계를 맺지 않은 우리의 핵심우방국가였다. 그런데 광주사태는 한국의 군사정권이 북한보다 나을 게 없다는 인식을 갖게 하는 빌미를 제공했다. 이때를 계기로 사민당(사회민주당 약칭) 내에 포진하고 있는 진보좌파 인사들 사이에서 반한 분위기가 광범위하게 퍼졌다. 이들은 심지어 동맹국인 미국에 대해서도 반미적인 언동을 서슴지 않는 친소련 성향의 좌파들이었다. 이런 분위기를 간파한 북한이 가만히 있지 않았다. 서독과 외교관계를 추구하려는 집요한 노력이 사민당 좌파세력을 등에 업고 이 무렵에 집중되었다. 국가 대 국가 차원의 접촉은 외교관계가 부재한 상황에서 불가능했지만, 당 대 당 차원에서는 가능했다. 북한은 북한노동당과 서독사민당 파이프라인을 최대한 활용했다. 반면에 우리 대사관 입장에서는 어떤 일이 있어도 북한이 서독을 넘보는 재앙을 막아야 했다. 실제로 북한의 움직임은 유령의 형태로 감지되었다. 잡히는 감은 분명한데 실체를 찾을 수 없어 신경을 곤두세우게 했다. 워낙 은밀하게 진행되는 일이라 대사관 안테나에 잘 걸려들지 않았다. 서독 측으로부터 정보가 흘러나와야 하는데 그 통로가 막혀 버린 것이다. 더 구체적으로 말하면 사민당 안에 한국을 위해 입을 열 사람이 없었다는 이야기였다. 한국은 어느 사이에 서독에서 왕따가 되어 있었다. 정무(政務)를 맡은 나에게는 최악의 상황이었다. 이 것은 부임과 동시에 나를 괴롭히는 악몽이었다.

이런 때 걱정하던 일이 현실로 나타났다. 북한대표단이 서독에 입국하여 수도 본 시내를 활보하고 있다는 정보가 들어왔다. 북한 사람들이 서독 안방을 휘젓고 다니는 사실을 대사관이 까맣게 모르고 있었던 것이다. 난리가 난 대사관은 사태를 파악하느라 동분서주했다. 나는 서독 외교부에 달려가 사실 여부를 물었다. 우리의 급한 마음과는 아랑곳없이 돌아온 대답은 '그 문제에 관해서는 아는 바 없다'였다. 정부 초청이 아니므로 자기들이 관여할 사항이 아니라는, 정 궁금하면 사민당에 가서 알아보라는 대답으로 찾아간 사람을 허탈하게 만들었다. 나는 맥이 탁 풀렸다. 더 이상 말을 붙여 볼 여지가 없었다. 사민당은 바쁘다는 이유로 면담조차 거부했다. 어쩌다 이 지경에 이르렀는지, 사면초가가 된 내 심정은 시베리아 허허벌판에 서서 찬바람을 맞고 있는 기분이었다. 여러 경로를 통해 마침내 우리는 북한대표단장이 노동당의 김영남이라는 사실을 알아냈다. 비록 당의 초청이라 하더라도 비수교국의 거물이 입국한다면 사안의 민감성을 감안하여 사전에 최소한 외교부의 의견을 듣는 것이 상식이다. 그런데도 외교부가 모른다고 잡아떼는 것은 숨기는 무언가가 있거나 '광주' 때문에 조성된 한국정부에 대한 반감의 영향이라고 의심해 볼 수밖에 없었다. 거대한 음모가 진행되고 있는데도 우리가 모르고 있는 것 같아 초조한 마음은 이만저만이 아니었다.

어쨌거나 나는 김영남이 누구를 만나 무슨 이야기를 했는지, 그리고 서독 측 반응은 어떤 것인지 등 핵심사항을 알아내야 할 입장에서 난감한 심정이었다. 부끄러운 고백이지만, 서독 측의 협조를 기대할 수 없었던 나는 동료직원과 함께 김영남 일행을 미행하여 프랑크푸르트까지 차를 몰고 쫓아갔다. 고속도로상에서 이들이 탄 차를 놓쳐 버려 프랑크푸르트 시내 호텔을 뒤졌으나 종적을 찾는 데는 끝내 실패했다. 겨울 찬바람을 가르며 노상에서 추격전을 벌이기도 하고, 함박눈이 펑펑 쏟아지는 캄캄한 밤중에 이들이 방문할 것으로 의심되는 친북인사의 집 앞에서 잠복하기도 했던 장면은 30년이 훨씬 지난 지금도 뇌리에 생생하다. 첩보영화 같은 그런 바보짓을 왜 할 수밖에 없었는지, 남북분단에 그 원인을 돌리면서도 안타까운 심정은 지금도 마찬가지이다.

다음 해에 있었던 총선에서 기독교민주당(CDU)과 기독교사회당(CSU) 연합이 승리함으로써 정권이 바뀐 것은 우리에게 다행이었다. 사민당 정부에서 기민/기사당(기독교민주당/기독교사회당의 약칭) 정부로 정권이 넘어갔다고 해서 기본적으로 한국의 인권상황을 보는 서독정부 시각이 변한 것은 아니었으나, 분위기는 많이 좋아졌다. 우선 기민/기사당 내에는 북한과 접촉하는 소위 이렇다 할 친북인사가 없었다. 그렇다고 북한이 완전히 손을 뗐다는 보장은 없었다. 언제 어떻게 다시 마수를 뻗칠지 방심할 수 없었다. 김영남 일행의 방문 때 쓴맛을 본 대사관은 사민당 시절 단절된 정보라인을 복구하는 데 최우선적으로 에너지를 투입했다. 내가 가장 신경을 쓴 곳이 외교부 아시아국 동북아과였다. 동북아과는 과장을 포함하여 직원이 3명인 단출한 규모였다. 한국 담당은 40대의 브라운 박사(Dr. Braun, 가명)라는 사람으로 일본도 담당했다. 일본 근무를 했고 부인이 일본여자인 일본통이었다. 서독 외교부에서 차지하는 일본의 높은 비중을 감안하면 브라운 박사에게 한국은 덤이라는 느낌이 들었겠지만, 그가 북한에 관한 모든 정보를 쥐고 있기에 나에게는 매우 중요한 인물이었다. 그의 입을 열게 하면 김영남 방문 때와 같은 수모는 당하지 않아도 될 것이란 생각 때문에 브라운 박사는 나에게 실상보다 큰 거인으로 보였다. 마침 브라운 박사가 한국 데스크를 맡은 지 얼마 되지 않아, 나는 이참에 '우리 사람'으로 만들기로 작정하고 나름대로 작전을 짰다.

어느 조직에서나 성공의 지름길은 좋은 인간관계 구축이라는 것이 평소의 내 소신이다. 실무적으로만 접근하면 실무적으로 끝나고 만다. 김영남 방문 같은 사안은 비밀로 분류되기 때문에 대외적으로 누설하면 규정 위반이다. 실무적 관계에서는 이런 정보가 새나갈 수가 없다. 그러나 서로 신뢰를 쌓고 친한 인간관계가 형성된 사이라면 이야기가 달라진다. 가령 친분이 쌓인 상태에서 내가 김영남이 무슨 짓을 했는지 알고 싶어 하면, 상대방은 내 귀에 대고 이건 비밀이지만 당신에게만 털어놓는다는 의미로 "Between you and me" 하면서 슬쩍 알려 주든가, 적어도 변죽은 울려 힌트를 주는 게 인지상정이다. 대단한 비밀이 아니라면 그렇게 하도록 만드는 것은 능력의 문제이다. 외교관이 상대방을 만날 때는 이렇듯 공식적 만남과 달리 비공식 만남이란 것이 있다. 그냥 식사나 하자고 초청하여 사적인 이야기 등으로 한담하며 친교의 시간을 갖는 것이 비공식 만남이다. 그런 비공식 만남이 쌓이면 친분이 생기고 인간관계가 구축된다. 외교관은 사람과의 접촉, 다른 말로 하면 사교를 통해 정보를 모으는 것이 본업이기 때문에 의식적으로 비공식 만남을 자주 가지려고 노력해야 한다.

브라운 박사는 나의 저녁 초청에 흔쾌히 응했다. 반주를 좋아하는 그에게 꽤 비싼 양주까지 권하면서 시작된 우리의 첫 비공식 만남은 그런대로 괜찮게 끝났다. 상대방이 먼저 들도록 권한다든지, 포크 대신 젓가락을 사용하는 동양적인 취향의 식탁매너는 일본에서 배웠을 것이다. 그런 매너는 나에게 좋은 인상을 주었다. 성격이 다소 까다로워 호불호가 분명한 편향성이 있으나 그것 때문에 상대방을 어색하게 하는 일은 별로 없었다. 브라운 박사는 평소 담배를 좋아했다. 애연가 수준을 넘어 골초였다. 담배도 특정 브랜드의 슬림형만 피웠다. 유심히 관찰했다가 다음에 만났을 때 그 브랜드 담배를 선물로 주었더니 아주 좋아했다. 그 이후 담배는 내가 공급하다시피 만날 때마다 건네주었다. 외교관은 면세로 구입하기 때문에 큰돈 드는 것이 아니라서 부담이라고 느끼지 않았고, 브라운 박사도 그런 사실을 알아서인지 사양하지 않았다.

브라운 박사는 캐묻는 스타일이었다. 그의 질문은 항상 날카롭고 꼼꼼하여 외교관이라기보다는 형사 같은 인상을 풍겼다. 그리고 항상 정곡을 찌르는 질문을 했다. 질문 중에는 북한에 관한 것이 많았다. 서독이 북한과 외교관계를 갖고 있지 않아서 북한에 대한 정보가 부족한 것은 사실이었을 것이다. 브라운 박사는 부족한 궁금증을 나를 통해서 얻어 내는 것 같았다. 예를 들어 최근의 남북정세가 화두로 등장하면, 한국이 왜 서독이 동독에 하는 것처럼 북한에 유화적인 제스처를 보내지 않는지, 북한의 체제는 어느 정도 공고한지, 북한이 붕괴될 가능성은 없는지, 북한에서 최근 벌어지고 있는 변화는 무엇인지, 한국의 대북정책은 무엇인지 등 이런 류의 질문을 쏟아 냈다. 브라운 박사가 나한테 던진 질문이라는 것이 주로 주한독일대사관에서 보고한 내용이겠지만, 크로스체크함으로써 사실을 확인하는 것일 수도 있었다. 질문의 표현과 방법은 외교적 언사의 부드러운 종이로 포장되어 있는 듯해도 언제나 송곳으로 찌르는 날카로움이 내 관능을 헤집었다. 아무튼 브라운 박사는 그런 질문과 대화를 즐기는 타입이었다. 어떤 때는 그런 대화를 유도하기 위해 나를 일부러 불러내는 인상까지 받았다. 나는 그것이 독일인들의 정확성, 그리고 끈질긴 그의 성격이려니 여기고 그와의 비공식 만남이 성공적으로 되어가는 데만 만족하고 있었다.

나의 서독 생활 3년 동안 브라운 박사와 보낸 2년은 꽃길을 걷는 시기였다. '우리 사람 만들기' 작전은 성공을 거둔 것 같았고, 대사관과 서독 외교부 사이의 일기예보는 늘 쾌청이었다. 실무선에서 서독과의 교섭이나 정보수집은 브라운 박사의 도움으로 별 어려움 없이 해결되었다. 북한이 서독에 러브콜을 던지는 책동이 없다는 사실도 브라운 박사를 통해 수시로 확인했다. 브라운 박사와의 비공식 만남이 늘어날수록, 이건 좀 껄끄러운 문제가 아닐까 싶은 부분이 있을 때도 "Between you and me" 식의 협조 아래 내가 원하는 것을 어렵지 않게 얻을 수 있었다. 브라운 박사는 내 정무업무 중에서 가장 골치 아픈 두통거리를 치유해 주는 해결사이자 더할 나위 없이 큰 백이었다. 거기에 시운(時運)까지 따랐다. 사민당 시절과 달리 기민/기사당 정부하에서는 북한이 서독에 손을 뻗어 보려는 시도는 불가능했다. '광주' 때문에 경색되었던 양국관계도 봄볕을 받은 눈처럼 소리소리 없이 녹기 시작했다. 서독 눈치 보느라고 주눅이 들어 조마조마했던 시절은 지나가고 있었다. 북한 틈입자(闖入者)의 뒤꽁무니를 쫓아 미행할 일도 더는 있지 않았다. 1983년, 내가 서독 근무를 마치고 본을 떠날 때까지 브라운 박사와의 협조체제는 계속되었다. 내가 귀국발령을 받았을 때, 우정을 느꼈던 이 독일인이 다른 나라 어딘가에서 우연히 다시 만나 같이 근무하게 되는 행운이 있었으면 좋겠다는 생각을 하며 아쉬운 작별인사를 남기고 헤어졌다.

브라운 박사와의 연락은 나의 귀국으로 끊겼다. 아무리 가깝게 지냈다 해도 일단 헤어지고 나면 서로 연락하기란 쉬운 일이 아니다. 그러나 그에 관한 소식은 항상 궁금했다. 나는 해외에서든 국내에서든 독일대사관 사람들을 만나면 반드시 브라운 박사의 안부를 물었다. 그때마다 브라운 박사는 본을 떠나지 않고 외교부 본부에 있다는 이야기만 들었다. 해외근무는 하고 싶지 않다던 평소의 그의 말대로라면 아직 본에 남아 있는 것이 정상이었다. 언젠가 한번, 다음에는 한국에 와서 근무해 보라고 권유했을 때 해외근무가 정말 싫은 것처럼 정색하던 그가 좀 이상하다고 생각했었다. 일반적으로 외교관은 본부와 해외공관을 순환근무하는 것이 관례이다. 한국은 자기가 담당한 나라이고, 내가 다행히 외교부 본부에서 근무하는 때라면 서로 의지가 될 것이기 때문에 인사치레로라도 그랬으면 좋겠다고 대답할 법한데, 그때 브라운 박사의 태도는 무슨 맹세라도 하듯 일본 한 번으로 충분하다고 잘라 버렸다. 국내에만 있어야 할 무슨 특별한 사연이 있거나 괴팍한 그이 성미 때문이겠거니 정도로 생각하고, 그 후로는 더는 그 문제를 입 밖에 낸 적이 없었다. 내가 서독을 떠나고 5년이 넘었어도 아직 본에 있다는 것은 그의 말이 허언(虛言)이 아님을 증명하고 있어서, 고집스럽게 슬림 담배를 입에 물고 있을 그의 모습이 자꾸 떠올랐다. 남들은 다 해외근무 한다고 왔다 갔다 할 텐데 혼자 남아있는 그가 외로운 늑대 같다는 생각이 들었다. 내가 서독으로 출장 가는 기회가 있으면 그때 만나는 것이 재회의 유일한 방법이겠지 생각하며 나는 그런 찬스를 은근히 기대했다. 그러나 내가 서독에 출장 갈 기회는 기대와 달리 생기지 않았다.

1990년 독일은 역사적인 통일을 달성했다. 독일통일은 너무 의외이고 돌발적이어서 마치 손에 땀을 쥐게 하는 드라마를 보듯 나를 흥분시켰다. 서독에 근무하면서 베를린장벽을 찾아가 분단현장을 직접 보고 몸으로 느꼈던 나에게 통일 뉴스는 충격이자 감격이었다. 그리고 부러웠다. 내가 이렇게 기쁜데 당사자들인 독일사람들은 얼마나 기쁘랴 싶어, 브라운 박사를 떠올리며 슬림담배를 물고 자축할 그의 모습을 상상해 보았다. 냉전체제가 이렇게 거짓말처럼 해체된다면 우리의 통일도 독일처럼 찾아올지 모른다는 기대감에 가슴이 벅찼다. 독일통일은 마치 한국에서 미구에 일어날 기적에 대한 전야제 같다는 느낌이었다. 독일통일이 이루어지고 날이면 날마다 쏟아져 나오는 관련 뉴스에 눈을 떼지 못하던 어느 날, 나는 뜻밖의 기사에 그만 경악하고 말았다. 서독에서 암약한 동독 스파이 명단에 브라운 박사 이름이 있질 않는가! 동독 정보기관인 슈타지가 저지른 범죄행위를 뒤지면서 찾아낸 스파이 명단이었다. 나는 눈을 의심했다. 설마 내가 아는 브라운 박사일 리 없을 것이라고 머리를 저었다. 브라운은 독일에서 흔한 이름이므로 설마 동명이인이겠지, 그런 생각으로 기사를 다시 자세히 읽어 보았다. 그런데 그가 틀림없었다. 서독 외교부에 근무하던 브라운 박사라고 소개되어 있는데 다른 사람일 수 없었다.

"세상에! 내가 동독 간첩과 가깝게 지냈단 말인가?" AP인지 AFP인지가 긴급 타전한 이 뉴스는 한 방에 나를 휘청거리게 했다. 시도 때도 없이 남파되는 무장공비며 민간여객기를 공중폭파시키는 북한의 테러행위를 신물 나게 보고 들으며 살아온 나에게 스파이는 소름 돋는 단어였다. 그러고 보니 이제 모든 게 분명해졌다. 캐묻기를 좋아해서 그의 성격이려니 생각했는데, 다 저의가 있었던 것이다. 본을 떠나지 않은 것도 그가 외교부에 심어 놓은 고정간첩이었기 때문이었다. 우리의 비공식 만남은 그를 위해 내가 자진해서 만들어 놓은 함정이 된 셈이었다. 그와 나 사이에 공적인 대화는 물론이고 사석에서 나눈 대화까지 하면 우리는 그동안 많은 이야기를 했다. 그런 이야기들이 모두 첩보 가치의 잣대로 평가되었으리란 생각을 하니, 나도 모르는 사이에 얼마나 가당치 않은 짓을 했는지 얼이 빠졌다. 농락당한 내가 순진했다는 생각이 들었다. 동독 스파이 입장에서 한국은 정보수집 대상으로서 그리 중요하지 않았을지 모른다. 그래도 정보의 소스로 내 이름을 들어 슈타지 본부에 무언가 보고했을 가능성이 있다는 생각에 닭살이 돋았다.

　　서독총리 빌리 브란트의 최측근 비서 귄터 기욤이 동독 스파이
로 밝혀졌을 때 세상이 발칵 뒤집혔다. 총리의 오른팔이 동독 스파이
라니 도무지 믿을 수 없는 소식이었다. 기욤의 부인조차 동독 스파이
란 사실이 나중에 알려지자 사람들은 또 한 번 기절초풍했다. 스파이
들이 훔쳐간 비밀보다는 최고위층에 스파이를 심어 놓는 동독의 정
교한 비밀공작 기술에 혀를 내두른 것이다. 브라운 박사는 기욤에 비
하면 하급 조무래기에 불과할지 모른다. 그러나 서독 외교부의 모든
정보를 은밀히 수집하는 두더지(비밀공작원)로서는 그런 사람이 오히
려 필요했을 것이다. 브라운 박사 이야기를 남의 일로만 치부하고 말
것인지는 생각해 볼 부분이다. 스파이를 심어 놓는 북한의 기술이 동
독보다 못하란 법이 없다. 어쩌면 더 정교하고 비밀스러울지 모른다.
우리도 북한이 남쪽에 브라운 박사 같은 두더지를 외교부를 비롯한
요소요소에 심어 놓았는지 신경을 써서 볼 일이다. 이런 비이성적인
어처구니없는 행위가 종식되도록 한반도에도 어서 빨리 통일의 소식
이 왔으면 좋겠다.

2019. 9. 22.

17/ 황제의
기마상(騎馬像)

...

통일(統一)의 사전적 정의는 '두 개 이상의 것을 하나로 만듦'이다. 한반도가 분단된 지 반세기 하고도 25년이 흘렀지만, 아직도 하나 됨은 요원해 보인다. 통일이 그렇게 어려운 것인가? 진시황은 전국시대 6국(초, 연, 제, 한, 위, 조)을 무력으로 굴복시켜 통일을 달성했다. 기원전의 일이라 현대적 관점에서 보면 케케묵은 방법이라고 평가절하할지 모른다. 그렇다면 코앞의 현대에 속하는 베트남 통일은 어떠했는가? 전쟁을 통해서, 그것도 세계의 초강대국 미국과 싸워 이겨 이루어 낸 결과이다. 이것만 보면 통일은 총구(銃口)에서 나온다는 말이 그럴싸하게 들린다. 엄청난 인명의 희생이 따르겠지만, 이길 자신만 있으면 통일이란 마법의 유혹을 마다할 이유가 없을 것 같다는 생각이 든다.

그런데 통일이 꼭 전쟁의 수단을 통해서만 달성되는 것은 아니란 사실을 최근의 실례가 말해주고 있다. 1990년 예멘 통일이 그렇다. 이

념 갈등으로 남예멘과 북예멘이 동족상잔하다가, 어느 날 "우리가 이렇게 서로 싸울 필요 없잖아!" 하면서 화해의 손을 잡았다. 거짓말 같기도 하고, 어찌 보면 낭만적이기조차 한 통일이었다. 이것은 물론 냉전체제의 해체라는 국제환경의 대반전이 있었기에 가능했다. 예멘 통일보다 4개월 늦게 찾아온 동서독 통일도 총 한 방 쏘지 않고, 크리스마스이브의 산타클로스 선물처럼 하늘에서 뚝 떨어지듯 갑자기 나타난 은총이었다. 냉전의 상징인 베를린 장벽이 무너지는 장면은 세계인의 호흡을 멈추게 하는 스펙터클한 영화 그 자체였던 기억이 새롭다. 솔직히 독일통일은 누구나 거의 불가능한 것으로 생각했다. 오히려 한반도 통일이 먼저일 것이라고 예측한 사람들이 많았다. 세상에는 이렇게 의표(意表)를 찌르는 일이 생긴다. 독일통일은 동독의 목을 틀어쥐고 있던 소련이 양보해서 실현된 일이다. 패전국 독일은 4대 전승국에 의해 서독(미·영·불 점령지역)과 동독(소련 점령지역)으로 분할 점령되었다. 냉전의 최전선을 이루고 있었기에 사실상 두 진영 중 어느 쪽의 양보도 기대할 수 없었으나 뜻밖에도 소련의 붕괴가 이 기적을 연출한 것이다. 한 나라의 목숨줄이 강대국 손에 달려 있다는 사실을 이처럼 극명하게 보여 준 사례도 역사상 드물 것이다.

그런데 한반도에서는 왜 그런 기적이 일어나지 않았을까? 전쟁을 일으킨 죄업으로 분단되었던 독일은 통일이 되고, 아무 죄 없이 분단 당한 우리는 그대로라니 이건 누가 보아도 불공평하고 억울한 일이다. 이유는 여러 가지가 있을 것이다. 한 가지 분명한 것은 동독의 목은 소련이 전적으로 쥐고 있었던 것과 같이 북한의 목은 중국이 쥐고 있다는 사실이다. 페레스트로이카도 고르바초프도 북한에 대해서는 약발이 서지 않는 카드다. 한반도 문제를 푸는 방정식은 독일에 적용된 방정식과 다르고 훨씬 복잡하다. 한반도의 이해 당사국은 한국분단에 직접 책임이 있는 미국, 러시아(소련), 중국이다. 여기에 안보상의 사활적 이해가 있는 일본이 추가된다. 독일의 경우는 미·영·불을 한 묶음으로 하여 소련과 1대1의 관계였으나, 한반도에서는 네 나라가 각기 딴생각을 하고 있어서 그런 단순한 공식이 적용되지 않는다. 1대2 또는 1대3, 어쩌면 네 나라가 자기 이해에 따라 각자 뛰는 프리포올(free-for-all) 방식이 될지도 모른다. 북한이 스스로 무너져 흡수 통일되면 모를까, 그렇지 않는 한 한반도 통일이 이들의 동의가 없으면 헛된 꿈이 될 거란 사실은 거의 확실하다. 북한이 스스로 무너져도 이들 국가 중에서 안보상의 이유를 들어 북한지역을 점령할 나라가 생길 것이란 전망도 나와 있다. 흡수통일도 쉽지 않을 수 있다는 경고이다. 우리의 통일외교가 얼마나 중요한지 말해 주고 있는 대목이다.

나는 여기서 1871년 일어난 또 다른 독일통일의 경우를 일별하고자 한다. 당시 상황이 현재의 한반도 상황과 같다고 할 수 없으나, 독일 주변에 4대 강대국(오스트리아, 러시아, 프랑스, 영국)이 포진해 있고 이들이 통일의 키를 쥐고 있었다는 점에서 4강에 둘러싸여 있는 우리의 현실과 어느 정도 유사성이 보이기 때문이다. 통일 방정식의 답을 얻기 위해 비스마르크(Otto von Bismarck)가 4대 강대국을 상대로 어떻게 통일외교를 펼쳤는지 참고할 여지가 있는 실례라고 생각한다.

독일은 1871년 빌헬름1세(Wilhelm I) 황제가 독일제국(Deutsches

Kaiserreich)을 선포하기 전까지는 신성로마제국(Heiliges Römisches Reich)이라는 이름 아래 수많은 게르만족 영방(領邦)들이 모인 엉성한 연합체였다. 같은 성씨들이 모여 사는 집성촌을 생각하면 이해가 쉬울 것이다. 구성원은 성만 같을 뿐 사는 것은 각각이다. 잘사는 사람 못사는 사람, 이웃과 화목하게 사는 사람 불화하는 사람, 약삭빠른 사람 눈치 없는 사람, 속을 들여다보면 각양각색이다. 동네에는 큰집의 어르신이 집성촌의 좌장을 하는 것이 관례이다. 이 집성촌인 신성로마제국은 오늘날의 독일, 오스트리아, 프랑스, 베네룩스, 이태리 일부를 포함하는 광활한 지역이었다. 이 지역은 종교적으로 가톨릭이 대세였다. 로마제국이 멸망하고 갈라진 동로마제국은 비잔티움에서 잘나가는데, 서로마제국은 비실비실하다 사라져 버렸다. 그 자리에 게르만족들이 가톨릭을 신봉하며 집성촌을 이루고 사는 것이 로마교황 눈에 대견했다. 그때 이 집성촌의 어르신은 작센의 오토1세였다. 감동을 받은 로마교황은 오토1세 머리에 로마황제의 관을 씌워 주었다. 이것이 신성로마제국이란 이름이 붙게 된 대강의 줄거리이다. 누군가 비꼬는 말로 신성하지도 않고 로마도 아니고 제국(帝國) 같지도 않은 제국이라 했듯, 대단한 이름의 신성로마제국은 실은 속 빈 강정이었다.

신성로마제국 구성원은 워낙 셀 수 없이 많아서인지 그냥 300개가 넘는다고만 알려져 있다. 구성원의 명칭도 왕국, 공국, 후국, 백국, 자유시 등 갖가지였다. 크기도 각양각색이어서 프러시아(독일어로는 프로이센/Preußen)와 오스트리아 같은 거인국이 있는가 하면 달랑 도시 하나뿐인 꼬맹이도 있었다. 크거나 작거나 구성원은 각자의 영토

와 영지 내에서 독자적 지위를 향유했다. 그런데 30년전쟁(1618-1648)을 거치면서 신성로마제국은 결정타를 얻어맞게 된다. 30년전쟁은 가톨릭세력과 개신교세력 간의 종교전쟁이었는데, 이 전쟁의 결과 (베스트팔렌조약)로 종교의 자유가 허용됨과 동시에 주권(主權)을 가진 근대적 국가가 탄생하게 되었다. 즉 가톨릭교가 이제는 개신교에 대해 영향력을 행사할 수 없게 되었고, 한 나라가 다른 나라에 대해 이래라저래라 할 수 없는 자주독립성이 인정되었다. 사정이 이러다 보니 교황이 입혀준 신성로마제국이란 옷은 이제 몸에 맞지 않게 되었다. 그 이후 신성로마제국은 합스부르크가(家)의 명예신분증 같은 껍데기로만 존속하다가 1806년 정식으로 해체되었다. 그리고 그 자리에 영방들이 헤쳐 모여 독일연방회의(후에 독일연방으로 변경)를 탄생시켰다. 신성로마제국 초기에 300여 개이던 영방은 이 시기에 와서는 40여 개로 통폐합되었다. 제법 국가의 모습을 갖춘 것이다. 독일연방 맹주는 개신교를 대표하는 북부의 프러시아(호헨쫄레른가)와 가톨릭교를 대표하는 남부의 오스트리아(합스부르크가)였으며, 이 두 나라는 앞으로 독일통일의 주도권을 두고 연방 내에서 자존심을 건 경쟁을 하게 된다. 한반도의 통일을 두고 남북한이 경쟁하는 양상과 비교된다.

19세기 초 유럽은 왕정보수세력에 대항하는 자유주의 바람으로 새벽을 열었다. 프랑스대혁명이 물꼬를 텄고 나폴레옹전쟁으로 기존 왕정체제가 위협을 받았다. 보수주의자들에게 이것은 혐오의 대상이며 반동이었다. 나폴레옹전쟁 뒤처리를 위해 승전국들이 모인 비엔나회의(1814-1815)는 반동에 철퇴를 가하는 복고(復古)의 잔치였다. 기존 5대강국(러시아, 오스트리아, 프러시아, 프랑스, 영국)이 주축이 되어 어느 나라도 다른 나라를 넘보지 못하게끔 세력균형을 이루어 유럽평화를 유지한다는 목표였다. 그런 목표에 따라 프랑스는 비록 전범국이자 패전국이었지만 영토 할양 없는 솜방망이 처벌을 받아 여전히 강대국 지위를 누리게 되었고, 폴란드는 러시아, 오스트리아, 프러시아 3국이 사이좋게 갈라먹었다. 약소국들이 감히 도전하지 못하도록 강대국들이 몸집을 불려도 서로 적당히 넘어가고 눈을 감았다. 다른 전승국들도 하찮은 먹거리일망정 자기 몫은 챙겼다. 민족개념이나 역사지리적 고려보다는 강대국의 탐욕에 의해 국경이 그어지고 주인이 바뀌는 시대였다.

그러나 대륙에 부는 자유주의 바람은 거스를 수 없는 대세로 몰아쳤다. 자유주의 바람 등에는 민족주의가 편승하고 있었다. 그 바람은 이태리 통일(1861)의 원동력이 되었고 이제 중부유럽을 휩쓸 기세였다. 특히 같은 게르만 민족이면서 수많은 나라로 구성된 독일연방에서 민족주의 바람이 거셌다. 하나의 독일을 만들자! 이런 염원의 외침은 눈덩이가 되어 굴러갔다. 경제적으로는 오스트리아를 제외한 거의 대부분의 영방이 관세동맹(Zollverein)에 가입하여 통일의 기초는 이미 닦여 있었다. 문제는 정치적 통일이었다. 통일의 주도권 싸움은 프러시아와 오스트리아 사이에 치열했다. 프러시아는 오스트리아를 제외한 소독일(小獨逸) 통일을 주장했고, 오스트리아는 전 독일연방이 포함되는 대독일(大獨逸) 통일을 주장했다. 이것은 호헨쫄레른가와 합스부르크가의 자존심 싸움이기도 했다. 두 왕가는 화목하지 못했고 종교적으로도 반목했다. 프러시아는 순수한 독일민족 국가인데 반해 오스트리아는 헝가리 발칸반도의 비독일계가 포함된 혼합민족 국가였다. 프러시아 입장에서는 종교적으로 동질적이고 순수한 독일민족으로만 통일국가를 만드는 것이 바람직한 방법이었다.

통일의 주도권은 프러시아가 먼저 잡았다. 프러시아 국왕 빌헬름1세는 직업군인 출신이었다. 국왕인 형이 후사 없이 일찍 세상을 떠나는 바람에 운 좋게 왕이 된 인물이다. 직업군인답게 그는 즉위하자 군대개혁에 착수했다. 군대개혁은 돈이 들어가는 사업인데, 프러시아 의회가 이를 승인하지 않았다. 이 난제를 풀기 위해 기용한 사람이 바로 비스마르크 재상(宰相)이다. 자유주의 사상에 호감을 갖지 않았던 보수주의자 빌헬름1세가 통일을 염두에 두고 군사력 증강을 꾀했는지는 불분명하나, 연방 내에 팽배한 독일민족주의를 외면하지는 않았던 것 같다. 비스마르크도 근본은 보수주의자로서 통일은 불가피하다고 생각했다. 비스마르크는 의회에 출석하여 "독일은 프러시아의 힘을 기대하고 있다"는 연설을 하여 철혈(鐵血)재상이란 별명을 얻게 된다. 힘으로 독일을 통일하겠다는 의지의 선언이었다. 여기서 '힘'은 군사력뿐만 아니라 외교력까지 포함한 국력의 총화이다. 프러시아가 독일을 통일하려면 무엇보다도 주변 국제환경을 자신에게 유리하게 조성해 놓아야 한다. 서로 이해관계가 다른 주변 강대국들을 프러시아 편으로 끌어들이거나 적어도 최소한 중립은 지키도록 외교력을 발휘해야 한다. 비스마르크의 능력이 이제 시험대 위에 오른 것이다.

프러시아 입장에서 통일의 첫걸음은 오스트리아를 독일연방에서 축출하는 것이었다. 이것이 소독일 통일의 핵심이다. 오스트리아가 순순히 말을 듣지 않을 것이기 때문에 축출은 전쟁 외에 다른 방법이 없었다. 오스트리아와 전쟁을 하려면 전쟁의 구실이 필요했다. 이 구실을 비스마르크는 슐레스비히·홀스타인 문제에서 찾았다. 이 두 공국(公國)은 게르만족이 전부(홀스타인)이거나 다수(슐레스비히)인 지역으로, 프러시아와 오스트리아가 덴마크와 전쟁을 벌여 획득한 것이다. 그런데 두 공국은 프러시아와 오스트리아가 공동 소유하되 슐레스비히 관리는 프러시아가, 홀스타인 관리는 오스트리아가 하도록 협정에 규정해 놓았다. 프러시아와 오스트리아는 원래 티격태격하는 사이인데, 관리문제를 놓고도 사소한 일로 갈등이 그치지 않았다. 그런 차에 오스트리아가 연방문제로 자기 관리하에 있는 홀스타인 의회를 소집했다. 이에 프러시아가 자기들이 동의하지 않은 의회소집은 협정위반이라고 이의를 제기했다. 비스마르크가 전쟁구실을 만들기 위해 딴죽을 걸었다는 설이 유력하다. 어떻든 이 문제로 프러시아와 오스트리아 사이에 전쟁이 시작되었다. 비스마르크가 바라던 전쟁이었다.

그렇다면 비스마르크는 주변 강대국들과의 관계를 어떤 상태로 만들어 놓고 또는 전망하고 전쟁을 걸었을까? 이 전쟁에서 가장 중요한 나라는 러시아와 프랑스였다. 러시아와 프랑스 두 나라 또는 그 가운데 한 나라가 오스트리아 편에 서서 군대를 동원한다면 승패를 장담하기 어려울 수 있었다. 두 나라가 최소한 중립만 유지해 준다면 승산이 있었다. 비스마르크는 그렇게 판단하고 은밀하게 움직였다. 다행히도 러시아는 프러시아에 우호적이었다. 오스트리아는 흑해를 통해 지중해로 진출하려는 러시아의 남진정책에 걸림돌이었다. 발칸반도에서도 두 나라의 이해는 충돌하고 있었다. 눈엣가시인 오스트리아를 프러시아가 친다면 러시아로서는 쌍수로 환영할 일이었다. 더구나 폴란드 문제로 러시아가 프러시아의 신세를 진 바 있어 은혜에 보답할 일도 있었다. 이러니 프러시아가 러시아의 지지를 얻는 데는 하등의 문제가 없었다. 프랑스의 태도는 다소 애매했다. 기본적으로는 독일연방 내에서 자기들끼리의 싸움이므로 누가 이기고 지든 별 상관이 없다는 입장이었다. 이왕이면 높은 경매가를 부르는 쪽 손을 들어 주기로 내심 작정했다. 그리하여 프랑스는 양측과 비밀 협상에 들어갔다. 오스트리아가 좀 높은 값을 불렀지만 프러시아에게도 대놓고 실망스러운 대답을 주지는 않았다. 양다리를 걸치고 있다가 전세가 유리한 쪽에 붙을 심산이었다. 영국은 관망하는 자세였다. 해양세력인 영국은 북해지역에서 자신의 권익이 침해당하지 않는 한 일부러 바다 건너 일에 신경 쓸 생각이 없었다. 이런 구도에서 비스마르크는 이태리를 끌어들여 오스트리아를 남과 북에서 협공하는 전략을 짰다. 오스트리아가 차지하고 있는 베네치아를 찾아오는 것이 국가적 과제인 이태리는 프러시아의 요청을 흔쾌히 받아들였다. 승전의 보상은 베네치아의 회복이라는 기대 때문이었다. 통일된 지 일천한 이태리가 군사적으로 얼마나 기여가 될지는 미지수였으나 프러시아의 사기를 높이는 데는 효용이 적지 않았다. 전쟁은 1866년 6월 21일 프러시아의 오스트리아 침공으로 시작되어 불과 7주 만에 끝났다. 몰트케 장군이 지휘하는 프러시아 군대 앞에 덩치 큰 오스트리아가 사도바 전투에서 맥없이 무릎을 꿇은 것이다. 양다리 걸쳤던 프랑스는 누구 손을 들어줄 겨를도 없이 싱겁게 전쟁이 끝나고 말았다.

프러시아는 패전국 오스트리아를 독일연방에서 축출하는 것 외는 어떠한 굴욕도 안겨 주지 않았다. 내친 김에 비엔나까지 쳐들어가 요절내자는 군부의 주장을 비스마르크는 듣지 않았다. 오스트리아와 철천지원수 사이가 되어 득 될 게 없다는 이유였다. 패전국에 보상 요구 하나 없는 유례를 찾아보기 힘든 관대한 처분이었다. 이를 두고 비스마르크 찬양자들은 비스마르크가 프랑스와의 전쟁을 이미 염두에 두고, 오스트리아가 프랑스 편에 서지 않도록 미리 손을 쓴 심모원려(深謀遠慮)라고 칭찬한다. 실제로 오스트리아는 프러시아의 대프랑스 전쟁 때 중립을 지킨다. 비스마르크는 오스트리아를 너무 약화시키면 러시아의 남진정책을 막을 세력을 잃어 결국 독일에게도 득이 되지 않는다는 판단도 했을 것이다. 용의주도한 지략가이다.

프러시아 - 오스트리아 전쟁 결과를 지켜보고 대경실색한 나라는 프랑스였다. 별것 아닐 것으로 여겼던 프러시아가 실은 군사 강국이란 사실에 깜짝 놀란 것이다. 얕보다가는 큰일 나겠다는 불안이 엄습했다. 이런 나라와 이웃하고 있다는 것은 유쾌한 일이 아니었다. 언제 물어뜯을지 모르는 불도그를 옆에 두고 사는 것이나 마찬가지였다. 프랑스는 프러시아가 독일을 통일하여 진짜 괴물로 나타나는 것이 두려웠다. 그런 의식은 프랑스 내에서 반프러시아 정서가 급속히 퍼지는 동인이 되었다. 프러시아가 괴물이 되지 못하도록 할 수만 있다면 전쟁이라도 해서 프러시아를 초기에 눌러 두는 것이 프랑스 국익과 일치한다고 믿기 시작했다. 이런 분위기를 파악한 비스마르크는 프랑스와의 전쟁은 어차피 불가피하다는 결론을 내렸다. 이기는 전쟁을 하기 위해서는 주변 강대국들의 지지가 필수적이다. 비스마르크는 전시외교를 점검했다. 가장 중요한 러시아는 여전히 친프러시아 태도를 견지하고 있었다. 남진의 장애물인 오스트리아를 견제할 세력으로 프러시아가 적당히 강대해지는 것은 러시아가 바라는 바였다. 프랑스와의 전쟁이 발발하면 러시아 군대를 오스트리아 국경에 집결시키겠다고 프러시아에 약속어음까지 끊어 주었다. 오스트리아가 프랑스를 돕지 못하도록 발을 묶어 놓겠다는 이야기이다. 러시아 군대가 국경에 집결하면 오스트리아가 군대를 프랑스로 이동할 수 없을 것이란 계산이었다. 프러시아에 패한 원한이 사무쳐 복수의 칼을 갈 것이라고 믿었던 프랑스의 기대와 달리 오스트리아는 정작 차분하고 중립적이었다. 오스트리아는 패전 후 형식상 오스트리아와 헝가리로 분리된 이중제국(오·헝제국)으로 세력이 약화된 데다, 관심이 발칸반도에 쏠려 다른 것에는 신경을 쓸 여력이 없었다. 비스마르크의 관대한 처분에 대한 보답이라는 주장에 반박까지는 하고 싶지는 않지만 어떻든 의외의 태도였다. 영국은 복잡한 국내문제에 몰두하느라 바다 건너 일에 이번에도 크게 신경 쓸 경황이 없었다. 러시아와 프랑스를 견제하기 위해서는 중부유럽에 강대해진 프러시아의 존재가 영국에게 나쁠 것이 없었으므로 프랑스를 발 벗고 나서서 지지할 이유가 없었다. 결국은 프러시아가 러시아의 간접지원을 받는 다소 유리한 상황에서 1대1의 전쟁이 될 전망이었다.

이제 전쟁의 구실만 남았다. 그 구실은 엉뚱하게도 스페인에서 날아왔다. 1868년 스페인 혁명의 여파로 이사벨라여왕이 도망을 가버려 왕위가 비게 되었다. 마땅한 후임이 없어 고르고 고르다 호헨쫄레른가의 레오폴드공에게 왕위 제의가 돌아갔다. 호헨쫄레른가는 개신교이며 프러시아가 본가이다. 가톨릭 국가인 스페인에 개신교 집안 왕이 웬 말이냐며 역시 가톨릭 국가인 프랑스가 벌컥 들고 일어났다. 스페인에 개신교왕이 들어서면 프랑스는 남북에서 협공당하는 꼴이 되는 것이었다. 이는 분명 프러시아의 계략이라고 단정하고 분노의 화살을 프러시아를 향해 쏘아 댔다. 결국 왕위 제의는 취소되었으나, 프랑스는 프러시아의 빌헬름1세에게 다시는 그런 짓을 하지 않겠다는 보장을 하라고 협박했다. 이 협박사건을 둘러싸고 비스마르크는 프러시아와 프랑스 국민을 격앙시키는 소위 '엠스'전보(電報)사건을 조작했다. 프랑스를 자극하기 위해 고의적으로 전보내용을 조작하여 전쟁 분위기를 유도한 사건이었다. 프랑스가 먼저 1868년 7월 19일 프러시아에 전쟁을 선포했다. 그런데 이 전쟁도 일반의 예상을 뒤엎고 프러시아의 일방적 승리로 어이없이 끝났다. 기세등등하던 프랑스군이 세당에서 항복하고 말았다. 프랑스에서 '세당'을 입에 담지 말라는 말이 있을 정도로 패전은 프랑스의 치욕이었다. 이 전쟁의 결과로 프랑스는 알사스 로렝을 프러시아에게 할양하고 무거운 전쟁배상금을 지불해야 했다. 솜방망이 처벌에 그쳤던 오스트리아와는 너무 대조적인 가혹한 전후처리였다. 이 전쟁 후 프러시아는 오스트리아를 제외한 전 독일연방을 흡수하여 독일제국(獨逸帝國, Deutsches Kaiserreich)을 선포하고 빌헬름1세가 황제로 등극했다. 이것이 독일의 제1차통일이다. 선포식은 1871년 1월 18일 파리의 베르사유궁전 '거울의 방'에서 거행되었다. 선포식을 자기 나라에서 하지 않고 항복한 적국의 수도에서, 그것도 프랑스 황제의 궁전에서 거행한 이 별난 방식은 프랑스의 상처에 소금을 뿌리고 프랑스인의 가슴에 씻을 수 없는 치욕과 원한을 심어준 계기가 되었다. 그로부터 48년 후인

1919년 6월 28일, 제1차세계대전 승전국들은 독일의 항복을 바로 그 '거울의 방'에서 받았다. 프랑스는 똑같은 방식으로 복수를 한 셈이다. 프랑스의 굴욕을 독일이 재연한 이런 역사의 아이러니가 또 어디에 있을까?

독일제국의 초대황제 빌헬름 1세의 기마상(騎馬像)이 라인란트주 코블렌츠(Koblenz)시의 도이체스에크(Deutsches Eck)라는 곳에 우뚝 서 있다. 기마상이 왜 코블렌츠에 세워졌는지 나에게는 수수께끼이다. 상식선에서 생각하면 고향이나 수도 또는 기념하는 목적과 어울리는 곳에 세우는 것이 마땅할 것 같은데 이 경우는 어떤 기준에도 해당되지 않는다. 빌헬름 1세의 고향은 베를린이다. 독일의 수도 역시 베를린이다. 프랑스의 항복을 받은 곳은 세당이다. 독일통일을 선포한 곳은 파리 베르사유궁이다. 프랑스에 세울 수는 없을 것이기 때문에 베를린이 가장 무난한 장소일 듯한데, 내 생각과는 거리가 있다. 그렇다면 독일의 대표적인 두 강, 즉 라인강과 모젤강이 만나는 상징성을 통일의 은유로 보고 그곳에 세운 것이 아닌가 하는 것이 내 생각이다. 이유가 궁금해서 몇 년 전에 주한독일대사관에 물었더니, 빌헬름 1세가 라인란트 군사령관을 지냈기 때문인 것 같다고 자신 없는 애매한 회답을 보내왔다. 라인강과 만나는 모젤강은 프랑스에서 발원한다. 그것도 독일이 집어삼킨 알사스 로렝지역이 발원지이다. 프랑스에게 쓰라린 아픔을 안겨 준 알사스 로렝, 거기에서 발원한 모젤강, 모젤강이 라인강으로 흘러들어가는 곳에 세워진 빌헬름1세의 기마상. 이 묘한 상호관계에는 독일과 프랑스 양국관계를 압축한 범상치 않는 의미가 숨어 있어 보인다. 물론 이것은 왜 베를린이 아닌가에 대해 내가 만들어 낸 상상물일 뿐이다.

코블렌츠는 인구 10만 정도의 도시이다. '독일의 모서리'란 뜻의 도이체스에크는 코블렌츠의 관광명소이며 라인강과 모젤강의 두 물이 합수하는 지점이다. 화살촉처럼 뾰족하게 돌출해 있어 그런 이름이 붙은 것 같다. 강 건너편에서 보면 마치 물살을 가르는 군함의 선수(船首)처럼 보인다. 기마상은 라인강을 바라보고 오연하게 서 있다. 37m 높이의 거대한 규모이다. 좌대 위의 기마상 동상 자체만도 14m나 된다. 위풍당당한 빌헬름1세가 천하를 호령하는 자세로 말 위에 높이 올라 앉아 있다. 황제를 등에 태운 말은 명령만 떨어지면 금방이라도 강을 뛰어넘을 듯 효용(驍勇)한 기상이다. 독일제국의 힘이, 아니 동서독이 재통일된 오늘의 독일의 힘이 불끈거리는 느낌이다. 기마상 좌대에는 다음과 같은 명문(銘文)이 새겨져 있다.

Nimmer wird das Reich zerstöret, wenn ihr einig seid und treu!
(너희가 하나 되어 충직하면 제국은 절대로 파멸되지 않을 것이다!)

독일통일 과정을 보면서 강렬한 인상을 남긴 것은 통일이 자기 의지만으로는 되지 않는다는 사실이다. 그러나 의지가 있으면 언젠가 통일이 올 수 있다는 사실도 동시에 깨우치고 있다. 강대국의 지지를 얻지 못하면 통일은 불가능하거나 어렵다는 것은 역사가 말해 주고 있다. 동서독 통일은 소련(러시아)의 반대가 있었다면 불가능했다. 비스마르크에 의한 독일통일도 러시아가 반대했다면 불가능했을 것이다. 만일 러시아가 오스트리아나 프랑스 편에 섰다면 프러시아는 패전국이 되어 약소국으로 전락되었을지 모른다. 한반도에서 통일의 열쇠도 결국은 강대국이 쥐고 있다. 세계 초강대국 1번(미국)과 2번(중국)이 대립하는 구도에서 한반도 통일은 독일의 경우와 단순 비교하기에는 무리가 있으나 주변강대국들의 태도에 달려 있다는 점은 여전히 진리에 해당된다.

통일은 말할 것도 없이 전쟁에 의하지 않고 이루어 낸 동서독의 방식이 바람직하겠지만, 그것이 불가능하면 최후수단은 전쟁일 것이다. 그 전쟁은 이기는 전쟁이어야 하고, 이겨도 얻는 것 없이 상처뿐인 피루스의 승리(Pyrrhic victory)는 안 하느니만 못하다. 핵무기를 갖고 있는 북한과 이런 전쟁이 가능할지도 의문이다. 국토 전체가 히로시마가 되어버린 후 얻게 되는 통일은 무슨 의미가 있을까? 비스마르크보다 더 천재적인 지략가, 외교가가 나와 앞으로 이 어려운 방정식을 푸는 기적을 만들어내기를 기대해 본다. 그래서 우리도 언젠가 한강과 임진강이 만나는 지점에 남북통일을 이룩한 위대한 인물의 동상을 빌헬름 1세 황제만큼이나 높게 세울 날이 오도록 손 모아 기원해 본다.

2019. 10. 6.

18/   절규

...

　　며칠 전 텔레비전에서 우연히 노르웨이 젊은이가 한국말로 인터뷰하는 장면을 보았다. 한국에 온 지 꽤 오래됐는지 한국말을 곧잘했다. 학위 어쩌고 하는 것 보니까 대학에 다니는 유학생인 듯했다. 한국에 왜 오게 되었느냐고 사회자가 묻자, 노르웨이는 너무 심심해서 에너지 넘치는 한국을 배우려고 왔다고 대답했다. 노르웨이는 내가 잠시 있었던 곳이라 그의 말에 관심이 갔다. 나는 그의 대답 가운데 '노르웨이가 심심해서'라는 대목이 재미있어 지그시 미소를 지었다. 심심하다는 표현이 딱 들어맞는 말은 아니지만, 그가 하고자 하는 말의 뜻을 이해하고 어느 정도 공감하기 때문이었다.

　　노르웨이는 스칸디나비아반도의 대서양 쪽 연안을 따라 길게 위치한 나라이다. 북쪽과 동쪽에 스웨덴, 핀란드, 러시아와 이웃하고 있지만 대부분 스웨덴과 긴 국경을 공유하고 있다. 국토 형상이 꼬리는 북극해에 담가 놓고 머리는 덴마크 코앞에 내민 도마뱀의 느낌을 준다. 면적은 한반도의 약 1.5배 정도. 그러나 인구는 500만을 조금 넘는 서울 인구의 절반 수준에 불과하다. 인구의 대부분은 중부 이남에 살고, 중부 이북은 북극 방향으로 갈수록 인구밀도가 희박하다. 북극권에 속하는 북부는 여름에는 해가 지지 않는 백야(白夜) 현상이 일어나고 겨울에는 해가 지평선 위로 떠오르지 않아 어두운 밤이 계속된다. 최남단이라 할 오슬로에서도 여름 한밤중에 골프를 칠 수 있을 만큼 훤하다. 그러나 겨울에는 낮의 길이가 매우 짧아 오전 9시경이 되어야 날이 밝고 오후 4시쯤이면 어두워진다. 정오를 지나면 설핏한 해가 지평선 위에 걸려 있다가 벌써 구천으로 돌아갈 준비를 하고 있다. 여름에는 까딱하면 잠잘 시간을 놓치기 쉽고 겨울에는 지루한 밤을 보내야 한다. 한국인 입장에서는 이런 환경에 습관이 되어 있지 않아 신체 리듬을 맞추기 어려운 기간이다. 짧게 왔다 가는 봄과 가을이 여기서는 지내기 가장 좋은 계절이다.

1989년 내가 노르웨이에 첫발을 딛고, 이 나라가 어떤 나라인가 싶어 노르웨이 관광청이 발행한 소개 책자를 읽다가 나는 잠시 어리둥절했다. 첫 페이지에 '노르웨이 사람들은 고독을 사랑한다'는 구절이 있었기 때문이다. 나는 이 구절의 뜻을 얼른 이해할 수 없었다. 노르웨이 사람들이 사랑하는 대상이 고독이라니, 이 나라는 확실히 내 상식과는 거리가 있는 특별한 나라 같았다. 궁금하던 그 뜻은 살아가면서 곧 알게 되었다. 노르웨이에서 웬만한 사람들은 휘떼라고 부르는 별장을 하나씩은 가지고 있다. 별장이라고 번역은 했지만 우리가 생각하고 있는 별장과는 좀 다르다. 휘떼는 그냥 통나무집이다. 사치스런 건축자재를 써 한껏 멋을 부린 별장과는 근본부터 다르다. 내부도 목제 침대와 식탁 등 먹고 자는 데 최소한 필요한 것만 갖추고 번 잡한 것은 피한다. 문명의 이기는 냉장고와 TV가 고작일 것이다. 지 붕을 흙으로 덮어 풀이 자라게 한 휘떼도 있다. 자연에 가깝게 하기 위해서이다. 휘떼는 가급적 속세와는 떨어진 외진 곳에 있다. 그래서 골짜기나 바닷가, 경관이 좋은 한적한 장소에 있기 마련이다. 휘떼는 대체적으로 한군데 모여 있지 않고 떨어져 있다. 어떤 사람들은 전기 나 가스가 문명 냄새가 난다고 하여 거부하고 촛불과 장작으로 불을 밝히고 취사를 한다. 주말과 휴일에는 이런 곳에서 시간을 보내고 다 시 인간세계로 돌아간다. 노르웨이에는 누가 옆집으로 이사 오면 거 기 살던 사람이 다른 곳으로 피난 간다는 우스갯소리가 있다. 혼자 있기 좋아한다는 표현을 과장한 말이다. 관광청 책자에 고독을 사랑 한다는 구절의 배경을 설명해 주는 부분이기도 하다. 인구가 적은 노 르웨이의 특수한 자연환경과 사람들의 이런 기호는 바쁘게 돌아가고 북적거리는 나라, 예를 들어 한국과 대조가 된다. 나는 노르웨이 젊 은이가 그런 점에서 자기 나라를 심심하다고 한 것으로 이해했다.

그래서인지 노르웨이 사람들은 자연으로 돌아가려는 욕구가 강 한 것 같다. 무위자연(無爲自然)이란 고상한 용어를 동원하지 않더라 도, 때 묻은 속세를 버리고 자연으로 들어가 조용히 자신만의 세계를 가지려는 본능이 이 사람들 유전자 속에 녹아 있는 것이 아닌가 생각 이 들 정도이다. 자신의 세계에 몰입하여 천착(穿鑿)하고 탁마(琢磨)함 으로써 새로운 것을 만들어내는 창조적 신비성이 거기에 있는 것 같 다. '솔베지의 노래'의 작곡가 그리그나 화가 뭉크가 그런 환경의 산 물일 것이다. 그리그의 노래를 들으면 내 자신이 자연에 용해되어 아름다운 노르웨이 산천의 일부가 되어 버리는 환상을 갖게 된다. 뭉크의 '절규'는 고독의 둥지인 무위자연의 세계가 위협받는 위기감을 유령의 공포로 표현하고 있는 듯하다. 고독은 다른 말로 하면 외로움이다. 외로운 사람은 사람이 그립기 마련이다. 사람이 그리운데 어찌 다른 사람과 싸우겠는가? 따라서 평화를 추구한다. 그래서 고독을 사랑하는 사람들은 평화를 사랑한다. 노벨은 노르웨이 사람이다. 그가 노벨평화상을 만든 것은 우연이 아니다. 개도국 원조사업에 세계에서 가장 많은 돈을 쓰는 나라가 노르웨이이다. 이 나라는 인도적 사업이라면 팔을 걷어붙인다. 개도국이 아니고 선진국이라고 스스로 자랑하는 한국, 그 한국이 자기 나라 아이들인데도 나몰라라 하는 고아들을 입양으로 받아들이는 나라가 노르웨이다. 노르웨이에 입양된 한국어린이 숫자는 아마 수백 명, 수천 명이 될지도 모른다. 길에서 만나는 한국인 얼굴의 젊은이 가운데 열에 아홉은 입양아들이라고 보면 된다. 그에 비해 노르웨이에 사는 한국국적의 한국인 수는 내가 있을 당시 손으로 꼽을 정도였다.

내가 부임차 오슬로에 도착했을 때는 겨울 초입이었다. 한낮에도 으스스하고 어스레했다. 한국 같으면 아직 낮일 텐데 일찍 어두워진 밤은 길기도 길었다. 여름에는 대낮 같은 시간에 저녁식사를 하려니 생체리듬이 깨져 어색했다. 이상한 동화의 나라에 온 듯한 기분이었다. 새 환경에 적응하는 데는 시간이 걸렸다. 내가 노르웨이에 와서 처음 듣는 이야기가 노르웨이 이름이 왜 Norway인지 아느냐는 질문이었다. 더 갈 데가 없는 막다른 길(no way)이어서 그런 이름이 붙었다는 조크였다. 더는 갈 데 없는 외진 곳. 더 가면 지구의 끝 북극이다. 이 조크를 들으니 노르웨이 사람들이 고독을 사랑한다는 구절의 의미가 좀 더 명료해지는 것 같았다.

　한국사람이 이런 곳에 와서 혼자 떨어져 산다면 어떤 심정일까? 그때는 지금처럼 핸드폰이 있어 지구 어느 구석에 있든 아무나 마음대로 통화할 수 있는 것도 아니었고, 인터넷이 발달되어 사이버 세계에 들어가 한국을 클릭하여 시간을 보낼 수 있었던 것도 아니었고, YTN 해외방송이 있어서 한국소식을 실시간으로 들을 수 있었던 것도 아니었다. 주위에 낯선 사람과 황량한 대지뿐인 곳에서, 고독에 빠져 익사하든 헤엄쳐 나오든 그 선택은 자신의 능력에 달려 있었다. 한번은 대사관 전화벨이 울렸다. 전화를 건 사람은 여자였는데, 직원이 전화를 받자 여자는 아무 말 안 하고 울기만 했다. 그렇게 한참 말을 못 하고 울기만 하던 여자는 한국사람 목소리를 들으니 자기도 모르게 울음이 먼저 터져 나왔다고 고백했다. 용무가 있었던 것도 아니었다. 노르웨이 최북단 소도시 트롬소라는 곳에 사는 이 여인은 너무 외롭고 한국사람이 보고 싶어 목소리라도 들어 보려고 전화를 걸었던 것이다. 트롬소는 여름에는 해가 지지 않고 겨울에는 해가 뜨지 않는 곳이다. 국제결혼하여 남편 따라 왔다가 이국땅의 외로움을 견디지 못하고 몸부림치던 한국여인이었다. 내가 부임하기 얼마 전의 실화이다.

　내가 만난 김여인의 경우는 좀 더 구체적이었다. 김여인은 20대 나이에 노르웨이 선원과 결혼하여 남편 고향인 트론하임에 온 사람이다. 부산의 어느 바에서 일하다가 손님으로 온 푸른 눈의 백인 마도로스 테이블에 앉게 된 것이 인연이었다. 푸른 눈의 백인은 연거 푸 사흘을 찾아오더니, 몇 달 후에는 배가 다시 부산항에 입항했다며 비싼 선물을 손에 들고 그녀 앞에 또 나타났다. 선물과 함께 내민 것은 청혼이었다. 외국인과 결혼하면 양공주 취급하던 시절이었다. 김 여인은 물론 결혼은 생각도 하지 않았다. 처음 거절의 입장은 단호 했다. 그런데 마도로스의 프로포즈가 거듭되자 이상하게 마음이 흔 들렸다. 전라도 어딘가에서 중학교만 졸업하고 가출한 그녀를 술집 에 밀어 넣은 것은 가난이었다. 기회만 있으면 탈옥하듯 해방되고 싶 은 지겨운 가난이었다. 이 백인을 따라 먼 나라에 가 있으면 양공주 인들 어떠랴! 김여인은 그렇게 생각하고 단안을 내렸다. 그리고 마침 내 푸른 눈의 백인 선원을 따라 난생 처음 낯선 이국땅을 밟았다. 김 여인이 정착한 곳은 남편의 고향 트론하임이라는 곳이었다. 트론하 임은 도마뱀(노르웨이)의 오른쪽 앞다리쯤에 위치한 인구 10만이 채 안 되는, 그러나 노르웨이 규모로는 제법 큰, 한때 바이킹들의 근거지로 번성했던 항구도시이다.

그런데 이 도시는 기대와 달리 김여인에게는 외계인의 세계였 다. 거기 사는 사람들은 키도 덩치도 김여인보다 훨씬 크고 생김새와 피부 색깔도 달랐다. 그 사람들이 쓰는 말은 한마디도 알아들을 수 없는 E.T.(외계인)의 언어였다. 텔레비전은 E.T.들만의 바보상자였다. 걸 상대가 없는 전화기는 무용지물이었다. 음식도 그녀의 구미에 맞 는 것이 하나도 없었다. 유일한 아군인 남편은 배 타고 나가면 몇 달 이 걸려서야 돌아왔다. E.T.들의 세상에서 김여인은 완벽한 외톨이 였다. 천국일 것이라고 믿고 왔으나 불시착도 이런 불시착이 없었다.

김여인은 바이킹 후예들의 무대 위에 던져진 가녀린 피에로 신세였다.

고양이 낯짝처럼 낮이 덤으로 붙은 겨울도 그렇지만, 여름 내내 해가 지지 않는 백야는 처음 경험하는 이상한 세상이었다. 이런 환경은 김여인의 정신적 안정에 도움이 되지 못했다. 특히 겨울 보내기가 힘들었다. 남편이 없으면 어둡고 긴 저녁이 무서웠다. 남편과 의 사소통도 실은 짧은 영어 몇 마디 외는 보디랭귀지로 하는 처지인데, 그나마 남편이 배 타고 나가 버리면 누구와 말 한마디 나눌 상대조차 없었다. 말을 놓아 버리고 몇년이 지나니 입이 열리지 않기 시작했다. 늘 쓰던 한국어 단어가 깜박깜박 했다. 어떤 단어는 아무리 머리를 쥐어짜도 되돌아오지 않았다. 그리고 그 자리를 남편한테서 배운 E.T.들의 단어가 하나씩 점령했다. 그럴 때마다 김여인은 숨이 막혔다. 이러다 한국말 벙어리가 되겠다는 공포가 엄습했다. 생각 끝에 김여인은 한국에서 가져온 책을 뜯어 책장으로 벽에 도배하듯 붙였다. 앉으나 서나 어디서도 한국어가 눈에 들어오도록 내린 비상조치였다. 집에 있을 때는 도배된 책장들을 될수록 큰 소리로 읽고 외웠다. 말할 상대가 없으므로 책장을 상대로 말을 걸었던 것이다.

그러나 그것이 외로움을 달래고 스트레스를 푸는 절대적인 방법은 아니었다. 그녀 가까이에서 친구가 되어 준 것은 술과 담배였다. 술과 담배가 없으면 지겨운 시간과 고독을 이겨 낼 자신이 없었다. 술은 적당한 수준까지만 마시겠다고 다짐하면서도 그 선을 지키기가 어려웠다. 남편이 그래도 그 선을 지키도록 옆에서 파수꾼 노릇을 하기에 그나마 절제가 가능했다. 남편이 배를 타고 나가 버리고 혼자 있을 때는 취해 스스로 무너지도록 마셨다. 그래도 악착같이 달라붙는 외로움은 그녀를 바닷가로 내몰았다. 바다는 술로도 위안을 찾기 어려울 때 버릇처럼 찾아가는 곳이 되었다. 바다를 바라보면 막혔던 가슴이 뻥 뚫리는 기분이었다. 수평선 너머로 고향이 보이고 그리운 사람들이 보였다. 바다에 떠 있는 배에서 남편이 손짓하며 금방이라도 달려와 자신을 포용할 것 같았다. 그러면 가슴이 뜨거워져 바다를 향해 목이 터지도록 소리를 질렀다. 남편을 부르고 부모형제를 부르고 친구들을 불렀다. 자신을 이렇게 힘들게 만든 세상에 대해 욕도 퍼부었다. 소리를 지를 때는 감정이 벅차 눈물을 주체하지 못했다. 외침은 숫제 절규였다. 그녀의 절규는 뭉크의 '절규'처럼 유령이 되어 바다 위를 떠돌다 해조음에 묻혀 사라졌다. 그렇게 바다를 보고 나면 기분전환이 되어 내일을 버티는 힘을 얻곤 했다.

노르웨이는 저녁 파티가 많다. 여름에는 밤이 없다는 핑계로, 겨울에는 밤이 길다는 핑계로 저녁에 모여 웃고 떠들며 시간을 보낸다. 특히 겨울밤의 적막과 고독을 술로 쫓는 게 습관이 된 이 나라 사람들은 파티를 즐긴다. 저녁 파티는 대개 부부동반이다. 김여인은 남편과 이런 파티에 몇 번 나가 보았다. 낯선 사람들 속에서 꾸어다 놓은 보릿자루처럼 초라한 모습을 보이기 싫어 갈 생각이 없는데도 남편이 억지로 가자는 바람에 마지못해 따라가곤 했다. 한번은 남편 따라갔다가 과음했다. 다른 사람들과 의사소통이 되지 않아 혼자 무료한 시간을 술과 동무한 결과였다. 흠뻑 취한 김여인은 감정의 통제선을 넘어 버렸다. 술주정의 봇물이 터지고 말았다. 그녀는 한국말로 넋두리를 했다. 그리고 바닷가에서 하던 식으로 절규하듯 고함을 질렀다.

심지어 불특정인에 대한 욕까지 쏟아 냈다. 욕을 할 때는 누군가를 향해 삿대질을 했다. 사람들은 이 뜻밖의 사태에 어리둥절했다. 눈살을 찌푸리게 하는 추태에 그녀의 남편도 어찌할 바를 몰랐다. 파티는 엉망이 되어 버렸다. 사람들이 말렸지만 허사였다. 마지막에는 주인이 할 수 없이 경찰을 불렀고, 김여인이 경찰에 끌려 나가고 나서야 난리는 끝났다.

이 이야기는 내가 트론하임 교민회의 연말모임에 참석했다가 김여인한테서 직접 들은 것이다. 노르웨이에 처음 와서 적응하기가 얼마나 어려웠는지 설명하는 과정에서 나온 이야기였다. 본인의 이야기가 과장된 부분이 있었을 수 있고, 내가 각색하며 잘못 옮긴 부분이 있을 수 있으나 내용의 줄거리는 그대로이다. 정보통신수단이 발달되어 지구 어느 곳과도 소통이 자유로운 오늘날과 달리, 7-80년대에는 김여인과 같은 처지에 있는 사람들이 외로움 때문에 받은 정신적 심리적 타격은 컸던 것 같다. 술주정은 어떤 이유로든 잘한 것은 아니다. 그런데 나는 그 이야기를 들으면서 추태로만 타기(唾棄)해버리고 싶지 않았다. 낯선 환경에서 자신의 길을 찾으려고 몸부림치다 일어난 실수 정도로 이해하니 오히려 동정적이었다. 그 실수가 억압된 감정을 해소시키는 카타르시스 작용을 하여 김여인에게 삶에 대한 새로운 의욕을 주었다면 꼭 매도되어야 할 일은 아닐 것이다. 내 앞에 마주한 김여인은 이제 40대의 완숙한 노르웨이인이었다. 처음 노르웨이에 도착했을 때의 감정의 기복이 컸던 20대 시절과 달리 그녀는 침착했다. 김여인의 얼굴에는 오뚜기처럼 역경과 싸워 칠전팔기한 사람의 훈장인 세월의 굴곡은 보이지 않았다.

그녀의 이야기는 계속되었다. 남편은 몇 년 전에 암으로 세상을 떠났다고 했다. 유일한 혈육인 딸을 위해 자신의 생의 불꽃이 꺼져서는 안 된다고 악을 쓰듯 어세에 힘을 실었다. 그녀는 그대로 포기할 수 없어, 남편이 남긴 유산을 정리하여 트론하임 번화가에 가게 하나를 마련해 옷 점포를 열었다고 했다. 장사 경험이 없는 단점은 한국 여성의 억척스러운 또순이 정신으로 대신했다. 다른 가게와 차이를 부각시키기 위해 한국에서 물건을 가져와 진열했다. 다양한 색상과 디자인은 우중충하고 어두운 북극 분위기에 생동감을 불어넣어 곧 사람들의 시선을 끌었다. 소문은 좁은 트론하임에 곧 퍼졌다. 김여인의 가게는 잘나가는 편이라 했다. 본인의 입으로 잘나간다고 하니 성공한 것으로 보아도 무방하다는 생각이 들었다. 찢어지게 가난했던 자칭 바걸 출신의 한 여인이 이제 성공한 한국계 노르웨이 비지니스 우먼으로 변신한 것이다.

김여인은 트론하임 교민회장을 맡고 있었다. 그날 교민모임은 그녀가 돈을 내 준비한 것이었다. 모인 사람은 김여인까지 6명이었다. 김여인 말에 의하면 트론하임 바닥을 샅샅이 뒤져 찾아낸 한국인이 10명이라 했다. 그 가운데 6명이 참석한 것이다. 휠체어를 탄 장애인 부부, 중국식당 종업원으로 일하는 남자 1명, 유학생 1명, 본국에서 장기출장 나온 공무원 1명 그리고 김여인이었다. 자신이 당했던 고통을 뒤에 오는 사람들에게는 절대 주지 않겠다는 각오에서 이 일을 하고 있다는 것이 그녀의 변이었다.

"여기서는 외로움과 싸워 지면 끝장입니다. 그걸 이겨야 해요. 그래서 몇 명 안 되는 사람이지만 서로 의지하자고 제가 나서서 모임을 만들었습니다."

　모임의 분위기에 다소 들뜬 김여인의 말은 바닷가의 절규처럼 가슴속 깊은 곳에서 울려나오는 소리였다. 딸의 근황을 묻자, 김여인의 눈은 모성의 자애로 금세 번득였다.

　"내 보물단지인디요, 학교에서 공부도 잘해요."

　고향 사투리가 튀어나왔다. 자기는 가시밭길을 걸었지만 딸은 꼭 꽃길을 걷게 하겠다는 결의가 엿보였다. 그동안 어렵게 지낸 세월의 결실이 딸이란 듯 자랑스런 얼굴이었다. 벌써 30년 전의 일이다. 내가 거기 있었던 때는 노르웨이를 통틀어서도 교민수가 백 명의 절반도 되지 않았다. 몇 명 안 되는 교민 구성을 보면 유난히 여자가 많았다. '고독을 사랑하는 나라'에서 이분들이 겪었을 고통은 남자들보다 더 심했던 것 같다. 지금은 통신수단이 발달되어 당시의 상황과는 다르리라고 본다. 김여인도 핸드폰으로 지구 반대편에 살고 있는 고향 친구들과 옛이야기 나누며 딸이랑 손자랑 행복하게 지낼 것이다.

2019. 10. 13.

19/

헬렌의
앨범

...

노르웨이에는 한국 아이들을 입양한 양부모들의 모임이 있었다. 지역별로 모여 입양한 아이들의 양육에 관한 정보를 교환하고 서로 친목도 다졌다. 오슬로와 인근 지역 양부모들도 모였는데, 일 년에 한 번은 대사관 직원들을 초청하여 자리를 함께하는 기회가 있었다. 지금도 모임이 계속되는지는 알 수 없으나, 초기 입양아들이 성년이 되기 전까지는 서로 봉착하는 문제들이 비슷하여 이를 극복하는 데 유용했다는 평가를 받았다. 이 모임은 친한단체로서도 역할을 톡톡히 했다.

내가 한국 여아를 입양한 노르웨이 양부모 M씨 가족을 알게 된 것은 그 모임에서였다. M씨는 나에게 한 가지 부탁을 했다. 입양한 딸 헬렌(가명)이 한국사람을 꼭 보고 싶어 하니 한번 와달라는 청이었다. 여섯 살인 헬렌은 한국사람을 본 적이 없어서, 한국사람이 어떻게 생겼는지 늘 궁금하다고 조른다는 것이었다. 나는 M씨의 말에 이해가 갔다. 고아들을 해외로 내보내는 나라의 국민으로서 나는 입양아에 대해 죄지은 사람처럼 항상 마음이 약하고 짠한 입장이었다. 한번 가 보는 것도 괜찮을 것 같아 나는 가벼운 마음으로 그 자리에서 제의를 수락했다. M씨는 친자식으로 아들과 딸 하나씩을 두고 있으며, 헬렌을 입양한 것은 5년 전이라 했다. 헬렌이 언제부턴가 자신의 생김새가 오빠 언니와 다르다는 사실을 깨닫고 나서부터 부쩍 정체성의 혼란을 겪고 있다는 것이 M씨의 설명이었다. 거울 앞에서 자기 얼굴을 요모조모 뜯어 보는 일이 많아졌고, 어떤 때는 양부모의 얼굴을 만져 보며 왜 엄마 아빠는 자기와 생김새가 다르냐고 묻기도 한다고 했다. 착하고 천진하던 아이가 요즘은 형제들과 툭하면 다투는 일이 많아지기도 했다는 것이다. 헬렌에게는 경미한 지적장애 증상이 있는데, 헬렌이 신경질적으로 변한 것은 지적장애 때문이 아니고 정체성에 눈뜬 현상이란 것이 M씨의 진단이었다. M씨는 헬렌이 앞으로 사춘기에 접어들면서 어떤 정신적 충격을 받을지 걱정이라고 심정을 털어놓았다. 입양아가 정체성 문제로 고민하고 방황하는 것은 일반적 현상이다.

입양아들이 던지는 질문은 간단하다. '자기를 낳은 부모는 누구이며 자신이 왜 입양 오게 되었는지?'이다. 이에 대한 대답은 일차적으로 낳은 부모의 몫이다. 그러나 용기 있게 나서서 말하는 사람은 우리나라에서 아무도 없다. 하나같이 자신을 숨기고 잠적해 버린다. 말 못 할 사정이 뭔지 몰라도 떳떳하면 그렇지 않을 것이다. 자기나라 고아를 거두지도 못하고 남의 나라에 팔아넘기듯 내보낸 대한민국 정부도 꿀 먹은 벙어리이기는 마찬가지이다. 전쟁의 잿더미 위에서 불사조처럼 일어난 경제대국이라고 입만 열면 자랑하는 대한민국

267

이 입양아 이야기만 나오면 철 지난 매미처럼 유구무언이다. 나라의 치부라고 속으로만 끙끙거리고 만다. 죄 없는 입양아들은 속이 탈 수밖에 없다. 자기를 버린 부모는 누구인지 모르지만 자기를 버린 나라는 대한민국이다. 그래서 입양아들의 불만이 대한민국을 과녁으로 삼는 일이 생긴다.

한번은 텔레비전 방송국에 다니는 입양아 출신 피디가 대사관을 찾아와 한국 입양아에 관한 다큐멘터리를 제작하고 싶은데 도와줄 수 있느냐고 물어왔다고 한다. 당시 세계 극장가를 휩쓴 영화 '뿌리(Roots)'의 영향을 받아 피디 자신의 뿌리를 조명해 보려 했던 것이다. 화들짝 놀란 대사관이 말리느라고 진땀을 뺐다는 이야기를 들었다. 뿌리는 아프리카 흑인이 노예로 잡혀 미국으로 팔려가는 과정을 그린 휴먼 드라마이다. 노예로 팔려가는 장면이 충격적이었던 것처럼, 빈민굴 사창가가 등장하고 사생아를 유기하는 비인륜적 장면으로 시작될 이 다큐멘터리에 비칠 대한민국의 모습을 생각하면 대사관의 협조를 기대하는 것은 처음부터 연목구어(緣木求魚)였을 것이다.

M씨 집은 오슬로에서 북쪽으로 40km 정도 떨어진 시골이었다. 오슬로 길거리에서 입양아들과 마주치면 양부모 집에서 어떻게 사는지 이들의 사생활이 사실 궁금했었는데, 이제 현장에 가서 직접 보게 된다는 기대에 다소 설레는 기분으로 나들이를 나섰다. 완만한 구릉 위에 자리 잡은 드넓은 농장에는 M씨 집 하나만 홀로 서 있었다. 농장은 거의가 밀밭이었다. 두어 뼘 자란 밀의 푸른 잎으로 구릉은 온통 초록 일색이었다. 화창한 봄볕 아래서 바람에 물결치는 초록의 율

동이 환상적이었다. 사방으로 끝없이 펼쳐진 밀밭은 M씨 소유인 듯했다. 노르웨이 시골은 이렇게 마을을 이루어 사는 우리와는 달리 농가 하나 외롭게 서 있는 풍경이 인상적이다. 가는 길에서도 홀로 서있거나 띄엄띄엄 떨어져 있는 농가들을 도처에서 보았다. 한 폭의 유화 같은 목가적 서정이 물씬 풍기는 풍경이었다. M씨 집은 2층 거주동(棟)과 창고 및 헛간으로 사용하는 별채로 구성된 단출한 구조였다. 담장 없이 밀밭과 연결된 마당에는 트랙터와 농기구가 한쪽에 정연하게 정리되어 있었고, 거주동 앞에는 승용차 한 대가 서 있었다. 소박한 농가의 모습이었다.

나는 아내와 함께 약속한 시각에 M씨 집에 도착했다. 마당에는 가족이 모두 나와 있었다. M씨 부부, 아들, 딸, 헬렌 순으로 서 있는 가족과 일일이 악수로 인사를 나누었다. 줄의 맨 끝에 서 있는 꼬맹이 동양 아이가 헬렌이었다. 키가 장대처럼 큰 오빠 언니와는 한눈에 보아도 차이가 뚜렷한 다른 모습이었다. 헬렌은 호기심이 가득 찬, 그러나 긴장된 얼굴로 우리를 향해 활짝 웃었다.

"오, 요 녀석이 나를 오게 한 장본인이구만!"
나는 속으로 중얼거리며 아이의 손을 잡았다. 헬렌의 손은 여섯 살짜리 아이답지 않게 힘이 있었다. 목적의식을 갖고 붙잡으려 할 때 자기도 모르게 나오는 힘이었다. 헬렌은 내 손을 놓지 않았다. 그리고 무슨 말인가를 건넸다. 노르웨이 말을 알아듣지 못해 무슨 뜻인지 이해하지는 못했으나 반가움을 담은 환영의 말이었을 것이다. 그 순간 헬렌과 나 사이에 동족으로서의 이심전심인지 가슴이 뭉클해지고

코끝이 찡하는 느낌이 왔다. 활짝 웃는 헬렌의 웃음 속에서 무언가 간절히 갈구하는 애잔한 눈빛을 보았던 것이다. 나는 아이를 살짝 안아 주며 가볍게 등을 다독거렸다. 쿵쿵거리는 꼬마의 심장 소리가 들리는 듯했다. 헬렌은 내 품에서 풀려나와 뒤따르던 아내에게 몸을 던지듯 움직이더니 아내의 다리를 덥석 부둥켜안았다. 그리고는 아내의 스커트 폭에 얼굴을 묻고는 무엇에 취한 듯 목석이 되어 버렸다. 감정이 폭발했던 것일까? 헬렌의 행동은 아무도 예상치 못한 것이었다. 나도 아내도 그리고 M씨 가족도 무슨 일인지 몰라 어리둥절했다. 나는 '무언가를 간절히 갈구하는 애잔한 눈빛'에서 그 답을 찾았다.

헬렌에게 아내는 어머니였던 것이다. 태어나서 얼굴 한번 보지 못했던 어머니, 얼마나 보고 싶었던 어머니인가! 헬렌은 지금 그 어머니를 만난 것이다. 헬렌에게 어머니는 꼭 생모에 한정할 필요가 없었다. 자신과 같은 얼굴을 하고 같은 피를 나눈 어머니뻘의 동족이면 필요충분조건을 갖춘 것이다. 헬렌은 아내의 스커트 폭에 얼굴을 묻은 채 "어머니!"를 부르며 감격의 눈물을 쏟는 중이었다. 분위기는 단번에 숙연해졌다. 내 가슴에 다시 한번 찡하는 전류가 흘렀다. 헬렌이 얼굴을 들었을 때 눈은 젖어 있었다. 헬렌은 이번에는 아내를 향해 팔을 벌렸다. 안아 달라는 몸짓이었다. 두 사람의 포옹은 힘차고 깊었다. 헬렌의 표정은 환희와 흥분으로 뒤범벅이 되어 있었다.

헬렌의 독무대가 되어 버린 마당 환영식은 나에게 잊을 수 없는 인상을 남겼다. 그 감동의 여운은 그날 내내 내 마음속에 메아리로 남아 있었다. 헬렌은 언제 울었느냐는 듯 아내의 손을 붙잡고 개선장군처럼 응접실로 향하는 일행의 뒤를 따랐다. 그리 넓지 않은 응접실은 아늑한 분위기가 느껴지도록 가구가 잘 배치되어 있었다. 어디서 구했는지, 장식품 가운데 한국인형이 눈에 띄었다. 장구 치는 여인인데 유리상자 안에 들어 있었다. 여인의 고운 한복과 미소가 주로 바이킹들의 무기 모형으로 된 장식품들의 날카로운 형상과 대조를 이루었다. 인형의 미소는 이들이 발산하는 살벌한 기(氣)를 잠재워 분위기의 균형을 잡고 있었다. 한국인형은 M씨 가족에게는 한국과의 인연을 대변하고 헬렌에게는 한국과 자신의 친어머니를 연상시켜 주는 다목적 상징물이었다.

우리는 준비된 다과를 들며 M씨의 가족에 대한 설명을 들었다. 이야기는 헬렌에 초점이 맞추어져 있었다. 딸이 동생이 있으면 좋겠다고 희망하여 헬렌을 입양하게 되었다는 것, 헬렌은 친자식과 조금도 차별을 두지 않고 기른다는 것, 헬렌에게 경미한 지적장애 증상이 있어서 특수학교에 보낼까 고려 중이라는 것, 아이들이 성장해서 분가해 나가더라도 재산분배 등에서 균등한 기회를 주겠다는 것 등이 골자였다. 자기 씨가 아니면 받아들이지 않는 혈육지상주의의 한국과 달리, 입양을 자연스럽게 받아들이고 선입견을 두지 않는 노르웨이 사람들의 실용주의적 사고방식에 존경심을 느끼지 않을 수 없었다. 이 사람들의 사고를 관류하고 있는 인도주의와 평등주의는 사실상 입양이 존재하지 않는 한국사회의 폐쇄성과 비교되어 나를 한없이 부끄럽게 만들었다. 그것이 내가 이 나라에 온 이후 입양 이야기만 나오면 기가 죽어 초라해지는 이유였다. 나는 M씨의 설명을 들

271

으면서 생물학적으로 자신과 아무런 관련이 없는 동양의 한 아이에게 저토록 자상한가 싶어 그저 감사하다는 말만 되풀이했다.

M씨의 설명이 진행되는 동안 헬렌은 나와 아내 사이에 끼어 앉아, 내 손과 아내 손을 번갈아 만져 보고 옷을 만지작거려 보고 우리 표정을 살피는 등 한시도 가만히 있지 않았다. 어른들의 대화에는 관심이 없었다. M씨가 가만히 있으라는 신호를 보냈지만 듣지 않았다. 심지어 우리의 손을 잡아당기며 밖으로 나가자는 몸짓을 했다. 헬렌의 이런 행동은 분위기를 산만하게 만들어 몇 차례 대화가 중단되는 일로 이어졌다. 지켜보고 있던 오빠도 주의를 주었으나 별로 개의치 않는 모습이었다. 관심을 끌기 위한 아이들 특유의 어리광인가 보다고만 생각했다. 지적장애가 있다고 하니 그런 각도에서 시선이 가기도 했다. 어른들이 이야기할 때는 조용히 해야 한다는 의식이 여섯 살 아이치고는 확실히 좀 부족하다는 생각이 들긴 했다. 그러나 나는 헬렌이 아내의 스커트 폭에 얼굴을 묻을 때부터 동정심이라는 특수한 안경을 쓰고 바라보고 있었기에 이해하는 마음이었다. 그때의 흥분이 지금도 지속되어 가만히 앉아있을 수 없는 것이라고 나름의 판단을 내렸다. 돌발적이고 의외성이 있는 헬렌의 행동은 지나치다고만 생각할 것이 아니라 받아 주고 달래 주어야 할 연민의 대상이었다.

M씨의 설명이 끝나자 차 한 잔의 여유도 가질 겨를 없이 헬렌은 우리 내외의 손을 붙잡고 어디론가 가자고 끌어당겼다. 그리고 무어라고 자꾸 큰 소리로 말을 했다. 내가 어리둥절하자 M씨가 통역을 했다. 헬렌이 자기 방에 가자고 한다는 것이었다. 무슨 일로 방에 가자

고 하는지 나로서는 짐작이 되지 않았다. 장난감 가지고 놀자는 이야기인가, 그런 생각이 들어 잠시 머뭇거렸더니 M씨가 한번 가 보라는 신호를 보냈다. 짐작이 가는 게 있는 모양이었다. 헬렌은 혹시 내가 따라오지 않을까 봐 내 손을 꼭 붙잡고 빠른 걸음으로 앞장섰다. 아내도 뒤를 따랐다. 헬렌 방은 복도 끝에 있었다. 소형 목재 침대와 책상이 공간의 대부분을 차지하고 붙박이장이 하나 벽에 붙어 있는 작은 방이었다.

방에 들어서자마자 헬렌은 부리나케 장을 열어 무언가를 꺼냈다. 그리고 그것을 내 코앞에 내밀었다. 앨범이었다. 무슨 난데없는 앨범이란 말인가? 나는 짐작이 가지 않아 헬렌의 행동을 주시했다. 앨범을 받아 든 나는 침대에 걸터앉아 헬렌이 넘기는 앨범의 첫 장에 시선을 던졌다. 색깔이 누르스름하게 변하기 시작한 사진이었다. 모두 한두 살짜리 어린아이 사진이었는데, 자세히 보니 헬렌이 아닌가! 기저귀를 찬 채 방긋 웃는 것, 아장아장 걷는 것, 고아원 보모로 보이는 여자 품에 안겨 있는 것, 얼굴만 나온 독사진 등이었다. 이것은 한국의 입양기관이 만들어 입양 시 양부모에게 건네주는 인수인계 품목 중의 하나이다. 그것을 헬렌이 장 속에 간직하고 있었던 것이다. 자신의 과거요, 자신의 정체요, 자신의 비밀이 담긴 사진이 얼마나 소중했기에 헬렌은 벌써 양부모의 손에서 사진을 찾아와 자신이 소장하고 있었던 것일까? 자신의 정체를 말해 주는 유일한 증거인 앨범은 헬렌이 목숨처럼 아끼는 보물인 셈이었다. 그 보물을 나와 아내에게 보여 주려고 안달이 났었는데, 어른들은 그런 사정도 모르고 차를 마시며 한가한 소리나 하고 있었던 것이다.

헬렌은 내가 온다는 소식을 듣고 며칠 전부터 잠을 설쳤을 것이다. 그리고 내가 오면 이 보물을 꼭 보여 주리라고 수십 번 마음먹었을 것이다. 하루에도 몇 번씩 앨범을 챙기며 나를 기다렸을 것이다. 앨범을 보여 주며 우리가 '같은 하나'에 속한다는 사실을 물증으로 증명하고 싶었던 것이다. 헬렌은 사진을 가리키며 쉼 없이 뭐라고 재잘거렸지만, 내 귀에는 우리는 물보다 진하다는 피로 이어진 동족이라고 외치는 소리로만 들렸다. 저 어린 가슴에 누가 저런 응어리진 상처를 남겼을까? 나는 울컥했다. 뜨거운 열기가 목을 넘어가며 숨이 막혔다. 이 아이의 마음속에서 이미 내 딸이 되어 버린 헬렌에게 지금 보여 줄 수 있는 것은 아빠의 따뜻한 관심이었다. 나는 헬렌을 지그시 끌어안고 가슴에 품었다. 그리고 함께 앨범을 한 장 한 장 넘겼다.

우리 내외를 위해서 M씨 부인이 특별히 준비한 점심 메뉴는 노르웨이 전통요리였다. 연어가 주요리인 이 집 주부의 음식 솜씨에 우리 내외는 아낌없는 칭찬을 보냈다. 크리스털 와인잔을 가볍게 부딪치며 우리는 오늘의 만남을 서로 축하하고, 나는 특별히 헬렌을 향해 축복의 잔을 들었다. 말석을 차지한 헬렌은 무척 행복해 보였다. 아까까지 보였던 무엇에 쫓기는 듯한 초조감이나 신들린 듯한 중얼거림은 사라지고 제법 점잖은 매너로 식사에 열중하고 있었다. 사진을 우리에게 보여 준 뒤로 회복한 마음의 평정인 듯했다. 우리 내외를 엄마 아빠로 생각하고 얻은 평정일 것이다. 헬렌은 마침내 찾은 행복의 샘에 풍덩 빠져 잠시 마취상태에 있는 듯했다. 그러면서도 유심히 보면 꼭 그런 것만은 아니었다. 시선은 나와 아내의 일거수일투족을 쫓고 있었다. 하나라도 놓치지 않고 기억 속에 담아 두려는 듯 무엇을 먹고 무슨 말을 하는지 정신은 온통 거기에 가 있었다. 그러다 시선이 마주치면 해맑은 미소로 받아넘겼다.

나에게는 헬렌의 미소가 천사와 같았으나 마음이 편치만은 않았다. 이 순간의 짧은 행복은 곧 닥칠 이별의 전조였기 때문이었다. 다만 헬렌이 느끼지 못하고 있을 따름이었다. 이별의 시간은 문밖에서 기다리고 있었다. 이제 겨우 잠잠해진 헬렌의 마음에 파문을 일으킬 돌을 던지는 짓은 차마 할 일이 아니었지만 피할 수 없었다. 우리와의 헤어짐이 헬렌에게 있어서 또다시 부모와 생이별을 하는 것과 같을 것이란 생각이 들자 내 마음은 돌처럼 무거워졌다. 차라리 오지 말걸 그랬나 하는 생각까지 들었다.

식사가 끝나고 우리가 떠날 분위기를 눈치챈 헬렌은 아내의 팔을 붙들고 놓아 주지 않았다. 원래는 식사가 끝나자마자 바로 떠날 예정이었으나 차마 발길이 떨어지지 않았다. 헬렌과의 작별은 우리에게도 다시 못 볼 혈육의 이별 같은 생각이 들어 가슴이 답답했다. 나는 M씨에게 요청하여 식후 차 한 잔 마시는 시간을 갖기로 했다. 그것이 이별의 시간을 얼마간 늦추는 것 외에 무슨 효과가 있으랴마는 그렇게라도 해서 헬렌의 마음을 흔들고 싶지 않은 심정이었다. 그러나 헬렌은 눈치가 빨랐다. 벌써 내 꼼수를 꿰뚫고 있었다. 헬렌의 입에서 드디어 가지 말라는 호소가 터져 나왔다. 호소에는 울음이 섞여 있었다. 시간을 최대한 늘인 티타임을 마치고 밖으로 나와 M씨에게 작별인사를 나누자 헬렌은 내 앞을 가로막았다. 이렇게까지 나올 줄 몰랐던 나도 양부모도 당황스러워 멈칫하고 말았다. 오빠가 나서서 동생을 억지로 끌어내 길은 텄지만, 헬렌은 대성통곡하며 오빠의 팔을 빠져나오려고 발버둥 쳤다. 어차피 치를 작별이라면 눈 딱 감고 떠나자. 나는 마음을 다잡았다. 나는 바둥거리는 헬렌한테 가서 어깨를 어루만지며 작별인사를 했다.

"헬렌, 양부모님 모시고 형제들과 잘 살아야 돼!"
나는 헬렌이 알아듣지 못하는 이 한마디 한국말을 남기고 몸을 돌렸다. 그리고는 손수건으로 눈물을 닦고 있는 아내를 재촉하여 서둘러 차에 올랐다. 내 마음은 미어졌다. 헬렌처럼 나도 속으로 울고 있었다. 밖으로 나오지 못하고 내면에서 파열하는 대성통곡이었다.
손을 흔들어 배웅하는 M씨 가족 대열 가운데서 헬렌은 두 손등으로 눈물을 훔치며 망연자실한 채 바둥거리고 있었다.

거의 40년 전의 일이다. 헬렌이 지금은 40대의 나이가 되었을 것이다. 그때 일을 생각하면 눈시울이 붉어진다. M씨 집을 방문한 이후 헬렌은 어쩌면 우리 내외를 부모로 생각하고 자라서, 지금도 그때를 기억하고 우리를 보고 싶어 할지 모른다. 다시 만나 뜨거운 상봉을 할 날은 없을까? 헬렌처럼 노르웨이 양부모들에게 입양되어 자신들이 태어난 나라를 그리워하는 한국출신 아이들이 수백 명이 된다. 세계적으로 그런 입양아들이 얼마나 될지 그 수를 헤아릴 수 없다. 바라건대 헬렌이 훌륭하게 자라서 자기를 버린 못난 조국 대한민국을 용서해 주었으면 좋겠다. 헬렌 파이팅!

2019. 10. 22.

20/   사막 골프

...

사우디아라비아로 발령받고 퍼뜩 떠오르는 것은 사막이었다. 사하라 사막처럼 죽음의 땅은 아닐지 모르지만, 뜨거운 태양이 대지를 달구고 일 년 내내 비 한 방울 내지지 않는 불모지 같은 곳일 거란 생각이 들었다. 수도 리야드행 비행기에서 내려다본 지상은 그런 내 생각이 틀리지 않았음을 확인시켜 주었다. 시야에 들어오는 모든 것이 단색의 사막이었다. 한 채의 집, 한 뙈기 목초지조차 보이지 않았다. 누런색 종이 위에 줄 하나 그려 놓은 듯, 한 줄기 검은 선만이 사막을 가르며 어딘가로 달리는 모습이 간혹 눈에 들어왔다. 사막 위에 난 고속도로였다. 넘쳐나는 오일 달러로도 사막을 바꾸는 데는 고속도로가 고작인 듯, 질펀한 대지는 황무지 천지였다. 1992년, 사우디아라비아 부임길에 내 눈앞에 펼쳐진 광경을 보고 유배지에 왔다는 느낌이 엄습했다.

사우디아라비아 생활은 단조로웠다. 단조롭다 못해 숨이 막힐

지경이었다. 엄격한 이슬람 율법이 강요하는 금욕주의적 생활에 익숙하지 않은 외국인에게는 삶 자체가 사막이었다. 알라의 말씀에 어긋나는 어떤 것도 이 사회에서는 용인되지 않았다. 극장도 술집도 없고 그 더운 나라에 옥외수영장도 없었다. 여자는 머리끝부터 발끝까지 검은 천으로 두르고 다녀야 하는 나라이다. 식당이나 병원 같은 공공장소에서는 남녀가 함께 앉아서도 안 되며, 외간남자는 여자한테 눈길 주는 것조차 허용되지 않았다. 여자는 바깥출입도 혼자 할 수 없고, 운전도 할 수 없었다. TV는 오락 프로가 없고 종교행사나 지루한 대담프로 같은 것으로 대부분 짜여 있었다. 뉴스채널 외에는 외국방송 청취도 허용되지 않았다. 그 배경에는 서양의 난잡한 문화가 이슬람 가치를 해친다는 이유가 있었다. 술과 돼지고기는 이슬람 율법에 따라 이 나라에서 철저하게 금기이며 단속은 엄격했다. 이런 걸 어기면 당신을 기다리는 것은 종교경찰의 회초리이거나, 재수 없으면 공개처형이 마지막 순서이다. 사막 위에 세워진 수도 리야드에는 공원다운 공원, 오락다운 오락이 없어 시간이 있어도 어디 마땅히 갈 데조차 없었다. 누런 사막과 희부연 하늘과 흰색 회를 바른 단색의 집들과 온몸을 흰색이나 검은색 천으로 감싼 사람들, 그리고 자주 부는 사막바람. 이것이 나를 받아들이는 나라에 대한 외형적인 인상이었으며 그 인상은 지금도 별로 변한 것이 없다.

나는 사우디아라비아에서 2년 반을 살았다. 집과 사무실만 왕래하며 도를 닦는 심정으로 보낸 세월이었다. 아내는 아이들 교육 때문에 주로 서울에 가 있었고, 휑뎅그렁한 단독주택에서 나는 혼자 홀아비 생활을 했다. 이런 환경에서 가족에 대한 그리움과 고독은 벗어날 수 없는 멍에였다. 사우디아라비아에서 나를 지탱해 준 것은 사막 골프였다. 골프장이 하나 있었는데, 골프장이라고 이름 붙이기조차 민망한 곳이었다. 풀 한 포기 물 한 방울 없는 메마른 사막에 대충 땅을 고르고 줄을 그어 골프장 모양의 시늉만 낸 것이다. 기또라는 일본사람이 만들었다 해서 기또골프장으로 부르게 된 이 골프장은, 사막 한가운데서 한국사람들이 모여 시간을 보내는 유일한 놀이터였다. 우리는 일 년 열두 달 예외 없이 주말만 되면 여기에서 모였다. 이것이 없었다면 나는 유배지의 시련을 견디어 낼 수 없었을 것이다. 사우디아라비아를 생각하면 가장 먼저 떠오르는 것이 기또골프장이다. 추억 삼아 어느 일요일 라운딩을 소개해 본다.

* * *

일요일은 조롱의 새가 풀려나듯 창살 없는 감옥에서 탈출하는 날이다. 나는 새벽 4시가 되기 전부터 일어나 떠날 시간만을 기다렸다. 아직 캄캄한 시간. 혼자 사는 덩그런 집에 불을 켜 놓으니 깊은 바닷속 같은 정적이 온몸을 짓누른다. 창문에 비치는 내 모습이 빈집에 나타난 유령 같아 흠칫했다. 기다리는 시간은 잘 가지도 않는다. 냉장고에서 차디찬 먹거리들을 꺼내 대충 아침을 때우고 두 시간 가까이 몸을 비틀며 기다리다 보니 출발시간이 다 되었다. 어제부터 미리 싸 둔 가방을 챙긴 나는 시간이 되자 조급한 걸음으로 문을 나섰다. 기또골프장까지는 차로 30분가량의 거리이다. 시내를 벗어나 사막 길로 무인지경을 달려 목적지에 도착했다. 비슷한 시각에 불을 켠 차들이 속속 도착했다. 함께 해방의 시간을 나눌 동료들이다. 모두 부부동반인데 나만 외톨이다. 해가 뜨면 바로 뜨거워지기 때문에 조금이라도 일찍 시작하려고 이렇게 서두르는 것이다. 클럽하우스 격인 가건물 전등불 아래서 서로 인사를 나누면 자연스럽게 팀이 짜인다. 남자는 남자들끼리 부인은 부인들끼리 치는데, 나는 상급자라고 노인네들(?)팀으로 밀어내 대사와 한 조가 되었다. 산뜻한 새벽공기가 이때만큼은 상쾌하다. 우리는 팀이 짜이기가 무섭게 자리를 옮겨 희끄무레한 어둠에 싸인 첫 번째 홀에서 티샷을 기다렸다.

홀 No.1(파4). 치는 순서는 대사가 1번이고 나는 차석(공사)이라고 해서 2번이었다. 이것은 스코어와 관계없이 우리끼리 정한 규칙이다. 대사가 티샷을 한 뒤, 나는 티박스(팅그라운드)에 올라가 몸을 풀기 위해 헛스윙을 몇 번 했다. 조금 높게 흙으로 돋은 티박스는 한 사람 올라갈 여유밖에 없는 스페이스이다. 바닥에 고정된 고무 티 위에 공을 올려놓았다. 날이 채 밝지 않아 공은 희미한 윤곽만 드러냈다. 웨글을 두어 번 하고 나는 공의 윤곽을 향해 드라이버를 휘둘렀다. 공은 딱 소리와 함께 박명의 어둠 속 어디론가 사라졌다. 날아간 방향을 알 수 없어 타격 순간의 느낌으로 어림짐작하는 수밖에 없었다. 나는 카트를 끌고 경쾌한 발걸음을 내딛었다. 작은 돌멩이들이 발에 밟히고 울퉁불퉁한 바닥에 바퀴가 걸리는 진동이 카트에 전달되어 흔들거리며 따라왔다. 폭신한 잔디보다 운동화 밑에서 밟히는 돌멩이가 더 정겨워진 지 오래이다. 사막골프장이라 해서 순전히 모래로 된 땅이 아니다. 딱딱한 맨땅이다. 지면을 반반하게 하려고 대충 고르고 다듬었지만, 돌멩이들이 지천이라 이것들이 표면에 돌출되어 발에 걸리는 것이다. 골프 치기 전날은 대개 잠을 설치는데 몸은 그래도 날 듯 가벼웠다. 나는 느낌으로 방향을 잡아 공을 찾아갔다. 눈조리개를 최대한 넓혀 어둑어둑한 주변 땅바닥을 여기저기 훑다가 용케 공을 찾았다. 다음으로 도마 크기의 매트를 바닥에 놓았다. 맨땅에서 샷을 할 수 없으므로 매트 위에 공을 올려놓고 치기 위함이다. 이곳에서 매트는 필수품이다. 목적물인 브라운이 아직 어둠에 싸여 명확히 보이지는 않지만 짐작으로 방향을 정해 매트와 공을 놓는다. 여기서는 그린을 브라운이라고 부른다. 색이 갈색이기 때문이다. 가루처럼 고운 모래를 기름에 먹여 그린에 해당되는 표면에 깔아 그린의 잔디로 대용하는 것이다. 나는 세컨드 샷을 날렸다. 잘 맞은 것 같았다. 이 홀은 짧아 잘 맞으면 세컨드 샷에 공이 브라운을 넘어갈 수 있다. 천천히 걸어가면 날이 더 밝아져서 공 찾기가 쉬울 것이란 생각을 하면서도 발걸음은 빨랐다. 마음은 벌써 날아간 공에 가 있었다. 브라운 좌우를 두리번거렸으나 보이지 않아, 혹시나 해서 뒤로 가 찾았더니 10야드 정도 브라운을 지난 지점에 공이 서 있었다. 이곳 브라운은 하나같이 정면의 아래에서 위로 높아져 가는 경사면이다. 후면에서 칩핑한 것이 브라운 경사를 타고 아래로 흘러내려 온그린에 실패했다. 네 번째 샷에 올려 투 펏, 더블보기로 첫 홀을 끝냈다. 어둠 속에서 공을 잃지 않은 것만으로도 다행이라고 자위했다.

홀 No.2(파4). 첫 홀을 치는 사이에 어둠이 조금 걷혀 전방이 희부옇게나마 모습을 드러냈다. 이 홀을 끝낼 무렵이면 해가 떠오를 것이다. 떠오르는 해와 함께 새벽의 상쾌함도 급속히 증발할 것이다. 지평선에 여명의 빛이 태동하기 시작하자 나는 불현듯 아내 생각이 났다. 해가 뜬다는 것은 아내가 내 곁에 없는 하루가 또 시작된다는 것을 의미한다. 아이들 뒷바라지 때문에 서울에 있던 아내가 잠시 왔다 돌아갈 때 나는 해가 뜨지 않기를 바랐다. 대한항공을 타기 위해 두바이까지 몇 시간을 운전해서 아내를 보내는 이별. 이런 생이별을 얼마나 더 해야 할지, 모두 팽개치고 같이 떠나 가족과 함께 살고 싶다는 생각이 얼마나 간절했던가. 아내가 뒤돌아보며 공항 출국장 안으로 들어가던 마지막 모습까지 보고 나서 혼자 되돌아올 때 가슴은 수세미처럼 구멍이 숭숭 뚫려 있었다. 바레인에서 사우디아라비아로 건너오는 해협의 긴 코스웨이를 넘어오면서 나는 속으로 울었다. 그놈의 갈매기들이 내 차 주위를 날며 끼르륵 끼르륵 울어 대는 것이 마치 내 처량한 심정을 동정해 주는 것 같아 울컥거렸다. 코스웨이 중간 휴게소에서 갈매기 울음소리를 실컷 듣고 차를 몰아 사우디아라비아로 들어가니, 출소했다가 다시 감옥에 잡혀가는 심정이었다. 흘러간 옛노래 카세트를 틀어 기분전환을 시도했으나 귀로는 여전히 허전했다.

마음의 동요 때문인지 스윙에 힘이 들어가 후크성 구질인 내 공이 왼쪽 울타리 쪽으로 날아가 버렸다. 울타리를 넘어갔다면 오비(OB)이다. 점정구를 치고 터벅터벅 걷는 기분은 떫었다. 발뿌리에 돌멩이가 걸려 냅다 걸어찼다. 이놈이 땅에 반쯤 박혀 있었던지 걸어차이고도 꼼짝 않고 내 발만 얼얼했다. 역시 공은 울타리를 넘어간 듯 종적을 찾을 수 없었다. 할 수 없이 오비를 선언하고 플레이를 계속했다. 다음에 친 공은 가서 보니 브라운 오른쪽 워터헤저드에 빠져 있었다. 워터헤저드는 물이 있어야 하는데 여기서는 물이 없다. 연못처럼 움푹 파 놓았을 뿐 마른 땅이다. 사막이니 물이 있을 리 없다.

연못에 물이 있다고 가정하는 것이다. 공이 그 안에 들어가면 페널티를 먹는 것은 일반 룰과 똑같다. 이 홀에서는 오비 벌타 두 점, 워터 헤저드 벌타 한 점을 보태 더블파를 했다. 동료 한 사람과 공 내기를 하는 중인데, 출발이 영 시원치 않았다.

홀 No.3(파5). 인간은 원초적으로 지기 싫어하는 본능이 있나 보다. 지면 오기가 발동하고, 그 오기가 또 다른 패배의 씨앗이 되는 경험을 한두 번 해 본 것이 아니다. '그래, 다 잊고 새로 시작하자.' 나는 마음을 다잡고 티박스에 올라섰다. 이 홀은 오른쪽으로 거의 기억자로 꺾이는 도그레그 홀이다. 긴 홀이라 일단 멀리 보내고 볼 일이다. 욕심 없이 치면 쉬운 홀이고, 장타 내겠다고 객기 부리면 오비 나거나 라프지역으로 가기 십상이다. 라프라는 곳도 역시 풀 한 포기 없는 곳이다. 페어웨이는 그래도 반반하게 고른 땅이지만 라프는 자연 그대로의 황무지이다. 라프지역에서는 매트를 사용할 수 없다. 그대로 쳐야 하는데, 그러면 클럽이 성할 리가 없다. 그래서 결국 페널티 한 점 먹고 페어웨이로 나와 치게 된다. 나는 새 공을 꺼냈다. 새로 시작한다는 다짐의 표시이다. 사막에서는 새 공도 18홀을 돌고 나면 곰보가 되어 버린다. 거친 지면과 돌멩이에 부딪쳐 상처투성이가 되기 때문이다. 공에 적힌 상표 글씨가 보일 정도면 양반이다. 상처투성이가 되도록 뭉개져 아예 안 보이는 것들이 태반이다. 내 티샷은 나쁘지 않았다. "굿, 샷!" 동료 셋이 합창했다. 정면 중앙으로 하늘을 가르며 나가는 공을 나도 보았다. 떨어지는 지점은 보이지 않았으나 빨랫줄처럼 일직선의 좋은 구질이었다. 걸어가면서 나는 두 번째 샷 세 번째 샷을 머릿속에 그리고 있었다. 스리 온이면 파는 따 놓은 당상이고, 포 온을 해도 잘하면 파를 할 수 있다는 자신이 생겼다. 버디까지 생각이 미쳤지만 그것은 지나친 욕심이라고 스스로 경계했다.

그때 붉은 해가 지평선에서 떠오르고 있었다. 대지가 일시에 황금가루를 뿌려 놓은 듯 빛났다. 우리를 곧 파김치로 만들어 놓을 햇빛도 이때만은 찬란했다. 만족스러운 티샷과 찬란한 햇빛, 왠지 상서로운 조합 같았다. 그런데 이게 웬일인가? 떨어진 지점 근처에 있어야 할 공이 보이지 않았다. 주위를 아무리 돌며 찾아도 끝내 종적이 묘연했다. 분명히 정중앙으로 똑바로 날아간 것을 두 눈으로 보았고, 동료들도 굿샷을 외치지 않았던가! 귀신이 곡할 노릇이었다. 동료들 도움을 받아 주변을 광범위하게 뒤졌으나 결국 공을 찾는 데 실패했다. 더 찾아보아도 허사일 것 같아 로스트 볼을 선언했다. 이 불가사의한 해프닝의 가능성은 두 가지이다. 공이 돌멩이에 부딪쳐 전혀 엉뚱한 방향으로 튀어 버렸거나, 들짐승들이 파 놓은 땅굴로 굴러 들어갔을 가능성이다. 땅바닥에는 들짐승이나 벌레들이 파 놓은 크고 작은 구멍이 여기저기 널려 있었다. 도마뱀 굴은 사람 주먹이 들어갈 만큼 크다. 그런 곳에 공이 굴러 들어가면 찾을 수 없다. 재수 옴 붙은 날이었다. '오늘은 지신(地神)도 안 봐주네.' 나는 투덜대며 이번에는 헌 공을 꺼내 매트에 놓고 다시 쳤다.

일이 안 풀릴 때는 다른 생각을 해서 기분을 전환해 볼 필요도 있다. 긍정적이고 낙관적인 생각을 해 본다. 가족에 관한 생각이 그런 목적에 가장 근사할 것이다. 나는 둘째 아들 생각을 꺼냈다. 녀석이 대학 시험에 합격하고 아버지를 찾아온 게 넉 달 전이다. 가고 싶은 대학에 붙어 하늘을 날 듯한 기분으로 아버지한테 왔는데, 볼 것도 없고 갈 곳도 없는 황량한 사막이 심심했던지 닷새를 버티지 못하고 가 버렸다. 나하고 밖에 나가서 함께한 시간은 사막에서 운전연습 한 것이 고작이었다. 아버지 찾아 먼 길 온 아들이 집에만 틀어박혀 있는 모습이 안됐던지, 인도출신 내 운전수가 관광시켜 준다며 데리고 간 곳이 사형 집행장이었다. 이 나라는 사형 집행을 리야드 시내 '할라스 광장'에서 매주 공개적으로 한다. 아들 녀석이 갔다 와서 하는 설명이 섬뜩했다. 네 명의 사형수 목을 망나니가 칼로 치는데, 세 명은 단칼에 떨어졌지만 마지막 한 명은 한 번에 안 되어서 목을 뒤로 젖히고 다시 쳐 떨어지게 했다는 것이었다. 공포영화에나 나올 법한 장면을 녀석은 태연하게 그림 그리듯 묘사했다. 운전수가 왜 하필이면 사람 죽이는 데로 데리고 갔는지 속으로는 찜찜했으나, 그런 구경을 여기 아니면 평생 해 보겠나 싶어 웃고 말았었다. 사형수들은 주로 단순살인범이거나 강간범들이 많은데 이집트나 파키스탄 등에서 노동자로 온 외국인이 단골이었다. 인간의 욕망을 극도로 틀어막는 폐쇄주의적 사회가 만든 산물이다. 나는 할라스 광장이 아들에게 정의라는 이름으로 기억되기를 바랐다.

　　나는 할라스 광장의 망나니를 생각하며 스윙을 했다. 망나니처럼 칼질하듯 잔뜩 힘을 주어 스윙하면 필패라고 다짐했다. 힘을 빼라는 이야기를 귀에 못이 박히도록 들었어도 고치지 못하는 고질병이 내 스윙이다. 힘 빼는 데 평생이 걸린다는 이야기를 처음에는 농담으로 들었는데, 지금은 인생의 좌우명 반열에 올라 항상 나를 긴장시키는 덕목이 되었다. 힘 빼는 게 뭐가 그리 어려워 아직도 그것 하나 못하고 있는지 한심할 때가 어디 한두 번이었던가. 망나니를 교훈 삼자는 각오 때문이었는지 다행히 이번 샷은 잘 되어 브라운에 올라갔다. 거리가 좀 있었지만 투 펏으로 처리하여 보기를 했다. 로스트 볼이 아니었으면 파가 되는 홀이었다. 사라진 공이 내내 아쉬웠다.

　　홀 No.4(파3). 해가 뜬 지 반 시간도 채 되지 않은 것 같은데 햇살이 벌써 얼굴에 따갑게 달라붙기 시작했다. 이곳에서 7월의 태양은 살인적이다. 나는 티박스에 올라가 햇살을 피하느라고 찡그린 얼굴로 홀을 어림했다. 이 홀은 브라운 양쪽의 벙커를 조심해야 한다. 벙커 모래가 얕아서 맨땅에서 벙커샷 하는 것 같아 실수하기 십상이다. 나는 긴장을 풀려고 상체에 힘을 빼며 호흡으로 컨디션을 조절했다. 어드레스 후 유연한 스윙으로 티샷을 했다. 공은 중앙으로 정확하게 날아갔다. 역시 유연한 스윙이 좋은 샷을 만든다는 내 나름대로의 원칙을 재확인하며 공의 행방을 주시했다. 공은 힘찬 런을 하면서 브라운을 타고 올라가 홀컵 2m 이내에 안착했다. 버디를 할 수 있는 절호의 기회를 잡은 것이다. 지금까지 죽 쑨 실수를 만회하겠다는 욕심이 꿈틀거렸다. 버디하면 보너스로 공이 하나 덤으로 들어온다는 생각에 가슴까지 뿌듯해졌다. 이제는 퍼팅에 모든 것을 걸어야 할 판이었다. 브라운에 와서 보니 퍼팅라인이 비스듬한 내리막이었다. 쉽지 않아 보였다. 브라운의 모래가 두꺼우면 잘 구르지 않을 것이고, 그걸 예상해서 세게 치면 홀컵을 지나 아래로 흘러내려 갈 우려가 있었다. 모래의 두께를 조절하기 위해 브라운을 잘 쓸어 내는 일이 중요해 보였다. 나는 자루걸레로 공과 홀컵 사이를 쓸어 모래 두께를 최적의 상태로 조절했다. 그리고는 거리와 방향을 신중하게 어림하다가 마침내 딱! 공을 때렸다. 공은 완만한 포물선 자국을 모래 위에 남기며 홀컵을 향해 굴러가고 있었다. "버디! 버디!" 나는 기쁜 나머지 공이 다 구르기도 전에 소리 먼저 질렀다. 그런데 들어가나 하는 순간 공은 홀컵 1cm 정도 남겨 놓고 서 버렸다. 모래의 저항 때문에 마지막 순간에 속도가 죽어 버린 것이다. 버디의 꿈이 물거품이 되어 아쉬웠지만, 내 실력에 파면 잘한 것 아니냐고 만족하는 수밖에 없었다.

홀 No.5^(파4). 티샷한 공이 낙하하는 거리쯤에 가로지르는 도랑이 있다. 도랑이라 하지만 물이 없는 폭 1m 안팎의 마른 땅이다. 워터헤저드로 표시되어 있기 때문에 공이 여기 들어가면 벌타를 먹는다. 물이 없는 이 도랑에는 희한하게 작은 가시덤불 나무들이 드문드문 한 줄로 자라고 있었다. 가시덤불은 땅에 붙어 키가 무릎에도 못 미치는 것들인데, 잎 대신 온통 가시뿐이다. 불모의 땅에도 어떤 곳에는 수분이 있다는 이야기이다. 수분 증발을 최소화하기 위해 가시로 진화한 자연의 경이이다. 가시덤불은 수천 년의 세월을 견디며 그렇게 진화되었을 것이다. 끈질긴 생명의 승리이다. 가시덤불도 철이 되면 꽃이 피어 벌들이 날아온다. 풀 한 포기 없는 사막에서 벌들은 또 어디에서 날아오는 것일까? 자연의 섭리가 참으로 오묘하다. 사막에서 낙타와 양이 이런 가시나무를 먹고 자란다. 거의 비 한 방울 오지 않는 메마른 땅에 가시덤불이 자란다는 것도 신기하지만, 낙타나 양이 이것을 먹어도 가시에 찔리지 않는다니….

나는 티샷을 해 놓고 터벅터벅 걸었다. 벌써 공기가 뜨거워져 머리가 띵하기 시작했다. 양산을 쓰니 그늘이 생겨 좀 나았다. 공기가 뜨거워지면 대류현상이 나타나 바람이 일어난다. 이것이 사막바람이다. 어느새 사막바람이 불어 내 얼굴에 스치기 시작했다. 닫아 놓은 냉장고 안에도 미세한 모래가 들어올 정도로 이곳의 사막바람은 지독하다. 사막바람에 날리는 모래가 자동차를 때리면 깨알 같은 흠집을 남길 만큼 거세다. 나는 아내를 바레인에서 전송하고 돌아오다가 사막바람을 만나 혼난 적이 있었다. 사막바람이 모래구름을 동반하여 내가 달리고 있는 고속도로를 덮쳤는데 내 차가 몰아치는 모래폭풍 속으로 들어가고 말았다. 모래폭풍에 휩싸이자 1m 앞도 보이지 않았다. 그대로 질주하다가는 길을 벗어나거나 장애물에 충돌할 절체절명의 위기였다. 나는 무의식적으로 브레이크를 밟아 차를 급히 세웠다. 고속도로에서 차를 세우는 것이 얼마나 위험한지 알지만, 앞이 보이지 않으니 어쩔 수 없었다. 뒤에서 달려오는 차가 있었다면 아마 나는 살아남지 못했을 것이다. 모래폭풍이 지나갈 때까지 차 안에 갇혀 떨었던 공포의 기억이 너무나 새롭다.

공은 다행히 도랑까지 미치지 않았다. 그 자리에서 세컨드 샷을 하는데, 매트를 놓은 바닥에 모래가 조금 있어 신경이 쓰였다. 아니나 다를까, 치는 순간 매트가 미끄러지면서 공이 엉뚱한 방향으로 날아가 옆 홀로 가 버렸다. 영락없는 오비였다. 매트가 땅에 착 붙지 않고 불안정하면 가격하는 순간 방향이 틀어져 버린다. 발로 모래를 밀어내고 매트를 놓았어야 하는데 늘 반복하는 실수를 또 범했다. 결국 파이브 온 투 퍼트, 트리플 보기를 기록했다. 전 홀에서 파 한 여세를 몰아가려던 생각은 희망사항이 되고 말았다.

홀 No.6(파5). 왼쪽으로 약간 꺾이는 평이한 홀이다. 꺾이는 부분에 언덕이 있는데, 언덕 쪽으로 바싹 가면 시야가 막혀 브라운을 바로 볼 수 없어서 불필요한 레이업을 하게 되므로 손해이다. 나는 힘을 빼고 유연한 스윙으로 공을 잘 보냈다. 한 손에 양산을 펴 들고 또 한 손으로는 카트를 끌면서 바람과 맞서 가려니 여간 힘든 것이 아니었다. 양산 살이 휘어질 정도로 바람의 압력이 느껴졌다. 온도가 올라갈수록 바람은 점점 더 거세질 것이다. 이런 정도만 되어도 견딜 만한데, 태양이 작열하는 것으로 보아 조짐이 좋지 않았다. 바람도 바람이지만 뜨거운 태양에 장시간 노출되면 일사병에 걸릴 수 있다. 빈집에 덩그러니 혼자 있을 때와 마찬가지로 이런 황야에서 터벅터벅 걷고 있으면 왜 내가 이런 곳에 와 있는가를 반추하게 된다. 그럴 때마다 하루빨리 이 사막을 탈출하고 싶다는 생각뿐이다. 중동 건설 붐을 타고 한때 벅적거렸던 사우디아라비아이지만 한국사람들이 썰물처럼 떠나 버린 지금 이곳은 갯벌 위에 버려진 조각배 신세처럼 황량할 따름이다. 본부에서 누구 하나 신경 쓰는 사람도 없다. 이런 곳에 아무도 가지 않으려고 서로 발을 빼는 때 내가 걸려들었다. 대사가 외부에서 온 사람이니 당신이 가서 중심을 잡으라는 장관의 간곡한 말에 나는 반항하지 못했다. 당시 군출신 대사 밑에 제대로 된 외교부 차석이 앉아 있어야 된다는 논리였고, 마치 나는 자신이 믿는 사람이기 때문에 특별히 선택하였다는 뜻을 은연중 풍겼던 말이었다. 그 말이 아직도 귀에 맴돌지만 이제 2년이 넘었으니 내 역할도 할 만큼 한 셈이다. 그러나 나를 보낸 장관은 이미 자리를 떠나 버려 어디에 호소할 데도 없었다. 점증하는 사막의 열기와 바람은 한계점으로 치닫는 내 인내를 시험하고 있었다.

나는 정면에서 불어오는 바람과의 힘겨운 싸움을 피하려고 양산을 접었다. 그 대신 수건으로 얼굴을 가렸다. 햇빛과 모래바람을 막는 방법이다. 이 나라 사람들이 눈만 빼꼼 내놓고 얼굴을 가리는 것은 종교적 이유 외에 이 목적이 크다. 바람과 맞서 앞만 바라보고 가는데 전방에 개 두 마리가 시야에 들어왔다. 나는 멈칫했다. 이놈들은 야생이라 사람에게 해를 끼칠지 모른다. 나는 반사적으로 클럽 하나를 꺼내 휘두르며 쫓는 시늉을 했다. 이놈들은 꿈쩍도 않고 나를 노려보고 있었다. 들짐승들을 잡아먹고 사는 놈들이라서 그런지 눈에서 늑대 같은 살기가 느껴졌다. 나를 노려보고 있는 품이 가까워질수록 표독해 보였다. 혹시 덤벼들지도 모른다는 생각이 들어 동료들을 불렀다. 수적으로 열세를 감지했던지 이놈들은 그때서야 슬금슬금 꽁무니를 빼기 시작했다. 중동 건설붐 때 한국사람들이 야생개를 마구 잡아먹는다고 이 나라 정부가 우리에게 항의했다는 소문은 아마 지어낸 이야기가 아닐 것이다. 이놈들은 그때 살아남았다가 복수하려고 온 것인가?

바람 때문에 비거리가 나지 않아 포 온 투 펏, 더블보기로 마쳤다. 늘 보기 하던 홀인데 역시 바람의 영향이 만만치 않았다.

홀 No.7^(파3). 바람에 밀릴 것을 감안하여 조금 왼쪽을 겨냥해 친 공이 괜찮게 맞아 브라운 프린지까지 갔다. 잘 붙여 파를 하겠다는 생각으로 처진 기분을 추슬렀다. 그때 골프장과 외부를 가르는 울타리 밖에서 낙타를 탄 유목민 남자가 우리를 물끄러미 넘겨다보고 있는 모습이 눈에 들어왔다. 양떼를 모는 목동인 모양인데 얼굴을 천으로 가려 인상과 표정은 전혀 알 수 없었다. 이 외진 사막 한가운데서 처음 보는 희한한 놀이를 하고 노는 동양인들이 신기했었나 보다. 나는 목동이 갑자기 궁금해졌다. 혼자 하루 종일 양떼를 몰다 보면 지루하고 외로울 텐데 이 땡볕에서 어떻게 시간을 보내는지 궁금했던 것이다. 알라가 정해 준 팔자라고 생각해 버리면 지루하지도 외롭지도 않을까? 나는 사막 한가운데서 사람을 만났다는 반가운 생각이 들어 가까이 가 "헬로!" 하고 인사를 건넸다. 내 말을 이해 못 한 것인지 아니면 무시하는 것인지 목동은 아무 반응을 보이지 않았다. 그 대신 손에 든 가는 회초리 같은 막대기로 낙타 등을 건드리듯 가볍게 때렸다. 그리고는 느릿느릿 발걸음을 옮기는 낙타와 함께 자리를 피했다.

목동의 막대기를 보자 얼마 전에 당한 수모가 떠올랐다. 일과가 끝나고 귀가한 후 반바지 차림으로 외교단지 내에서 산책을 하다가 종교경찰한테 걸렸던 사건이다. 종교경찰은 이슬람 율법을 따르지 않는 사람들을 단속하는 경찰이다. 두 명이 일 조인 종교경찰은 내 옷차림에 대해 시비를 걸었다. 맨살을 내놓아서는 안 되는데 반바지를 입었다는 것이다. 이들 손에는 방금 목동이 가지고 있던 가늘고 짧은 막대기가 들려 있었다. 위반자를 처벌하기 위한 막대기이다. 내가 외국인이 아니었으면, 아니 그보다는 외교단지 안이 아니었으면 나는 이 막대기로 얻어맞았을 것이다. 외교단지는 외국대사관과 대사관직원 전용으로 이 나라 정부가 리야드 외곽에 지정해 놓은 치외법권지역이나 다름없었다. 외부와 차단이 되어 있어 그 안에서는 활동이 비교적 자유로웠고 종교경찰이 오지 않는 곳이었다. 그런데 이제는 유일한 해방구인 이곳에서마저 겨우 허용된 자유가 부정되고 있었다. 앞으로 조심하라는 종교경찰의 질책을 받고 훈방되었지만, 잡친 기분은 그 이후로도 오래갔다. 목동이 그때의 불쾌한 기억을 불러 일으켰던 것이다.

그런 기억과는 별개로, 이 홀에서 칩샷한 공이 거의 홀컵에 붙어 컨시드 받아 기분 좋은 파를 잡았다.

홀 No.8(파4). 티샷한 공이 바람을 타고 오른쪽으로 많이 밀렸다. 바람이 거세져서 사람도 흔들릴 지경이었다. 기온이 갑자기 상승했다는 이야기인데 오늘은 더 심한 것 같았다. 바짓가랑이가 바람에 날아갈 듯 팔랑거렸다. 흙먼지가 짙게 일고 황야의 쓰레기들이 날렸다. 흙먼지가 눈에 들어가 따끔거렸다. 9시도 채 안 되었는데 내리쬐는 태양열은 석쇠를 달구는 숯불 같았다. 이런 곳에서 우리나라 건설노동자들이 얼마나 고생했을지 짐작이 갔다. 골프채를 들고 이런 생각을 하자니 미안한 생각이 들었다. 우리의 모습을 보았더라면 그분들이 던질 곱지 않은 시선이 몸에 와 닿는 것 같았다.

후반은 아무래도 계속하기 어렵겠다는 생각이 들어 대사에게 의향을 물었더니 대사도 동의했다. 나는 바람의 저항을 온몸으로 막아내며 공이 있는 쪽으로 힘든 전진을 계속했다. 공은 다행히 라프지역까지는 가지 않았다. 전방에서 도마뱀 한 마리가 어기적거리며 내 방향으로 기어오고 있었다. 30cm는 족히 되는 큰 놈이었다. 생긴 것은 저승사자처럼 무섭게 보여도 순한 놈이다. 정력에 좋다는 소문이 나 야생개 다음으로 한국인들한테 수난을 당했던 비운의 동물이다. 내가 접근하자 놈은 후다닥 도망쳐 땅굴 속으로 숨어 버렸다. 세 번째 홀에서 내 공이 흔적도 없이 사라져 버린 것은 십중팔구 이 녀석들이 파 놓은 땅굴 속으로 공이 들어가 버렸기 때문이다. 이놈을 잡으려면 땅굴에 물을 채워 나오게 하거나 자동차 배기가스를 호스를 통해 주입하여야 한다. 전자를 수공법, 후자를 화공법이라고 한다. 도마뱀을 한방식으로 달여 즙을 내 파는 교민한테 들은 이야기이다. 즙을 내서 파는 교민이 있다는 것은 여기서도 도마뱀이 정력제로 인기 있다는 증거이다. 이번에는 한국사람들이 도마뱀을 다 잡아먹는다고 이 나라에서 또 경고장을 보내지나 않을까?

바람 때문에 두 번째와 세 번째 샷이 모두 짧아 포 온, 투 펏으로 더블보기를 했다.

홀 No.9(파4). 브라운 앞의 도랑이 피해야 할 장애물이다. 거기까지는 거리가 있으므로 일단 신경을 안 쓰고 티샷을 했다. 바람이 강해 공이 상당히 오른쪽으로 밀렸다. 흙먼지로 하늘이 뿌옇고 지평선에는 먹구름처럼 시커먼 장막이 드리워지기 시작했다. 비라도 쏟아지면 시원하련만, 이 먹구름은 비와는 상관없는 흙먼지일 뿐이다. 바람에 눈뜨기가 어려워 가린 수건으로 눈을 보호해 가며 힘들게 걸었다. 날리는 쓰레기 가운데 동물 뼈도 보였다. 야생개들이 뭔가 잡아먹은 흔적이다. 누런 황사에 사방으로 둘러싸인 나는 흡사 모래바람이 부는 화성의 황무지에 서 있는 것 같은 착각이 들었다. 동료들에게 이끌려 처음 골프장에 나왔을 때 나는 골프장이 어디에 있느냐고 물었다. 눈앞의 황무지를 가리키며 여기가 골프장이란 대답을 들었을 때, 세상에 이런 곳도 있구나 싶어 눈물을 왈칵 쏟을 뻔했다. 이제는 황무지에서 바람과 싸우는 것이 일상이 되어 버렸다. 그러나 이런 생활이 언제까지 계속되어야 하는지 생각하면 몸에서 힘이 쭉 빠졌다. 내 몸을 후려치는 황사바람 한가운데서 이 화성을 정말로 떠나야겠다는 생각이 또 나를 옥죄었다. 두 번째 친 공이 도랑으로 들어가 벌타 한 점 먹고 포 온, 투 펏. 마지막 홀을 더블보기로 마쳤다. 바람에도 불구하고 이 정도면 괜찮은 편이다. 그러나 전체적으로 실망스러운 게임이었다. 날씨 탓과 완주하지 못했다는 핑계로 내기는 없었던 것으로 했다.

이 상태로는 게임을 계속하기 어렵다는 판단이 들어, 아쉽지만 이 홀에서 끝내기로 하고 대사가 게임의 종료를 선언했다. 다음 주라고 날씨가 달라질 전망이 있는 것은 아니지만 그래도 우리는 늘 그래왔듯, 다음 주에 만나자는 약속을 버릇처럼 서로 하고 헤어졌다. 기또골프장은 이미 우리의 삶의 일부가 되어 버렸기 때문에 태양도 바람도 황사도 우리의 삶의 수레바퀴를 막을 수 없었다. 9월달로 들어가면 날씨가 좀 나아지기 시작할 것이다. 그때가 되면 내가 사우디아라비아를 떠나게 될지 누가 알랴만, 이곳에 있는 한 나는 여기의 규칙에 따라 다람쥐 쳇바퀴 생활을 계속할 것이다.

그날 나는 집에 돌아와서 본부에 장문의 편지를 썼다. 사막에 해가 서산을 넘어가니 이제 귀가할 시간이 되었다고….

2019. 10. 29.

21/   "기가 막혔던 거죠."

...

　　"검사결과로는 의심할 만한 점이 발견되지 않았습니다. 혹시 실핏줄에 이상이 있나 봤으나 거기도 괜찮구요."

　　27년 전이다. 내 오른쪽 시력이 며칠 사이에 갑자기 뚝뚝 떨어지는 기이한 현상이 나타나, 안과의원에 갔을 때 의사의 검사소견이 그랬다. 눈은 시력을 잃어 가고 있는데 아무 이상이 없다니 답답했다. 그래도 복용해 보라고 처방해 준 약은 전혀 도움이 되지 않았다. 눈 중앙이 까맣게 먹칠한 것처럼 보이지 않고 주변만 희부옇게 안개 낀 것처럼 보이는 증상이었다. 개기일식 때 변두리만 밝고 중앙은 까만 것과 흡사했다. 시간이 지날수록 까만 부분은 더 짙어지고 넓어졌다. 이러다 실명하는 것 아닌지 겁이 덜컥 났다. 원인을 모르겠다니 의사가 엉터리 아닌가 싶어 더 큰 권위 있는 병원에 가 보기로 했다.

　　이번에 소개받아 찾아간 이는 모 대학병원 전문의였다. 의사는 가운 주머니에서 조그만 손전등을 꺼내 내 눈꺼풀을 들추고 들여다보왔다. 그런 다음 정밀검사를 하자며 나를 안구검사대 앞에 앉혔다. 나는 시키는 대로 검사대 턱받이에 턱을 올려놓고 두 개의 구멍에 눈을 고정했다. 그 사이 내 팔에는 주사기가 꽂혔다. 안구의 실핏줄을 선명하게 관찰하기 위해 형광물질을 주입하는 것이라 했다. 검사기기의 조작 소리가 들리고 강한 빛이 내 눈을 쏘았다. 검사를 시작한 지 1분이나 되었을까? 나는 정신이 가물가물해지더니 의식을 잃어버렸다. 의식이 돌아와 눈을 떠 보니 응급실 침대에 내가 누워 있질 않는가! 의사와 간호원이 내 뺨을 때리며 큰 소리로 내 이름을 부르고 있었다. 무슨 일이 일어났는지 영문을 알 수 없었다. 한참 만에 나는 상황을 파악했다. 형광물질 주입 때 쇼크로 의식불명 상태에 빠졌던 것이다. 쇼크상태에서 깨어나도록 의사와 간호원이 내 뺨을 때리면서 큰 소리로 이름을 부른 것이었다. 의식이 돌아왔으니 망정이지 쇼크로 심장이 멎었거나 깨어나지 못했다면 어찌 되었을까? 생각만 해도 끔찍했다. 목숨까지 잃을 뻔했던 검사의 결과 역시 마찬가지였다. 특이사항이 발견되지 않는다는 소견이었다. 결론적으로 이유를 모르겠고, 이유를 모르니 치료방법 또한 없다는 이야기였다. 실명의 먹구름이 뭉게뭉게 현실로 다가오고 있었다.

그 무렵 나는 주사우디아라비아대사관 공사로 발령이 나 있었다. 눈의 상태가 악화일로에 있는 상황에서 부임해야 할지 말지 갈피를 잡지 못하고 마음이 동요했다. 부임지의 의료사정이 어떤지 몰라 더 망설여졌다. 사막이란 선입견 때문에 왠지 사지(死地)로 가는 느낌이었다. 그러나 먹구름 같은 초조함 한구석에는 세계 최대 산유부국의 의료시설이 낙후되었을 리 없을 것이란 기대가 고개를 들고 일어났다. 이미 난 발령을 변경하기도 어려워 좋은 쪽으로 생각하고 가기로 했다. 여차하면 가까운 유럽으로 달려가 치료를 받겠다는 차선책도 생각해 두었다. 비행기는 기대와 불안으로 두근거리는 나를 사우디아라비아 땅에 내려놓았다. 첫눈에 들어오는 풍경은 황량했다. 사람 손이 닿지 않은 대부분의 광활한 대지는 벌거벗고 메마른 사막의 땅이었다. 과연 이런 곳에 내 눈을 고칠만한 의료시설이 있을지 강한 의문이 일어났다. 다행히 도착해서 알아본 바에 의하면, 리야드(사우디아라비아 수도)에 안과전문병원이 있다는 희소식이 들렸다. 왕립안과병원(Royal Eye Hospital)이라는 이 병원은 최신식 의료시설을 갖추고 있고 의료진이 거의 외국인들이라고 했다. 사우디아라비아는 강렬한 태양과 심한 사막바람 때문에 안질이 많은 나라이다. 왕립안과병원은 시설도 시설이지만 사우디아라비아정부가 세계 최상급 의사들을 고용하여 의료수준이 선진국 못지않다고 했다. 그 이야기를 들으니 적이 안심이 되고 희망이 되살아났다. 어쩌면 여기에서 눈을 고칠지 모르겠다는 낙관적 기대에, 이 나라에 오기를 잘했다는 생각이 들었다. 나는 도착해서 대충 짐을 풀자마자 병원 예약을 먼저 했다.

리야드를 포위하고 있는 메마른 황무지는 사방으로 질펀하게 펼쳐져 있었다. 시내에서 한 발짝 떨어진 왕립안과병원도 그런 황무지 위에 새로 지은 하얀색 건물이었다. 병원에 도착하자 나를 영접한 사람은 뜻밖에 한국인 간호원이었다. 한국 외교관에 대한 병원 측 배려로 보였다. 반가운 마음에 무심코 악수를 청했더니 간호원은 손을 내밀지 않았다. 앗차, 이 나라에서 남녀 간 신체접촉은 금기라는 사실을 갓 부임한 내가 깜빡 잊고 있었던 것이다. 사우디아라비아에서는 여성의 사회활동이 엄격히 금지되어 있다. 병원에서도 간호원은 자기 나라 여성을 쓰지 않고 있어 모두 외국인들이다. 한국 간호원이 사우디아라비아에 진출해 있다는 이야기는 나도 들었다. 그러나 너무 엄격한 이슬람 율법 때문에 오겠다는 간호원은 그리 많지 않다고 했다. 나를 담당한 의사는 네덜란드 출신이었다. 친절한 인상의 이 백인은 이것저것 묻고 차트에 열심히 적었다. 이어서 여러 가지 첨단기기를 이용한 검사가 진행되었다. 권위 있는 의사에게 최첨단 장비로 검사를 받자니 뭔가 한국에서 했던 검사와 다른 결과가 나올 것 같은 느낌이 들었다. 그것은 나의 절실한 기대이기도 했다. 그런데 의사의 결론은 나를 낙담시키는 사형선고였다. 검사에서 나온 결과로는 원인으로 의심할 만한 것이 발견되지 않는다는 것이다. 한국에서 들은 거와 하나도 다르지 않았다. 무슨 약인가를 주긴 했는데, 기대는 하지 말라는 꼬리를 달았다. 나는 막막했다. 남은 방법은 유럽에 가서 검사를 한 번 더 받아 보는 것뿐이었다. 그렇지만 다시 검사를 받아 본들 지금까지와 다를 것이 없는 판에 박은 진단이 나올 것은 자명해 보였다. 실명을 각오할 수밖에 없다는 절망감이 강하게 나를 압박했다. 전에는 치유에 대한 기대라도 있었지만 지금은 그런 기대도 사라진 거나 마찬가지였다. 이미 90% 정도 실명이 진행된 상태에서, 설사 원인이 규명된다 해도 회복하기에는 너무 늦었을 것이란 생각이 나를 자포자기 상태로 몰아넣었다.

나는 현대의학의 무능과 한계에 깊은 회의를 느꼈다. 인간이 달나라에 가는 시대에 첨단기술로도 내 눈이 왜 안 보이는지 이유조차 규명하지 못한다니 믿어지지 않았다. 이러다 멀쩡한 왼쪽 눈까지 같은 이유로 시력이 떨어지면 완전히 맹인이 되는 것은 아닌지, 생각조차 하기 싫은 가정이 시도 때도 없이 나를 괴롭혔다. 내 사정을 옆에서 안타깝게 지켜보고 있던 대사관의 S영사가 하루는 뜻밖의 사실을 알려 주었다. 리야드에 기(氣)로 병을 치료하는 한국인이 있는데 한번 만나 보지 않겠느냐는 권유였다.

"한국인이 기로 병을 치료한다고? 리야드에서?"

나는 그의 이야기가 너무 의외여서 반문했다. 기로 병을 고친다는 것도 처음 듣는 이야기라 신빙성이 가지 않았고, 한국인이 사우디아라비아에서 그런 일을 한다는 것도 이상하게 들렸다. 중동건설붐이 사그라지고 한국노동자들이 철수하여 교민사회가 철시된 시장바닥처럼 텅 비어 있는데 웬 기 치료사의 등장인가? 혹시 사이비 한의사가 외국인 상대로 사기행각을 하고 있는 것은 아닌가 의심이 들었다. 그런 나의 의구심을 의식한 듯 S영사는 부연설명을 했다. 기로 치료한다는 사람이 서울에서 우연한 기회에 사우디 갑부의 지병을 고쳐 주었는데, 병이 나은 갑부가 그 사람을 아예 리야드로 데려와 주치의로 모시고 있다는 것이었다. 기 치료사는 갑부가 소개하는 사람만 몇 명 치료해 주고 밖으로는 나타나지 않아 교민사회에서도 알려진 인물이 아니라고 했다. S영사의 설명은 나의 의구심을 잠재우는 데 도움이 되었다. 무슨 병인지 모르지만 사우디 갑부도 돈은 있겠다, 세계의 명의를 찾아다니며 병을 고치려고 온갖 노력을 다 했을 것이다. 그래도 못 고치는 병을 한국의 기(氣)치료사가 단번에 고쳤으니 얼마나 감동을 받았겠는가. 그것이 사실이라면 귀가 솔깃한 이야기임이 분명했다. 내 눈은 어차피 병원에서도 어떻게 해 볼 방법이 없다고 포기를 선언한 지금, 찬밥 더운밥 가릴 처지도 아니었다.

　내가 독일에서 참사관으로 있을 때 아내가 일어서지 못하는 증세로 고생하다가 침을 맞고 나은 경험이 불현듯 떠올랐다. 멀쩡하던 아내가 어느 날 갑자기 일어나지 못하고 앉은뱅이 신세가 되는 이상한 일이 생겼다. 병원에 갔더니 엑스레이를 찍고 여러 가지 검사를 한 독일의사는 검사결과로는 이상이 없는데 원인을 모르겠다고 손을 들어 버렸다. 다른 병원에서도 결과는 마찬가지였다. 그런 상태로 치료할 방법을 찾지 못해 몇 달 허송세월했다. 아내는 차라리 죽고 싶다고 고통을 호소했다. 나중에는 신경쇠약 증세까지 보였다. 이런 때 주변의 누군가가 마침 프랑크푸르트에 한의사를 하던 한국사람이 있으니 가서 침 한번 맞아 보라고 권유했다. 신뢰가 가지 않아 긴가민가하다가 지푸라기 잡는 심정으로 갔었는데, 이분 하는 말이 세 번 맞으면 낫겠다고 장담을 했다. 그의 말대로 아내는 딱 사흘 침을 세 번 맞고 거짓말처럼 일어났다. 기적 같은 일이었다. 아내의 경우와 내 경우는 서양의술로는 원인도 모르고 고칠 방법도 없다는 공통점이 있었다. 침이 아내를 일어나게 한 것처럼 기가 내 눈을 낫게 할 수 있을지 모른다는 기대감이 흉중에서 모락모락 피어오르기 시작했다. 병원에서 받은 실망 때문에 오는 반작용인지 모르지만, 기에 대한 나의 관심은 S영사의 설명을 듣고 난 순간부터 이상하게 증폭되고 신비하다는 생각마저 들었다.

　나는 S영사의 권유를 따르기로 했다. 그가 말한 기(氣)라는 것이 지푸라기가 될지 구명대가 될지 알 수 없으나, 물에 빠진 나에게 다른 선택이 없는 이상 일단은 붙들고 보아야 할 대상이었다. 나는 기 치료한다는 분을 집으로 초청했다. 40대 중후반으로 보이는 평범한 인상의 남자였다. 수염 기르고 도복 입은 도사풍의 기인을 연상했으나 말끔한 신사복 차림이었다. 상대를 찌르듯 바라보는 날카로운 시선이 보통 사람과는 좀 다른 점이었다. 간단한 인사를 교환하고 나는 상황 설명을 했다. 보통 한의사 같으면 진맥을 하거나 의사 같으면 최소한 안구 검사라도 할 텐데, 이 사람은 싱겁게도 내 설명만 듣는 것으로 그만이었다. 과묵한 성격인지 말수도 적었다. 그의 손에는 청진기도 침도 아무것도 없었다. 그렇다고 내 신체 어느 부분을 만져서 병세를 알아보는 촉진(觸診)도 하지 않았다. 그리고는 머뭇거리지도 않고 일곱 번이면 고칠 수 있다고 말했다. 일곱 번이란 기 치료를 일곱 번 받으란 뜻이었다. 그의 말은 너무 쉽고 단정적이었다. 원인을 모르겠다고 손사래를 친 병원보다야 고칠 수 있다고 단정하는 말이 반갑기는 했지만, 내 말만 듣고 불쑥 나온 그의 반응이 아무래도 미심쩍어 뜨악해 있을 때 또 아내 생각이 났다. 아내가 프랑크푸르트 한의사한테 갔을 때도 한의사가 '세 번'이라고 했었다. 정말로 세 번 딱 침 맞고 일어섰던 것처럼, 나도 일곱 번 만에 눈이 좋아지면 얼마나 기쁘랴! 부르는 치료비가 적은 액수는 아니었으나, 나는 흔쾌히 그의 치료를 받아들이기로 했다.

기 치료는 아주 간단했다. 치료라고 할 것도 없었다. 두 손바닥을 펴서 기를 내 몸에 주입하는 동작을 한 2~3분 정도 하는 것이 전부였다. 그 동작 뒤에 배인지 등인지에 뜸 하나 뜨는 것으로 1회가 끝났다. 다 해서 걸리는 시간은 5분도 채 되지 않았다. 기를 보내는 동작을 송기(送氣), 주입하는 동작을 주기(注氣)라 하는데, 송기나 주기나 결국 같은 것이다. 홍콩 무협영화에서 흔히 보는 장풍(掌風)과 흡사했다. 두 손바닥을 완전히 펴서 나를 향해 고정하고 손바닥에서 쏟아져 나오는 기를 내 몸에 주입하는 자세였다. 기라는 것이 눈에 보이는 물체가 아니므로 손바닥에서 쏟아져 나오는 형상을 물론 육안으로 볼 수는 없다. 곧게 뻗은 팔과 쫙 편 손바닥 그리고 진지한 얼굴에 힘이 들어간 모습에서 기를 주입하고 있다는 사실을 유추할 뿐이다. 나는 주유소에서 주유하는 것처럼 기가 내 몸에 들어가는 장면을 상상했다. 그 때문일까? 몸이 뜨거워지는 느낌이 왔다. 기 치료사가 내 몸에 손을 댄 것도 아닌데 그런 느낌이 오는 것은 참 이상했다. 다른 세계에 온 것처럼 신비하기도 하고, 인간 세상이 아닌 4차원의 세계 같기도 했다. 기 치료사가 내 몸을 자유자재로 통제하는 초인 같다는 생각이 들었다. 뜨거워진다는 느낌이 없었다면, 그리고 대체의학이라고 말하는 이런 류의 비과학적 행위에 의문을 품고 회의적 시선으로 그를 바라보았다면, '사기 당하는 것 아닌가?', 그런 생각이 들 정도로 싱겁게 1회가 끝났다.

첫날은 눈에 별다른 변화가 감지되지 않았다. 첫 술에 배 부를 수 없다는 속담처럼 인내심을 발휘하기로 했다. 일곱 번이라 했으니 이제 시작이다. 차분히 기다려 보자. 나는 그런 생각으로 다음 날 두 번째 주기(注氣)를 받았다. 그런데 두 번째 기 치료가 있고 나서부터 시력이 좋아지는 느낌이 확실하게 왔다. 안개가 조금 걷히는 느낌이었다. 그 다음부터 횟수를 거듭할수록 점점 시력이 회복되더니 엿샛날이 지나자 내 눈은 완전히 정상상태로 돌아왔다. 일곱 번째 기 치료까지 받았으나 사실상 엿샛날에 이미 완치가 된 상태였다. 나는 기뻐 무슨 말을 해야 할지 몰랐다. 기 치료사의 손을 붙들고 감사하다는 말밖에 다른 말이 생각나지 않았다. 마법의 신비를 경험한 주인공처럼 신기(神技)에 감탄하는 나에게 기 치료사는, "기가 막혔던 거죠. 저는 그저 기맥이 통하게 뚫어 준 것뿐입니다."라고 아무것도 아니란 표정으로 간단한 한마디를 남겼다.

막힌 기맥을 뚫었든 어쨌든 중요한 것은 내가 실명의 구렁텅이에서 탈출했다는 점이다. 그것을 가능하게 했던 기 치료사를 한국도 아닌 이국 땅 사우디아라비아에서 만났다는 것이 기적이었다. 비인기 지역이라 희망하는 사람이 별로 없고 나도 안 가겠다고 버티다 할 수 없이 온 사우디아라비아가, 알고 보니 눈을 고쳐 주려고 하느님이 알아서 주선해 준 천국이란 생각이 들었다. 삶의 도정에는 나와 궁합이 맞는 인연이 보물찾기처럼 숨어 있는 것 같았다. 보물을 찾는 것은 본인의 운일 것이다. 내가 사우디아라비아에 오지 않았더라면 십중팔구 오른쪽 눈이 실명되었을 것이다. 인연이 닿아 얻은 행운에 나는 감사하고 감사했다. 그 이후로는 여러 해가 지나서 내가 넘어지는 사고를 당해 복시(複視) 현상을 경험한 바는 있었으나, 개기일식처럼 물체가 까맣게 보이는 현상은 없었다.

사람들은 내 경험을 이야기해도 잘 믿으려 하지 않는다. 너무 비현실적으로 들리기 때문일 것이다. 내가 경험을 한 당사자가 아니라면 나 자신도 믿기 어려운 일이니, 어쩌면 당연할지 모른다. 그런데 믿거나 말거나, 그것은 사실이고 내가 그 사실의 증인이다. 우리 몸은 혈관이나 신경처럼 눈에 보이는 것 말고도 눈에 보이지 않는 무엇에 의해서도 움직인다는 것을 나는 이때부터 확실하게 믿고 있다. 기맥이라 해도 좋고 기라 해도 좋다. 일어서지 못하던 아내가 일어서고, 실명되어 가던 내 눈이 밝아진 것은 기(氣)로밖에 설명할 길이 없다. 실증으로 나타난 사실의 증인인 나에게 기 무용론은 이제 통하지 않는다. 그 이후 나는 기에 관해 남다른 관심을 갖고 있다. 기 수련하는 곳이 있으면 찾아가 보기도 했다. 직접 수련을 받기도 했다. 수련이 부족해서인지 소질이 없어서인지 아직 초심자 수준을 벗어나지 못하고 있으나, 기를 생활화려는 노력은 지금도 계속하고 있다. 집에서 유해한 수맥을 찾아내 피하거나 내가 사는 공간을 기가 좋은 장소로 만드는 웬만한 것은 알아서 처리한다. 대체의학으로서 기의 유용성을 과소평가할 필요는 없을 것 같다. 기의 통로가 막히면 인간뿐만 아니라 국가나 사회조직도 정상적으로 작동하지 못할 것이다. 유능한 지도자는 그 막힘을 뚫을 줄 아는 사람이다.

2019. 11. 2.

22/ 선발대(1)

...

한 주일을 마무리하고 집에서 쉬는 주말은 월급쟁이들에게는 그 자체가 신의 축복이다. 그러나 과장시절의 나는 토요일이든 일요일이든 마음이 그리 편치 못했다. 어수선하고 불안하고, 불완전 연소되어 아궁이를 가득 채운 연기처럼 무언가에 대한 불만이 늘 가슴에 뭉쳐 있었다. 평소에는 일에 묻혀 지내다 고즈넉한 주말에 발병하는 일종의 스트레스 현상이었다. 더 정확히 말하면 이런 현상은 1979년 10월 26일 박정희 대통령이 궁정동에서 김재규에 의해 피살되고부터 시작된 것인데, 그해 전두환 소장을 비롯한 신군부세력이 저지른 12·12사태를 거치고 다음 해 이른바 '광주사태'의 비극을 보면서 자리 잡은 울화였다. 그중에서도 1980년 5월 17일 신군부세력이 비상계엄을 전국으로 확대하면서 김대중을 내란음모죄로 체포하고 광주를 피로 물들인 일련의 과정이 직접적인 원인이었다.

1981년 1월 모일 토요일 오후, 꽁꽁 언 추위의 포로가 되어 집안에 틀어박혀 있던 나는 외교부 의전과장한테서 한 통의 전화를 받았다. 내가 소속된 기획관리실에서 온 거라면 모를까, 주말에 의전과장의 전화는 예상 밖이었다. '며칠 어디 다녀올 생각을 하고 세면도구와 간단한 옷가지를 준비하여 내일 사무실로 좀 나와 달라'는 내용이었다. 뜬금없는 전화에 역시 뜬금없는 내용은 통 종잡을 수 없었다. 무슨 일이냐고 물었더니 지금은 말해 줄 수 없다고 대답했다. 비밀결사 내부 지령을 연상시키는 말이었다. 평소의 솔직하고 사교적인 그의 태도가 아니었다. 그의 말은 부드러웠으나 어감에 날이 서 있었다. 거부가 허용되지 않는 단호함이고 통고이자 명령이었다. 신군부 세력의 서슬 퍼런 시절이었던 만큼, 비록 그가 동료라 하여도 또 무슨 일 터졌나 가슴이 철렁했다.

외교부 의전과는 우리 대통령의 외국방문과 우리나라를 방문하는 외국 국가원수의 영접을 담당하는 곳이다. 그 일을 담당하는 과장이 나를 호출하는 것은 그런 업무와 무관하지 않을성 싶은데, 과장은 왠지 설명을 의도적으로 회피하고 있었다. 호출의 목적이 무엇인지는 이제 내 추리의 몫이었다. 그러나 퀴즈의 빈칸은 쉽게 메워지지 않았다. 대통령 행사와 관련이 있을 것이란 잠정결론을 내려는 놓았지만, 호출의 의외성과 돌발성이 마음에 걸렸다. 당장 며칠 어디를 다녀와야 할 만큼 사태가 긴박하게 돌아가고 있다고 읽혀지기 때문이었다. 멀쩡한 근무시간 놓아두고 토요일 오후에 갑자기 집으로 전화를 걸었다는 것은 뭔가 심상치 않은 사건의 발생을 암시하고 있었다. '세면도구와 간단한 옷가지'에서 그런 느낌은 한결 강렬했다. 안전가옥 같은 데서 남의 눈을 피해 은밀히 작업을 할 것처럼 비밀스런 음모의 냄새마저 풍겼다.

발령받으면 빠져나갈 궁리부터 하는 곳이 의전과이다. 고상하게 펜대 놀리는 곳이 아니라 몸으로 때우는 고달픈 험지라 해서 인기가 별로였다. 그런 곳에서 나는 두 차례, 통산 4년 근무했다. 2년 버티기가 힘든 이곳에서 내 기록은 가히 기네스북 감이었다. 내 주특기는 연회(banquet)였으며 별명이 밥장사였다. 청와대 총리실의 외빈접대 연회는 내가 도맡아 했다. 그렇다 보니, 내가 없으면 안 된다고 매번 붙잡힌 것이 붙박이가 된 배경이었다. 그러나 지금 나는 의전과 소속이 아니다. 기획관리실 소속 과장으로서 의전과와는 아무 상관이 없는 일을 하고 있었다. 자기 소속 직원도 아닌 나를 호출한 것은 경험자의 투입이 불가피할 만큼 급하고 중요하다는 증거였다.

"그렇다면 전두환 대통령과 관련된 일이란 말인가?"
전광석화처럼 떠오르는 생각이었다. 그 생각은 악몽을 꾼 것처럼 한 줄기 차가운 전율을 동반했다. '광주에 폭동이 일어나 계엄군이 진압'하고 있다는 신군부의 발표가 있을 때도 차가운 전율이 등에서 벼락 쳤다. 그 뒤로 광주에 관한 정부발표를 듣고 보면서 나는 울분을 삭히지 못했다. 언론은 재갈이 물려 광주의 진상이 무엇인지 제대로 전하지 못하고 신군부의 입노릇만 했다. 내가 접하는 뉴스는 당국의 검열을 거친 조작되고 과장된, 재갈 물린 언론이 쏟아 내는 것들뿐이었다.

내가 중고등학교를 다녔던 고장이 아비규환의 현장이라니 가슴이 찢어졌다. 그 순한 사람들이 어떻게 폭도란 말인가. 믿어지지 않았다. 배후에 북한이 개입되어 있다는 주장은 새빨간 거짓말 같았다. 길거리에는 온갖 흉흉한 소문이 난무했다. 군인들이 닥치는 대로 사람을 죽인다는 소문도 있었다. 도망가는 시위대를 쫓아가 곤봉으로 사정없이 내려치고 군화로 짓밟는 사진을 보면서 나는 헛소문만은 아닐 것이란 생각을 하며 몸서리쳤다. 광주에 사는 처가 식구들의 안부를 알아보려 해도 전화는 먹통이었다. 나는 서울에 앉아 강술로 울분을 잠재울 수밖에 없었다. 광주는 쑥밭이 되었지만 내 안의 광주는 일어나 정의를 외치고 있었다. 그럴 때마다 광주라는 이름 위에 오버랩되는 다른 이름이 전두환이었다.

나는 12·12사태(1979.12.12.)가 나고 군복 입은 전두환 소장이 중앙청을 급히 빠져나가는 모습을 우연히 먼발치에서 본 적이 있다. 12·12사태를 미국이 어떻게 보는지 초조한 나머지 외교부에 알아보고 가는 길이었을 것이란 게 귓속말이었다. 그 후 전두환 소장은 별 네 개를 자기 손으로 달고 예편한 다음, 1980년 8월 27일 장충체육관에 모인 통일주체국민회의 대의원회의에서 대한민국 제11대 대통령으로 선출되었다. 그렇게 하기로 안무된 무대에서 혼자 나온 것이니 선출이 아니라 추대라고 하는 편이 옳을 것이다. 이어서 나라는 곧 '전두환 대통령 각하'의 취임을 축하하는 경축분위기에 빠져들었다. 세종로에는 초상화가 나붙고 현수막이 걸리고 태극기가 가로등을 장식했다. 그 풍경은 포신이 세종로 네거리를 겨눈 채 중앙청 정문을 완강하게 지키고 있는 탱크와 묘한 대비를 이루었다. 그리고 광주는 김대중 내란 음모죄 프레임에 짜여 역사의 죄인으로 전락하고 있었다.

내가 호출된 게 5·18광주민주화운동이 일어난 이듬해 벽두였다. 전두환 대통령의 취임 4개월이 조금 지나고 있던 때이기도 했다. 사람들은 신군부정권의 시퍼런 기세에 눌려 숨죽인 채 몸을 사렸다. 아무도 광주의 아픔을 아픔이라고 말할 수 없었다. 광주와의 연고는 족쇄가 되어 내 의식의 피부를 파고들었고, 몸부림치면 칠수록 쓰라림은 더했다. 광주의 아픔은 소위 '김대중 내란 음모사건'의 추이와도 맥을 같이했다. 김대중은 1980년 5월 17일 '광주폭동'의 배후인물로 체포되어 계엄군법회의에서 사형을 선고받았다. 항소는 기각되었으며, 대법원은 1981년 1월 23일 사형을 확정했다. 모든 것은 정해진 대로 일사천리로 진행되었다. 기적이 일어나지 않는 한 김대중은 머지않아 광주의 희생양으로 목숨을 잃을 운명이었다.

일요일 오전 9시. 나는 의전과장의 요청대로 세면도구와 간단한 옷가지를 챙겨 중앙청 외교부 의전과로 출두했다. 호출되어 나온 사람은 나 외에도 두 명이 더 있었다. 영문을 모르고 불려 나온 우리들은 007작전 같은 호출이 무엇을 의미하는지 서로 탐문하기 바빴다. 대통령 행사와 관련이 있을 것이란 점에서 의견이 일치했으나, 그 내용이 무엇인지는 3인 3색이었다. 옆에서 이야기를 듣고 있던 의전과장은 웃기만 하다가, 그 궁금증은 신라호텔에서 기다리고 있는 의전실장이 풀어 줄 것이라고 수수께끼 같은 말로 우리들의 중구난방에 마침표를 찍었다. 신라호텔에서 의전실장이 우리를 기다린다? 의전과장의 이야기는 우리를 또 종잡을 수 없게 만들었다. 의전실장은 차관보급으로 의전실의 수장이다. 의전실장이 호텔에서 우리를 기다린다니 예삿일이 아닌 것은 틀림없었다. 우리의 궁금증은 증폭되고 긴장감은 고조되었다. 우리는 유괴범에 의해 끌려가듯 대기시켜 놓은 지프차에 실려 이동되었다.

의전실장은 객실에서 혼자 기다리고 있었다. 군출신인 그는 평소 근엄한 스타일인데 그날따라 더 무거워 보였다. 문이 닫히자 의전실장은 뻐끔거리던 파이프를 재떨이에 놓고 우리를 향해 정색했다.

"여러분들을 갑자기 부른 것은, 대통령 각하께서 미국을 공식방문 하시기로 결정이 되어서, 선발대로 현지에 보내기 위해서입니다. 앞으로 한 일주일밖에 남지 않아 시일이 매우 촉박한데, 그래서 베테랑인 여러분을 선발대로 보내는 것이니 차질 없이 준비해 주시기 바랍니다."

의전실장은 대통령 방미 사실이 아직 발표 이전이므로 엄격한 보안유지를 주문하면서, 이 시간 이후 각자의 방에서 출입이 금지된다고 금족령을 내렸다. 대통령은 로스앤젤레스, 뉴욕, 워싱턴, 하와이 순으로 방문하고 귀국하기로 되어 있었다. 차출된 세 명은 하와이를 제외한 세 곳을 하나씩 맡게 되어 있는데, 나는 로스앤젤레스 담당으로 되어 있었다. 다만, 로스앤젤레스가 첫 방문지이므로 행사가 끝나면 마지막 방문지인 하와이로 다시 날아가서 돕도록 계획되어 있었다. 결국 나는 로스앤젤레스와 하와이 두 군데를 담당하게 된 셈이었다.

신군부에 대한 미국의 태도가 결코 호의적이지 않았던 점을 감안하면, 전두환 대통령의 방미는 매우 이례적이란 생각이 들었다. 게다가 이렇게 빨리 가게 될 줄은 예상 밖이었다. 이것은 미국이 전두환 정권을 위해 축복의 성호(聖號)를 긋는 거나 마찬가지였다. 광주도 그 속에 휩쓸려 결국 다리 밑의 흘러가는 강물이 되고 말 것이었다. 나는 속이 메스꺼웠다. 하필이면 내 울화의 진앙에 있는 분의 일을 맡긴단 말인가! 이 일은 맡을 수 없으니 빼 달라고 부탁하고 싶었다. 어쩌다 재수 없이 내가 걸려들었는지 원망스러웠다. 그러나 머릿속 한편에서는 그런 생각에 브레이크를 걸었다. '너는 공무원이야. 공무원은 국가의 명령에 따라야 해!' 이성은 그렇게 호령하고 있었다.

로스앤젤레스가 첫 기착지인데 내게 주어진 시간은 겨우 일주일 정도였다. 당장 급한 대로 행사 시나리오를 작성하고, 다음 날 저녁 현지로 떠나도록 계획이 짜여 있었다. 정상적인 경우라면 선발대가 한 달 전에 현지에 가는데, 벼락치기도 이런 벼락치기가 없었다. 더구나 나는 로스앤젤레스도 하와이도 가본 적이 없었다. 한 번도 가본 적이 없는 곳에서의 행사 전모를 호텔방에 갇혀 상상만으로 그려내야 할 판이었다. 미국 측에서 공항영접은 누가 하는지, 숙소는 어디로 정하며 방 배치는 어떻게 할지, 누구를 접견할 것인지, 교민들과는 어떤 형식으로 만날 것인지, 아무것도 정해진 것이 없었다. 우선은 내가 알아서 할 수밖에 없었다. 대통령 외국방문행사 시나리오는 일반적으로 정형화가 되어 있지만, 디테일은 일일이 확인하고 수정해야 하는 까다로운 작업이다. 나는 정형화된 관례에 따라 통상적인 선에서 전두환 대통령의 로스앤젤레스 방문일정 시나리오를 작성했다. 그걸 가지고 현지에 가서 하나하나 체크하고 수정할 수밖에 없었다.

의전과장에 의해 끌려 나오고 의전실장에 의해 금족령이 내려진 나는 내 의지가 감금당한 수인(囚人)이었다. 그 수인이 밤을 새워 쓰는 소설(시나리오)의 주인공 전두환 대통령은 내 소설의 주체이고 주빈이고 주어에 해당되었다. 그래서 불가분 내 머리를 지배하고 내 사유의 영내를 유령처럼 출몰하며 불유쾌한 기억들을 떠올리게 했다. 그러나 내 에고는 그런 기억들과 길항(拮抗)하고 타협하면서 공인에게 주어진 사명을 수행함에 있어 냉정을 잃지 말라고 타일렀다. 그날 밤 나는 내가 해 왔던 선례에 미국이라는 요소를 대입하여, 대한민국 국가원수의 지위에 합당한 권위와 대우가 발현되도록, 그리하여 비굴하지 않고 당당하게 보이도록 소설을 써 내려갔다.

의전에서 정치적 요소는 배제된다. 주어진 객관적 사실들만 가지고 쓰는 소설이어야 한다. 다른 것은 생각할 필요가 없다. 그런데 의전과 관련이 없는 잡생각들이 내 머리를 들쑤셨다. 대통령이 무엇 때문에 미국에 가느냐는 의문이 그것이었다. 방미 일주일을 남겨 두고 발표도 하지 않고, 마치 도둑 방문하는 것처럼 몰래 서두르는 이유가 뭘까? 한국은 미국의 동맹국이기 때문에 한국 대통령이 미국을 방문하는 것은 자연스러운 외교활동이다. 하등 이상할 것이 없다. 그런데 이렇게 갑작스럽게, 이렇게 은밀하게, 적의 배후를 아무도 모르게 침투하듯, 선발대원을 감금하면서까지 준비하는 이유가 무엇인지 도무지 오리무중이었다. 쓸데없는 일에 신경 끄라고 일갈하겠지만, 사실 나는 그것이 궁금했다. 한국의 신군부를 미국이 탐탁치 않게 보고 있다는 사실은 알 만한 사람은 다 알고 있었다. '광주'에 대해서도 신군부에 분개하고 있다는 것 역시 알 만한 사람은 다 알고 있었다.

장충체육관에서 선출되고 잠실 실내체육관에서 취임한 대통령이 자신이 적자(嫡子)란 인증을 미국으로부터 받고 싶어 한다는 것도 파다하게 퍼진 소문이었다. 그렇다면 둘 사이에 모종의 빅딜이 있다는 이야기인가? 내 생각은 거기에서 맴돌았다.

이 의문에 대한 답이 과문한 내 귀에 들어오기까지는 상당한 시일이 걸렸다. 설에 의하면, 김대중 구명운동에 적극적이었던 사람이 미국 대통령 당선자 로널드 레이건이었다 한다. 사형이 전격적으로 집행될 것을 우려한 레이건 당선자는 신군부 측과의 접촉을 서둘렀다. 군사쿠데타에 의한 정권탈취 오명에 시달리던 신군부 측은 이참에 미국의 인정을 받는 대가로 김대중 구명에 동의했다. 레이건 대통령은 취임하는 즉시 전두환 대통령을 국빈으로 초청하고, 전두환 대통령은 적절한 시기에 김대중을 석방한다는 양해가 이루어진 것이다. 이 맞거래는 아직 현직에 있는 카터 대통령 등 뒤에서 비밀리에 진행되었다. 나는 그때서야 왜 주말에 선발대원을 쉬쉬하며 불러내 신라호텔에 집어넣고 비밀리에 방미준비를 시켰는지 앞뒤 맥락을 명료하게 알 수 있었다.(레이건 대통령은 1981년 1월 20일 취임하였고, 전두환 대통령은 8일 뒤인 1월 28일 로스앤젤레스에 도착했다. 김대중은 1982년 12월 12일 형집행정지로 석방되었다.)

그러나 나는 당시 이 역사적인 맞거래의 결과로 동원되었다는 사실을 꿈에도 생각하지 못했다. 비민주적이고 권위주의적인 억압에 대한 역겨움에서 본능적인 메스꺼움을 느끼긴 했지만, 나는 주어진 과제에 전념했다. 그것은 나의 고용주인 국가에 대해 충성하기로

서약하고 녹을 먹는 사람으로서 당연한 의무였다. 대통령은 대외적으로 국가를 대표하는 자리이다. 대통령이 해외에 나가 홀대를 받는 것은 대한민국이 홀대를 받는 것이나 마찬가지이다. 이것은 내가 대통령을 어떻게 생각하느냐와 별개의 문제이다. 국가의 체면을 생각하는 것은 국민으로서의 당연한 도리이다. 이것이 내가 전두환 대통령의 방미준비에 전념하지 않을 수 없었던 또 하나의 이유였다.

신라호텔에 갇혀 하룻밤을 보내며 1차 작업을 마무리한 다음날 오후, 우리는 짧은 귀가가 허용되었다. 그날 저녁 미국 현지로 떠나기 위해 짐가방을 챙겨 오라는 귀가였다. 가족에게도 출장목적을 발설해서는 안 되며, 가족 외에는 누구도 만나지 말라는 엄명이 귀가조건에 붙은 꼬리표였다. 의아해하는 아내에게 나는 비동맹회의 지원차 인도에 열흘 정도 출장 다녀오겠다고 미리 준비해 둔 거짓말을 했다. 당시 비동맹회의가 외교부의 중요한 현안이어서 둘러댄 것이다. 그러나 내가 맡고 있는 과(課)의 업무는 비동맹회의와는 아무런 관계가 없었다. 거짓말 연기가 서툴렀던지 아내는 노골적으로 불신하는 태도였지만, 그걸 따질 처지가 아니란 것을 경험으로 알고 있었다.

그날 밤 김포국제공항.
로스앤젤레스와 뉴욕으로 가는 대한항공은 비슷한 시간에 떠난다. 선발대로 차출된 세 명도 비슷한 시간에 나타났다. 뉴욕 가는 비행기가 조금 먼저 떠나지만, 사람들은 대개 두 시간 전에는 공항에 도착하기 때문에 조우의 여지가 충분했다. 공항에서도 붙어 다니지 말라는 엄명이 여전히 유효했다. 뉴욕행 비행기를 타는 두 사람은 좌석도 함께 나란히 붙어 앉지 말라는 시시콜콜한 지시까지 받고 있었다. 비밀이 들통날까 봐 하늘 무너질까 걱정하는 간 작은 의전관(protocol officer)의 세심함인데, 아닌 게 아니라 외교부 과장급 세 명이 묵직한 가방을 들고 함께 어디론가 떠나는 장면이 기자 눈에 잡히면 의심 살 만도 했다. 나는 멀찍이서 따로따로 서 있는 두 사람을 발견하였지만, 눈인사도 교환하지 않았다. 두 사람이 시야에서 사라지고 난 뒤, 체크인 카운터에서 짐을 처리할 때까지 나를 알아보는 사람은 아무도 없었다.

나는 백팩을 짊어진 우주인이 달에 내리는 것처럼, 아무리 북적거리고 있어도 내게는 텅 빈 것과 마찬가지인 로스앤젤레스 공항에 내려 낯선 풍경에 잠시 정신을 놓았다. 그곳은 며칠 있으면 우리 대통령을 태운 대한항공 특별기가 도착하여 나를 시험할 낯선 곳이었다. 나는 걸어 나오며 창밖으로 보이는 비행기 주기장을 힐끔거렸다. 우주인이 달을 탐색하듯, 특별기가 서 있을 장소를 탐색하는 중이었다. 마중 나온 총영사관 직원이 얼굴에 의문부호투성이의 표정으로 무슨 일로 출장 나왔느냐고 물었다. 본부지시로 마중 나오긴 했지만, 내 직책으로는 출장목적이 헤아려지지 않았던 것이다. 나는 가슴이 철렁했다. 출장 나온 목적이 들통날까 봐서가 아니라, 내가 왜 왔는지 까맣게 모르고 있는 철통보안 때문이었다. 그 이야기는 며칠 있으면 대통령이 들이닥치는 절박한 순간에, 총영사관이 진격하는 적 앞에서 성문을 열어 놓은 채 무방비상태로 낮잠 자고 있다는 고백이었다.

예상한 대로 P총영사 혼자를 제외한 직원들은 발등에 불이 떨어진 사실을 까맣게 모르고 있었다. 1급비밀이어서 그랬다는 석명이었지만 이해가 되지 않았다. 그렇게 있다가 당할 낭패를 어떻게 수습할 생각이었는지, 총영사는 제일 중요한 숙소호텔 예약만 겨우 해놓고 다른 조치는 아무것도 하지 않고 있었다. 직원들에게 대통령의 방문 사실을 발설할 수 없었기 때문에 손이 묶인 채 혼자만 끙끙 앓고 있었던 것이다. 경호상 VIP룸은 최소한 옆방, 즉 전후좌우에 있는 방과 그 윗층과 아래층 방까지 확보해야 하기 때문에 시간 여유를 두고 호텔 측과 교섭을 해야 한다. 경우에 따라서는 해당되는 방에 투숙하고 있는 손님을 강제로 나가게 해야 하므로 여간 어려운 문제가 아니다. 숙소 하나만 해도 상황이 그럴진대 다른 것은 말할 것도 없었다.

나는 다시 달에 착륙한 우주인이 되었다. 호텔방에 서울에서 준비해 온 자료들을 늘어놓고, 신라호텔에서 그랬듯 혼자 모든 것을 시작하기로 했다. 우주인이 되어 아무도 밟아 본 적이 없는 달 표면을 탐색하는 길에 나선 것이다. 직원의 도움이 필수적인 것에 한하여 보안유지를 다짐받고 최소한의 협력을 구했다. 로스앤젤레스가 처음인 나에게 현장방문은 직원의 도움이 필요한 부분이었다. 브래들리 로스앤젤레스 시장을 만나려 갈 때는 총영사를 앞세웠다. 공항에 가서는 환영행사가 열릴 장소를 물색하고, 꽃다발을 전달할 아이들도 정했다. 미국 측에서 누가 나오는지도 확인하여 서울에서 만들어 온 시나리오 빈 칸에 적어 넣었다. 교민간담회 장소를 정하고, 식 순서와 대통령의 동선도 현장상황에 맞게 조정했다. 그다음 문제는 숙소에서 누가 어느 방을 쓸 것인지 배정하는 것인데, 쉬운 것 같으면서도 쉽지 않은 것이 바로 이 대목이다. 수행원의 계급, 직책, VIP와의 관계 등이 반영되어야 하기 때문이다. 지금 경호원과 문고리 비서는 VIP룸에서 가장 가까워야 하고, 장관급 수행원은 스위트룸을 배정하여 다른 수행원과 차별을 두어야 한다. 이런 것들이 잘못되면 난리가 난다.

나는 로스앤젤레스에 와서도 거의 매일 밤을 새웠다. 일도 일이지만 긴장과 스트레스 탓에, 그 때문에 피우게 되는 담배와 수시로 마셔 대는 커피 탓에 잠은 하늘의 연무처럼 오는 둥 마는 둥 하다가 사라지곤 했다. 이런 날이 계속되니 머리가 떵하고 몸에 힘이 빠져 휘청거렸다. 미지근한 액체가 입술을 적시기에 손으로 훔쳤더니 코피였다. 그래도 일은 멈출 수 없었다. 도착날짜를 며칠 남겨 두고 방미 사실이 발표되어서 준비활동이 공개적으로 전환되고, 마지막 단계에서 모든 사람이 달라붙어 속도가 붙었다. 이런 와중에 내 사기를 꺾는 무리들이 있었다. 권력자의 사조직이었다. 세상이 다 아는 권력자 동생이 무리들을 끌고 와서 준비상황을 브리핑 받고 지시하고 꾸짖고 다녔다. 국가기관도 아닌 자들이 국가기관을 종노릇 시킨 것이다. 겨우 참고 있었던 권위주의 작태에 대한 메스꺼움이 다시 살아나, 나는 더 초췌한 모습이 되었다. 지금도 그때 당한 수모를 생각하면 가슴이 아리다.

1981년 1월 28일, 전두환 대통령은 레이건 대통령이 취임한 지 8일 만에 역사적인 미국방문을 로스앤젤레스에서 시작했다. 공항에는 태극기를 든 교민들이 그를 환영했다. 대부분은 동원된 교민들인데, 특정인에 대한 환영이라기보다는 대한민국에 대한 애국의 표현으로 보아야 할 것이다. 공항 밖과 행렬이 통과하는 연도에는 광주를 외치며 달걀을 던지고 저주하는 시위군중이 더 많았다. 로스앤젤레스 방문 일정은 다행히 아무 일 없이 잘 끝나, 나는 홀가분한 마음으로 다음 날 전 대통령의 최종 목적지인 하와이로 떠났다.

2020. 3. 6.

23/ 선발대(2)

...

내 나라이면서 형식적으로는 아직 전쟁상태가 종식되지 않은 적국. 북한을 이렇게 말하면 틀린 표현일까? 판문점 군사분계선을 넘을 때 내 가슴엔 복잡하고 야릇한 감정이 교차했다. 태어나서 한 번도 가보지 못했던 미지의 내 나라에 간다는 흥분, 다른 한편으로는 한국전쟁을 일으켜 수백만 동포의 목숨을 앗아가고도 걸핏하면 서울을 불바다로 만들겠다고 공갈하는 적국의 땅에 들어가는 불안이 동시에 밀려든 것이다. 입경절차를 마치고 판문각에서 북측인사들이 우리를 영접했으나, 나는 손님으로 그 자리에 와 있는 것인지 포로로 잡혀 있는 것인지 착잡한 심경이었다. 2000년 6월의 계절은 남과 북이 다르지 않았다. 넥타이 정장이 다소 답답하게 느껴지는 초여름이지만, 반공(反共)이 국시(國是)이던 시절에 자란 나의 심리적 계절은 겨울이었다.

한반도가 분단되고 남측 대통령이 북측을 최초로 방문하는 역사적 사건을 준비하기 위해 선발대원으로 평양에 가는 길이었다. 우리 대통령이 외국을 방문할 때는 보통 한 달 전에 선발대가 현장을 다녀오는 것이 관례이다. 북한이 외국이냐는 논쟁이 있을 수 있겠으나, 외국보다 더 외국 같은 나라라는 점에서 선발대 파견은 당연시되었다. 북측은 우리의 선발대 파견제의에 탐탁스러운 태도는 아니었으나 김대중 대통령의 평양방문 열흘 전에 마지못해 인원수를 제한하여 받아들였다. 선발대는 외교부 의전장인 내가 단장이 되는 것이 통례인데, 이번 경우는 북한방문이라는 특수성 때문에 통일부에서 맡았다. 선발대 임무는 의전 경호 공보분야에서 양측이 의견을 사전에 조율하여 행사가 원활하게 진행되도록 준비를 하는 것이다. 내가 맡은 의전은 세부일정에 따라 대통령의 행동과 동선을 체크하여 실제상황에 맞게 행사내용을 구체화하는 작업이다. 연극으로 말하면 시나리오를 작성하는 작업이며, 대통령은 그 시나리오대로 움직이게 된다.

판문각에서 북측인사는 북남이 손잡고 통일을 앞당기자는 요지의 환영인사를 했다. 그의 말은 청산유수처럼 거침이 없었다. 어렸을 적에 말이 반지르르한 사람을 '공산당'이라고 놀렸었는데, 환영인사를 들으며 문득 그 생각이 떠올랐다. 북측은 우리 선발대원 열 명에게 벤츠 승용차 한 대와 안내원 한 명씩을 붙여 주었다. 버스 한 대면 될 것을, 과분하다는 생각이 들었다. 판문점을 떠난 우리 일행은 곧 고속도로로 접어들었다. 개성에서 평양으로 가는 편도 2차선 고속도로는 이상하게 차 한 대도 보이지 않고 텅 비어 있었다. 우리는 무인지경의 고속도로를 황제행렬처럼 질주했다. 상행선만 그런가 했더니 하행선에도 차 한 대가 보이지 않았다. 그런 현상은 평양까지 가는 동안 거의 똑같았다. 평양에 도착할 무렵 하행선에서 지나가는 차량 석 대를 보았다. 그 가운데 한 대는 현대 트럭이었다. 정주영 씨가 소를 싣고 방북했다가 북한에 주고 온 트럭이 아닌가 생각되었다.

차량으로 넘치는 고속도로만 보고 살아온 나는 이곳 고속도로가 텅 비어 있다는 게 이해가 되지 않았다. 우리를 위해 교통통제를 한 것일까? 그런 생각을 해 보았으나 사리에 맞지 않아 보였다. 상행선이라면 혹시 모를까 하행선까지 통째로 통제하는 것은 상식 밖이고, 선발대에게 그런 특별한 예우를 해 줄 까닭도 없었다. 그렇다면 다니는 차가 없는 북한에 왜 고속도로가 있는지, 텅 빈 도로를 보면서 그런 생각이 머리를 떠나지 않았다. 중간 휴게소에 들렀을 때 나는 고속도로 노면과 주변을 유심히 살펴보았다. 차가 많이 다니는 노면은 바퀴 마찰로 매끈거릴 텐데 그렇지가 않았다. 또 어떤 곳은 아스팔트가 부스러져 있었다. 부스러진 부분은 차가 다니면 파여 구덩이가 나 있어야 정상이다. 그렇지 않은 것을 보면 차량통행이 없다는 방증이었다. 차량통행이 아니라면 북한이 고속도로를 만든 이유는 십중팔구 군사적 목적일 것이 분명해 보였다. 유사시 군대의 신속한 이동을 위해 고속도로가 필요하기 때문이다. 고속도로 터널 입구마다 총구를 남쪽으로 향한 포(砲)가 설치되어 있는 것을 보고 나는 섬뜩했다. 세계 어느 나라 고속도로에서도 볼 수 없는 이 살벌한 광경에서 도로의 존재 이유가 군사목적에 있을 것이라는 내 짐작이 틀림없다는 확신을 얻었다.

판문점을 나서 개성 이정표가 나타난 곳을 달릴 때 차창 밖으로 높이 솟은 바위투성이 산이 내 눈을 압도했다. 송악산인 듯했다. 그런데 산에 나무가 보이지 않았다. 돌산이어서 그런가 생각했는데, 가면서 보니 다른 산도 크든 작든 거의 다 민둥산이었다. 내가 중국(상해)에 근무할 때 광개토대왕비를 보려고 집안(集安)에 갔다가 압록강 너머 북한땅을 바라보고 기이하게 느꼈던 것이 민둥산이었다. 강 하나를 사이에 두고 중국산과 북한산이 저렇게 다른가 의아했었다. 그런데 북한에 들어와서 보는 산도 모두 민둥산이란 사실이 충격적이었다. 휴전선 이남의 우거진 산과는 너무 대조적이었다. 나무를 땔감으로 쓰는 열악한 경제사정 때문일 테지만, 여기가 내 나라가 맞는가 눈을 의심할 만큼 먼 외국에 온 기분이었다. 저러니 홍수가 나면 농사인들 제대로 되겠나 싶었다. 그런데 평양에 도착하고 나서 며칠 있다 가서 본 묘향산은 다른 산과 달리 나무가 우거져 있었다. 거기에는 김일성 선물을 전시하는 전람관이 있어 나무를 베지 못하게 한 덕분인 듯했다. 내가 북에 있으면서 본 산 가운데 유일한 예외였다.

평양으로 가는 길에 내 눈을 끈 또 하나의 광경은 시골 풍경이었다. 드문드문 마을이 나타나는데, 집들이 하나같이 붕어빵처럼 똑같은 모양에 똑같은 크기와 규격이었다. 옛날의 우리 전통가옥이었더라면 초가집일망정 여기도 내 나라이구나 하는 정감이 갔으련만, 볼품없이 벽돌처럼 찍어 낸 사회주의의 획일성만 보일 뿐 자유주의적 다양성은 찾아볼 수 없었다. 눈에 설은 농촌 가옥과는 달리 낮익은 풍경도 있었다. 모내기였다. 물논에 사람들이 줄을 지어 모를 심는 장면은 내가 어렸을 때 고향에서 하던 모내기와 똑같았다. 흙길에는 소가 끄는 달구지가 모판을 나르고 있었다. 사람들이 그것을 받아 논에 휙휙 던지는 모습도 우리네와 같았다. 나는 비로소 '우리'라는 동질성의 끈을 발견했다. 그리고 반가운 마음이 들었다. 남쪽에서는 농기계로 대체되어 추억 속에 묻혀 버린 장면이 나의 시계를 반세기 뒤로 돌려놓았으나 기분은 흐뭇했다.

조수석의 안내원은 30대 전후의 청년으로 날렵해 보였다. 남쪽 사람과 공간을 함께하는 긴장 때문인지, 아니면 그렇게 하도록 교육을 받은 것인지, 판문점을 떠날 때부터 고개 한 번 돌리는 법 없이 전방만 응시하고 있었다. 내가 말을 걸기 전에는 입을 열 기세가 아니었다. 이 청년은 단순한 안내원이 아니라 내 일거수일투족을 낱낱이 체크하고 보고하는 요원일 것임은 상식에 속했다. 북한은 상호 감시체제이기 때문에 나와 안내원이 하는 대화를 듣고 감시하는 임무는 운전수에게 있을지도 모를 일이었다. 그들 사정이 어떻든 서로 말 한마디 없이 무덤덤하게 가려니 답답하고 지루한 느낌이 들었다. 안내원에게도 보고할 거리를 만들어 주자는 장난기도 발동했다. 평양인구가 얼마나 되느냐는 질문으로 내가 먼저 말문을 열었다. 안내원의 대답은 기다렸다는 듯이 바로 돌아왔다. 이번에는 다른 질문을 해 보았다. 낚시밥을 던지자마자 덥석 무는 물고기처럼 그의 대답 역시 즉각적이었다. 질문을 잘못했다가는 '공화국에 적대적인 인물'로 찍힐지 모른다는 염려를 염두에 두고, 나는 정치색을 배제한 질문만 했다. 청년은 모범답안을 읽는 것처럼 언제나 명쾌하고 군더더기 없는 대답을 했다. 대답할 때도 고개를 돌리지 않고 부동자세로 하는데 기계적이었다. 그날 내가 안내원에게 한 질문 가운데 '중국의 개혁개방정책을 어떻게 보느냐?'가 가장 정치색이 짙은 것이었다. 젊은이다운 용기로 자기 생각이나 속내를 내비치지 않을까 기대하고 던진 질문이었다. 그런데 나는 뻔한 대답을 듣고 말았다. 중국이 무슨 길을 가든 자기들은 자기들 방식대로 간다는 것이었다. 북측이 만들어 놓은 모범답안에서 한 치의 오차도 없었다. 설사 본인의 속내가 있었다 해도 운전수 면전에서 그걸 내비칠 수 없는 상황이라는 점을 이해하게 되자, 나는 이 친구와의 대화는 무의미하다고 생각하고 입을 닫아 버렸다.

고속도로 중간에 휴게소가 한군데 있었다. 평양과 개성 간 중간 지점에 해당되는 것 같았다. 고속도로를 가로지르는 구름다리에 지붕을 씌운 구조였다. 내부공간은 대부분 상점이었다. 외국인 관광객을 상대로 하는 상점인 듯, 북한 토산품이나 그림을 팔고 있었다. 내 눈을 끈 것은 그림이었다. 백두산을 주제로 한 산수화나 호랑이가 등장하는 그림이 많았다. 대체로 우리 민족의(또는 북한 최고지도자의) 성스러운 유래와 용맹하고 진취적인 기상을 표현한 것으로 보이는 것들이었다. 그림을 보면 작가가 무엇을 말하려 한 것인지 짐작이 갔다. 그림에 문외한인 내 눈에도 어떤 것들은 수준급으로 보였다. 적어 놓은 가격이 백 불 단위에서 천 불, 만 불 단위까지 다양했다. 사고 싶은 생각이 들 정도로 마음에 드는 작품도 있었다. 주차장에는 텐트까지 쳐 놓고 예쁜 한복을 입은 여종업원들이 물건을 팔고 있었다. 손님이라고는 우리 일행 열 명이 전부인데, 차 한 대도 다니지 않는 고속도로에 이런 상점이 있다는 것이 재미있었다. 내 상식으로는 좀처럼 이해가 되지 않았다. 우리 일행을 위해 특별히 문을 연 선전용 전시라는 것 외에는 달리 설명을 찾기 어려웠다. 시장원리가 존재하지 않는 북한 정치체제의 관점에서 보아야 비로소 이해가 되는 우리와

'다른 세상'이었다. 남조선 손님들에게 북조선의 우수한 상품과 높은 예술성을 보여 주기만 하면 되는 것이었다.

　지루한 드라이브와 단조로운 바깥 풍경에 조금 지쳐 있을 때 평양이 지평선에서 모습을 드러냈다. 역사를 관통하여 때로는 민족의 심장으로 때로는 동북아의 중심으로 자리매김했던 자랑스러운 평양, 그러나 분단 이후 남북대립의 한 축을 대표하는 상징적 이름이 되어 버린 곳에 입성하는 심정은 착잡했다. 평양의 거리는 서울에 비하면 한적했다. 우리 차량행렬은 빈 거리나 다름없는 평양시가를 논스톱으로 질주했다. 차가 없는 네거리에서 교통 정리하는 여경(女警)이 우리를 위해 길을 터 주는 모습이 이채로웠다. 보도에는 보행자들이 드문드문 있었으나 우리에게 별다른 관심을 보이지 않았다. 차량행렬이 에스코트를 받으며 질주하면 뭔가 싶어 호기심에서라도 바라볼 듯한데 그들은 본체만체했다. 자연스럽지 않고 입력된 대로 움직이는 인형 같다는 생각이 들었다. 아파트와 관청으로 보이는 건물들이 우리가 지나가는 도로 양편에 즐비하고, 가로수 사이로 한글 간판이 간혹 눈에 띄었다. 상점 같은데 드나드는 사람은 보이지 않았다. 어느 한 곳은 대동강인지 능수버들이 늘어진 그늘 아래서 사람들이 낚시질을 하고 있었다. 평화로운 광경이었다. 평양은 생각보다 깨끗하고 아름다웠다. 적어도 우리가 통과하면서 본 외관상으로는 그랬다. 주민들의 내면적 삶이 외관과 같다고야 할 수 없겠지만, 도시 자체는 처음 북한에 오는 외국인들에게 좋은 인상을 주겠다는 생각이 들었다. 통일한국의 수도로서는 이미 포화상태인 서울보다 평양이 낫겠다는 엉뚱한 생각까지 하며 시내를 관통했다.

우리가 도착한 곳은 백화원초대소. 김대중 대통령이 묵게 될 숙소였다. 백화원초대소는 외빈접대용 영빈관이라 했다. 방향과 위치는 알 수 없었으나 평양 외곽으로 추측되었다. 가까운 곳에 김일성 시신이 안치된 금수산태양궁전과 우리의 국립현충원에 해당되는 참전열사묘가 있다는 이야기를 들었다. 초대소 경내는 아주 넓었다. 일자로 어깨를 맞대고 서 있는 2-4층짜리 건물들을 가운데 두고 뒤에는 숲이나 다름없는 정원이, 앞에는 커다란 호수가 있어 전원 분위기가 물씬한 별장형 영빈관이었다. 규모나 분위기가 중세유럽 부호들이 사는 장원(莊園)을 연상시켰다. 조경을 잘해 놓아 백화원의 이름 '백화(百花)'와 잘 어울린다는 생각이 들었다. 숲에는 노루인지 고라니인지 야생동물들이 서식하고, 꿩이 갓 부화한 새끼들을 데리고 나와 길에서 놀고 있는 장면도 목격되었다. 초대소는 철조망으로 외부와 완전히 차단되어 있었으며, 철조망 밖에는 무장한 군인들이 일정한 간격으로 보초를 서고 있었다. 부근에는 인가가 없는지 초대소 주변에 개미새끼 하나 얼씬거리는 물체가 없었다. 숙소 건물 한 채는 VIP용이고 바로 옆의 것은 수행원용이었다. 우리 일행은 수행원용 건물에 배정되어, 나는 대통령방문행사가 끝날 때까지 그곳에서 머물렀다. 우리는 북측의 안내가 없이는 한 발짝도 초대소 외부로 나갈 수 없었다. 좋게 말하면 철통같은 신변안전 보호를 받은 셈이지만, 갇혀 지낸 영어(囹圄)의 신세나 마찬가지였다.

북측과의 접촉이나 회의는 모두 초대소에서 이루어졌다. 카운터파트로 나온 북측인사는 언제나 동일 인물이었다. 대남요원으로 보이는 두 명과 외교부에서 나온 것으로 보이는 한 명, 이 세 명이 고

정멤버였다. 발언은 대표자가 혼자 하고 다른 두 명은 가만히 듣고만 있었다. 회의는 협의나 토론이라기보다는 북측이 일방적으로 자기들 입장을 통고하는 것으로 끝나는 것이 보통이었다. 북측은 우리의 질문과 요구에 모른다거나 무응답으로 뭉개는 경우가 대부분이어서, 회의는 우리 측 항의와 이로 인한 언쟁으로 진행에 어려움이 많았다. 우리를 가장 어리둥절하게 한 것은 북측이 제시한 대통령 방문 일정이었다. 행사의 시간과 장소, 연회 같으면 누가 주최하고 참석자는 몇 명인지, 좌석배치는 어떻게 되고 복장은 어떤 것인지 등, 의전의 ABC에 해당되는 기본사항조차 적시하지 않았다. 김정일 국방위원장과 관련된 행사(정상회담, 오만찬 등)는 아예 일정에 일언반구도 언급이 없었다. 당연히 포함되어야 할 이 부분을 따지자 북측은 난처한 표정만 지을 뿐 꿀 먹은 벙어리가 되어 버렸다. 아무리 다그쳐도 못들은 척 가타부타 한마디 없이 자기들 할 이야기만 하고 회의를 끝내 버리는 것이었다. 행사내용에 따라 하나하나 구체적으로 체크하고 필요한 준비를 해야 하는 우리에게는 황당한 일이었다. 모든 것은 주인이 다 알아서 할 테니 당신들은 손님으로서 주인이 하는 대로 따르기만 하면 된다는 사고방식이었다. 선발대를 보내겠다고 했을 때 북측이 왜 그런 것이 필요하냐고 뜨악한 반응을 보였던 이유를 알 것 같았다. 북측은 대답이 곤란한 문제에 관해서는 즉답을 회피하고 상부에 보고하여 지시를 받는지, 그다음 회의 때 대답을 가져오곤 했다. 그러나 김 위원장에 관한 사항은 그다음 날이 되도 그리고 또 그다음 날이 되도 철저하게 모르쇠로 일관했다.

그런 과정을 몇 번 거치며 우리는 김정일 위원장이 북한에서 신(神)과 같은 존재라는 사실을 알게 되었다. 소위 최고 존엄인 김 위원

장은 아무나 함부로 언급해서는 안 되는 신이었다. 함부로 '김정일'
이라는 거룩한 이름을 입에 담는 것은 신성을 모독하는 행위로서 용
서받을 수 없는 죄에 해당되는 것처럼 보였다. 김정일 위원장이 무
슨 행사에 참석한다고 우리에게 말하면 신의 행방을 폭로하는 것이
되기 때문에, 그 자체가 신에 대한 비밀누설이고 신성에 대한 모독이
되는 것 같았다. 그래서 우리가 아무리 다그쳐도 감히 한마디도 할
수 없었던 것이다. 우리는 이런 사실을 참작하여 북측의 표정과 태도
를 읽음으로써 긍정과 부정을 구분하고 나름대로 추측하고 해석을
내렸다. 그런 기준에 따라 우리는 김정일 위원장이 공항에 나와 김대
중 대통령 내외분을 직접 영접하며 정상회담도 가질 것이고 식사도
한번 할 것이라는 잠정적인 결론을 내렸다. 우리의 추측은 실제로 다
맞아 떨어졌다. 추측이 빗나갈까 봐 노심초사하다가 하나하나 맞아
들어가자 마치 로또에 당첨된 기분이었다. 김정일 위원장이 평양 순
안공항에 나타났을 때 나는 안도의 숨을 내쉬었다. 첫 단추가 제대로
꿰이는 순간이었다. 하나의 작은 실수도 용납되지 않는 것이 의전의
세계인데, 순전히 짐작과 눈치로 엮어 만든 시나리오가 맞아 떨어져
행사가 차질 없이 진행되었을 때, 그 기분은 경험해 본 사람만이 느
낄 수 있을 것이다. 그러나 시나리오가 사실로 드러나기 전까지 우리
가 감내해야 했던 초조한 고민은 실로 컸다.

  김 위원장이 신이라는 사실은 공항에서도 느꼈다. 김 위원장이
나타나자 나와 함께 있던 북측 의전장이 머리가 땅에 닿도록 허겁지
겁 허리를 굽혀 절을 하는데, 바로 일어나는 것이 커다란 불경인 양
한참 동안 감히 고개를 들지 못했다. 그리고 나의 팔을 끌어당기며

자기처럼 절을 하라고 강요했다. 이것은 단순한 인사 수준이 아니라 신에 대한 경배나 다름없는 행동이었다. 다음 날 김정일 위원장이 백화원초대소로 와서 김대중 대통령과 정상회담을 가졌다. 이것도 북측이 모르쇠로 일관했던 그리고 우리가 문고리 잡기식으로 추측했던 일정이었다. 김 위원장이 도착하는 시간에 나는 현관에 나가 기다렸다. 나의 역할은 김 위원장을 영접하여 현관 안에서 기다리고 있는 대통령 내외분께 모시고 가는 것이었다. 정시에 김 위원장이 탄 리무진이 내가 서 있는 위치에 정지했다. 그 순간 사방에서 셔터가 내려오더니 현관은 순식간에 밀폐된 공간으로 변했다. 그런 뒤에야 김 위원장이 차에서 내렸다. 그때 나는 적잖이 놀랐다. 경비가 철통같은 백화원초대소에 셔터가 왜 필요했는지 얼른 이해가 되지 않았다. 신은 아무에게나 눈에 띄지 않아야 하기 때문이었을까? 꼭 그럴 필요가 있었는지 얼른 이해가 되지 않았다.

북에 있는 동안 우리는 보안에 각별하게 신경을 썼다. 우리의 행동거지와 대화가 감시 도청된다는 우려에서 나온 당연한 대비였다. 북측의 비협조적 반응과 융통성 없는 자세로 사전답사 임무를 제대로 수행할 수 없었던 우리 일행은 초대소에서 시간을 보내는 일이 많아졌다. 실내에서 하는 이야기는 도청될 것이란 불안감 때문에 우리는 주로 밖으로 나와 산책하며 시간을 보냈다. 우리끼리 회의가 필요할 때도 밖에서 했다. 하루는 식사 후 잡담하는 중에 내가 "평양에 지하철이 있다던데 어떻게 생겼을까?"라고 말한 적이 있었다. 누군가 소련이 지어 준 것이 아니냐며 서로 몇 마디 주거니 받거니 하다가 끝난 그야말로 잡담이었다. 그런데 이틀이 지나 북측에서 갑자기 평양 지하철을 타러 간다고 모이라는 연락이 왔다. 우리는 깜짝 놀랐다. 우리끼리 밖에서 한 이야기를 훔쳐 들은 것이 아닌가 하는 의심이 더럭 났다. 밖에서 하는 이야기도 다 도청된다는 소리인 것이었다. 백보를 양보해서 지하철 탑승이 원래 자기들 계획에 들어 있었다고 가정해도 오비이락으로 보기에는 너무 공교로웠다. 그 뒤로 나는 정원 어딘가에 도청장치를 해 놓았나 싶어 산책 중에는 여기저기 눈여겨보았으나, 아무에게나 눈에 띄게 해 놓을 어리숙한 그들이 아니었다. 행사장 현장답사차 초대소 밖으로 몇 차례 나간 경우를 제외하면, 북측이 우리를 사적으로 데리고 나간 것은 지하철 탑승을 포함해서 세 번 있었다. 평양냉면을 대접한다고 옥류관에 간 경우이고, 또 한 번은 묘향산에 있는 국제친선전람관 구경이었다. 국제친선전람관은 김일성이 해외에서 받은 선물을 진열해 놓은 곳인데, 전시관이 산 밑에 파놓은 넓은 동굴이었다. 동굴의 습기를 제거하여 쾌적한 온도를 유지하기 위해서는 상당한 전기가 필요할 텐데 전력사정이 좋지 않다는 북한에서 경제논리는 통하지 않는 것 같았다. 옥류관 냉면은 일품이었다. 냉면을 좋아하지 않는 나도 두 그릇을 비울 정도로 맛과 대동강 정취가 빼어났다.

우리가 묵은 수행원용 숙소는 고급수준은 아니었으나 소박하고 깨끗했다. 세면용품 등 필요한 물건은 매일 서울에서 보내오기 때문에 숙소에 비치된 것은 질이 떨어져 잘 쓰지 않았다. 방 안에는 TV 한 대가 있었는데 북한 방송 한 채널 외는 나오지 않았다. 궁금해서 틀어 보았더니 월북했다는 모 종교단체 교주 최 모 씨의 인터뷰를 내보내고 있었다. 남쪽은 거지와 창녀가 득실거리고 미국놈들이 주인행

세를 하는데, 북녘은 위대한 장군님 보살핌 아래 인민이 모두 행복하게 산다는 요지의 내용이었다. 최 교주가 북한의 공장 같은 데를 찾아가서 침이 마르게 찬양하다가 남한과 비교한답시고 우리를 헐뜯는 말을 늘어놓고 있는 선전용 프로였다. 속이 뻔히 들여다보이는 의도를 갖고 우리 들으라고 일부러 때맞추어 내보내는 수작이 분명했다. 내용이 북한에 관한 것이라면 무슨 말을 해도 그런가 보다 하고 넘어갔으련만, 남한에 관해 너무 뻔한 거짓말을 해 역겨움만 유발했다. 그 시간에 차라리 북한의 문화재나 소개해 주었으면 관심이라도 끌었을 텐데 수준 낮은 바보짓이었다. 북한 방송에 가졌던 일말의 호기심마저 이 프로를 본 뒤로 사라져 나는 아무리 한가해도 다시는 TV를 틀지 않았다.

북측과 접촉하면서 심각하게 느낀 것 가운데 하나는 남북 언어가 서로 다른 길을 걷고 있다는 사실이었다. 국토분단이 낳은 언어분단 현상이었다. 어떤 말은 알아들을 수 없는 것들이 적지 않았다. 북한말에는 중국어와 러시아어의 영향을 받은 단어들이 많은 것 같았다. 반대로 남쪽 말은 영어를 비롯한 외래어 차용이 많아 북측이 이해하지 못하는 것들이 많았다. 이 외에 우리와 다른 정치체제 때문에 같은 말이 다른 의미로 또는 파생적으로 사용되는 경우도 있었다. 안타까운 현상이었다. 특히 의전에서 사용하는 단어들은 외래어가 많아서 북측과 소통하는 데 애로가 컸다. 김대중 대통령의 화환에 리본을 달아 달라고 부탁했더니, 북측은 리본이 뭐냐고 물었다. 설마 리본을 모르랴 싶었는데 정말 모르는 표정이었다. 손짓으로 모양을 그려 가며 설명을 했더니, 북측은 "아, 꽃댕기!" 하며 자기들 말을 찾아

냈다. 이번에는 '주탁' 운운하는 북측의 말을 우리가 알아듣지 못해 어리둥절했다. 주탁은 한자어 主卓으로 헤드테이블이라는 뜻이었다. 북에서는 괜찮다는 뜻으로 '일 없다'는 말을 쓰는데, 이것은 중국어식 표현 같았다. 남북이 쓰는 단어의 의미가 다른 것도 있었다. 초대소 식당에서 여자종업원을 부를 때 무슨 호칭을 쓸지 몰라 남쪽에서 하던 버릇대로 "아가씨!"라고 했다가 혼쭐이 났다. 종업원은 버럭 화를 내며 그런 천한 말을 어떻게 자기에게 쓰느냐고 질책했다. 북에서 아가씨는 기생이나 술집여자 같은 천한 여자에게 쓴다는 것이었다. 그럼 뭐라고 불러야 하냐고 물었더니, '동무'라고 부르라는 것이었다. 이렇게 가다가는 통역이 필요할 날이 올지 모르겠다는 생각이 들었다.

선발대로 가게 되어 황급히 출발하는 바람에 나는 이발할 시간을 놓쳤다. 평양에 가서 하면 되지 않겠나 생각하고 왔더니 웬걸 초대소에 이발관이 없질 않는가. 밖에 나가 이발 좀 하고 오겠다고 했더니 북측은 불허했다. 그 대신 방 하나를 치워 즉석 이발관을 만들어 놓고 나를 불렀다. 이발사는 50대 여성이었다. 이발기구를 다 가져와 거울 앞에 의자 하나 놓고 하는 이발이었다. 그런데 남자 한 명이 방에 들어와 처음부터 끝까지 지키고 있었다. 감시 목적인 것 같았다. 북한 사람이 혼자 외국인(한국인)을 만나는 것은 허용되지 않는다는 사실을 증명하는 현장이었다. 그 모양이 내 눈에는 퍽 설고 이상했다. 이발하는 동안 일부러 말을 걸어 보았더니 여자는 못 들은 척했다. 감시자 앞에서 입을 잘못 열었다가 치도곤을 당하느니 아예 입을 열지 않는 것이 상책이었을 것이다.

초대소에는 청소하고 관리하는 사람들이 꽤 있었다. 이 사람들은 우리를 보면 애써 외면하거나 무표정했다. 인사를 건네면 마지못해 답례는 하는데, 그 이상의 말이나 제스처는 없었다. 우리 눈에는 매우 생경했다. 그런데 방 청소하는 아줌마의 반응은 흥미로웠다. 방 청소하는 아줌마는 혼자 오기 때문에 감시자의 눈이 없어서인지 남한 물건을 주면 주위를 살폈다가 슬쩍 받는 사람이 많았다. 비누, 치약이나 초콜릿 같은 소소한 것들이다. 어느 일행은 달러를 주었더니 받더라고 했다. 가만히 보면 표정도 재미있었다. 이 사람들은 받고도 감사하다는 말을 제대로 못했다. 기본적으로 남한을 적으로 인식하기 때문에 적에게 감사하다는 말은 차마 할 수 없는 금기어인 것 같았다. 그래서 두꺼비가 파리 채가듯 번개같이 받아 넣고는 얼굴만 벌개졌다. 금지된 일을 했다는 두려움 때문일 것이다.

남북정상회담의 백미는 두 정상 간의 합의이다. 동족상잔, 갈등과 대립으로 얼룩진 반세기 이상의 분단역사에서 두 정상이 만났다는 사실만으로도 기적이라 부를 만했다. 적대적 관계에 서 있는 남북의 두 지도자가 만나 합의에 서명까지 했으니 이것을 두고 정상회담의 백미라 아니할 수 있겠는가? 비록 통일에 합의한 것은 아니라 해도, 그 방향을 목표로 한 평화적인 노력을 약속한 것은 역사적이고도 획기적인 사건이었다. 정상회담이 있은 다음 날 김정일 위원장이 주최한 오찬은 김대중 대통령 평양방문의 그랜드 피날레였다. 정상회담 합의정신에 따라 두 정상 간의 신뢰와 유대감을 보여 준 화해의 시간이었기 때문이었다. 오찬 메뉴에는 곰발바닥요리와 산삼주가 들어 있었다. 환경주의자들이 들으면 곰발바닥요리를 위해 얼마나 많은 곰이 죽었겠느냐고 기절초풍하겠지만, 북측이 정상회담에 쏟은 정성이 역설적으로 증명되는 대목이기도 했다. 나는 말석에 앉아 두 정상이 건배하는 장면을 보고, 이 화해의 건배가 한반도에서 반목과 대립을 종식시키는 기적이 될지도 모른다는 환상에 취하기도 했다.

김대중 대통령의 평양방문 일정은 우리의 걱정이 기우였다고 비웃을 만큼 잘 굴러갔다. 공항에서부터 연도를 꽉 메운 군중의 열렬한 환영을 받으며 도착하여 곰발바닥요리로 평양에서 마지막 식사를 할 때까지 특별히 흠잡을 만한 것은 없었다. 주인이 다 알아서 할 텐데 선발대라고 와서 중뿔나게 나설 게 무에 있느냐는 그들의 빈정거림에 딴은 할 말이 없기도 했다. 동원되고 계획된 연출에 따라 정교하게 훈련된 기계적인 동작이라고 해도, 정성을 다해 대접하고 진심을 보이려 했던 의지만은 부인할 수 없었다.

평양에서 돌아온 뒤 나는 국회 외무위원회 증언대에 섰다. 김대중 대통령이 순안공항에서 백화원초대소로 이동할 때 김정일 위원장과 동승했는데, 이것이 사전에 계획된 시나리오였느냐는 질문에 대답하기 위해서였다. 대통령이 혼자 김 위원장 차에 탄 것은 적의 수중에 우리의 운명을 맡긴 게 아니냐는 논란 때문이었다. 아닌 게 아니라 적장(敵將)의 차 안에서 고립무원인 대통령이 무슨 변이라도 당했다면 국가운명을 좌우할 유고가 발생했을지 모른다는 우려가 그럴 듯도 했다. 나는 사전에 계획된 것이 아니었다는 간단한 대답만 했다. 국제관례상 양국 정상이 한 차에 동승하는 케이스는 드물다. 동승한다 해도 양측의 경호원이나 의전관이 한 명씩 타는 것이 관례이다. 그것도 통역용 보조의자(점프시트)가 있기 때문에 물리적으로는 가능하지만 좁은 공간이 비좁고 옹색해서 특별한 경우가 아니면 네 명이 타지 않는게 일반적이다. 어쨌든 김 위원장 차에 보조의자가 있었을 것이므로 원칙적으로 보면 우리 측에서 한 명이 타는 것이 맞다. 그러나 이번 경우는 북측이 김 위원장의 공항출영 여부를 마지막 순간까지 확인해 주지 않아 사전 협조가 불가능했고, 현장에서 엉겁결에 벌어진 일이라 대응할 겨를이 없었다. 김대중 대통령의 방북은 형식적으로는 북측의 초청에 따라 화해에 초점이 맞추어진 우호적 성격의 방문이기 때문에 전쟁 시의 적국 개념으로 해석할 사안은 아니라고 본다.

김대중 대통령이 평양을 방문한 지도 20년이 되었다. 그 이후에도 노무현 대통령, 문재인 대통령이 북측과 정상회담을 갖고 평화를 말했지만, 그 결과로 한반도에 평화가 정착되었다고 보기는 어렵다. 현재 상황으로만 보면 오히려 북한의 핵카드 노름으로 불안요인만 증대된 느낌이다. 내 개인적인 견해이지만, 분단국 간에 평화정착이란 엄밀히 말해 불가능하다. 한반도의 대표권을 남북이 서로 주장하는 한 경쟁과 대립은 필연적이다. 그것은 평화의 적이 될 수밖에 없다. 통일이 되든지 남북한이 상호 주권을 인정하는 독립국가 관계가 되든지, 궁극적으로 두 정치체제가 대표권을 놓고 경쟁하거나 대립하는 상태가 되지 않아야 해결이 될 문제이다. 하루빨리 통일이 되어 선발대가 평양에 다시 가는 일이 없게 되기를 바랄 뿐이다.

2019. 11. 15.

24/ 밥장사

...

　나는 스물다섯이 되던 해(1971) 외교부에 들어가 여권과에서 1년을 때웠다. 여권과는 신병이 거쳐 가는 논산훈련소 격이었다. 민원창구에 아무도 가려 하지 않아 새로 임관하는 사무관은 무조건 거치게 하는 고육지책이었다. 거기를 1년 거치고 나와야 정식으로 과 배정을 받는데, 나는 의전과(儀典課)로 떨어졌다. 남들은 3D직종으로 생각하는 의전과를 나는 무엇에 씌었던지 제3지망란에 적은 게 그만 코가 꿰였다. 과를 배정하기 전, 인사부서에서 희망과를 적어 내라는 쪽지를 돌렸을 때 그런 미욱한 짓을 한 것이다. 태반이 제1지망란만 채우고 2지망과 3지망은 빈 칸으로 놓아두었다. 죽든 살든 오로지 제1지망으로 적은 곳에만 가겠다는 사생결단의 의사표시였다. 마음이 좀 여린 사람은 혹시나 해서 제2지망란에 삼팔광땡 다음 패를 적어 넣어 보험에 든 축도 몇 있었다. 그런데 제3지망까지 꾸역꾸역 적어 낸 사람은 천상천하 나뿐이었다. 게다가 3지망으로나마 의전과를 적은 사람 역시 천상천하 나 하나뿐이었다. 의전은 외교관이 익혀야

344

할 기본이며 불가분의 하나라는 인식에서, 절반은 호기심에서 절반은 선택의 폭을 넓히자는 의도에서 망설임 끝에 마지막 순간에 적은 것이다.

어쨌거나 나는 의전과에 자원해 온 사람으로 영웅적인 환영을 받았다. 영웅이 된 나는 이후 인사발령 때마다 붙들려 3년을 거기에서 빠져나오지 못하고 붙박이가 되었다. 의전과에서 내가 맡은 업무는 연회였다. 뭐냐 하면, 우리나라를 방문하는 외국의 VIP를 위해 대통령, 국무총리, 외교부장관이 베푸는 환영연의 준비를 하는 일이었다. 그런 일을 오래 하면서 나에게는 밥장사란 별명이 이끼가 달라붙듯 어느 사이에 달라붙었다. 이력이 붙은 꾼이라는 뜻일 것이다. 어법상으로는 밥장수가 맞을 것 같은데 사람들은 그렇게 불렀다. 처음에는 냉소적으로 들려 어색했으나 자주 듣다 보니 애칭이 되어 버렸다.

영어로 banquet으로 표기되는 연회는 원래 서양에서 건너온 외래품이다. 우리네의 잔치에 해당되는데, 외모도 속도 다르다. 외교부에서는 연회의 범주에 오찬, 만찬, 리셉션, 칵테일 다과회 등 외교상의 사교행사를 널리 포함시키고 있다. 그런데 banquet의 엄밀한 의미는 격식을 차린 정식연회이다. 격식을 차렸다는 점에서 아무나 들락거리는 식당에서 하는 식사와 다르다. 아무나가 아닌 초청된 사람만 갈 수 있는, 그래서 그 본질에는 아무나 갈 수는 없다는 빗장이 걸어진 폐쇄성이 숨어 있다. 여기에 참석하는 사람들은 일정한 사회적 지위가 있어야 하고, 우아한 분위기에 걸맞는 복장을 입어야 하고, 여자들은 화려하게 치장한다. 정식이라는 점에서 간단하고 자유롭게 시켜 먹는 식사와 다르다. 정해진 순서에 따라 최고급 요리에 최고급 와인을 곁들여 품위 있게 완미하는 특별한 연회이다. 이런 연회는 호텔의 그랜드볼룸이나 대연회장에서 열리는 것이 보통이다. 이런 조건과 분위기에 맞는 연회는 규모가 큰 만찬이어야 어울린다. 베르사유궁전에서 루이16세와 왕비 마리 앙투아네트가 홀을 가득 메운 귀족들을 불러 놓고 화려한 만찬을 즐기는 로열디너를 상상해 보면 banquet의 의미가 훨씬 명료해질 것이다.

  루이16세의 로열디너를 21세기 대한민국에 끌고 와 비유하는 것은 물론 언어도단이다. 시대적으로도 역사적으로도, 그리고 문화적으로도 그러하다. 그러나 국가목적의 수행을 위해 해야 하는 로열디너는 이와 상관없는 외교활동이고 통치행위이다. 그런 점에서 우리나라를 국빈방문하는 외국의 국가원수에게 대통령이 주최하는 환영연회는 국가 최고의 외교활동이다. 베르사유궁전에서 벌어지는 연회의 환락과 사치와는 본질이 다른 국가 간의 친교인 것이다. 그러므로 일국의 정상이 다른 나라의 정상을 위해 베푸는 연회는 치밀하고 한 치의 착오도 없어야 한다. 한 치의 착오도 없이 치밀해야 한다는 명제는 그것을 준비하는 나에게 항상 따라다니며 주의를 환기시키는 호루라기와 같았다. 친교의 분위기를 최적의 상태로 만드는 것이 국가원수의 외교활동을 돕는 가장 훌륭한 수단이며, 그 수단을 내가 해냈다는 점에서 나는 언제나 뿌듯했다. 연회가 끝나고 나면, 나는 하나의 작품을 완성한 장인의 심정이 되어 더 나은 다음 작품을 위해 자만하지 말자고 호루라기를 불곤 했다.

대통령의 환영만찬은 보통 청와대 영빈관에서 열린다. 상대방의 방문이 실무적이거나 개인적인 것이면 꼭 그렇지는 않지만, 국가원수의 방문은 대개 공식방문이거나 국빈방문이기 때문에 환영만찬은 규모가 크고 최대한의 격식을 갖춘다. 환영연회는 물론 만찬이다. 박정희 대통령 시절에는 양식을 주로 했으나 그 이후에는 한식이 대세로 자리 잡은 것 같다. 만약 트럼프 미국대통령이 공식방한하여 문재인 대통령이 환영만찬을 열었을 때, 트럼프 대통령이 숟가락, 젓가락 사용방법에 서투르면 옆에 앉은 대통령 영부인 김정숙 여사가 가르쳐 줄 수 있다. 이때 트럼프 대통령이 감사의 뜻으로, 자르고 찌르는 (포크 나이프의) 공격성보다는 담아 푸고 보듬어 집는 (숟가락 젓가락의) 포용성이 한 수 위라고 화답한다면, 이거야말로 얼마나 멋있는 세계대통령의 외교사령(辭令)인가! 한식은 대화의 물꼬를 터 분위기를 고양시키는 데 긍정적인 효과로 작용할 수 있는, 양식이 갖지 못한 이런 장점이 있다. 메뉴를 한식으로 대체한 것은 우리 문화에 대한 자긍심의 표현이다. 상대방이 한식에 익숙하지 않아 기대한 만큼 만족한 품평을 하지 않는다 하더라도, 초청국이 문화의 정수로써 손님을 대접했다는 사실만 가지고도 그에게는 최상의 영광인 것이다.

연회가 결정되면 초청할 대상을 정한다. 청와대 영빈관 규모가 200명 정도 수용이 가능하다면, 만찬은 대개 부부동반이므로 최대 100쌍까지는 초청할 수 있다. 상대측 수행원 등 고정인원과 우리 측에서 업무상 필수인원을 뺀 나머지가 순수한 의미에서 대통령 내외 명의의 초청장을 받게 될 손님이 된다. 누구를 초청할 것이냐는 정책적 고려가 개입되는 부분이므로 실무자인 내 손에서 좌우되기보다는 여러 의견과 건의를 받아 판단한다. 주빈(主賓, Guest of Honor)이 트럼프 대통령이라면, 주요정당 대표, 각종 한미친선단체 대표, 미국과 비즈니스 관계에 있는 경제인, 미국의 이익을 대표하고 있는 인사, 미국과 특수한 인연을 갖고 있는 인사, 트럼프 대통령이 특별히 관심을 표하는 인사 등이 우선 고려대상이 될 수 있다. 트럼프 대통령이 골프를 좋아하므로 박인비 선수를 초청하는 것은 훌륭한 선택이 될 수 있다. 미국과 관련이 없는 인사로 해도 대통령 입장에서 국정운영과 국민통합 차원에서 정치적 판단에 따라 초청자를 결정할 수 있다. 자신의 노동정책을 강조하는 의미로 노조위원장을 초청하는 것은 그런 예이다.

초청할 대상자가 결정되면 다음 단계는 초청장의 발송이다. 봉황문양의 청와대 로고가 찍힌 초청장 카드에는 대통령 명의로 초청의 목적과 일시, 장소, 복장을 알림과 동시에 참석해 달라는 내용이 들어가 있다. 청와대 영빈관은 출입이 엄격히 통제되는 곳이다. 경호실에서 발행한 비표가 없으면 출입이 불가능하다. 그래서 초청장에는 비표가 동봉된다. 이 비표는 당신이 선택된 영광의 문을 여는 보증수표이다. 그걸 깜빡 잊고 가져오지 않으면 문은 열리지 않는다.

일반적으로 초청장에는 참석여부를 알려 달라는 문구(영문 초청장에는 RSVP라고 쓰여 있음)와 전화번호가 적혀 있기 마련인데, 청와대 초청장에는 그런 문구가 없다. 나는 사실 이 부분이 마음에 들지 않는다. 독단의 유령을 보기 때문이다. 대통령의 초청은 명령이므로 피초청자에게는 참석여부를 결정할 권한이 없다는 발상인 것이다. 부름을 받았으면 반드시 와야 한다는 오만과 통한다. 황제폐하의 황명과 전하의 어명은 입에서 떨어지면 법이다. 그런 시대부터 내려온 인습의 연장인지, 다른 나라에서도 대통령의 초청장은 이러한지 나는 알지 못한다. 대통령의 초청은 가문의 영광이거늘 본인 사망의 사유 외는 꼭 가야 하는 것 아니냐고 주장한다면 나는 할 말이 없다.

초청장에는 반드시 복장이 명시되어 있다. 어떤 복장을 입고 오라는 안내이다. 그걸 무시하고 아무 복장이나 하고 갔다가는 당신을 기다리는 것이 망신살이라는 사실을 뒤늦게 알게 될 것이다. 쌀밥에 뉘처럼 자기 혼자 지정된 복장을 입지 않은 부끄러움에 그냥 귀가하거나 내내 좌불안석이 되어 쥐구멍을 찾게 될지 모른다. 정식연회, 특히 환영만찬은 복장을 따지는 까다로운 행사이다. 지금은 평복이 대세가 되어 있으나, 내가 밥장사였던 시절에는 블랙타이가 대세였다. 청와대 영빈관에서 열리는 환영만찬에는 거의 예외 없이 블랙타이를 입었다. 이름도 낯선 이 복장은, 물론 태생이 서양이라서 키 작은 한국사람에게는 잘 어울린다고 할 수도 없었는데, 박정희 대통령이 한사코 블랙타이를 고집하는 바람에 초청자 명단에 오른 사람들은 이게 도대체 어떻게 생긴 옷이고 어디서 구하는지 한바탕 난리를 치렀다. 시대가 바뀌어 복장도 실용주의 노선을 걷는 세계적 추세를 타고 더는 난리를 치르는 질곡에서는 벗어났지만, 지금도 많은 나라에서는 격식을 따지는 행사에 여전히 블랙타이가 건재하고 있다.

블랙타이(black tie)는 턱시도(tuxedo)라는 다른 이름도 있다. 저녁 사교모임에 입는 예복으로, 한국어로는 약식 야회복으로 번역되어 있다. 가장 포멀한 예복인 화이트타이(white tie)를 야회복이라고 하는데, 그보다는 덜 포멀하다고 하여 약식 야회복이라고 부르는 것 같다. 아카데미영화제나 칸느영화제 시상식에 상 받는 남자들이 입고 나오는 복장을 생각하면 된다. 블랙타이는 상하의가 모두 검은색이다. 상의의 깃은 검은 명주로 되어 있고, 바지는 바깥쪽 중앙에 대략 혁대 폭 크기의 검은 줄이 상하로 덧붙여 있다. 바지는 혁대를 쓰지 않으며 검은 천으로 된 넓은 밴드를 사용한다. 멜빵을 동시에 사용하기도 한다. 셔츠는 가슴에 주름이 잡힌 흰색이다. 깃을 세운 윙칼라여야 하며, 여기에 검은색 보타이를 맨다. 가슴 단추와 커프스는 오닉스로 된 것이 정식이다. 원래는 실크헤트 모자까지 한 세트이나 모자는 번거로워 잘 쓰지 않는 경향이 있다. 블랙타이에 상응하는 여성 복장은 발목까지 내려오는 롱드레스(long dress)이다. 우리나라 여성들은 한복을 입어도 좋다.

블랙타이는 서양사람들도 포멀한 행사가 있을 때나 가끔 입기 때문에 비싸게 사서 입기보다는 빌려 입는 사람들이 많다. 서양에는 블랙타이를 빌려주는 양복점이 있다. 나도 미국인지 어딘가에 출장 갔다가 블랙타이 디너에 가게 되어 빌려 입었다. 한국에서는 블랙타이가 무슨 옷인지 아는 사람이 지금도 많지 않을 것이다. 지금도 그럴진대 박정희 시대에는 어땠을지 짐작이 가고도 남음이 있다. 초청장을 받은 사람들은 이 나라에서 내로라하는 사람들인데도 이 별난 복장의 벽에 부딪쳐 난감했다. 70년대 초에는 조선호텔에 세든 한 양복점이 대한민국에서 블랙타이를 만드는 유일한 곳이었다. 그런 정보를 모르는 사람들은 평생에 한 번 입고 말 옷을 맞추려고 홍콩 같은 가까운 해외로 급히 나가서 구입해 온 실례를 자주 보았다.

지금은 작고하신 분으로 당시 야당 당수였던 L씨가 있었다. 탄압받는 야당이었지만 박 대통령은 방문한 외빈에게 한국 야당의 건재를 과시할 의도였던지 L씨를 청와대 만찬에 불렀다. 독재에 항거하는 민주투사 이미지가 강한 L씨는 블랙타이란 단어를 학교에서 배운 글자 그대로 순진하게 해석했다. 블랙타이＝검정넥타이. 본인의 영어가 짧았다 해도 비서가 조금만 신경을 썼더라면 그런 해석은 내리지 않았을 것이다. 영빈관에 도착한 L씨의 복장은 보통 양복이었다. 그 양복에 매고 나온 넥타이는 검정색이었다. 나무랄 데 없이 장례식장 갈 때 입는 복장이었다. 리시빙라인에 선 대통령과 악수하기 위해 줄을 선 사람들 사이에서 L씨는 자신이 입고 있는 복장이 다른 사람들의 것과 다르다는 것을 비로소 알아차렸다. 그러나 때는 이미 늦었다. 당황하는 L씨는 이런 경우에 대비해 우리들이 준비해 둔 웨이터들의 나비 넥타이로 잽싸게 갈아 맨 덕택에, 최소한 신성한 만찬장에 장례식장 가는 복장을 하고 왔다는 오명은 피했지만 입맛은 쓰디썼다. 대통령과 주빈이 앉아 있는 헤드테이블을 공유한 L씨는 단하의 참석자들 앞에서 얼굴을 제대로 펴지 못했다. 모든 사람들이 평복 입은 자신만 바라보는 것 같았다.

우리나라 국민소득이 500불도 안 되던 시절에 박정희 대통령이 왜 그렇게 블랙타이를 고집했는지는 모든 사람의 의문이었다. '코쟁이들'한테 지기 싫어하는 박 대통령의 승부욕에 표를 던지는 사람들이 많았다. "우리도 블랙타이를 입을 수 있어. 깔보지 마!" 블랙타이 입고 으스대는 자들에게 그런 말을 하는 것이라고 믿었던 것이다. 탱크를 몰고 한강을 건너와 권력을 낚아챈 그의 배짱도 결국은 이런 고집과 맥이 닿아 있다는 암시이다. 그런데에 비해, 허세도 아니고 무슨 정치적 책략에서 나온 것도 아닌 그의 순수성에 이유를 두는 의견도 있었다. 군인으로서 깔끔한 사관생도 복장과 군예복에 익숙해 있던 그가 사회에 나와서도 깔끔한 블랙타이를 좋아한 것은 자연스러운 귀결이라고 생각할 수도 있다. 이유가 무엇이든 블랙타이는 우리나라에서 박정희와 함께 왔다가 박정희와 함께 간 느낌이다.

초청장을 송부하고 참석자가 확정되면 이들이 어디에 앉을지 좌석을 지정하는 문제가 다음 단계이다. 우리끼리 쓰는 용어로 이 작업을 시팅 어렌지먼트(seating arrangement)라 하는데, 연화준비 과정에서 가장 신경 쓰는 부분이다. 시팅 어렌지먼트의 기본원칙은 연회의 주최자(호스트)로부터 가까운 자리일수록 상석이 된다는 점이다. 거꾸로 말하면 주최자로부터 멀어질수록 서열이 낮은 자리이다. 대통령으로부터 얼마나 가까운 거리에 앉게 되느냐는 자신의 사회적 신분의 위치가 판가름 나는 문제이기 때문에 만인의 관심대상이었다. 누구를 어디에 앉히느냐를 결정하기 위해서는 참석자들을 서열화하여 일렬로 세우는 일이 우선이다. 그렇게 줄 세운 서열에 따라 대통령한테서 가까운 순서대로 자리를 정하면 된다. 그런데 줄 세우기가 생각처럼 그리 쉬운 일이 아니다. 공무원이나 군인처럼 계급이 있는 사람들이면 별 문제가 되지 않는다. 여기에 초청된 이백여 명의 사람들은 계급이 서로 비교가 안 되거나, 많은 경우는 계급과는 관계가 없는 각계각층의 사람들이어서 100점짜리 줄을 세우기란 처음부터 불가능하다. 나는 이 부분에서 항상 머리가 쪼개졌다. 참석자의 사회적 지위, 지명도, 나이, 성별 등을 고려하여 초안을 잡아 올리면 결재 과정에서 수정이 된다고는 하지만 완벽할 수는 없는 일이다. 누군가는 말석 테이블의 말석에 앉아야 하는데, 그 누군가가 누구여야 하는지는 결국 내 손에 달려 있었다. 자기의 사회적 서열이 이것밖에 되지 않나 싶어 비애를 느낄 것을 생각하면 마음이 늘 찜찜했다. 실제로 주한 모 국 대사는 자신의 좌석이 헤드 테이블에 있지 않다고 불만을 토하며 퇴장해 버렸고, 나의 직장 어느 상사는 자기 체면을 보아서 말석을 피해 달라고 사정했다.

블랙타이를 입던 시절에는 영빈관이든 한남동 장관공관이든 호텔이든, 우리가 주관하는 환영만찬은 거의가 양식이었다. 메뉴를 정할 때는 주빈의 식성과 기호를 파악하는 일이 가장 기본이다. 여기에 그 나라의 종교나 관습을 고려해야 한다. 이슬람국가 주빈에게 돼지고기요리와 술을 낸다면 그건 재앙이다. 고맙다는 인사는커녕, 십중팔구 항의를 받고 만찬은 취소될 것이다. 인도에서 온 주빈에게 소고기요리를 내놓아도 결과는 같을 수 있다. 이런 외교적 참사(fiasco)를 피하기 위해서는 각별한 신경을 써야 한다. 나는 그 당시 일주일이 멀다 하고 열리는 각종 연회를 준비했다. 청와대뿐만 아니라 총리실, 외교부장관이 주관하는 연회를 준비했고, 다른 부처에서도 도움을 청해 종종 출장 지원도 했다. 그래도 메뉴 때문에 문제가 된 적은 한 번도 없었다.

이것은 내가 의전과에서 사무관과 서기관 시절을 보냈던 1970년대의 상황이고, 1999년 의전장이 되어 돌아와 보니 양식의 자리는 한식이 차지하고 있었다. 한식의 등극은 문화주권의 회복이란 대의에서 쌍수로 환영할 만한 쾌거였지만, 한 접시씩 차례대로 나오는 양식과 달리 연회에서 코스요리로 내기가 적당치 않은 것이 최대 단점이었다. 한식의 코스화가 무리하게 이루어지는 탓에 어색한 결과가 나타났다. 전채(前菜, appetizer)로 나오는 반찬이나 부침개, 튀김, 단자 같은 것으로 배를 채워 정작 메인디시에 해당되는 진지와 국이 소홀해지는 현상이 그것이다. 외국인에게 특히 그런 현상이 두드러졌는데, 진지와 국이 한식의 중심이라는 개념이 외국인에게는 없는 것이다. 나는 이 문제를 해결해 보려고 한식전문가들과 머리를 맞대기도 하고 실제로 변형을 시도해 보기도 했으나 정형화된 원칙을 만들지는 못했다. 앞으로 풀어야 할 숙제이다.

양식이 한식으로 바뀌었다고 해서 반주까지 한국술로 대체된 것은 아니었다. 식사를 위해서는 화이트와인과 레드와인이, 축배를 위해서는 샴페인이 서브되고, 식사가 끝나면 감미로운 식후주가 등장했다. 이 부분에서 변한 것은 하나도 없었다. 와인과 샴페인은 세계화되고 음용 목적이 구별되어 있어, 상응하는 맛과 기능을 우리 술에서 찾기가 어려웠던 것이다. 지금도 상황은 마찬가지일 것이다. 소주나 막걸리가 와인 역할을 대신하는 일은 적어도 환영연회에서 쉽게 일어나지 않을 것으로 보인다. 그런 점에서 한식과 와인/샴페인의 동거는 오래갈 전망이다.

2000년 서울 ASEM정상회의 때 청와대 환영만찬은 한식이었다.

단군 할아버지가 나라를 세운 이래 이 땅에 외국 정상들이 이렇게 많이 한꺼번에 모인 경사는 처음이었다. 김대중 대통령 내외분이 주최하는 환영만찬은 그래서 좀 특별해야 한다고 생각했다. 머리를 쥐어짠 끝에 나는 한식전문가의 조언을 얻어 신선로를 센터피스로 한 궁중요리로 낙착을 보았다. 식탁에서 불로 끓이고 뜨거운 탕국물에 델 위험부담이 따랐지만, 한국문화의 정수를 진상한다는 자부심이 그런 염려를 상쇄하고도 남았다. 욕심을 부린 김에 반주도 하나쯤은 한국술을 내 보자는 호기가 고개를 들었다. 그게 쉽지 않을 것이란 전망은 그동안의 경험이 말해 주고 있었으나, 나는 걸핏하면 경험이란 포장으로 내 사기를 꺾는 위선에 과감히 반기를 들기로 했다. 그리고 직원들에게 대한민국에서 제조되는 술이란 술은 모두 리스트업 하라는 총동원령을 내렸다. 대상에는 지방 수준의 토속주까지 포함시켰다. 이렇게 해서 작성된 백 가지가 넘는 술 가운데서 와인 샴페인과 식후주로 대용할 만한 것으로 우선 열 가지를 골랐다. 다음에는 골라낸 열 가지 술을 여러 사람과 시음하여 의견을 듣기로 했다. 이런 과정을 거쳐 우리는 최종 합격자 하나를 탄생시켰다. 복분자주였다. 복분자주는 당시 지방 토속주였는데, 식후주로 적당하다는 결론이 나왔다. 애석하게도 와인이나 샴페인을 대신할 술은 찾지 못했다. 이렇게 하여 복분자주는 식후주로 ASEM정상회의 환영만찬에 사용되었다. 한국술이 청와대 환영만찬에 정식으로 등장한 것은 아마 이것이 처음일 것이다.

밥장사 소개가 너무 청와대 환영만찬에 치우쳤는데, 실은 내 업무량에서 차지하는 비중은 외교부장관 행사가 훨씬 많았다. 국무총리가 외빈을 초청하는 행사까지 합하면 청와대 행사는 일 년에 많아도 열 건을 넘지 않았다. 1970년대는 우리나라가 초청외교에 치중하던 시기였다. 매년 유엔총회에서 실시되는 한국문제 표결에서 북한과 표 경쟁을 하기 때문이었다. 초청대상은 주로 아시아, 아프리카의 외교부장관들이었는데, 어렵게 모신 이들은 귀한 손님이었다. 어느 한구석 소홀하거나 무시하는 기미라도 보였다간 공들인 탑이 무너지는 우를 범할까 노심초사하였던 기억이 새롭다.

나는 의전과에서 통산 3년 반, 의전장으로 2년 재직했으니 의전이란 이름과 인연을 맺은 기간이 대략 6년이 된다. 권위주의 시절, 자기 식사를 챙기지 않는다고 내 배에 권총을 들이대던 청와대 경호실 직원의 협박 앞에서 졸병인 한 청년의 꿈은 무너지는 듯했다. 한시라도 밥장사와 결별하고 싶었지만 인연은 끈질겨 6년을 지켰으니 운명이라고밖에 더 할 말이 없다. 청년으로서 감정의 기복이 어찌 없을 수 있었겠냐만은, 그럼에도 국가목적의 수행을 위해 누군가는 해야 하는 일이기에 왜 하필이면 나인가에 대해 나는 이의를 제기하지 않았다. 살아오면서 밥장사는 별명이라기보다는 훈장이 되어 내 가슴에 새겨졌고 나는 그 별명의 질감을 즐겼다. 그 어떤 추상성보다도 '밥'이라는 이름의 구체성은 나를 현실 쪽으로 몰고 가 앞으로 어떤 '나'가 되어야 하는지를 자각시켜 주었기 때문이다.

연회는 의전업무의 한 부분에 불과하다. 의전장은 의전업무 전체를 총괄지휘하는 위치이지만, 의전장이 되고 나서도 연회는 항상 내 가슴에서 특별한 자리를 차지하고 있었다. 환영만찬이 성공적으로 진행되고 있는 모습을 보고 있으면 마치 내가 예술의 전당을 가득 메운 청중 앞에 선 오케스트라의 지휘자 같았다. 의전장으로서 나는 우리 대통령의 외국방문과 외국 국가원수의 방한행사를 많이 담당했다. 행사를 기획하고 준비하고 실행하는 과정은 힘들었으나, 역사를 창조하는 엄숙한 작업에 내가 참여하고 있다고 생각하면 오케스트라 지휘자가 느끼는 흥분과는 또 다른 감정의 밀물이 나를 복받치게 했다. 김대중 대통령의 노벨평화상 수상, 2000년 남북정상회담, 서울 ASEM정상회의는 그런 점에서 내가 참여하고 준비했던 잊을 수 없는 특별한 행사였다.

2020. 3. 19.

25/

프놈펜에서 만난
귀신

. . .

몇 해 전이다. 정년퇴직하고 고문으로 가 있는 회사의 일로 캄보디아 수도 프놈펜에 간 적이 있다. 사주(社主) C박사와 함께 ODA(무상원조)사업 가능성을 타진하기 위해 캄보디아정부 관계자들을 만나기로 되어 있어 떠난 출장이었다. 한국정부가 실행하는 ODA사업에 우리 회사가 참여할 만한 분야가 있는지 미리 알아보기 위한 탐색이 목적이었다. 숙소는 메콩강에서 가까운 중급호텔이었다. 바쁜 일정을 마치고 숙소에 돌아온 것은 시내 식당에서 저녁식사까지 하고 난 뒤였다. 열대의 무더위를 무릅쓰고 강행군한 피로를 샤워로 풀고 나니 심신이 가뿐했다. 나는 자정이 다 되어 잠자리에 드는 습관이 있어서, 바로 꿈나라로 직행하기에는 아직 이른 시간이었다. 자정까지는 세 시간 정도 여유가 남아 있었다.

방 안에 혼자가 되고 나자 홀가분하기는 했으나 무료했다. TV를 켰는데 뉴스 외는 볼 만한 것이 없어 억지로 조금 보다 껐다. 가져온

책을 꺼내들었다. 읽다가 잠들 양으로 누워서 몇 장 넘겼는데 약한 전등불 아래서 금방 눈이 뻑뻑하고 침침해졌다. 할 수 없이 그것도 덮었다. 여행 중에는 객기의 유혹이 아니라 해도 이렇게 어중간한 때에는 호텔 바에 내려가 스카치 한 잔 놓고 시간을 보내면 금방 자정이 될 것 같은 기분이 들었다. 그러나 혼자 무슨 청승으로…. 충동이 은근히 고개를 들었으나 나는 이내 생각을 접었다. 하긴 서울 시간으로는 자정 가까이 되었으니 자도 되겠다 싶어 하루를 그쯤에서 마감하기로 했다. 마지막으로 화장실을 다녀온 뒤 불을 껐다. 방 안은 순간적으로 칠흑의 적막 속으로 빠져들었다. 깊은 바닷속에 침잠한 것처럼 귀까지 먹먹한 적막이었다. 불이 켜져 있을 때는 몰랐으나 어둠 속에서는 바늘 떨어지는 소리까지 들릴 것 같았다.

나는 얼굴만 내밀고 몸을 이불 속에 묻었다. 살짝 벌어진 커튼 사이 좁은 틈새로 들어오는 한 줄기 희미한 빛이 말똥말똥한 내 눈을 찔렀다. 희미한 연무(煙霧)처럼 밤하늘에 흩어진 생기 없는 도시 불빛이었다. 그때 느닷없이 우주인 생각이 떠올랐다. 우주선과 연결된 가는 줄에 매달려 선체 밖에서 유영하는 우주인. 누워 있는 내가 그렇게 유영하는 닐 암스트롱 같다는 생각이 들었다. 커튼 사이로 들어오는 한 줄기 빛이 암흑의 폐쇄공간 속에 갇힌 나를 외부와 연결시켜 주는 유일한 생명선처럼 느껴졌기 때문이다. 저 줄이 끊어지면 나는 무한대의 우주공간으로 영영 사라지겠지…. 잠든 수면상태가 나에겐 우주공간을 떠도는 시간일거야. 그런데 우주공간은 어떤 세상일까? 별들의 세상? 무(無)의 세상? 죽으면 혼백이 간다는 영(靈)의 세상? 나는 저 빛의 줄을 끊고 우주를 유영하는 미아가 되고 싶다는 생각을 하며 잠을 청했다.

　그렇게 공상하며 헤매기를 한 30분쯤 했을까? 그때 갑자기 내 방
문을 열려고 누가 손잡이를 잡아 흔드는 소리가 들렸다. 소리의 방향
으로 보아 벽 쪽에서 들리는 것 같았다. 가벼운 터치가 아니라 억지
로 열려고 잡아당기고 돌리는 소리였다. 무거운 적막이 순식간에 깨
져 버렸다. 나는 머리끝이 쭈뼛했다. 잘못 들었나 싶어 신경을 곤두
세우고 청각을 집중했다. 그 소리는 되풀이되었다. 분명히 잘못 들은
것이 아니었다. 누가 예의 없이 이 밤중에 남의 방문을 열려고 소란
을 피운담! 나는 역정을 내며 급히 스위치를 더듬어 불을 켰다. 왠지
불안감을 떨치지 못했다. 불이 켜짐과 동시에 내 입에서 "누구세요?"
라는 기계적인 외침이 터져 나왔다. 신경질적이고 초조한 톤이었다.
그런데 내가 불을 켬과 동시에 문 흔드는 소리는 뚝 그쳤다. 불빛에
드러난 방 안은 여전했다. 또 무슨 소리가 들릴까 해서 숨을 죽이고
기다렸으나 더는 들리지 않았다. 나는 침대에서 일어나 안면방해를
한 범인의 단서를 찾으려고 방 안을 배회하며 찬찬히 둘러보았다.

　처음에는 별로 의식하지 못했는데 자세히 보니 내 방과 옆방을
연결하는 커넥팅도어가 침대에서 조금 떨어진 벽에 있었다. 짐만 던
져 놓고 바깥 활동에 시간을 다 보내다 보니 방 안 구조에 신경 쓸 겨
를이 없어 무심히 보았던 문이었다. 커넥팅도어는 두 방을 사용하는
경우에 서로 통하도록 열게 되어 있는 문이다. 그 경우가 아니면 항
상 잠겨 있다. 나는 커넥팅도어를 보고, '아하, 저거였구나!' 하고 실
소를 했다. 범인은 옆방 투숙객이라고 단정했다. 의심 많은 옆방 손

님이 문이 제대로 잠겨 있는지 확인하기 위해 손잡이를 돌려 본 것이 틀림없었다. 아니면 가족 가운데 어린아이가 호기심에서 문을 열어 보려고 돌려 보았던가. 싱겁게 범인을 찾았다고 나는 안도했다. 아마 지금 체크인한 손님 같은데, 귀중품이라도 가지고 있다면 커넥팅도어의 존재가 썩 달갑게 여겨지지 않았을 터이다. 안전을 확인하기 위해 문이 닫혀 있는지 알아보는 것은 나무랄 일이 아니었다. 나는 상대방의 마음을 훔쳐본 것 같아 피식 웃고는, 나도 손잡이를 한번 장난스럽게 돌려 보았다. 옆방에서도 내가 낸 덜거덕거리는 소리를 듣고 피식 웃었을지 모른다.

나는 아무 일 없었다는 듯 다시 불을 끄고 침대에 누웠다. 그러나 잠은 쉬이 오지 않았다. 이런저런 생각으로 한동안 엎치락뒤치락했다. 또 얼마나 시간이 지났을까? 도망갔던 잠이 스멀스멀 찾아왔다. 정신이 몽롱해져 비몽사몽의 회색지대로 빠져드는 순간이었다. 그때 돌연히 여자의 날카로운 비명이 내 귀를 찢었다. 비명 소리와 함께 아까처럼 문을 열려고 손잡이를 잡아 흔드는 소리가 또 들렸다. 이번에는 커넥팅도어가 아니라 복도로 나가는 출입문에서 났다. 문을 열어 달라고 애원하는, 또는 급한 도움을 요청하는 듯한 다급한 목소리였다. 한국말 같기도 하고 아닌 것 같기도 하고, 울부짖는 소리인데 무슨 말인지 명확하지 않았다. 또다시 찾아온 오밤중의 날벼락에 정신이 번쩍 들었다. 나는 감전된 사람처럼 벌떡 일어나 다시 불을 켰다. 불이 켜지자 소란은 동시에 뚝 그쳤다. 언제 그런 일이 있었느냐는 듯 주위는 괴괴했다. 아까처럼 불이 켜지자 거짓말 같이 소란이 멈춘 것이다. 환청인가 의심이 들었으나 그럴 리가 없었다. 몹시 괴이쩍어 마치 꿈을 꾸고 있는 것 같았다. 귀신이 나타난 걸까? 그 생각이 들자 등골이 오싹했다. 나는 일어나 문 앞까지 가서 "누구세요?" 하고 큰 소리를 질렀다. 밖에서는 아무 반응이 없었다. "누구세요?" 를 한 번 더 반복했으나 역시 반응이 없었다. 덜컥 의심이 몰려왔다. 그럼 아까 커넥팅도어에서 났던 소리도 옆방 손님이 낸 것이 아니었단 말인가? 이번에는 내가 다급해졌다. 누군지 정체를 밝히라고 내가 침입자에게 애원하고 싶은 심정이었다. 궁금해 견딜 수 없어서 문을 열어 볼까 하다가 멈칫했다. 문을 여는 순간 귀신이 나에게 와락 달려들 것만 같은 무서운 생각이 들었다. 사람이었다면 초인종을 누르거나 노크를 하거나 구내전화로 용건을 이야기했을 것이다. 불이 켜졌다고 소란을 멈추지도 않았을 것이고, 누구냐고 물었을 때 대답을 했을 것이다. 아무리 생각해도 사람의 짓이 아니었다. 한 번이라면 잘못 들은 것으로 치부하고 환청이라고 넘어갔을지 모르지만, 두 번이나 그런 일을 당하고 나니 귀신의 짓이란 생각이 굳어졌다. 잠은 이제 천리만리나 멀리 도망가 버렸다.

곰곰이 생각해 보니 내가 킬링필드의 나라에 와 있다는 사실이 그제야 번개처럼 머리를 때렸다. 산처럼 쌓여 있는 해골들. 처음에 플라스틱으로 만들어 놓은 모조 전시품인가 했으나 진짜란 것을 알고 눈을 의심했던 사진 속의 해골들 모습이 동시에 내 뇌리의 스크린에 투사되었다. 겹겹이 쌓아 놓은 해골탑의 섬뜩한 장면이 나를 찾아온 귀신과 오버랩되었다. 1975년부터 4년 동안 폴 포트의 크메르루즈정부가 학살한 양민이 무려 2백만 명에 육박한다니, 프놈펜 밤하늘에 배회하고 있는 원혼들이 과연 얼마나 많을지 상상이 가고도 남았다. 억울한 죽임을 당한 사람의 혼백은 이승을 떠나지 못하고 배회하다 엉뚱한 사람에게 달라붙어 해코지한다는 말이 있다. 이런 원혼을 여귀(厲鬼)라 한다고 했다. 어렸을 때부터 자주 들어 머리에 막힌 이야기이다. 그런데 내가 어쩌다 이 낯선 땅에서 여귀와 만났을까? 왜 하필이면 내가 해코지 대상이 되어 방문을 열려고 하는지 모를 일이었다. 귀신이 이미 방에 들어와 지금 어딘가에 숨어 내 일거수일투족을 엿보고 있는 것만 같았다. 그렇다면, 불이 다시 꺼지기만 기다리고 있을 것이다. 그리고 공격의 기회를 호시탐탐 노리고 있을 것이다. 내 상상은 날개를 달았다. 밤하늘을 나는 여귀들의 날개만큼이나 내 공포심도 날개를 달고 공상의 세계를 날아다녔다.

귀신이 나와 방을 공유하며 어딘가에 숨어 있다고 생각하니 소름이 돋고 불길한 예감이 들었다. 당장이라도 다른 방으로 옮기고 싶은 생각이 간절했다. 다른 방이 아니라 아예 다른 호텔로 옮겨 버리고 싶었다. 시계를 보니 자정을 훌쩍 넘어 바늘은 한 시 언저리를 가리키고 있었다. 몇 시간만 지나면 날이 샐 텐데 지금 어디로 옮기기에는 너무 늦은 시간이었다. 귀신은 밝은 빛을 싫어한다고 했으니 불을 켜 놓고 있으면 제깟 놈이 어떡하겠나! 나는 겁먹었던 조금 전과 달리 이상하게 배짱이 생겼다. 결국 불을 켜 놓은 채 밤을 새우기로 마음을 먹었다. 기다리다 지치면 귀신도 바보가 아닌 다음에야 다른 상대를 찾아가는 것이 현명하다는 판단을 할 것이 아닌가. 이왕 나한테 들켜 버린 지금 기다려 본들 얻을 실익이 없을 터였다. 나는 그런 계산을 하고 나서 버티기로 작정을 했다. 그런데 몇 시간만 버티면 된다는 자신감에도 불구하고 그 이후 시간의 걸음은 거북이걸음이었다. 한참 지났으리라고 생각하고 시계를 보면 고작 몇 분 지난 것에 불과했다. 다만 헝클어지고 동요하던 내 마음은 더딘 시간에 반비례하여 빠르게 안정되어 갔다. 이제는 시간을 어떻게 보내느냐가 귀신보다 더 급한 문제가 되었다. 귀신과의 싸움은 시간과의 싸움으로 변해 가고 있었다.

시간과의 싸움은 나를 지루하게 만들었다. 책도 덮고 TV도 꺼 둔 채 우두커니 누워 있자니 답답해 죽을 지경이었다. 이런 때는 누군가 대화 상대가 절실했다. 말이 통하든 안 통하든 곁에만 있어 주어도 좋을 것 같았다. 가령 집에서 기르는 고양이나 푸들이라도 한 마리 있으면 말 상대로, 아니면 장난이라도 치며 시간을 보낼 텐데 말이다. 지금 방 안에는 나 혼자뿐이다. 귀신이 방 어딘가에 숨어 있다면 굳이 따져 둘인 셈이다. 귀신은 지금 방에 숨어 불이 꺼지기만을 기다리고 있을까? 귀신은 뭐든 자유자재로 통과할 수 있으므로 문이 닫혀 있어도 나가고 싶으면 나갔을지 모를 일이었다. 만약 귀신이 아직 방에 있다면 쫓아내고 싶은 심정이었지만, 지루한 시간이 길어질수록 생각이 달라졌다. 귀신도 육체만 없다 할 뿐 사람의 혼백이다. 나도 죽으면 육체를 떠나 혼백만 남을 것이다. 죽기 전과 후의 시간상 차이만 있을 따름이지 혼백이라는 점에서는 공통적이었다. 그렇다면 귀신이라고 무서워하고 겁낼 것까지야 있겠는가! 해코지하려고 하면 음흉한 수단에 넘어가지 않으면 되는 것이 아닌가. 이렇게 말할 상대가 절실한 때는 귀신인들 어떠랴 싶었다. 아니, 차라리 귀신의 신세타령을 듣는 것이 우두커니 있는 것보다 낫겠다는 생각이 들었다. 솔직히 말해 나를 찾아온 여자귀신의 사연이 미상불 궁금한 것이 사실이었다. 그런 생각을 하니 여자귀신이 갑자기 안쓰러워지고 친근감이 느껴졌다. 방에 아직 숨어있으리란 기대를 하며, 나는 어느새 그녀와의 대화를 준비하고 있었다.

"연세가 어떻게 되세요?"
"마흔하나인데요. 왜 물어보세요?"
"그냥이요, 마흔하나면 지금 나이인가요? 아니면…"
"죽었을 때 나이예요. 제가 아직 젊지 않아요?"
"고향은?"
"프놈펜입니다. 농촌에 끌려가서 몽둥이로 얻어맞아 죽었어요. 고향을 버릴 수 없어 다시 돌아왔는데, 여기가 내가 자란 동네랍니다."
자문자답이었다. 내가 묻고 내가 대답하는 완전 일인이역 연극이었다. 마치 귀신과 호흡이 척척 맞아떨어지듯 대화에 막힘이 없었다. 독심술을 이용하거나 무당처럼 귀신이 몸에 붙는 빙의(憑依) 현상도 아닌데, 나는 상상력으로 용케 그녀의 과거를 캐고 있었다.

자문자답을 통해서 알아낸, 아니 내가 추측으로 만들어 낸 소설의 여자귀신 정체는 이랬다.
그녀의 생시 이름은 챠이 마리니. 대학졸업 학력을 가진 상류층 인텔리이다. 남편은 론놀 정부에서 잘나가는 국장급 고위간부였다. 1975년 월남전이 막을 내리고 미군이 철수하는 때와 동시에 캄보디아에서도 론놀 정부가 붕괴되고, 폴포트의 크메르루즈군이 정부를 장악했다. 정부를 장악하자마자 폴포트는 썩은 자본주의체제를 사회주의체제로 개조한다는 명분으로 전대미문의 살육과 인구의 강제

이동을 단행했다. 이 조치의 우선 대상이 론놀 정부에서 일했던 관리와 미국세력에 빌붙었던 그들 말로 '반역자'들이었다. 마리니의 남편은 전 정부에서 고위관리였다는 죄목으로 총살되었다. 죄인의 가족도 죄인이었다. 마리니는 남은 가족과 함께 프놈펜에서 추방되어 오지 농촌으로 강제퇴거되었다. 도시는 자본주의 온상이라 하여 도시 주민을 대량 농촌으로 추방하는 대열에 휩쓸리기는 했으나, 죄인의 가족으로서 마리니는 단순한 농촌이 아닌 오지의 강제노동수용소에 배속되었다. 그녀를 기다리는 것은 허리 부러지는 노동과 감시와 비인간적 학대였다. 농촌 일을 해 보지 않은 마리니에게 수용소 생활은 지옥이었다. 육체적으로 감당할 수 없는 힘든 노동은 그렇다 치고, 완장 차고 총을 맨 감시자들은 그녀의 사생활조차 그냥 놓아두지 않았다. 야수처럼 덤벼들어 성적으로 학대하는 일은 그녀가 참을 수 없는 인권유린이었다. 마리니는 저항했다. 자신을 지키려는, 그리고 남은 가족에게 떳떳하려는 최후의 저항이었지만, 그녀에게 씌워진 딱지는 반동분자였다. 그 후과는 사회주의의 적이라는 이름으로 처형자 명단에 올라가는 수순이었다. 이런 인간쓰레기는 총알도 아깝다 하여 몽둥이로 때려 죽였다. 숨을 거둔 마리니는 집단시신매장 구덩이에 쓰레기처럼 내던져졌다.

제법 그럴듯한 소설인데, 실은 내가 말레이시아에 있을 때 그곳 캄보디아 대사한테서 비슷한 이야기를 들었던 터라 옮겨 본 것이다. 그때 캄보디아 대사는 시아누크 대통령의 딸이었다.

다음 날 아침, 조찬을 하기 위해 호텔식당에서 만난 C박사에게 간밤에 일어난 일을 이야기했더니 C박사가 깜짝 놀랐다. 엊저녁 자기 방에도 누가 문을 열려고 손잡이를 마구 흔들며 비명을 질렀다고 했다. 비명은 여자 목소리였으며 다급하게 들렸다고 했다. 누가 밖에 있나 궁금해서 문을 열어 보았더니 아무도 없어 기이하게 생각하고 말았다는 것이다. 자기에게 왔던 귀신이 나한테 갔거나 반대로 나한테 왔던 귀신이 자기한테 온 것 같다고 믿을 수 없다는 표정을 지었다. C박사는 귀신이나 유령과 같은 존재는 비과학적이라고 콧방귀 뀌는 사람인데, 본인이 직접 경험하고 나서는 귀신이 정말 있는 것 같다고 지금까지 고수해 온 입장을 수정했다. C박사 방과 내 방은 층도 다르고 위치도 정반대인데 귀신이 어떻게 우리 두 사람의 관계를 알고 찾아왔는지, 우리는 그 문제로 식사시간의 상당부분을 설왕설래하며 보냈다. 한국사람과 무슨 인연이라도 있었단 말인가? 베트남에는 우리 청용부대가 가 있었으므로 혹시 모르나, 캄보디아에서 한국인과 섞일 일이 있었을까? 우리는 결론을 내리지 못하고, 식사가 끝나는 길로 그날의 바쁜 일정을 시작하기 위해 호텔을 나섰다.

캄보디아를 떠나면서 내가 할 수 있는 일은 그녀의 혼백이 이제 더는 이승을 떠돌지 말고 천국에서 안식의 자리를 갖도록 기원하는 것뿐이었다. 그리고는 간밤을 뜬눈으로 보낸 푸석푸석한 얼굴로 나는 챠이 마리니의 행운을 빌며 중얼거렸다.

"I wish Chahhy Mariny Godspeed!"

2019. 11. 30.

캠핑

...

4월이 시작되기가 무섭게 날씨가 무더워졌다. 낮에는 20도를 훌쩍 웃돌아 아침에 입었던 긴팔 셔츠가 답답하게 느껴진다. 나는 신록의 유혹에 끌리어 집 앞 서울숲으로 산책을 나갔다. 지난주까지만 해도 누렇던 잔디밭이 어느새 초록 옷으로 갈아입기 시작해 생기가 돌았다. 나무며 풀이며 만물이 경쟁하듯 쏟아 내는 생명의 숨결이 느껴졌다. 그 숨결이 합창하는 소리 없는 생의 찬가가 숲 가득히 충만해 내 귀를 간지럽히고 있었다. 봄기운은 잔잔한 물결이 되어 내 주위에서 출렁거렸다. 내 입에서는 어느새 '다뉴브강의 잔물결'이 콧노래로 흘러나왔다. 벚꽃은 한물갔지만 상춘객은 평일인데도 제법 많았다. 사람들은 봄의 향기에 취해서 모두들 들떠 있는 모습이었다. 셔터를 눌러 봄을 붙잡아 두려는 찰칵거림도 여기저기에서 들려왔다. 공원 중앙 잔디밭 광장에는 누군가가 벌써 텐트를 쳐 놓고 있었다. 속이 훤히 들여다보이는 앙증스러운 텐트의 주인은 젊은 부부였다. 갓난아이를 데리고 한때를 보내는 이 젊은 한 쌍은 행복에 겨운 표정이었다. 벤치에 앉아 이 광경을 물끄러미 바라보노라니, 내 상념은 불현듯 30년도 지난 과거로 거슬러 올라갔다.

나에게는 자동차 트렁크에 텐트 장비와 여행가방을 싣고 유럽을 누볐던 좋은 시절이 있었다. 열정으로 뜨거웠던 그 시절에 캠핑은 내 삶을 산뜻하게 채색했던 물감이었다. 싸구려 텐트였지만, 우리 가족에게는 베르사유궁이 부럽지 않은 화려한 궁전이었다. 그리고 나는 모든 것을 가진 제왕처럼 여름휴가와 주말이 되면 텐트를 가지고 나를 구속하고 있는 것들에서 해방되어 원근의 산천을 찾았다. 네 명이 겨우 누울 수 있는 비좁은 공간, 거기에 부엌과 창고에 해당되는 고양이 낯짝만 한 여유가 전부였던 텐트였어도 나에게는 더 부러울 것이 없었다. 젊은 혈기로 유럽을 종횡무진할 수 있었던 용기는 이 텐트가 있었기 때문이었다. 그 안에서 나는 사랑하는 가족과 온기를 나누고, 아이들에겐 꿈과 영감을 키울 수 있는 기회를 주었다. 캠핑이 아니었다면 그 시절의 내 삶이 얼마나 삭막하고 고단했을지, 지금 생각해도 잊지 못할 추억이다.

그때 우리가 받는 여름휴가는 운이 좋아야 일주일이었다. 한 달의 긴 휴가를 즐기는 유럽사람들에 비하면 새 발의 피이지만 나에겐 그것도 사치였다. 휴가를 반납하고 사무실에 나오는 상사의 눈치를 살피다가, 다행히 다녀오라는 시혜가 떨어질 때나 주어지는 횡재이기 때문이었다. 일주일이 너무 길다 싶으면 그것도 줄여 며칠 가까운 곳에 가서 바람 쐬고 오는 것이 고작이었다. 그나마 본국정부가 비상근무한다는 소식이라도 전해지면 휴가는 입도 뻥끗하지 못하고 사라져 버리는 손에 잡히지 않는 아지랑이였다. 우리의 사정과는 달리 휴가를 위해 일하고 휴가를 위해 산다는 말이 실감나게, 휴가철이 되면 유럽사람들은 제정신이 아니다. 이때는 너도나도 집시가 되어 어디론가 길을 떠난다. 순식간에 인간의 대이동이 눈앞에서 벌어진다. 전쟁이 일어나 피난 가는 남부여대(男負女戴) 행렬이 아니라, 휴식과 향락을 찾아 산지사방으로 질주하는 차부차대(車負車戴) 행렬이다. 고속도로는 자동차 지붕 위까지 짐을 가득 실은 차량들로 끝이 보이지 않는다. 이름난 관광지나 휴양지는 사람들로 미어진다. 이런 분위기에 감염되면 괜히 들떠 누구도 가만히 있을 수 없다. 어렵게 얻은 일주일은 나에게 신의 선물이지만, 그러나 동시에 고민스러운 숙제였다. 비용을 적게 들이고 어떻게 보낼지 머리를 짜야 하는 문제이기 때문이었다. 지도책을 펴 놓고 캠핑장을 체크해 가며 일정을 짜는 일은 그래서 밤을 새는 작업이었다.

내가 텐트를 선택한 이유는 간단했다. 여행비용을 최소화하기 위해서였다. 즉 가난한 호주머니와 타협의 산물이었다. 호텔에서 자고 매 끼니를 사 먹는다면 내 호주머니는 감당할 재간이 없었다. 하루 이틀도 아니고 일주일 동안 들어가는 비용은 만만치 않기 때문이었다. 고속도로 통행료 내랴 관광지 입장료 내랴, 기본적으로 들어가는 소소한 것들도 무시할 수 없는 부담이었다. 여기에 구태여 다른 이유를 첨가하자면 호연지기(浩然之氣)이다. 캠핑장은 하루 종일 쏘다니다 지친 내 육체와 영혼이 대자연 속에 묻혀 휴식하는 공간이고, 아이들에게는 밤하늘의 장관을 경험하게 하는 낭만이 있는 곳이다. 움츠러든 가슴을 펴고 심호흡할 수 있는 내 집이고 대지인 것이다.

하늘과 땅 사이에서 자연과 벗 삼는 호기는 싸구려 호텔에서 하룻밤 때우는 숙박과는 비교가 되지 않는다. 가난한 자의 변명 같아 굳이 강조하고 싶은 이유는 아니지만 틀린 말은 아니다. 또 캠핑장은 어디를 가나 널려 있어서 손쉽게 접근할 수 있고 이용료가 싼 것이 최대 장점이다. 휴가철에 방 잡기 어려운 호텔 사정을 생각하면 숙소 때문에 고생할 필요가 없으니 얼마나 다행인가! 캠핑장의 또 다른 장점은 자기가 먹고 싶은 음식을 직접 조리할 수 있다는 점이다. 버너와 휴대용 냄비만 있으면 밥이든 국이든 마음대로 먹을 수 있다. 실내라면 음식 냄새에 신경이 쓰이지만, 야외에서는 된장찌개나 김치 냄새 때문에 얼굴 찌푸리고 노려볼 사람도 없다. 하루 세끼 한식만 찾은 나에게 캠핑장은 그야말로 일석이조였다.

캠핑은 비용절감이라는 실리 외에 가족 간 협동을 통한 단합이라는 망외(望外)의 효과를 톡톡히 맛보게 해 주었다. 그것은 단순한 여행의 차원을 넘어 가족애라는 보편적 가치를 체험하고 실천하는 귀중한 경험이 되었다. 일단 캠핑장에 도착해서 텐트 칠 장소를 정하면, 다음 순서는 가족의 일사불란한 협동이 뒤따른다. 나는 초등학교와 유치원에 다니는 두 아들에게 기둥으로 쓸 막대를 하나씩 붙들고 있게 했다. 그 다음에는 내가 들보막대를 아이들이 붙들고 있는 기둥막대 끝에 가로로 연결해서 'ㄷ'자형 뼈대를 완성한다. 아이들이 'ㄷ'자 뼈대가 무너지지 않도록 붙들고 있는 동안 아내와 내가 덮개를 씌운다. 덮개는 방수처리된 천이다. 덮개가 씌워지면 우리 모두는 덮개 자락을 최대한 팽팽하게 잡아당겨 땅에 캠핑용 대못으로 박아 고정시켰다. 덮개 자락을 빙 둘러 대못을 박아야 하므로 망치질은 여러 번 하게 된다. 아이들이 망치질하다가 손가락을 잘못 쳐 비명을 지르는 경우가 있지만 그래도 즐겁기만 했다. 텐트를 치는 데는 채 20분도 걸리지 않는다. 다음 작업은 바닥 깔개에 공기를 불어넣는 일이다. 발로 풀무를 밟아 공기를 주입하는 일은 아이들 차지였다. 빵빵하게 부풀어 오른 깔개는 훌륭한 4인용 침대가 되었다. 아이들이 풀무질하는 사이, 나는 물을 길어 오고 아내는 식사준비를 했다. 풀밭 위의 스위트 홈은 이렇게 분업과 협동으로 눈 깜짝할 사이에 탄생되었다.

이것이 캠핑장에 들어오면 늘 하는 순서였다. 한두 번 하고 난 뒤부터는 아이들은 기계적으로 자기가 할 일이 무엇인지 알아서 척척 해냈다. 접는 간이식탁과 의자를 풀밭 위에 차려 놓고 네 식구가 둘러앉아 먹는 식사시간은 그 자체로 행복이고 여행의 클라이맥스였다. 몇 가지 안 되는 반찬으로도 황제의 메뉴가 부러울 것이 없었다. 풀 냄새를 맡으며 대자연의 품에서 가족과 함께 보내는 이 시간은 캠핑을 선택한 사람들이 향유하는 특권이었다. 캠핑장은 대개 인적이 드문 도시 변두리나 자연환경이 수려한 산과 강 가까운 곳에 있어서 저녁에는 밤하늘의 별들이 쏟아져 내리는 황홀한 광경에 매료될 때가 많았다. 하루의 고단한 일정을 마무리하고 밤하늘의 별을 세며 피로를 푸는 일이야말로 이보다 더 달콤한 휴식이 있을까? 그런 만족감 속에서 텐트의 지퍼를 내리고 깊이 빠져드는 단잠은 내일을 위해 필요한 활력소이고 희망이었다.

캠핑장은 유럽 구석구석에서 온 여행자들의 공동체이다. 텐트는 크기가 천차만별이다. 냉장고, TV 시설까지 갖춘 왜건은 집 하나를 통째로 옮겨다 놓은 최고급 딜럭스 주택으로, 단연 이 공동체의 상류층이다. 4인 가족이 겨우 발 뻗고 누울 정도의 크기밖에 안 되는 내 텐트는 맨 하류층의 판잣집에 해당되었다. 그래도 나보다 나은 상류층과 어깨를 나란히 하며 당당하게 이 공동체의 일원으로 공간을 공유하는 데 나는 조금도 저어하지 않았다. 이곳에서는 서로를 드러내놓고 산다. 숨길 것이 없는 개방된 장소이다. 그렇기 때문에 금방 만난 사람끼리도 서로 마주치면 인사하고 낯을 익힌다. 저 사람은 어느 나라 사람일까? 인사를 하면서도 나는 그것이 궁금해 그 사람이 쓰는 말이나 생김새, 그 사람의 자동차 번호판까지도 유심히 관찰했다. 유럽의 자동차 번호판에는 국적이 표시되어 있기 때문에 번호판을 보면 어디서 왔는지 금방 알 수 있다. 아무래도 내가 사는 나라인 독일 번호판을 달고 온 사람을 만나면 반가웠다. 다른 사람들도 나를 보고 어디에서 온 동양사람인지 궁금했을 것이다. 번호판은 독일인데 동양인이어서 더 그랬을 것이다. 흰 쌀 가운데 누런 저 쌀은 도대체 어디서 온 외톨이일까? 일본인? 중국인? 그러나 놀랍게도 한국인이냐고 묻는 사람은 거의 없었다. 유럽 사람들 머릿속에 한국은 아직 동북아시아의 변방으로, 자기들 관심 밖에 있었다. 역사적으로 한국은 그들과 별 관련이 없었고 지금도 별 영향을 주는 나라가 아니기 때문일 것이다. 그래서 얼른 떠오르는 나라가 일본과 중국 정도인 것이다. 서운하고 자존심 상하는 일이지만 그것이 국제관계의 현주소였다. 내가 한국인이라고 대답하면, '아, 참 그런 나라도 있지!' 그런 표정으로, 보기 힘든 사람 보았다는 듯 웃어넘겼다. 30년도 넘은 과거의 이야기라 지금도 마찬가지인지는 모르겠으나, 국제사회에서 우리가 일본과 중국을 따라잡지 않는 한 그들의 대답도 크게 달라지지 않았으리라고 생각한다.

　나는 특별한 경우가 아니면 차를 캠핑장에 놔두고 대중교통수단을 이용하여 다니길 좋아했다. 이름난 유적지일수록 대부분 구시가지의 복잡한 곳에 위치하고 있어서 주차난이 지옥 수준이기 때문이었다. 택시든 버스든 타고 목적지까지 가든가, 여행안내 책자 하나 들고 물어서 찾아다니면 재미있고 편리했다. 한번은 로마에서 버스를 탔는데 하필 만원버스였다. 우리 식구는 키 큰 이태리사람들 사이에 완전히 갇혀 밖을 내다볼 수 없었다. 이태리말로 하는 안내방송도 알아들을 수 없어서 어디서 내려야 할지 몰라 당황스러운 상황이 벌어졌다. 나는 할 수 없이 지도를 펴 들고 옆 사람에게 우리가 가는 곳을 가리키며 도움을 요청했다. 신기하게도 보디랭귀지는 누구나 알아듣는 만국언어였다. 우리는 이태리사람들의 친절한 안내로 목적지에 무사히 갈 수 있었다. 파리에서도 지하철을 주로 이용했는데, 모르면 사람들에게 물어보면서 가고 싶은 곳은 다 갔다. 여행은 단순한 구경만이 아니라 낯선 사람들과 접촉하고 부대끼는 가운데 인정을 느끼고 그들과 교감하는 것이 더 가치 있고 묘미가 있다는 것을 알았다. 더구나 캠핑장은 호텔과 달리 열린 공간이기 때문에 인간친화적, 자연친화적 환경을 제공해 준다는 점에서 사람들과 인정을 느끼고 교감하는 기회가 더 많았던 것 같다. 캠핑은 한국에서는 생각해 보지 못했던 내 삶의 새로운 모두스 비벤디(modus vivendi, 생활양식)로서, 가족의 소중한 가치를 가슴에 새기게 한 잊을 수 없는 수단이었다.

　돌이켜 보면 나는 캠핑에 얽힌 추억을 많이 가지고 있다. 지중해

니스 해변에서 강풍을 만나 텐트가 날아가 버릴 뻔했던 일, 폼페이에서 소나무 아래 텐트를 쳤다가 밤새 송진 세례를 받아 엉망이 된 텐트를 닦아 내느라 고생했던 일, 독일 남부 한 시골에서 두엄 냄새 때문에 코를 막고 밤을 지샜던 일, 라인강변에서 지나가는 배들의 통통거리는 소리에 기분 좋게 아침을 열었던 일, 몽블랑 아래서 오들오들 추위에 떨며 가족이 한 덩어리가 되어 온기를 나누던 일, 레만호수를 바라보며 세상을 다 품에 안은 듯 행복감에 젖었던 일, 노르웨이 피오르드에서 눈이 덮힌 산봉우리 뒤로 일찌감치 넘어가는 해를 보고 북극을 느끼던 일, 나열하자면 한이 없는 추억들이 이제는 아련한 그리움으로 내 가슴에서 잔잔하게 출렁거린다.

그때 초등학교와 유치원에 다니던 두 아들은 지금은 나이 40이 넘은 장년이 되었다. 각자 성가(成家)하여 각자 이력을 쌓아 가고 있는데, 다행인 것은 두 아들 모두 우애가 좋다. 그 뿌리는 캠핑장에서 하나가 되어 협동하던 형제애에 닿아 있지 않나 하는 생각을 해 본다. 나는 이제는 손주들까지 들어온 가족이라는 이름의 텐트에 내 삶을 묶어 놓고 있다. 장차 이 텐트가 어떠한 바람에도 끄떡없는 난공불락의 성으로서 일가(一家)를 이루게 되는 것이 내 소원이다. 그 성패는 두 아들과 손주들의 손에 달려 있다. 나는 우리 일가의 텐트 앞에 'The Son's'라는 문패를 달고 싶다는 말을 늙은이 잔소리 같이 아이들 앞에서 한다. 그 소원이 죽기 전에 이루어질 것 같지는 않지만, 나와 함께 캠핑을 해 보았던 두 아들은 최소한 무슨 말인지는 아는 것 같아 다행이다.

2019. 12. 20.

27/   망오성지(望吳聖址)

...

'태산이 높다 하되 하늘 아래 뫼이로다. 오르고 또 오르면 못 오를 리 없건마는 사람이 제 아니 오르고 뫼만 높다 하더라.' 우리 귀에 익은 양사언의 이 시조는 중국의 태산(泰山)을 두고 읊은 것인가, 종종 헷갈린다. 국어사전에 태산(泰山)은 높고 큰 산이라고 풀이하고 있는데, 이것은 보통명사의 태산을 말한다. 중국에 있는 태산은 고유명사이다. 양사언의 태산은 높은 산을 빗대 세태를 풍자한 보통명사가 맞지 싶다. '태산명동(泰山鳴動) 서일필(鼠一匹)'의 태산도 보통명사이다. 중국 산동성 태안시에 있는 태산은 공교롭게 이름이 그래서 곧잘 양사언의 시조를 떠올리게 한다.

해발 1,545m인 태산은 이름에 걸맞게 높고 큰 산임에 틀림없다. 주변이 평지나 다름없는 곳에서 우뚝 솟아오른 모양새가 그런 인상을 더 갖게 한다. 어쩌면 양사언도 태산을 보고 나서 동명(同名)의 시조를 지었는지 모른다. 그런데 이 산은 양사언이 언급한 대로 사람들이 오르지 않고 높다고 바라만 보는 산은 아니다. 실은 반대로 서로 오르겠다고 인산인해를 이루는 산이다. 정상으로 가는 계단길은 오르내리는 사람들로 사시사철 북적거려 바닥이 닳을 정도이다. 꼬리에 꼬리를 물고 끝없이 이어지는 인파 때문에 등산길은 멀리서 바라보면 흡사 승천하는 용의 모습을 연상시킨다.

승천하는 용. 이 용어는 태산에 잘 어울리는 비유이다. 용으로 상징되는 황제들이 태산에 올라가 봉선(封禪)이라고 하는 의식을 거행했다는 역사적 사실이 이 산을 윤색해 주기 때문이다. 봉선은 하늘과 땅에 제사를 지내는 일종의 제천(祭天)행사이다. 다른 사람도 아닌 황제들이 와서 봉선을 거행했다는 연유로 태산은 중국에서 가장 유명한 산이 되어 버렸다.

봉선은 진시황이 처음 시작한 것으로 알려져 있다. 중국을 통일한 진시황은 하늘의 아들, 즉 천자(天子)로서 자신이 이룩한 전대미문의 위대한 업적을 하늘에 자랑스럽게 고하고 싶었을 것이다. 역사상 아무도 하지 못했던 그의 업적은 사실 자랑할 만한 것이었다. 하늘에 고하기 위해서는 높은 산에 올라가야 했고, 그 대상으로 고르고 골라 낙점된 산이 태산이었을 것이다. 진시황의 심중에 봉선의 목적이 단순히 업적을 자랑하기 위한 것뿐이었는지는 단언하기 어렵다. 천하를 거머쥔 자의 오만으로 비칠 수 있는 이 특별한 의식의 표피 아래 감추어진 진실은 자신의 손으로 쌓아 올린 대제국이 무너지지 않고 자자손손 영속하도록 기원하기 위한 인간적인 욕망이 아니었을까 싶다. 자신의 제국을 갖게 된 후대의 역대 황제들도 진시황과 똑같은 인간적 욕망에 이끌려 2천 년이 넘도록 선례를 좇았고, 그 전통은 왕조의 경계를 넘어 계승되었다고 보아야 할 것이다.

그런데 황제라고 해서 아무나 봉선길에 올랐던 것은 아니었던 모양이다. 스스로 진시황에 버금가는 명군(名君)이라고 자처하는 황제가 아니고서는 감히 생각도 할 수 없었다니, 태산은 참가자격을 두고도 오르기 힘든 산이었던 게 틀림없었다. 초라한 성적표를 하늘에 올리는 것은 자신의 수치이자 하늘에 대한 모독으로 여겼기 때문이리라. 어중이떠중이 황제들이 마구 올라가 하늘을 노하게 해서는 안 된다는 불문율이 역사를 관통해서 자리 잡았다는 증거이다. 한무제, 당현종, 송휘종, 원쿠빌라이, 청건륭제 같은 황제들은 그 시대를 대표하는 인물들이다. 봉선을 거행하였다는 이 사람들을 보면 어떤 황제라야 태산에 오를 자격이 있는지 윤곽이 분명해진다. 그런데 여기에는 있어야 할 인물이 빠져 의아한 경우도 있다. 정관의 치(貞觀之治)로 칭송받는 당태종은 명군으로 꼽힐만한 인물임에도 봉선기록에 없다. 고구려 정벌전쟁에 몰두하다가 태산에 갈 기회를 놓쳤다는 누군가의 해석이 언뜻 그럴싸해 보이지만, 형제들을 죽이고 제위에 오른 죗값으로 천벌을 받을까 두려워서 스스로 포기한 것은 아니었을까 하는 의구심도 든다.

봉선 리스트의 쟁쟁한 황제들 가운데 고개가 좀 갸우뚱하는 인물이 당고종이다. 이 지질맞은 황제는 마누라 등쌀에 끌려 나온 것으로 여겨진다. 고종은 황후인 측천무후의 허수아비나 다를 바 없었다. 사실상 실권은 황후가 쥐고 있었고, 고종은 중풍으로 거동조차 자유롭지 못했다고 한다. 권력에 대한 집착이 유난히 강했던 측천무후는 자신의 권위를 한껏 과시하고 싶은 욕망에서 봉선이란 카드를 집어 들었을 것이다. 남편을 앞세워 장안을 떠난 그녀는 막상 태산에 도착하자 몸이 불편한 황제는 산 아래에 남겨 두고, 하늘에 제사 지내는 일은 혼자 올라가서 자신이 직접 한 것으로 알려졌다. 남편의 가면을 쓰고 당돌하게 진시황의 반열에 선 여인이다. 봉선 덕분이었는지 모르지만, 측천무후는 자신의 자식들까지 내리치고 주(周)나라를 세워 스스로 황제가 되고 나서야 권좌를 아들에게 넘겨준 인물이다. 중국 역사상 유일하게 여성황제가 된 파천황(破天荒)의 기록을 태산과 관련해서 보게 된다. 말하기 좋아하는 사람들은 그녀가 태산에 올라가 황제가 되게 해 달라고 하늘에 빌어 소원이 성취되었다고 소곤거렸다. 이때부터 사람들 사이에 태산이 소원을 빌면 들어주는 산으로 자리 잡기 시작했던 것 같다. 어쨌거나 측천무후의 태산과의 인연은 특별하다.

그런데 왜 하필 태산에서 봉선의식을 거행하였을까, 나는 항상 이 점이 의문이었다. 중국에는 태산보다 높고 웅장하고 아름다운 산들이 얼마든지 있는데 말이다. 더구나 태산은 원래 진(秦)나라에 속한 산이 아니다. 고향 챙기기 좋아하는 중국사람들 입장에서도 진시황이 자기나라 진나라에서 찾지 않고 멀리 동쪽 노(魯)나라에 있는 외진 산을 택한 이유가 잘 납득되지 않을 것이다. 거기에는 필시 무슨 연유가 있을 법한데, 나는 식견이 좁아 그 해답을 얻지 못하고 있다. 아마 중국에서 해가 뜨는 동쪽을 신성시하는 경향과 관련이 있지 않나 짐작해 볼 따름이다. 동쪽은 생성과 성장, 그리고 번영의 상징이다.

자신이 통일한 천하를 막 떠오르는 태양에 비유하여, 앞으로 승승장구하기를 비는 마음에서 동쪽의 태산에 오른 것이 아닌가 싶다.

중국을 동서남북 그리고 중앙으로 구분하여 그 지역을 대표하는 산을 오악(五嶽)의 영산(靈山)으로 치는데, 동악의 태산(泰山), 서악의 화산(華山), 중악의 숭산(嵩山), 남악의 형산(衡山), 북악의 항산(恒山)이 그 것이다. 이 중에서도 동악, 즉 태산을 으뜸이라 하여 오악독존(五嶽獨尊)이라고 부르는 것만 보아도 중국사람들이 태산을 얼마나 신성시하는지를 알 수 있다. 오악을 동서남북 방위에 따라 지정하였다는 사실 자체에서 중국다운 발상이 느껴진다. 거기에는 풍수(風水) 냄새가 물씬 난다. 중국의 음양오행 철학원리에 따라 만물이 생성발전하는 기(氣)가 가장 많이 모인 곳이 태산이라고 판단하였던 것은 아닐까? 가령 주역의 대장괘(大壯卦)는 하늘에서 우레가 치듯 넘치는 활력을 상징하는데, 태산이 혹시 그런 점괘에 해당된다고 믿었던 것은 아닌지 모르겠다. 그래서 자신의 제국이 영원하기를 태산에서 빌었을 것이란 생각이 든다.

기복(祈福)사상이 뿌리 깊은 중국에서는 웬만한 신물(神物)만 보아도 사람들은 그 앞에서 소원을 빈다. 중국 절은 좀 크다는 데 가면, 분향하는 사람들로 발 들여놓을 틈이 없다. 연기가 피어오르는 향을 손에 움켜쥐고 불전을 향해 연신 허리를 굽혀 소원을 비는 사람들의 얼굴은 진지하다 못해 숫제 몰입 그 자체이다. 도교 사당은 말할 것도 없고, 삼국지의 관우와 같은 역사적인 인물을 모신 사당 앞에도 분향하는 사람들은 줄을 잇는다. 자연현상이라고 예외가 아니다. 산이나 들, 어디 할 것 없이 영험한 기운이 감도는 곳에는 촛불이 켜져 있거나 분향한 흔적이 역력하다. 태산은 더구나 영산 중의 영산으로 소문이 나, 소원이 성취되는 산으로 사람들 마음속에 일찌감치 각인되어 있었다. 다른 데와 달리 여기에는 황제들이 등장하기 때문에 그 믿음에는 천근의 무게가 실려 있는 것이다. 자석에 끌리는 쇠붙이처럼 태산을 찾아오는 사람들 가슴마다 기원할 소망이 있어서인지, 승천하는 용의 계단은 무엇을 기대하는 사람들의 활력으로 언제나 넘쳐난다.

태산에 가면 소원이 성취된다는 소문은 국경을 넘어 우리나라에도 알게 모르게 퍼져 있다. 이름 석 자만 들어도 누군지 알 수 있는 분들이 태산을 다녀왔다는 풍설은 과문한 내 귀에까지 들려왔다. 황제가 되기를 꿈꾸는 사람들, 다시 말해 대권에 도전하고자 하는 사람들이라면 그 소문에 누구보다 귀가 솔깃할 것이다. 몇 년 전 국제기구의 장으로 계시는 분이 태산을 방문한 뉴스는 많은 사람들의 시선을 끌었다. 시간을 분초로 쪼개서 쓰는 바쁘신 분이 업무와 별 상관이 없어 보이는 태산에 왜 갔는지가 의아한 대목이었다. 추측은 각자에 맡길 수밖에 없지만, 공교롭게 그분이 당시 대선후보 선호도에서 1위를 달리던 때였다. 그냥 우연이라고 넘기기에는 "아하, 그랬었구나!" 하고 무릎을 칠 만큼 타이밍이 기가 막혔다. 내 주위에도 태산을 갔다 온 사람들이 심심치 않게 있다. 한 지인은 태산에 다녀와서 구멍가게 수준의 사업이 뜻밖에 잘되어, 지금은 강남에 빌딩을 한 채 가지고 팔자가 펴진 노후를 보내고 있다. 오비이락이라고 생각하면서도 그 지인은 자신의 행운이 태산 때문이라는 믿음을 애써 감추려

하지 않는다. 그런 분들이 많다 보니, 이제는 태산에 올라가기만 해서 되는 것은 아니고 거기에서 비를 맞아야 효험이 있다는 가짜뉴스까지 등장한 지경이다.

내가 태산을 처음 올라간 것은 1996년 여름이다. 북경에서 한중 영사국장회의에 참석하고 귀로에 청도(靑島)를 들렀는데, 그곳 우리 총영사관이 산동성정부와 공동으로 태산방문일정을 만들어 놓고 기다리고 있었다. 산동성정부에서 붙여 준 조선족 안내원이 나를 수행했다. 육로로 꼬박 한나절이 넘어 도착한 태산은 아닌 게 아니라 양사언의 시조처럼 청명한 하늘 아래 우뚝 솟은 뫼였다. 걸어서 올라가면 시간이 많이 걸리고 힘들다고 케이블카를 타자고 해서 나는 조선족 안내원의 제의를 따랐다. 계단길의 승천하는 용을 발아래 내려다보며 손쉽게 올라가 내린 곳은 정상에 못 미친 지점이었다. 중국이 처음인 이방인의 눈에는 우리나라에서 보던 산과 달리 전혀 딴 세상에 왔다는 착각을 한눈에 느끼게 했다. 온 산이 전체적으로 도교(道敎) 위주에 유불(儒佛)의 색채가 가미된 분위기에 싸여 있었다. 사찰인지 사당인지 곳곳에 서 있는 옛스런 건축물은 물론이며, 바위에 붉은색으로 굵직굵직하게 새겨 놓은 뜻 모를 글자마저도 다른 세계에 온 나를 미혹했다.

정상에 이르러 나는 옥황상제를 모신 사당에서 얼떨떨한 기분으로 참배했다. 사당은 하늘과 맞닿아 아래로 인간 속세를 굽어보고 있었는데, 마침 안개가 밀려와 신비감을 더해 주었다. 여기가 황제들이 하늘에 제사를 지낸 곳인가? 나는 그렇게 어림짐작으로 봉선의 모습을 상상하며 타임머신을 타고 시공을 거스르고 있었다. 면류관을 높이 쓴 허우대 좋은 진시황이 술잔을 들어 하늘에 올리고 나서 엎드려 절하는 모습이 보였다. 한껏 치장한 측천무후는 아픈 남편 대신 올라왔음을 고하고, 역시 술잔을 올린 뒤 엎드려 절을 했다. 당당한 모습보다는 무언가 애원하는 간절함이 배어났다. 여러 황제들이 제가끔 예를 다해 차례대로 상제(上帝)를 알현하고, 마지막으로 청 건륭황제가 제단을 떠났다. 그렇게 나는 영화 같은 역사의 현장감에 압도되어 한참 동안 시간 가는 줄을 몰랐다.

여기저기를 둘러보다 나는 望吳聖址(망오성지)라고 쓰인 푯말 앞에서 발걸음을 멈추었다. 빈터에 달랑 푯말뿐이어서 그냥 지나칠 뻔했는데 조선족 안내원이 나를 세웠다. 춘추시대 공자가 여기에서 오(吳)나라를 바라보았다고 해서, 푯말은 역사적 사실을 기념하기 위해 세운 것이라 했다. '오나라를 바라본 성스러운 장소' - 그런 뜻의 망오성지는 이상하게 내 호기심을 강하게 끌었다. 오나라는 양자강 하류에 위치한 오늘날의 상해(上海)와 그 인근지역에 해당된다. 중원이 아닌 변방에서 강성한 오나라는 당연히 공자의 관심을 끄는 나라였을 것이다. 와신상담이란 성어(成語)를 탄생시킨, 복수의 칼을 갈던 월(越)나라와 사활을 걸고 패권을 다투던 춘추5패의 하나 오나라. 공자는 그런 오나라를 무척 가 보고 싶었을 것이다. 그러나 오나라는 너무 멀어 당시 교통수단으로는 엄두를 내지 못하는 외계나 다름없는 곳이었다. 대신 자신의 고향 곡부(曲阜)에서 가까운 태산에 올라가 오나라 하늘을 바라보는 것으로 만족할 수밖에 없었던 것이다.

공자 모습을 떠올려 오나라를 바라보는 상황을 공상하고 있자니, 공자가 마치 친구처럼 내 옆에 서있는 듯했다. 그리고 "자네도 오나라를 한번 바라보게!"라고 말하면서 내 어깨를 툭 치는 것 같았다. 그래, 나도 오나라를 한번 보자! 나는 장난기가 발동하여 안내원이 알려준 오나라 방향으로 손바닥 차양을 하고 공자가 했다는 망오(望吳)를 했다. 오나라는 일망무제로 트인 전방 저 멀리 희미한 연산(連山) 실루엣 뒤 허공에 묻혀 있었다. 오나라는 나에게도 역시 하늘 끝 먼 외계의 나라였다. 그때 안내원이 내 귀에다 속삭이는 소리로 살짝 말했다. "오나라를 보셨으니 틀림없이 상해로 오시게 될 겁니다." 나는 그의 말을 농담으로 알고 허허 웃으며 귓등으로 흘려버렸다.

나는 당시 생애 처음 공관장으로 나가는 발령을 기다리고 있었다. 초임 공관장 포스트는 작은 나라 대사이거나 미국, 일본, 중국에 있는 총영사 자리가 일반적이었다. 그러나 중국은 나와 하등 연고가 없어서 처음부터 관심의 대상이 아니었다. 내가 눈독을 들이고 있던 곳은 중동의 어느 작은 나라 대사 자리였다. 이런 나의 희망을 인사당국에 분명히 전달하고 중국은 아예 대상에 넣지도 말아 달라고 부탁까지 했다. 그런데 막상 뚜껑이 열리고 발표를 보니 이게 웬일인가! 내가 가게 되는 곳이 다름 아닌 바로 상해(上海)였다. 조선족 안내원의 예언이 그대로 적중한 것이다. 농담으로 한 안내원 말이 이렇게 들어맞다니, 귀를 의심할 일이었다. 멍하니 있다가 망치로 머리를 한 대 되게 얻어맞은 기분이었다. 나는 정신이 아찔했다. 태산에 올라가서 오나라를 보았다는 황당한 이유만으로 중국, 그것도 오나라에 해당되는 상해로 간단 말인가? 믿을 수 없는 우연에 나는 망연자실하였다.

그러나 이미 엎질러진 물이었다. 태산을 다녀오고 두 달 만에 일어난 일이었다.

나는 당초 중국을 가고 싶어 하지 않았으나, 결과적으로는 떠밀려 간 게 다시없는 행운이었다. 주상하이(상해)총영사로 재직하면서 중국이라는 거대한 나라와 만나게 되는 내 생애 최대의 값진 경험을 하게 되었고, 그 경험은 지금까지 살아오면서 무엇과도 바꿀 수 없는 자랑스러운 자산이 되었다. 중국을 떼어 놓고 대한민국을 생각할 수 없는 현실에서 보면 하마터면 놓칠 뻔했던 천재일우의 기회였다. 물론 태산에 올라갔기 때문에 상해로 가게 된 것이라고 믿지는 않지만, 우연치고는 너무 재미있지 아니한가! 그런 이유로 태산은 아직도 내 가슴 속에 단순한 산 이상의 존재로 살아 있다.

여담 같은 우연은 여기에서 끝나지 않았다. 상해근무를 마치고 귀국한 뒤 나는 중국과 관련된 무슨 행사에 참석했다가 태산에 또 다녀오는 기회가 있었다. 그때도 망오성지 푯말을 찾아가 '오나라'를 바라보고 왔다. 공교롭게 이번에는 두 번째 공관장 발령을 기다리고 있던 때였다. 소원을 빈다는 생각에서가 아니라 지난번 일이 회상되어, 이왕 온 김에 호기심 반 반가운 마음 반으로 찾은 것이었다. 그런데 신기하게도 태산을 다녀와서 내가 받은 발령은 주필리핀대사였다. 필리핀은 오나라 방향 연장선의 직선상에 있는 나라이다. 방향으로 치면 상해와 정확하게 일치하는 곳이다. 이것도 망오성지의 조화라고 해야 할지? 필리핀에 이어 마지막 공관장 발령을 받아 나간 나라가 말레이시아였다. 말레이시아도 전체적으로 보면 상해의 연장선상에 있는 나라이다. 나는 연거푸 반복된 이 우연한 현상에 무어라 설명할 적당한 말을 찾지 못하고 있다. 우연이라고 굳이 우기느니 차라리 태산 덕분이라고 생각하는 것이 속 편할 것 같아, 가슴에만 영험한 산으로 담아두기로 했다. 이제 발령받아 다시 해외에 나갈 일은 없다. 건강하게 살아가는 일만 남아 있는데, 태산이 이 소원을 들어준다면 얼마나 좋을까! 아직 움직일 수 있을 때 태산을 한 번이라도 더 다녀올까 하는 생각이 새해를 앞두고 요즘 부쩍 든다.

2018. 12. 30.

제2막

...

　　최종욱이라는 사람은 나와 일면식도 없었다. 2008년 3월쯤인가, 내 사무실로 찾아와서 처음 만난 사람이다. 작달막한 키에 다부진 몸집의, 나보다 몇 살 아래로 보이는 이 방문객은 일언반구 사전연락 없이 불쑥 나타난 사람이었다. 민원으로 대사관에 오는 사람이라면 대개 영사과에서 일을 보거나 담당 직원을 만나 용무를 해결한다. 생면부지 인물이 굳이 대사를 만나겠다고 고집한 데는 무슨 이유가 있었던 것이다. 찾아온 사람을 문전박대할 수 없어 들어오라 해 놓고, 나는 이 당돌한 사람이 누구인가 궁금했다.

　　의례적인 인사교환 후 자리를 권하자 그 사람은 명함을 내밀었다. 흑청색 바탕에 흰 글자로 인쇄된 명함이었다. 큼직한 자기 이름 석 자만 빼고 전부 영어였다. 한글 이름 다음에 영문으로 John Choi, Ph.D라고 쓴 글자가 내 시선을 끌었다. 한국사람이 John과 같은 미국식 이름을 쓰는 경우는 흔치 않으므로 나는 이 사람이 미국교포

가 아닌가 어림짐작했다. 박사라는 뜻의 Ph.D가 그런 짐작에 무게
를 실었다. 박사학위를 가진 미국교포? 명함을 받아 든 순간 나는 그
의 정체가 궁금해졌다. 명함 상부에 비대칭적으로 크게 자리 잡은
MarkAny란 글자 역시 호두껍질처럼 단단한 내 이해의 벽을 깨뜨리
기에는 역부족이었다. CEO란 직함으로 봐서 MarkAny는 회사인 듯
했다. 그러나 이름만 가지고서는 무슨 회사인지 도무지 짐작이 가지
않았다. 마크애니 대표이사 존 초이 박사. 이것이 명함에 나타난 최
종욱이란 인물의 신분이었다.

  "최 박사님은 교포신가요?" 나는 그를 최 박사로 부르며, 초면의
서먹한 얼음을 깼다. 자기를 교포로 본 내가 의외라는 듯, 최 박사는
토종 한국인임을 강조했다. 미국식 이름 때문에 내가 그런 생각을 했
나 싶었던지, John은 미국에서 유학할 때 썼던 이름이며, 외국인들이
부르기 쉽게 지금도 명함에만 쓰고 있다고 겸연쩍어했다. 마크애니
는 유학하고 돌아와 세운 회사라 했다. 그의 표현을 빌리자면, '전공
인 IT로 대학에서 밥벌이를 하고 있는데, 그가 개발한 기술이 필요한
모 대기업이 회사를 차리자고 꼬셔' 합자로 시작했다는 것이다. 지금
은 독립하여 독자적으로 회사를 운영하고 있다고 했다. 무얼 하는 회
사냐는 질문에 IT전문 보안회사라고 대답했다. 내부정보가 전산망
을 통해 밖으로 불법유출되는 것을 방지하는 보안 솔루션을 다루는
회사라는 것이다. IT보안이란 단어의 출현에 이해가 부족한 내 표정
이 좀 어리벙벙해 보였던지, 최 박사는 쉬운 말로 다시 설명했다. 인
터넷이 상용화된 현대생활에서는 국가나 회사의 중요한 기밀이 클릭
한 번으로 눈 깜짝할 사이에 빠져나가기 때문에, 나쁜 의도를 가진

자들에 의해 정보가 절취되지 않도록 사이버 잠금장치를 개발하여 수요자에게 공급하는 업종이라고 했다. 마크애니가 개발한 이 솔루션은 인터넷상에서의 정보보호뿐만 아니라 지적재산권 보호에도 유용하다고 했다. 예를 들어 영화 음반 서적 같은 지적재산권을 불법복제 복사하는 경우, 자사 솔루션을 사용하면 불법이 행하여진 사실이 자동적으로 복제 또는 복사된 사본에 뜨게 된다고 했다. 그런 이유로 마크애니 고객은 정부기관과 대기업이 대부분이라 했다. 최 박사는 IT 백치인 나에게 보안 솔루션이 어떻게 작동하는지 전문용어를 동원해 가며 설명에 열을 올렸다. 마치 학생 앞에서 강의에 열중하는 교수 같아 보였다. 나중에 안 사실이지만 실제로 최 박사는 대학교수로도 재임 중이었다. 나는 그의 말을 그쯤에서 끊고 화두를 돌렸다.

"그런데 말레이시아는 무슨 일로 오셨나요?" 나를 찾아온 목적이 무언지나 말하라는 독촉이었다. 내가 던진 큐를 대뜸 알아차리고 최 박사는 황급히 방향을 돌렸다. 몇 사람 건너 나에 관한 소식을 듣고, 마침 쿠알라룸푸르에 볼일이 있어 지나는 길에 인사차 들렀다고 방문 이유를 밝혔다. 나에 관한 소식이란 정년퇴직을 말하는 것 같았다. 이어지는 그의 말이 그걸 증명하고 있었다.

"대사님을 저희 회사에서 모시고 싶어 왔습니다. 곧 정년퇴직을 하신다는 말을 들었는데, 저희 회사에 오셔서 도와주시면 큰 영광이겠습니다."
일면식도 없는 사람이 갑자기 꺼낸, 아닌 밤중에 홍두깨 같은 이야기였다. 아무 연락 없이 불쑥 찾아온 것만큼이나 허를 찌른 느닷없는 제안이었다. 모르는 사이이므로 상식적으로 보면 그런 의사가 있다 해도 중간에 사람을 넣어 미리 타진해 보는 과정이 있었을 법한데 단도직입적이었다. 무방비 상태에서 상대방의 기습을 당한 사람처럼 나는 대답을 찾지 못하고 눈만 껌벅거렸다. 그 틈을 이용해 최 박사가 다시 끼어들었다. 국내시장은 대체로 자리가 잡혀 이제는 해외시장 공략에 초점을 맞추고 있다면서 여기에 내 도움이 꼭 필요하다는 주장이었다. 일단 동남아를 주 타깃으로 삼았는데, 동남아를 나만큼 잘 아는 사람이 없다는 이야기를 들었다는 것이다. 최 박사는 나를 추천한 소위 '몇 사람'과의 관계를 과시하며 내가 감히 그의 제안을 거부하지 못할 것이란 확신이라도 선 사람 같았다. 교수답게 동남아시장을 낙관적으로 분석 전망한 뒤, 이 시장이 열리도록 자기와 함께 일해 달라는 요청이었다.

나는 그해 말 정년퇴직을 하게 되어 있었다. 말이 정년퇴직이지 장년이나 다름없는 펄펄한 나이에 할 일 없이 빈둥거릴 생각을 하면 아찔한 것이 당사자들의 심정이다. 나는 그 무렵 후배 회사인 P그룹에서 와 달라 하여 내락한 상태라 비교적 담담하게 퇴직을 기다리고 있었다. 나를 좋게 보고 함께 일해 보자는 최 박사의 호의는 감사했다. 지나가는 길이라고는 했지만 아무튼 먼 길을 찾아온 그의 성의가 가슴에 와닿았다. 그러나 내 대답은 최 박사에게는 실망스러운 "노(No)"였다. P그룹에 가기로 이미 약속이 되어 있기 때문이었다. P그룹 회장과는 선후배 사이로 약속을 파기할 처지가 아니었다. 게다가 선뜻 내키지 않은 더 큰 이유는 내가 IT 쪽에 문외한이라는 사실이었다. 봉사가 코끼리 만지기 식으로라도 IT에 관해 뭔가 조금은 알고 있어야 하는데, 나는 사실 IT와 같은 과학분야에서는 숙맥이었다. 최 박사가 내 환심을 사려고 회사의 장밋빛 전망을 자랑삼아 설명하는 동안, 나는 이 남자를 어떻게 기분 나쁘지 않게 돌려보낼까 고민 아닌 고민을 하고 있었다. 칼로 두부 자르듯 단번에 거절하기에는 그의 성의로 보아 너무 야속한 것 같았다. 그렇다고 대우 좋은 큰 회사로 가게 되었다고 우쭐대며 당신 회사 같이 작은 곳에는 가지 않겠다고 자존심 건드릴 이유까지 들고 싶지 않았다. 나는 우물쭈물하다가 고맙긴 하지만 생각할 여유를 달라는 모호한 말로 얼버무렸다. 그렇게 하면 무슨 의미인지 알아들을 것이라고 믿었던 것이다. 내 입에서 딱 부러진 대답이 나오지 않아서인지 최 박사는 자기 하고 싶은 이야기를 더 계속했다. 내 결심을 이끌어 내려는 설득 차원이었을 것이다. 어쨌거나 나는 그 문제는 거기에서 끝난 것으로 여기고 바쁘다는 몸짓으로 최 박사를 일어나게 했다.

최 박사가 다녀가고 한 달 보름 정도 지나서 나는 또 일언반구 사전연락 없이 찾아온 그와 대면했다. 지난번처럼 지나가다 들렸다는 것이 찾아온 변이었다. 최 박사는 여전히 활력이 넘쳤고 자신만만한 태도였다. 두 번째 만남이라 초면의 데면데면한 구석도 없었다. 친구를 만난 듯 그의 표정은 밝았다. 인사가 끝나고 자리에 앉자 최 박사는 이야기보따리를 풀어 놓기 시작했다. 말레이시아 누구를 만나서 들어 보니 이 나라도 보안문제로 꽤 골치를 앓고 있다는데 그게 사실이냐고 물었다. 내 대답을 듣기 위해 묻는 질문이라기보다는 말레이시아 보안시장에 대한 기대감을 표시하기 위해 일부러 꺼낸 화두였다. 말레이시아도 곧 마크애니의 고객이 될 텐데, 그것이 당신이 필요한 이유라고 암시하는 말 같았다. 차가 나오고 이야기가 다시 시작되자, 최 박사는 나에게 '잘 생각해 보았느냐?'고 물었다. 아뿔싸! 나는 속으로 급소를 찔린 사람이 되어 무릎을 쳤다. 지난번에 명확한 답을 하지 않고 생각할 여유를 달라고 한 말에 대한 결과를 묻고 있었던 것이다. 거절의 의미로 생각해 보겠다고 에둘러 한 말을 최 박사는 곧이곧대로 들은 것이다. 그런 걸 보면 최 박사는 눈치에 이악한 장사꾼이기 전에 남의 말을 정직하게 받아들이는 백면서생 같은 순진함이 있었다. 한국식으로만 생각했던 나의 잘못이었다.

예스와 노가 분명한 서구식 사고방식에서 보면 미국 유학파인 최 박사의 질문은 이상할 것이 없었다. 나는 할 수 없이 사실대로 까놓고 그의 이해를 구했다. 내가 IT에 무지하다는 데 대해서 최 박사가 응수했다. 나에게 기대하는 것은 자기회사 보안솔루션의 홍보나 설명이 아니라 시장개척 방법에 관한 조언이므로 IT에 관해서는 낫 놓고 기역 자도 몰라도 된다는 것이 그의 주장이었다. 다른 큰 회사에 가기로 이미 약속이 되어 있다고 하자, 그것도 상관없다고 힘을 주어 말했다. 마크애니에는 시간 날 때 조언에 응해 주기만 하면 되므로 꼭 상근할 필요는 없고, 가시고 싶은 곳이 있으면 어디든 가서도 상관없다는 대답이었다. 최 박사가 이렇게 선선히 나오자 나는 도망갈 구멍이 원천 봉쇄되어 버린 느낌이었다. 그럼에도 불구하고 나는 당장 그 자리에서 확답을 주기가 내키지 않았다. 양다리 걸치자니 찜찜하기도 하지만, 과연 IT를 모르고도 누구 앞에서 설득력 있는 주장을 펼칠 수 있을지, 괜찮다는 최 박사의 강조에도 불구하고 자신이 서지 않았던 것이다. P그룹에 다니면서 마크애니 일을 도와야 할지,

아니면 최 박사의 제의를 거절해야 할지 이번에는 정말로 생각할 여유가 필요했다. 거절의 수단으로 말했던 지난번의 '생각할 여유'와는 본질이 달랐다. 나는 최 박사와 점심을 함께하면서 생각할 여유를 다시 요청했다. 그러면서도 최 박사가 물러서기를 은근히 기대하며 다른 좋은 사람이 있는지 알아보라는 사족을 잊지 않고 달았다.

최 박사의 세 번째 방문은 헤어진 지 또 한 달 보름이 지난 그해 7월이었던 것 같다. 9월에 귀국하는 발령을 받아 놓고 떠날 준비에 한창 정신이 없던 때였다. 일단 귀국했다가 12월 말 정년퇴직하는 일정이었다. 최 박사는 이상하게 한 달 보름 간격으로 나를 찾아왔다. 이번에도 사전연락 없이 불쑥 나타나 '제가 왔습니다'란 식이었다. 나는 이임하기에 앞서 이곳저곳 인사도 다니고 송별파티에 참석하는 등 마지막 마무리에 시간을 쪼개서 쓰는 때인지라 최 박사 건은 까맣게 잊고 있었다. 더 솔직히 말하자면, 두 번이나 확답을 주지 않았다면 거절로 알고 포기했을 것이라고 믿고서 '생각할 여유' 자체를 잊고 있었던 것이다. 보통 한국사람 같으면 배알이 꼴려서라도 다시는 오지 않을 것이라고 믿었기 때문이다. 그런데 최 박사는 그렇지 않았다. 쾌활하게 웃는 얼굴로 인사하며 들어오는 그의 표정에는 반가움이 역력했다. 어느 한구석 망설이거나 원망스러워하는 기색을 찾아볼 수 없었다. 어린애처럼 순진한 모습으로까지 보였다. 이분이 미국 물을 먹어서인가? 그의 순수성에 절로 탄성이 나왔다. 최 박사를 보자 나는 내 코트에 와 있는 최 박사의 볼을 방치하고 있었다는 사실에 정신이 번쩍 들었다. 최 박사의 볼을 받든지 말든지 액션을 취했어야 되는데 그렇지 않았던 것이다.

최 박사는 '생각해 보았느냐?'고 다시 물었다. 일이 이쯤 되자 더 이상의 거절은 한 성실한 인간에 대한 모독이라는 생각이 들었다. 초지를 관철하려는 최 박사의 열성에 나는 결국 손을 들고 말았다. 저런 의지와 끈기가 있는 한 무엇인들 못할까! 제갈공명도 아닌, 남보다 아무것도 뛰어난 것이 없는 평범한 사람에게 삼고초려(三顧草廬) 예를 다한 최 박사가 범상한 인물로 보이지 않았다. 나는 그가 왠지 위대해 보였다. 대륙을 삼분(三分)한 유비처럼 IT시장을 석권할 영웅으로 보이기 시작했다. 그와 동시에 이런 사람과 내 인생의 제2막을 여는 것은 성공의 열쇠가 될지 모르겠다는 강한 신념이 가슴에서 꿈틀거렸다. 그깟 IT야 핑계이지 배우겠다고 나서면 안 될 것도 없는 일이다. 다 자란 나무 밑에서 그늘 덕이나 보는 것보다는 갓 심은 나무가 잘 자라도록 물 주고 가꾸어 성장하는 모습을 보는 성취감이 더 가치 있을 것 같았다. 나는 그런 방향으로 생각을 정리해 나갔다. 그날 저녁 우리는 관저에서 식사를 함께하며 의기투합했다.

나는 2007년 12월 31일자로 외교부(당시 명칭으로 외교통상부)를 정년 퇴직했다. 1971년 입사하여 36년간 봉직한 평생직장을 떠나는 심정은 착잡했다. 대한민국 외교의 길잡이가 되어 보겠다고 젊은 시절부터 키웠던 꿈은 제대로 펴 보지도 못하고 영원히 접었지만, 그 대신 다른 세상 다른 인생을 살아가며 다른 목표를 이루어 보겠다는 작은 꿈이 나를 기다리고 있었다. 그리고 그 꿈은 새로운 희망과 설렘으로 나를 흥분시켰다. 나는 2008년 1월 1일부터 마크애니의 고문 자격으로 신분이 바뀌어 내 인생 제2막의 문을 열었다.(동시에 P그룹에서도 1년간 고문직을 맡았음) 마크애니를 글로벌 기업으로 만들자는 것이 내 목표였다. 그것이 미완의 장으로 접어 둔 내 꿈의 연장이라고 믿었다.

　나는 바로 최 박사와 머리를 맞대고 전략을 숙의했다. 우리는 공략대상을 중진국으로 잡았다. 인터넷 보급이 비교적 잘된 중진국에서 보안수요가 클 것이란 판단을 한 것이다. 코이카(Koica)의 무상원조(ODA) 사업에 대해서는 보안분야가 포함되어 있는 경우 적극적으로 참여하기로 했다. 분쟁지역과 내전 중인 지역에 대해서도 특별한 관심을 갖고 대처하기로 했다. 이런 나라들은 자국의 기밀정보가 상대측에 넘어가지 않도록 고도의 보안기술을 요구하기 때문이었다. 독재국가나 왕정국가도 권력 유지를 위해 보안에 각별한 신경을 쓸 것이므로 우리의 고객명단에 일단 넣었다. 선진국은 자체기술로 보안 솔루션을 개발하여 사용하기 때문에 수요가 그리 크지 않을 것이라고 보고, 다만 지적 재산권 보호를 위한 솔루션의 판로가 있는지 알아보기로 했다. 만약 이 전략이 성공한다면 마크애니는 IT보안 분야에서 국제경쟁력을 확보하여 오라클 같은 글로벌 회사로 성장하는 모멘텀을 얻게 될 것이라고 생각했다. 가는 곳은 미지의 세계지만 신천지를 여는 개척자의 기분으로 나는 마크애니에서 제2막의 스타트라인을 출발했다.

　우리는 즉시 행동으로 들어갔다. 선정된 대상국가의 정보통신 및 보안을 책임지고 있는 인물을 찾아내서 면담을 주선하는 일은 주로 내가 맡았고, 만나서 마크애니의 보안 솔루션을 설명하는 일은 최 박사가 담당했다. 이런 역할분담은 손발이 척척 맞아 최 박사와 나는 많은 나라를 다니며 마크애니의 기술력을 시연으로써 과시했다. 우리가 만나는 인물은 보안문제에서 결정권을 쥐고 있는 장·차관이나 고위관리가 주요 대상이었다. 브루나이와 라오스에서는 총리도 만났다. 나는 이런 사람들과 만나는 기회를 만들기 위해 내가 할 수 있는 모든 역량을 동원했다. 내가 갖고 있는 인적 네트워크 외에, 필요하다면 서울에 있는 해당국 대사관이나 현지의 우리나라 대사관의 협조를 얻어 냈다. 영어에 능통한 최 박사는 보통사람은 이해하기 어려운 전문분야 설명을 종횡무진으로 펼쳐, 가는 곳마다 높은 관심을 끌었다. 최 박사는 보유한 특허만 해도 수십 개가 넘어 미국에서도 그의 기술을 탐내고 있을 정도로 끊임없이 탐구하고 새로운 것을 추구하는 스타일이다. 우리는 동남아 중동 중앙아시아를 주요 활동무대로 삼아 보안 솔루션을 소개했다. 이 지역 국가들이 우리의 사정권 안에 많이 들어 있어 화력을 집중한 곳이다. 성과도 있었다. 적지 않은 나라가 마크애니 솔루션을 채택하거나 기술 전수를 요청했다.

그런데 이상한 것은 높은 관심도와 반응의 강도에 비해 실적이 생각만큼 따르지 않는다는 점이었다. 우리는 번번이 허탕 치는 기분이었다. 자카르타와 두바이에 사무실까지 차렸는데 유지비만 건지기도 빠듯한 형편이었다. 이런 이해할 수 없는 현상은 우리에게 미스터리였다. 그러던 어느 해, 동남아 모국에서 대통령궁에 마크애니 보안 솔루션을 깔기로 하고 계약단계에 왔을 때 마지막 순간에 뜻밖의 요구를 해 왔다. 대통령궁 정보를 빼내 가지 않겠다는 약속을 대한민국정부 이름의 문서로 보장해 달라는 것이었다. 우리는 깜짝 놀랐다. 전혀 생각해 보지 못한 뜻밖의 장애였다. 알고 보니 그것이 바로 실적이 따르지 않는 중요한 이유였던 것이다. 고객층은 마크애니가 정보유출을 방지하는 기술이 있다면, 반대로 정보를 빼내 가는 기술도 있을 것이란 불안감을 갖고 있었던 것이다. 유출방지를 위한 보안 장치를 해 주면서 뒤로는 남의 비밀을 은밀히 들여다보지 않을까 의심하는 것이었다. 마크애니와 미국 CIA가 손잡고 그런 짓을 하겠다고 나서면 불가능하지도 않을, '을'의 입장에서 보면 일면 합리적인 의심일 수 있었다. 보안은 남의 손에 맡기지 않으려고 선진국들이 자체기술을 개발하는 이유가 거기에 있는 것이다. 의외의 복병에 우리 전략은 차질을 빚고 말았다. 회사는 복병을 이길 숙제를 풀지 못해 지금도 고민하고 있다.

나는 마크애니에서 10년간 고문으로 활동했다. 앉아서 묻는 말에 대답이나 하는 고문이 아니라 현장을 뛰는 고문이었다. 마크애니 10년 동안 돌아다닌 거리는 외교부 36년 동안 돌아다닌 거리와 맞먹었다. 마크애니에서 업무출장으로 간 나라 대부분은 외교부 시절 가보지 못했던 나라들이었다. 마크애니를 세계적인 IT기업으로 만들겠다던 계획은 뜻대로 되지 않았지만 전방위로 뛰면서 그런 방향으로 최선은 다했다. 회사를 떠난 것은 나이의 한계를 깨달았기 때문에 자진해서 내린 결정이다. 뒷물결이 앞물결을 밀어내는 것(後浪推前浪)은 역사발전의 원동력이다. 젊은이들이 나서서 회사의 해외진출 대로 앞에 가로선 장애를 걷어 내게 하는 것이 내가 할 수 있는 순리란 판단을 한 것이다. 그러나 내 인생의 제2막은 결과와 상관없이 나름대로 가치 있는 일이었다고 자평한다. 그런 점에서 서녁 하늘을 벌겋게 물들이는 석양이 되고 싶다던 김종필 전 총리의 말은 음미할수록 되씹어 보게 되는 명언이다. 명언의 실천이 나에게는 턱없이 어려운 과제였지만 그래도 마지막까지 꿈을 잃지 않았던 10년을 최종욱박사와 함께 했던 것이 자랑스럽다.

　그러나 되돌아보면 내 삶의 제1막과 제2막은 결코 성공작이라고 할 수 없다. 그것은 미완성으로 끝난, 잘 구워지지 못한 도자기와 같다. 이제 다시 구울 수 없는 불합격품을 보면서 내 가슴에 이는 아쉬움의 일렁임은 시간과 더불어 잦아들었지만, 문득문득 지나간 것들이 나를 부르는 소리에 아쉬움의 불씨는 되살아나고 나는 하릴없이 무력해지곤 한다. 그럴 때 후손들이 대신 구울 가마를 생각하면 내 마음이 편안해진다.

2019. 12. 12.

권선복
| 도서출판 행복에너지 대표이사

외교관이 겪은 생생한 이야기를 담은 수필집!

이 책은 대한민국 외교관으로 근무했던 저자가 직접 겪은 흥미로운 실화를 쓴 수필집입니다. 책을 읽는 내내 작가가 근무한 현지의 냄새가 물씬 풍기는 것을 느낄 수 있습니다.

때로는 애잔하고 때로는 긴박감 넘치는 외교관으로서의 생활. 그 한가운데에서 느낀 점들을 솔직하게 풀어내어 눈을 떼지 못하게 합니다.

대한민국의 국익을 위해서 맨발로 뛰어다니는 저자의 행보를 보면 짠함이 느껴집니다. 외교관의 생활이 결코 만만치 않다는 것을 알게 됩니다.

하지만 그 안에는 고통뿐만이 아니라 그 세월을 추억하게 만드는 묘한 향수가 있습니다. 독자의 마음을 사로잡는 진실함이 깃들어 있습니다.

당시 저자가 느꼈던 감정과 생각들을 허심탄회하고 진솔하게 풀어내는 것은 이 책의 매력 중 하나입니다. 겸손하면서도 담백한 어투가 신뢰감을 주며 깊은 공감을 자아내고 있지요. 당시 상황을 세밀하게 기록하고자 노력한 저자의 펜대가 믿음직스럽습니다.

이 책은 어떤 독자에게는 이채로운 타국의 모습을 흘깃 볼 수 있게 하는 낭만을, 어떤 독자에게는 외교관으로서 마주하는 일과 관련하여 국제정세를 읽고 전략을 펼쳐나가는 데서 오는 지적 호기심의 충족을, 어떤 독자에게는 단순히 한 인간으로서의 저자가 체험한 인생을 경험하는 다채로움을 제공할 것입니다.

외교관, 언뜻 들으면 높은 직책에 어울리는 만큼 세련된 일만을 할 것 같지만, 저자가 부딪히는 현실은 누구보다 치열한 삶의 현장에서 땀을 흘리며 뛰어다니고, 그 와중에 떠오르는 가지각색 상념에서 짙은 휴머니즘을 느끼기도 하는 일이었습니다.

그렇게 매 챕터마다 느껴지는 저자의 감수성이 이 책을 그냥 회고록으로만 볼 수 없는 이유입니다. 단순히 기억을 되짚는 일이 아니라, 한 사람으로서 겪은 인생관과 깨달음이 버무려진 풍부한 감칠맛을 제공하고 있으니까요.

외교관으로서 본분에 충실하게 살아온, 그리고 그 기억을 책으로 남겨 준 저자에게 깊은 감사를 바칩니다.

이 책을 읽는 여러분의 마음속에도 인생에 대한 깊은 행복에너지가 팡팡팡!! 솟구치기를 기원드리겠습니다.

하루 5분, 나를 바꾸는 긍정훈련

행복에너지

'긍정훈련' 당신의 삶을 행복으로 인도할 최고의, 최후의 '멘토'

'행복에너지
권선복 대표이사'가 전하는
행복과 긍정의 에너지,
그 삶의 이야기!

인터파크
자기계발 분야 주간
베스트 1위

권선복 지음 | 15,000원

권선복

도서출판 행복에너지 대표
영상고등학교 운영위원장
대통령직속 지역발전위원회
문화복지 전문위원
새마을문고 서울시 강서구 회장
전) 팔팔컴퓨터 전산학원장
전) 강서구의회(도시건설위원장)
아주대학교 공공정책대학원 졸업
충남 논산 출생

책 『하루 5분, 나를 바꾸는 긍정훈련 - 행복에너지』는 '긍정훈련' 과정을 통해 삶을 업그레이드하고 행복을 찾아 나설 것을 독자에게 독려한다.

긍정훈련 과정은 [예행연습] [워밍업] [실전] [강화] [숨고르기] [마무리] 등 총 6단계로 나뉘어 각 단계별 사례를 바탕으로 독자 스스로가 느끼고 배운 것을 직접 실천할 수 있게 하는 데 그 목적을 두고 있다.

그동안 우리가 숱하게 '긍정하는 방법'에 대해 배워왔으면서도 정작 삶에 적용시키지 못했던 것은, 머리로만 이해하고 실천으로는 옮기지 않았기 때문이다. 이제 삶을 행복하고 아름답게 가꿀 긍정과의 여정, 그 시작을 책과 함께해 보자.

『하루 5분, 나를 바꾸는 긍정훈련 - 행복에너지』